Nuit de désir

Audacieux rendez-vous

SAMANTHA HUNTER

Nuit de désir

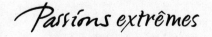

Passions extrêmes

éditions HARLEQUIN

Collection : PASSIONS

Titre original : YOURS FOR THE NIGHT

Traduction française de AURE BOUCHARD

HARLEQUIN®
est une marque déposée par le Groupe Harlequin

PASSIONS®
est une marque déposée par Harlequin S.A.

ÉDITIONS HARLEQUIN
83-85, boulevard Vincent-Auriol, 75646 PARIS CEDEX 13.
Service Lectrices — Tél. : 01 45 82 47 47
www.harlequin.fr
ISBN 978-2-2803-1346-9 — ISSN 1950-2761

- 1 -

Un joyeux chaos régnait sur Union Square en ce vendredi soir, au moment où Garrett Berringer descendait les marches en béton de l'hôtel Westin St Francis. Il n'avait pas pris la peine de prendre son manteau — une brise tiède soufflait dans les rues de San Francisco. Au milieu des nombreux passants qui flânaient autour de lui, il huma l'atmosphère si particulière de la ville.

Le vol depuis Philadelphie avait été interminable. Il profiterait donc du temps dont il disposait ce soir pour se détendre, avant de passer toute la journée de demain au mariage d'Ed, un vieux copain de fac — lequel avait lui-même été placeur lors du mariage de Garrett.

Un tram bondé de touristes fila sous ses yeux. Le grincement des roues sur les rails était bien plus strident qu'il ne l'avait imaginé, et beaucoup moins romantique que dans les films. Sur le trottoir d'en face, côté parc, se préparait un festival des arts qui devait se tenir tout le week-end. Quelques curieux observaient les préparatifs depuis un petit café situé au milieu de l'esplanade, à l'ombre de la statue en bronze de la déesse de la Victoire.

Deux énormes cœurs peints étaient posés de chaque côté de la place. L'un d'eux se trouvait sous un immense palmier. Garrett avait lu quelque part que les palmiers n'étaient pas endémiques à la ville : ils avaient été importés, et leur plantation avait été très coûteuse. Quant aux cœurs, ils symbolisaient San Francisco.

A la vue d'un jeune couple qui se faisait prendre en photo,

enlacé devant l'un des deux cœurs, il éprouva un vif sentiment de nostalgie. Son cœur à lui était resté sur la côte Est,
où son épouse, Lainey était décédée — ou plutôt, où elle
avait été assassinée, six ans auparavant. Après six années
d'un heureux mariage. D'une certaine façon, la boucle était
maintenant bouclée. Ils s'étaient mariés jeunes, et l'avenir
s'offrait alors à eux, plein de promesses. Mais un seul instant
avait suffi à tout détruire.

Jeune procureur pour le ministère public, Lainey travaillait alors sur sa première grosse affaire — un procès pour
meurtre contre un membre d'un gang local. Elle démarrait
fort, et en était grisée. Après avoir obtenu qu'il soit déclaré
coupable, elle avait pris sa voiture pour rejoindre Garrett
et leur famille, et fêter l'événement. Mais jamais elle n'était
arrivée à destination. Le frère du condamné l'avait attendue
à la sortie du tribunal, et l'avait suivie dans un gros 4x4.

Lors de procès sensibles, subir des menaces était monnaie
courante chez les procureurs, qui bénéficiaient alors d'une
protection rapprochée. Mais Lainey n'avait fait l'objet d'aucune
intimidation au cours de cette affaire. Il n'y avait alors pas
de raison de la penser en danger. C'était du moins ce que
se répétait Garrett chaque fois qu'il se flagellait, repassant
en boucle l'accident. Il n'était pas allé la chercher, ce jour-
là… Cela n'aurait pas empêché ce qui s'était passé, mais au
moins elle n'aurait pas été toute seule.

Le frère du criminel lui avait fait faire une embardée
à pleine vitesse, et elle avait succombé sur le coup. Sans
doute avait-il espéré maquiller son crime en accident. Ce qui
aurait pu marcher, si lui-même n'avait pas été grièvement
blessé. Garrett avait dû attendre sa sortie de l'hôpital pour
pouvoir témoigner lors de son procès. Les deux frères avaient
alors été condamnés à la réclusion à perpétuité. Et Garrett
avait ensuite assisté à toutes les audiences de demandes de
libération anticipée, pour s'assurer que les deux hommes
resteraient bien derrière les verrous.

Soudain, tous ces palmiers, ces deux gros cœurs colorés,

ces gens lui donnèrent le mal du pays. Il avait pourtant cru que cela lui ferait du bien d'oublier quelques jours la côte Est. Surtout à l'approche de Thanksgiving, dans huit jours. L'accident avait eu lieu à la veille de Thanksgiving, et tous les ans cette fête se chargeait de le lui rappeler. Comment avait-il pu croire un seul instant qu'il lui suffirait de changer de décor, de se rendre à l'autre bout du pays pour effacer de tels souvenirs ?

Il se détourna du couple et des cœurs, et traversa la rue. Il lui avait fallu des années pour faire son deuil, mais aujourd'hui il savait que la plus grande partie du travail était derrière lui. Et il avait conscience de la chance qu'il avait eue de connaître le grand amour avec Lainey. Tout cela était clair pour lui. Mais il y avait une chose qu'il ne parvenait pas encore à concevoir : rencontrerait-il un jour une femme aussi merveilleuse qu'elle ? En six ans, il n'avait jamais ressenti de déclic face aux femmes dont il avait croisé la route. Il avait bien eu quelques aventures, purement sexuelles, mais pas le moindre déclic.

Quand il avait connu Lainey, il était encore étudiant en management. Il suivait alors une option en droit, et avait même envisagé de suivre ses traces en optant pour des études juridiques à temps plein. Après sa mort, il s'était réfugié dans le travail en ouvrant son entreprise de gardes du corps, Berringer Bodyguards — associé à son frère Jonas, qui venait alors de quitter la police de Philadelphie. S'il n'avait pas pu sauver Lainey, Garrett avait depuis sauvé de nombreuses vies.

Ce qu'il aimait avec Lainey, c'était qu'ils partageaient la même vision de la vie, les mêmes goûts, les mêmes rêves de vie paisible. Tous deux pragmatiques, ils se disputaient rarement. Si bien qu'à trente-six ans, il se sentait parfois vieux jeu, voire vieux tout court.

Au moment même où il se faisait cette réflexion, un skateur aux cheveux orange le frôla à toute allure, comme pour confirmer ses pensées — ce qui le fit sourire.

Garrett n'avait pas pris de vacances depuis la création de l'entreprise — ce que ses frères se plaisaient à lui rappeler constamment. Mais était-ce vraiment si indispensable de prendre des vacances ? A quoi rimait cette obsession de temps libre, qu'il fallait finalement occuper ? Ses weekends lui suffisaient. Il les passait à la pêche, ou auprès de ses parents : c'était un homme simple, qui se contentait de menus plaisirs.

Finalement, ces vacances s'étaient imposées à lui. Jonas avait décidé de partir en voyage avec sa nouvelle épouse, Tessa. A peine étaient-ils rentrés de leur voyage de noces qu'ils avaient de nouveau mis les voiles pour passer Thanksgiving en Europe, avec le père de Tessa.

Garrett était sincèrement heureux pour son frère, mais certains moments du mariage lui avaient été pénibles. Comme danser avec Tessa dans sa magnifique robe — il s'était alors souvenu de sa première valse avec Lainey, et avait préféré quitter la réception. En réalité, il se demandait toujours s'il existait quelque part une femme pour lui, ou s'il était trop tard pour retrouver le bonheur. Peut-être avait-il laissé passer sa chance…

Quoi qu'il en soit, il était prêt à accepter son destin. Car si c'était à refaire, il ne changerait rien, même si les choses devaient se terminer de façon aussi tragique.

Poursuivant sa balade, il se fit accoster par un colporteur qui vendait des fleurs. Il allait poliment décliner l'offre, mais finit par acheter le bouquet de marguerites qui avaient manifestement connu des jours meilleurs. Puis il resta planté là, à les regarder, envahi d'un sentiment de ridicule.

Que diable allait-il pouvoir faire de ces fleurs ?

Chance, son plus jeune frère, s'était offert un séjour d'entraînement aux techniques de survie dont l'unique session se tenait en novembre. Ses parents avaient mis le cap sur la Floride pour y passer l'hiver au soleil. Et comme Ely avait de son côté rejoint de vieux amis de l'armée pour des vacances entre célibataires, ils avaient décidé de fermer l'entreprise jusqu'à la fin de l'année.

Alors, quand Garrett avait reçu l'invitation au mariage d'Ed, il s'était dit que cela vaudrait toujours mieux qu'errer comme une âme en peine à Philadelphie, ou suivre ses parents en Floride.

Il flâna le long du pâté d'immeubles, puis tourna à gauche pour rejoindre Chinatown, comme le lui avait indiqué le concierge. Fixant les fleurs qu'il serrait dans ses mains, il réfléchit un instant. De quoi avait-il envie ce soir ? Pourquoi ne pas commencer par un petit dîner, avant de remonter dans sa chambre pour lire ? Ce serait d'ailleurs l'occasion de prévoir ses visites du mois à venir, en jetant un coup d'œil aux brochures touristiques qu'il y avait à l'hôtel.

A la recherche d'un restaurant, il longea les vitrines de petites boutiques asiatiques, et aperçut une jolie statue d'extérieur sculptée à la main. Il pensa immédiatement à Tessa, qui l'aurait adorée. Elle l'aurait sans doute placée dans la boutique de cosmétiques qu'elle tenait à Philadelphie. Ce serait une bonne idée de cadeau… Mais oui ! Après tout, il n'avait toujours pas offert de cadeau de mariage à son frère et sa belle-sœur…

Il allait entrer dans le magasin quand son téléphone sonna.

— Garrett Berringer, dit-il machinalement.

— Gar, mon pote ! Tu es arrivé ?

Garrett reconnut aussitôt la voix joviale d'Ed.

— Il y a quelques heures. Je suis en train de me balader dans Chinatown. Alors, comment te sens-tu ? Prêt à dire au revoir à ton célibat ?

— Heureux de passer à l'étape suivante, répondit Ed sans hésiter. Je suis impatient de te présenter Isabel !

— J'ai hâte, moi aussi.

— Tu as quelque chose de prévu, ce soir ?

— Pas grand-chose, je me promène. Je me remets doucement de mes longues heures d'avion.

— Hmm… Et si tu nous rejoignais au dîner de répétition ?

Au dîner de répétition ? Embarrassé, Garrett regarda les marguerites qui commençaient à faner. Comment décliner l'invitation sans passer pour un goujat ? Il n'avait pas particulièrement envie de voir du monde ce soir, surtout dans un contexte où il ne se sentirait pas vraiment à sa place. D'autant que, si Ed l'invitait, c'était sûrement parce qu'il le savait seul en ville. Depuis qu'il était veuf, Garrett avait l'habitude qu'on le prenne un peu en pitié. Cela partait toujours d'une bonne intention, bien sûr, et c'était réconfortant de savoir que ses amis se souciaient de lui, mais ce n'était pas nécessaire. Cela lui était égal de rester seul. Il avait fini par s'y habituer. Plus ou moins.

— Mais ce n'est pas réservé aux témoins et aux parents ? demanda-t-il, hésitant.

— Euh… Justement, c'est l'autre raison de mon appel. J'ai besoin d'un service.

— Bien sûr, dis-moi…

— Le cousin d'Isabel, un de nos placeurs, est à l'hôpital pour quelques jours. Intoxication alimentaire.

— Oh ! mince. Je suis navré.

— Merci… Du coup, nous nous retrouvons avec un placeur de moins, la veille du mariage…

D'accord. La raison de cet appel devenait plus claire tout à coup…

— … Alors on espérait que tu pourrais le remplacer.

Bingo… Garrett était à court de mots. Se sentait-il de remplir ce rôle au pied levé ? Devant son enthousiasme, Ed s'empressa de rompre le silence.

— Je sais… Si je ne te l'ai pas proposé au début, c'était justement pour que tu ne te sentes pas obligé de venir au mariage. Et puis, je sais que tu es très pris par ton entreprise et… Tout le reste.

« Tout le reste »… Une allusion polie au fait qu'il était veuf.

— Je comprendrais tout à fait que tu refuses, mon pote. Je suis déjà heureux que tu sois venu jusqu'ici.

Garrett prit une grande inspiration.

— C'est juste que… Eh bien, je n'ai pas de smoking, tu vois, bredouilla-t-il.

Il pouvait trouver n'importe quelle excuse, il était malgré tout pris au piège. Comment laisser tomber un ami à un moment aussi crucial ? Il n'avait pas vraiment le choix.

— Pas de souci, Jimmy fait à peu près la même taille que toi ! Son smoking devrait t'aller. Il faut juste qu'on l'apporte à la retoucheuse demain à la première heure.

— Bon, eh bien d'accord, balbutia Garrett en se passant une main nerveuse dans les cheveux.

Cette fois, plus aucune échappatoire.

— Je te dois une fière chandelle, Gar. Isabel était en pleine panique, je ne savais plus quoi faire ! Je lui ai d'abord dit que ses demoiselles d'honneur pourraient se faire accompagner par un des autres placeurs, mais elle n'a rien voulu entendre. Les photos seraient « moins équilibrées »… ou je ne sais quoi, expliqua Ed avec ce ton que Garrett connaissait bien.

Lui aussi avait connu des moments de grande panique quelques jours avant son mariage : Lainey, qui voulait que tout soit parfait, s'était laissé submerger par la frénésie des préparatifs. Ils avaient pourtant préféré une cérémonie simple à un mariage en grande pompe. Mais les femmes accordaient visiblement une importance vitale à des détails vestimentaires, ou aux photos censées immortaliser l'événement.

Résigné, Garrett poussa un soupir.

— Avec plaisir, Ed. Comment je vous rejoins ?

— Ne bouge pas. Une voiture va te récupérer à l'hôtel.

Garrett ne put retenir un rire. Décidément, il n'aurait pas pu refuser, même s'il l'avait voulu : Ed avait tout prévu !

— Ton chauffeur va devoir attendre un peu. Il faut que je me change, je ne suis pas en tenue de soirée…

— Ne t'en fais pas pour cela ! Ce soir, on reste décontracté. Tout ce que tu as à faire, c'est monter dans la voiture, on n'attend plus que toi. D'ailleurs, dis-moi plutôt où tu te trouves en ce moment : le chauffeur va venir te chercher directement.

— Merci, Ed, le remercia-t-il avant de lui indiquer le nom de la rue et de la boutique devant laquelle il se trouvait.

Bon, il n'avait maintenant plus qu'à attendre le chauffeur. Il fallait reconnaître qu'Ed faisait de son mieux pour lui faciliter les choses, malgré l'urgence de la situation. Et puis, qui sait, cela ne lui ferait peut-être pas de mal de renoncer à sa soirée en solitaire pour quelques mondanités ?

Tiffany Walker consulta sa montre et s'efforça de ne pas trop froisser sa robe tout en se contorsionnant pour braquer son objectif 35 millimètres vers la fenêtre de l'hôtel. L'appareil photo avait onze ans — un cadeau reçu pour son baccalauréat, période où elle se destinait encore à des études de photographie. A l'époque, c'était un appareil haut de gamme, pour lequel elle avait nourri de grands rêves. Elle se voyait déjà capturer de somptueuses natures mortes pour de grands magazines, ou bien le déclencher en rafale parmi une meute d'autres photographes lors d'un défilé haute couture.

Si on lui avait dit qu'elle en aurait besoin pour confondre un mari adultérin dans un hôtel minable d'un quartier mal famé de San Francisco… Elle en était à sa troisième tentative et sa cliente, Mme Hooper, menaçait désormais de ne pas la payer si elle ne lui rapportait pas la preuve de la double vie de son mari. Malheureusement, elle en était encore loin. A ce stade, tout ce dont elle disposait, c'était des photos de M. Hooper entrant dans l'hôtel, un bras féminin lui ouvrant la porte. Bref, rien de très compromettant.

Mais l'argent n'était pas ce qui l'inquiétait le plus. Tiffany n'en était qu'à ses débuts, c'était sa réputation de détective qui était en jeu. Ce milieu était si compétitif… Il existait des dizaines de détectives privés plus expérimentés qu'elle dans la région ! Sa licence était encore toute fraîche, elle ne l'avait obtenue que le mois dernier, après une formation par correspondance en parallèle de son travail de jour.

A l'origine, si elle avait choisi de se lancer dans la voie de détective, ce n'était pas pour prendre des maris volages en flagrant délit d'infidélité. Non, ce qu'elle voulait, c'était résoudre de vraies affaires, attraper des meurtriers et des criminels. Seulement voilà, pour le moment, la réalité était bien éloignée de ses ambitions. Comme pour la photographie… Mais bon, il y avait un début à tout, non ?

Marcus Hooper trompait sa femme, cela ne faisait aucun doute. Ce n'était pas la première fois que Tiffany le prenait en filature jusqu'à cet hôtel. Elle avait vu ce bras féminin lui ouvrir la chambre. Mais rien de plus. La belle ne sortait jamais sur le seuil. Pas de réelle preuve donc. Et sans preuve tangible, ce qu'elle savait n'avait aucune valeur. Elle avait pris soin de relever les numéros des plaques de toutes les voitures du parking, espérant retrouver celle de la femme en question, mais aucun résultat : celle-ci devait venir en taxi. Si tel était le cas, cela lui rendait la tâche encore plus ardue, les compagnies de taxis étant difficiles à infiltrer, et les chauffeurs guère bavards. Cela dit, elle n'avait pas besoin de connaître l'identité de cette femme : il lui suffisait de surprendre M. Hooper dans une position compromettante. A lui alors d'expliquer à son épouse et à son avocat qui était cette femme.

Elle jeta un nouveau coup d'œil à sa montre. *Déjà ?* Le dîner de répétition allait bientôt commencer, et il n'était pas question d'y arriver en retard. De toute façon, pour le moment, elle ne verrait pas grand-chose — les lumières étaient en train de s'éteindre dans la chambre de Marcus. Elle avait donc un peu de temps devant elle. Suffisamment en tout cas pour faire plus qu'une apparition au dîner, et ne pas froisser les futurs mariés. Oui, trois heures devraient amplement suffire.

Avec un peu de chance, Marcus resterait plus longtemps ce soir, et Tiffany pourrait revenir finir son travail après le dîner. Ce serait l'occasion d'innover pour une fois, de faire preuve d'un peu d'imagination… Tiens, pourquoi ne pas se faire passer pour une employée du room-service ? Oui, enfin… encore fallait-il que ce genre d'endroit propose un room-service. Bref, elle allait devoir élaborer une ruse pour faire ouvrir cette fichue porte à Marcus, le prendre en photo en flagrant délit, et prendre ses jambes à son cou…

C'était risqué, mais elle se devait d'essayer. Ce n'était pas en restant postée au même endroit, son appareil photo en main, qu'elle allait classer cette affaire. Les bons détectives ne reculaient devant rien pour résoudre leurs enquêtes. Et Tiffany ne pouvait se permettre d'échouer. Pas cette fois. Tout comme elle ne pouvait risquer de devoir expliquer son retard au dîner — ou ses retards répétitifs au travail cette semaine, ou pourquoi elle avait complètement oublié la fête d'anniversaire de son frère mercredi soir…

Car personne n'était au courant de son nouveau métier. Pour partager la nouvelle, Tiffany attendait de remporter son premier succès. Après les échecs cuisants qu'elle avait essuyés dans sa vie, il était peu probable que sa famille la soutienne dans cette nouvelle voie — difficile d'ailleurs de leur en vouloir…

Bref, elle menait une double vie : le jour, elle travaillait dans la bijouterie de ses parents, ce qui lui permettait de payer son loyer et de les convaincre qu'elle était une adulte responsable. Et le soir, elle se garait sur le parking du Fall Inn pour espionner un mari volage, dans l'attente d'une photo compromettante.

Après avoir doucement posé l'appareil sur le siège passager, elle démarra et s'empressa de quitter le parking. Quelques minutes plus tard, elle était à Sausalito, où se tenait le dîner qui, heureusement, venait à peine de commencer.

Elle prit une grande inspiration, ajusta sa robe et saisit une coupe de champagne auprès d'un serveur en entrant dans la salle de réception, où elle aperçut très vite la table autour de laquelle s'étaient réunis les convives. En temps normal, cette coupe de champagne n'aurait été que la première de la soirée, mais ce soir elle ne s'en autoriserait qu'une seule.

Pas question de faire d'excès, sa journée de travail n'était pas finie.

Un peu plus tôt dans la journée, ses deux mondes avaient bien failli se télescoper. Un des employés qui travaillait chaque après-midi à la Bijouterie Jarvis — baptisée ainsi en hommage à son grand-père, Jarvis Walker — avait dû s'absenter pour une urgence personnelle. Ses parents étant partis pour la semaine, Tiffany s'était alors retrouvée toute seule pour terminer l'inventaire hebdomadaire et fermer la boutique. Et elle avait bien failli ne pas réussir à tout boucler à temps ; après s'être changée en toute hâte pour le dîner, elle avait fait un crochet par l'hôtel, où Marcus se rendait tous les lundis, mercredis, et vendredis.

On aurait pu croire qu'un époux infidèle serait moins prévisible, mais Marcus avait toujours les mêmes habitudes. Elle aurait pu appeler son frère cadet pour tenir le magasin, mais Nick était plongé jusqu'au cou dans le programme de son MBA à l'université de Berkeley, et il passait ses week-ends plongé dans ses livres. Un jour, il reprendrait la bijouterie — avec la bénédiction de Tiffany — mais, pour l'instant, elle était parfaitement capable de tenir la boutique. Du moins, c'est ce qu'elle cherchait à prouver à ses parents. Et puis, Nick aurait sans doute posé des questions. Il était parfois un peu trop perspicace. Peut-être que si cette qualité avait été plus développée chez elle, elle aurait déjà résolu « l'affaire Marcus »...

Cela ne la dérangeait pas de travailler à la bijouterie : elle avait un salaire et cela rassurait ses parents de voir que leur fille aînée était au moins capable de cela — à défaut de mieux. Et, parfois, elle se demandait s'ils n'avaient pas raison d'être inquiets.

Mais ce n'était pas le moment de penser à tout cela. Pour l'heure, elle devait rester concentrée sur le mariage et le dîner de répétition. Si tant est que ce dernier ait une quelconque utilité... En quoi était-ce si compliqué de remonter l'allée d'une église pour rester quinze minutes devant l'autel, le temps que son amie se marie ? C'était la première fois qu'elle assistait à un mariage, et elle ne s'était pas attendue à ce que les gens en fassent tout un plat. Cela dit, il fallait reconnaître que, de l'extérieur, c'était assez amusant à observer. Même si le fait d'être associée au frère d'Isabel, le fameux Jimmy aux mains baladeuses, était nettement moins drôle…

En effet, alors qu'il l'avait invitée à danser lors de la fête des fiançailles, il avait cru bon de glisser les mains au creux de ses reins avant même le milieu de la chanson. Sur le moment, elle avait secrètement rêvé de pouvoir riposter par une prise de catch musclée, et mettre ainsi en pratique les cours d'autodéfense qu'elle suivait déjà à l'époque, pour se préparer aux éventuelles complications liées à ses nouvelles activités de détective. De même, elle prenait une fois par semaine des cours de tir, même si elle ne possédait pas encore d'arme. Le tout dans le plus grand secret, évidemment — sa famille ne devait rien savoir.

Bref, encore une fois, elle allait devoir garder son sang-froid face au frère un peu trop entreprenant de la mariée. Ce dernier avait beau manquer de tact, le mettre au tapis avant d'arriver à l'autel risquait de compromettre la bonne humeur de la soirée…

Elle finit donc son verre pour se donner du courage, et s'assit à la table. Le siège à côté d'elle était encore inoccupé.

— Tiff, te voilà enfin ! s'exclama Isabel en s'approchant d'elle pour la prendre dans ses bras.

Isabel était resplendissante, c'était un réel bonheur pour Tiffany de la voir aussi épanouie. Il faut dire que les deux amies se connaissaient depuis longtemps : leur amitié remontait au CM1. Le seul hic, dans tout cela… c'était Jimmy. Dommage qu'Isabel ne lui ait trouvé meilleur cavalier que son frère.

Cela dit, il fallait voir le bon côté des choses. Totalement désillusionnée par ses échecs amoureux, elle avait pris la ferme résolution de ne laisser aucun homme entrer dans sa vie jusqu'à nouvel ordre. Et Jimmy était loin d'être une tentation potentielle…

— Je t'avais bien dit que tu pouvais compter sur moi, répondit Tiffany avant de lui redire qu'elle avait même pris la peine de prévenir de son retard.

— Je sais bien, mais je te rappelle que tu es parfois imprévisible, ajouta son amie avec une nouvelle accolade.

Comment l'oublier ? Après tout, Tiffany l'Impétueuse, c'était elle. Tiffany l'Impulsive. Pendant des années, Nick l'avait même surnommée « La Grenouille », en référence à ses nombreux sauts dans le vide, tête baissée. Elle était comme ça : elle sautait d'un projet à l'autre, sans se poser de questions. Ce qu'elle avait toujours revendiqué, fière de son esprit aventureux, de sa spontanéité… Mais le jour de ses trente ans, elle avait eu l'impression de prendre une grosse claque dans la figure. Et, depuis, elle se demandait si elle finirait un jour par trouver sa voie.

Son diplôme d'anglais en poche, elle s'était rendu compte, un peu tard, qu'elle ne souhaitait ni enseigner, ni écrire. Alors elle avait décidé d'arpenter le monde, à la recherche du bonheur…

Parmi la longue liste d'emplois sans lendemain qu'elle avait occupés, elle pouvait compter celui d'hôtesse de l'air. Métier qu'elle avait apprécié, en dépit des inéluctables boutades de certains passagers indélicats.

Et puis, il y avait eu la période « dog-sitters ». C'était alors une activité florissante dans la baie de San Francisco, et elle avait voulu en profiter pour lancer sa propre entreprise. Mais la première morsure avait été mal vécue, et elle y avait finalement renoncé.

Le summum de ses aventures professionnelles avait été atteint lorsqu'elle avait misé toutes ses économies pour s'associer à un ami, Paul, qui avait monté une société de tourisme d'aventure. Elle était alors devenue guide touristique. Activité tout à fait plaisante, jusqu'à ce qu'elle se retrouve perdue une nuit en plein parc de Yosemite avec huit touristes. Par chance, personne n'avait été blessé, et Paul avait su gérer sa partie à lui de l'affaire. L'entreprise était alors trop jeune pour générer des profits, et Paul n'avait donc pu racheter les parts de Tiffany, comme il le lui avait initialement promis. Bref, elle s'était retrouvée sur la paille et avait alors compris qu'elle avait plutôt l'âme d'une citadine.

Et puis, il y avait eu Brice.

Tout le monde l'avait bien mise en garde : Brice n'était pas un homme pour elle. Mais elle avait refusé d'écouter les conseils de ses proches, aveuglée par sa passion. Charmant, attentionné, sexy, il s'était finalement révélé être un escroc. Un soir où il lui avait donné rendez-vous au restaurant, elle s'était faite belle et l'avait longtemps attendu, seule devant son assiette. Il ne s'était jamais montré. Quand elle était rentrée chez elle, son appartement avait été entièrement vidé. Brice avait disparu, et toutes ses affaires avec. Il lui avait menti depuis le début, et elle avait eu la naïveté de croire qu'il l'aimait. Quelle humiliation ! Ce genre de mésaventure ne serait jamais arrivé aux héroïnes de ses romans policiers préférés. Sauf peut-être à Veronica Mars, qui avait connu pire.

La police n'avait pu engager aucune poursuite à l'encontre de Brice, dans la mesure où elle lui avait donné une clé de son appartement et qu'il l'occupait avec elle. Ce coup dur lui avait en tout cas servi de leçon : elle s'était ressaisie et avait décidé de faire preuve de responsabilité. En commençant par trouver un vrai travail. Ensuite, elle avait fait une croix sur les hommes tant qu'elle n'était pas sûre d'avoir recouvré son bon sens. Sans renoncer à son rêve, elle s'était accordé plus de temps pour l'atteindre. Son travail au magasin — facile mais ennuyeux — était alors devenu sa priorité, ce qui rassurait ses parents.

De même pour ce mariage : Isabel était heureuse de lui proposer Jimmy comme cavalier. Alors pourquoi chercher midi à 14 heures ? Pour l'heure, ce qui comptait vraiment pour Tiffany, c'était d'obtenir une photo de Marcus en flagrant délit pour la fournir à son épouse.

— Jimmy n'est pas arrivé ? demanda-t-elle en regardant le siège inoccupé à côté d'elle.

— Oh ! tu n'es pas au courant ? J'ai été tellement prise que j'ai oublié de t'appeler pour te prévenir. Jimmy a eu une violente intoxication alimentaire. Il est à l'hôpital.

— Mais c'est affreux ! Est-ce qu'il va s'en sortir ? demanda-t-elle, inquiète — elle ne l'appréciait que moyennement, mais pas au point de lui vouloir du mal.

— Ça va aller, mais on a été inquiets.

— Il ne pourra donc pas assister au mariage ?

— Malheureusement non, répondit tristement Isabel.

— Hmm… Je me retrouve donc sans cavalier ?

A choisir, elle aurait presque préféré avoir à supporter les mains baladeuses de Jimmy… Le fait de se retrouver seule la rendait quelque peu nerveuse.

— Ne t'inquiète pas. Ed a un ami qui vient d'arriver en ville et qui a accepté de remplacer Jim. Il devrait arriver d'un instant à l'autre.

— Tu ne le connais pas ? demanda Tiffany, intriguée.

— C'est un ami de fac d'Ed, qui vient de Philadelphie. Je n'en sais pas plus. J'ai demandé à Ed à quoi il ressemblait, mais, tu connais les hommes, il m'a simplement répondu « grand », expliqua Isabel en imitant son futur mari à voix basse.

Tiffany s'efforça de sourire poliment, malgré une légère pointe d'appréhension. Le remplaçant de Jimmy allait-il être un peu moins entreprenant ? Il fallait croiser les doigts…

— Si c'est un ami d'Ed, je suis sûre qu'il sera sympa, dit-elle poliment.

— Sans doute. Et puis, qui sait ? Peut-être y gagneras-tu au change… Je sais que tu n'étais pas très enthousiaste à l'idée d'avoir Jimmy comme cavalier. Mais il en pince pour toi depuis toujours et je n'ai pas pu lui dire non quand il me l'a demandé, précisa Isabel d'un ton contrit.

— Jimmy est un chic type… Mais je suis trop vieille pour lui, expliqua Tiffany.

Avec un peu de chance, cette excuse lui permettrait de ne plus jamais être associée à M. Mains Baladeuses.

— Pas de langue de bois entre nous, reprit Isabel avec un sourire complice avant de lui donner une nouvelle accolade. Je sais combien mon frère peut être insistant et je te comprends parfaitement.

— Merci, Iz, murmura Tiffany avec sincérité avant de s'asseoir à sa place en souriant aux autres convives.

Isabel retourna s'asseoir à l'autre bout de la table au côté d'Ed. Tiffany s'aperçut alors que son estomac gargouillait — c'est vrai qu'elle n'avait rien mangé depuis ce matin. Et lorsque le serveur déposa devant elle le hors-d'œuvre, elle s'empara aussitôt de sa fourchette, pressée de se restaurer.

— *Psst*, Tiff ! *Psst* ! !

Elle leva brusquement les yeux : Isabel lui désignait d'une main enthousiaste l'entrée du restaurant. Intriguée, Tiffany détourna le regard dans cette direction. Et il apparut.

L'homme qui se dirigeait droit vers leur table devait être un acteur, une célébrité qu'elle avait déjà vue quelque part sans toutefois pouvoir le remettre. Elancé, sûr de lui, il avançait d'un pas décidé sans se soucier des regards que son charisme évident, dangereux, attirait à lui.

C'est alors que Tiffany comprit pourquoi Isabel semblait aussi excitée. Non, cet homme n'était pas une célébrité. Mais le nouveau placeur. Elle se tourna brusquement vers la future mariée pour lui mimer du bout des lèvres un bref « c'est lui ? », auquel Isabel acquiesça aussitôt d'un signe de tête.

Mary, la demoiselle d'honneur installée face à Tiffany, lui lança alors un clin d'œil complice.

Alors que le nouveau venu s'avançait vers Ed, Tiffany remarqua qu'il tenait un bouquet de fleurs défraîchies entre les mains. Des mains aux doigts fins et longilignes…

Les deux hommes échangèrent une chaleureuse poignée de main, puis Ed présenta Isabel à son ami, qui la serra amicalement dans ses bras.

Il était encore plus impressionnant de près.

— Aurons-nous droit à une bise, nous aussi ? demanda Mary, la cousine d'Isabel, avec un sourire coquin.

A ces mots, toute la tablée éclata de rire, à commencer par l'époux de Mary. Depuis toujours, la cousine d'Isabel était préposée au rôle de boute-en-train lors des fêtes de famille.

— Bien sûr ! répondit Ed en présentant officiellement son ami au sex-appeal affolant.

Garrett Berringer, de Philadelphie, avait généreusement accepté de remplacer Jimmy comme placeur, à la dernière minute.

Pour Tiffany, l'attirance fut immédiate. Cet homme avait un charme fou.

Lorsqu'il vint s'asseoir à côté d'elle, elle avait déjà presque oublié son nom. Leurs regards se croisèrent et un délicieux frisson s'empara d'elle.

— Bonsoir, moi c'est Garrett.

Mon Dieu… cette voix était si profonde… Elle la figea sur place. Mais quand il lui sourit, ses yeux noisette brillaient d'une lueur chaleureuse mais réservée. Tiffany eut l'impression qu'il n'était peut-être pas aussi à l'aise qu'il en avait l'air. Ce qui ne le rendit que plus intrigant encore à ses yeux.

— Enchantée, Tiffany. Tiffany Walker, répondit-elle d'une voix faussement détendue.

— On ne se fait pas la bise ? murmura-t-il en soutenant son regard tout en lui donnant une poignée de main prolongée.

Le groupe autour de la table se mit à scander :

— La bise ! La bise ! La bise !

Tiffany roula des yeux et Garrett se mit à rire avant de lui donner une accolade aussi furtive que polie.

Il se rassit, mais pendant la brève seconde où il l'avait tenue contre lui Tiffany avait senti son sang bouillonner au creux de ses veines.

— Pour qui sont ces chrysanthèmes ? demanda-t-elle.

— Des chrysanthèmes ?

Elle désigna le bouquet défraîchi.

— Oh ! Ce ne sont pas des marguerites ? bredouilla-t-il avec un léger sourire. Je les ai achetées dans la rue, en me baladant, et j'avais presque oublié que je les avais traînées jusqu'ici…

Ce sourire était tellement craquant… Elle allait littéralement fondre.

— Je vois. Ce sont des fleurs qui ont besoin de beaucoup d'eau, expliqua-t-elle en lui prenant le bouquet des mains pour le plonger dans son verre.

Ils dégustèrent le repas en échangeant quelques banalités, mais Tiffany était distraite par les images qui fleurissaient dans son esprit, à mesure que les chrysanthèmes semblaient retrouver, comme elle, une seconde jeunesse. Elle imaginait le corps sexy qu'il cachait sous son costume… Puis ce même corps entre les draps neufs qu'elle venait d'acheter pour son lit…

— Vous voulez boire autre chose ?

Tiffany sortit brusquement de sa rêverie, lorgnant ses lèvres sensuelles, son menton prononcé, son nez aquilin et ses yeux châtains.

— Avez-vous déjà eu le nez cassé ? demanda-t-elle en guise de réponse.

Il hocha lentement la tête, un demi-sourire aux lèvres.

— Une fois ou deux, admit-il. Mes frères et moi étions très sportifs quand nous étions gamins, et dans notre travail il peut nous arriver d'en venir aux mains. Ce qui rend ma mère à moitié dingue, d'ailleurs.

— Vous êtes nombreux ?

— J'ai trois frères, dont un, Jonas, qui vient de se marier.

— Félicitations ! s'exclama Tiffany.

Il lui sembla qu'il louchait un peu sur son décolleté — un peu trop plongeant peut-être ? Elle n'avait pas vraiment eu le choix en s'habillant ce matin : son seul soutien-gorge propre était un modèle qui mettait sa poitrine particulièrement en valeur… Etait-ce là un signe du destin ? En tout cas, elle redressa les épaules.

— Vous voulez boire autre chose ? répéta Garrett.

Elle en mourait d'envie, mais ce n'était pas sérieux. Marcus Hooper et ses infidélités l'attendaient. Ah, si seulement elle avait déjà résolu cette affaire ! Elle pourrait profiter pleinement de l'instant présent…

A contrecœur, elle secoua la tête avec un sourire.

Garrett parut déçu, ce qui l'électrisa littéralement. Cet homme avait envie de prolonger la soirée avec elle !

— Ou alors, peut-être une boisson sans alcool. Il ne faudrait pas que je trébuche devant l'autel pendant la répétition, ajouta-t-elle en plaisantant.

— Ne vous en faites pas, je suis là pour vous rattraper, la rassura-t-il en se levant avant de lui offrir son bras.

A cet instant, toute pensée rationnelle s'effaça du cerveau de Tiffany. Elle se leva à son tour et glissa son bras sous celui de Garrett. Rien ne lui faisait plus d'effet qu'un homme galant.

Elle jeta un regard en direction des convives, qui commençaient à se lever eux aussi.

— C'est l'heure de nous rendre à l'église. Ce n'est pas très loin d'ici, je peux vous y déposer avec ma voiture, si vous voulez !

Elle se mordit aussitôt les lèvres, regrettant à moitié sa proposition. Voilà que sa légendaire spontanéité était en train de reprendre le dessus…

— Ce serait super, répondit-il avec entrain. Pour vous dire la vérité, je me sens un peu hors de mon élément ici. Je n'ai été qu'à seulement deux mariages jusqu'à présent : le mien et celui de mon frère.

— Je vois… aucun souci, bafouilla-t-elle en sentant son sang se figer.

Machinalement, elle scruta de nouveau ses mains. Il ne portait pas d'alliance, c'est pourquoi elle ne s'était pas méfiée.

Quelle idiote ! C'était trop beau pour être vrai. Cet homme était trop beau pour être vrai. Il faisait partie de ces chauds lapins qui prenaient soin d'ôter leur alliance

dès qu'ils quittaient la maison. Pas besoin d'être détective
pour cerner ses intentions. Alors voilà ce qu'était cette lueur
de désir qu'elle avait décelée dans son regard ! Il avait tout
simplement l'envie… de tromper sa femme avec elle. Fin de
l'histoire. Encore une fois, elle avait tiré le mauvais numéro.

Mais trop tard. Elle lui avait déjà proposé de le déposer. Ils
sortirent donc du restaurant avec les autres convives. Tiffany
avait beau être la reine de la spontanéité, elle n'était pas du
genre à prendre pour amant un homme marié. Spontanée
oui, mais avec tout de même quelques principes.

Et maintenant qu'elle avait mieux cerné le personnage, il
n'allait pas lui falloir trop d'efforts pour se tenir à distance
de Garrett Berringer.

2

Finalement, la répétition de la cérémonie n'avait pas été si terrible que cela. Garrett avait même bien fait d'accepter de venir en aide à son ami. Principalement grâce à *elle*.

Au bras de cette femme qu'il accompagnait dans le cortège, il n'avait pas été envahi par les souvenirs de son propre mariage. Mais Tiffany ne semblait pas aussi enthousiaste que lui. Pour la centième fois au moins de la soirée, elle consulta sa montre d'un air fébrile. Comme si elle était pressée de partir et de dire au revoir à Isabel.

Ed, qui était d'humeur festive, avait proposé à tout le monde de sortir prendre quelques verres et même d'aller danser après l'église. Pour une fois, Garrett avait décidé de se laisser tenter, espérant faire plus ample connaissance avec Tiffany. Cela faisait des lustres qu'une femme ne l'avait pas intrigué au point d'avoir envie de partager son lit.

Au cours du dîner, elle avait paru intéressée, flirtant ouvertement avec lui. Et puis tout à coup, sans qu'il comprenne pourquoi, elle s'était montrée plus distante. La conversation sur le trajet de l'église s'était limitée à quelques banalités. Elle n'avait plus ri à aucune de ses blagues, et son regard semblait fuir le sien. Pire encore, elle s'était raidie au moment où il lui avait pris le bras pour l'entraîner avec le cortège vers l'autel.

Surtout, elle gardait les yeux rivés à sa montre, comme si elle était désormais pressée de lui fausser compagnie.

Qu'avait-il donc pu faire pour la révulser à ce point ? Comment lui redonner le sourire ? Il n'était pas coutumier d'une telle indécision. Chez Berringer Bodyguards, il savait toujours comment agir, en toute circonstance. Et il aimait se sentir utile, efficace. L'entreprise gagnait peu à peu en prestige — notamment depuis que son frère avait épousé la fille d'un sénateur — et Garrett y investissait tout son temps et toute son énergie.

Mais voilà, ce soir, les choses étaient différentes : il n'était pas dans son environnement, il n'avait pas ses repères. Il était là, face à Tiffany qu'il connaissait depuis à peine quatre heures. Les bagues qu'elle portait aux mains étincelaient alors qu'elle parlait en agitant gracieusement les bras. Cette façon de s'exprimer était prometteuse... Il était curieux de voir ce que cela donnerait au lit... Il aimait particulièrement le petit nœud qui enserrait sa crinière auburn au niveau de sa nuque. Il avait envie de le dénouer... Pour voir ses cheveux retomber sur ses épaules. Et cette robe dos-nu qui révélait les contours de ses épaules, de son cou... Il se voyait déjà y déposer une pluie de baisers.

Et pourquoi pas, après tout ? Pourquoi ne pas profiter de ce séjour pour s'offrir une petite aventure ? Il avait très envie d'elle, cela ne faisait aucun doute, mais encore fallait-il que Tiffany soit d'accord...

Ce qui, malheureusement, ne semblait guère être le cas : elle était justement en train de dire au revoir à Isabel. Sans réfléchir, il la suivit au moment où elle approchait de la sortie.

— Hé, Tiffany, attendez !

Elle s'arrêta et se retourna vers lui d'un air résigné.

Bon sang, mais qu'avait-il pu faire pour lui déplaire à ce point ?

— Est-ce que j'ai fait quelque chose de mal ? demanda-t-il en la regardant droit dans les yeux.

S'il voulait avoir une chance de la retenir, sans doute valait-il mieux aller droit au but.

— Je ne vois pas ce que vous voulez dire, marmonna-t-elle. Je dois y aller maintenant.

Manifestement, elle était très pressée.

— Saviez-vous que contrairement à ce que croient les gens, quelqu'un qui ment cherche à vous regarder dans les yeux, pour tenter de vous convaincre qu'il est honnête ?

Un éclair d'agacement traversa le regard de Tiffany, dont les joues rosirent — ce qui la rendait plus jolie encore.

— C'est moi que vous traitez de menteuse ? C'est drôle, parce que je pensais la même chose de vous, lâcha-t-elle en s'éloignant.

— De moi ? s'étonna-t-il en la rattrapant par le bras. Mais on ne se connaît que depuis quelques heures…

Elle le fusilla du regard puis baissa les épaules en soupirant.

— Ecoutez, laissez tomber. Je ne sors pas avec les hommes mariés.

— C'est tout à votre honneur. Seulement… je ne suis pas marié.

— Ah bon ? D'accord, vous ne portez pas d'alliance… comme beaucoup d'hommes mariés qui trompent leur femme. Bref, ma réponse est « non merci ! », asséna-t-elle avant de lui tourner le dos pour rejoindre le parking, l'air fier.

Il avait beau être complètement perdu, il la trouvait adorable.

— Attendez ! cria-t-il en lui emboîtant le pas. Je vous assure que je ne suis *pas* marié. Qui a bien pu vous dire une chose pareille ?

— Vous-même. En m'expliquant que vous n'aviez jusque-là assisté qu'à deux mariages. Celui de votre frère et *le vôtre* ! martela-t-elle en lui enfonçant l'index dans la poitrine.

Mon Dieu… Mais bien sûr ! Il avait tellement l'habitude d'être considéré comme le veuf-éploré-à-qui-on-doit-remonter-le-moral qu'il n'avait même pas songé à préciser son propos, tout à l'heure.

— Bon, tout ça est un malentendu… Je m'en excuse. J'ai bien été marié. Mais mon épouse est morte il y a six ans.

Cette fois, elle lui adressa un regard écœuré.

— Bien sûr. Ecoutez, vous avez envie de vous offrir du bon temps pendant votre séjour ici, je l'ai bien compris.

Mais je ne suis pas intéressée. Et vous n'avez pas honte ? Faire croire que votre femme est morte pour parvenir à...

Pour achever de la convaincre, Garrett extirpa son porte-feuille de son pantalon et en sortit une petite plaque photo commémorative avec les dates de naissance et de décès de Lainey.

— Voici ma défunte épouse, Elaine, dit-il à voix basse en la montrant à Tiffany. Et voici son épitaphe.

Il tourna la plaque afin de lui faire lire les mots qu'il connaissait par cœur : *Elaine Elizabeth Berringer. Née le 20 mai 1978. Décédée le 15 novembre 2006. Souviens-toi de deux baisers : le premier et le dernier.*

Tiffany prit la plaque entre ses mains et la scruta un long moment. Quand elle releva les yeux vers lui, ils étaient rouges et humides.

Bon sang, voilà qu'il la faisait pleurer maintenant...

— Ne pleurez pas, je vous en prie, bredouilla-t-il en reprenant la plaque pour la ranger dans son portefeuille. Je voulais juste vous montrer que je ne mentais pas. Et je comprends tout à fait que vous ayez mal interprété mes paroles de tout à l'heure, ajouta-t-il en posant les mains sur ses épaules afin de la forcer à le regarder.

Décidément, il ne savait plus s'y prendre avec les femmes.

— Pardonnez-moi de vous avoir contrariée à ce point, ajouta-t-il.

— Non, c'est moi qui vous dois des excuses. C'est tout moi, ça : je passe ma vie à tirer des conclusions hâtives... A bondir de relations en relations, de problèmes en problèmes. Et maintenant que je connais la vérité, je réalise à quel point ce que je vous ai dit est affreux. Je suis vraiment navrée, insista-t-elle. Elle était très jolie.

A ces mots, le cœur de Garrett s'adoucit un peu.

— N'est-ce pas ? Mais c'était il y a longtemps, ajouta-t-il avec un soupçon de culpabilité.

Pour la première fois depuis la mort de Lainey, il se surprenait à en minimiser le souvenir.

— Combien de temps avez-vous été mariés ?

— Six ans… Il m'a fallu deux ans pour enlever ses affaires de la maison. Et cinq ans pour ôter mon alliance… Mais je garde toujours cette petite plaque sur moi.

Tiffany eut un sourire timide.

— C'est romantique… Et triste aussi.

Triste ? Il ne pensait pas inverser autant la tendance : après l'avoir pris pour un mari volage qui cherchait à tromper sa femme avec une aventure d'un soir, voilà maintenant qu'elle le considérait comme un veuf muré dans le souvenir de sa défunte épouse…

En perdant Lainey, il avait eu le sentiment de mourir avec elle. S'il se réveillait le matin, bougeait, respirait et mangeait, c'était uniquement pour répondre aux besoins de son corps, et pour rassurer ses parents. Eux-mêmes géraient leur deuil comme ils le pouvaient, et il n'avait pas voulu leur imposer son propre chagrin.

Puis, petit à petit, les choses avaient été moins doulou-reuses. Et l'entreprise l'avait sauvé. Ses frères, sa famille l'avaient sauvé. Son cœur avait commencé à cicatriser, et il avait pu ouvrir un nouveau chapitre de sa vie. Même si, en réalité, il n'avait pas réellement tourné la page.

Mais, depuis sa rencontre avec Tiffany, son cœur s'était comme remis à battre. Pour la première fois depuis long-temps, il se sentait *vivant*. Oui, quand il plongeait son regard dans les grands yeux verts de Tiffany, encore embués de larmes, il se sentait plus vivant que jamais.

Laissant parler son instinct, son désir purement animal, il attira Tiffany à lui. Il sentait désormais son sang bouillonner au creux de ses veines — une sensation qu'il ne connaissait plus depuis des années. Et, pour l'heure, il ne voyait qu'une façon de convaincre Tiffany qu'il vivait bien dans le présent, et non dans le passé.

Sans plus réfléchir, il l'embrassa.

Aussi simple que ça.

Et, contre toute attente, elle enroula les bras autour de

son cou et vint se presser tout contre lui, répondant avec ardeur à son baiser.

— Voilà, c'est aussi simple que ça, murmura-t-il contre ses lèvres avant de chercher sa langue.

Soudain, un désir puissant, irrépressible s'empara de lui, et il la plaqua contre la voiture. Oh ! comme il aimait sa façon gourmande et fougueuse de l'embrasser... Le souffle court, il promena les mains sur ses seins qui pointaient sous le mince tissu de sa robe. Elle posa les paumes sur son dos puis descendit jusqu'à lui empoigner les fesses, plaquant ainsi son sexe contre le sien en érection.

Dans le creux de son oreille elle poussa un soupir lascif, parfaitement impudique, qui lui donna envie de soulever sa robe pour lui faire sauvagement l'amour, là, maintenant — lui qui était connu parmi les siens pour son côté réfléchi, responsable, mesuré.

Mais une petite voix lui rappela qu'ils se trouvaient dans un endroit public. Alors il s'écarta doucement et s'éclaircit la gorge.

— D'habitude, je ne... Enfin, je n'aurais pas dû...

Sa voix était éraillée, essoufflée, sensuelle... Ce qui l'excita encore plus.

— Viens avec moi dans ma chambre, l'interrompit-il en la couvrant de baisers. S'il te plaît.

A ces mots, il réalisa son fantasme : il dénoua les cheveux de Tiffany, qui tombèrent en cascade sur ses épaules.

Son regard s'assombrit de désir, mais elle secoua la tête.

— Je dois partir... J'ai... du travail.

Du travail ? Si tard dans la soirée ?

— Annule !

— Impossible, susurra-t-elle en le repoussant doucement.

— Alors rejoins-moi quand tu auras fini.

Elle le dévisagea longuement, puis secoua de nouveau la tête.

— Je ne sais pas à quelle heure j'aurai terminé.

— J'ai la nuit devant moi. Voici l'adresse de mon hôtel et mon numéro de chambre. Je t'attendrai.

Elle hocha la tête, visiblement chamboulée. Ce qui redonna espoir à Garrett. Puis elle monta dans sa voiture, démarra en trombe et disparut. Il resta planté là, les yeux dans le vague, priant pour qu'elle réponde à son invitation.

Autrement, la nuit promettait d'être terriblement longue.

Tiffany s'engouffra dans l'ascenseur. Ça y est, elle recommençait ses bêtises. La voiture de Marcus n'était plus sur le parking, mais elle alla tout de même frapper à la porte de la chambre. Avec un peu de chance, sa maîtresse ouvrirait peut-être, et lui fournirait une piste. Mais pas de réponse.

Décidément, ses débuts dans le monde des détectives ressemblaient de plus en plus à un fiasco. Mais pas question de rentrer chez elle pour s'apitoyer sur son sort. Garrett l'attendait dans sa suite, ce serait trop idiot de ne pas le laisser lui changer les idées.

Oui, Tiffany était impulsive. Elle ne réfléchissait pas aux conséquences de ses actes.

Mais quel mal y avait-il à rejoindre cet homme ? Il n'était en ville que le temps du mariage, et, c'était bien connu, les mariages étaient l'occasion idéale pour faire des rencontres et fricoter un peu. Elle allait avoir une aventure sans lendemain avec un des placeurs, *et alors* ? Une fois qu'ils auraient tous deux pris du bon temps, chacun retournerait chez soi. Lui, sur la côte Est, et elle à sa petite vie rangée. Fin de l'histoire.

Il n'y avait aucune raison que l'un d'eux soit blessé.

Et puis, il embrassait tellement, mais tellement bien…

Elle avança dans le couloir et s'apprêta à frapper à sa deuxième porte d'hôtel de la soirée… En espérant un meilleur résultat cette fois.

Mais… Et s'il avait changé d'avis entre-temps ?

Elle eut à peine le temps d'être inquiète : il ouvrit la porte, plus beau que jamais dans son jean et son T-shirt. Pieds nus, il lui sourit chaleureusement, visiblement heureux de la revoir. Il tenait un livre dans les mains — oh, comme elle trouvait cela sexy de l'imaginer en train de lire.

— Bonsoir, murmura-t-elle, soudain mal à l'aise.

— Bonsoir. Ton travail ne t'a pas retenue longtemps, remarqua-t-il.

— Oui, moins que je ne le pensais, dit-elle en se gardant bien d'entrer dans les détails.

— Je suis content que tu sois venue, murmura-t-il en s'écartant pour la laisser entrer.

C'est alors qu'un doute terrible s'empara d'elle.

Après ce que Brice lui avait fait subir, et ce que ses débuts comme détective privé lui avaient laissé entrevoir de la gent masculine, était-ce bien raisonnable ? Retrouver un homme qu'elle connaissait à peine dans une chambre d'hôtel, alors que personne ne savait où elle se trouvait ?

Mais Garrett n'était pas Brice. Ni Marcus Hooper. Et il était un ami de longue date d'Ed.

— Tiffany, est-ce que ça va ?

Les jambes en coton, elle esquissa un sourire.

— Oui… Pardon… C'est juste que je ne… Enfin, je n'ai pas l'habitude de retrouver des inconnus dans leur chambre d'hôtel…

Il sourit à son tour.

— Je vois… Moi non plus, en fait. Si tu veux, on peut simplement descendre prendre un verre au bar et bavarder. Ce serait déjà très agréable.

Ces paroles l'aidèrent à se détendre.

— Non, ça ira, répondit-elle sincèrement en entrant dans la luxueuse suite.

Elle poussa même un sifflement d'admiration en découvrant l'immense séjour.

— Je dois rester un mois en ville, expliqua-t-il, alors j'ai dépensé une petite fortune : je trouve important d'être bien logé.

— Je comprends.

— Je n'imaginais pas que la suite serait aussi luxueuse, mais je suis d'accord : c'est loin d'être inconfortable.

Un immense lustre étincelait au milieu de la pièce, et Tiffany garda les yeux rivés sur ses petites ampoules.

La suite comptait trois chambres et une kitchenette, ainsi qu'un séjour, la chambre principale et une salle de bains. La cuisine était nichée dans un recoin du vaste séjour, et de l'autre côté une large baie vitrée offrait une vue plongeante sur Union Square et les gratte-ciel de San Francisco. Tiffany traversa la pièce et ouvrit grand les rideaux.

— Je ne me lasserai jamais devant la beauté de cette ville, lança-t-elle d'une voix enthousiaste.

Garrett avança vers elle puis s'arrêta dans son dos, plaçant doucement les mains sur ses épaules. Il contempla le panorama avec elle en silence, puis reprit la parole.

— En effet, c'est spectaculaire. Je suis impatient de mieux connaître la ville. Et… de mieux te connaître toi, Tiffany, ajouta-t-il à voix basse.

— Qu'aimerais-tu savoir ? demanda-t-elle d'une voix plus sensuelle qu'à l'accoutumée.

— Eh bien, pour commencer, veux-tu boire quelque chose ? J'étais en train de déguster un bourbon. Ça te tente ?

— Volontiers, dit-elle en se retournant pour le voir rejoindre le bar sur lequel était posée une bouteille de whisky haut de gamme. Je le prendrai sec, s'il te plaît.

Il sourit.

— Je vois que j'ai affaire à une femme de caractère…

— Je t'ai entendu expliquer tout à l'heure que tu étais garde du corps ?

— Oui. J'ai monté une petite entreprise familiale avec mes trois frères, expliqua-t-il en lui tendant un verre. Je suis l'aîné.

Il trinqua avec elle avant de boire une nouvelle gorgée.

— Et vous êtes tous gardes du corps ? Ce doit être un métier captivant.

— Parfois, répondit-il en l'entraînant vers le canapé du salon. Quand ce n'est pas ennuyeux.

Ennuyeux ? Tiffany avait peine à le croire. S'il voulait avoir une idée de ce qu'était un métier ennuyeux, qu'il vienne donc passer une journée à la bijouterie, à présenter des diamants à de richissimes clients…

— Et toi, que fais-tu dans la vie ?

— Je travaille aussi pour l'entreprise familiale. Une bijouterie artisanale dans le centre-ville.

— Depuis combien de temps ?

— Oh ! quelques mois seulement. C'est bien payé et je peux m'enorgueillir d'être au contact de tout ce qui brille ! expliqua-t-elle en regardant les bagues et le bracelet qu'elle portait. L'amour des bijoux est une affaire de famille chez moi. Ma mère a même choisi nos noms, à mes sœurs et à moi, en hommage à sa passion…

— Ah, Tiffany… Comme le célèbre joaillier.

— Oui… Et mes sœurs s'appellent Ruby et Ambre. Elles sont toutes les deux mariées. Mais il y a aussi notre plus jeune frère, Nick.

— On dirait que ce travail te plaît en tout cas…

— Disons que je ne suis pas à plaindre. Ça paie mes factures et ça donne un coup de main à mes parents, mais j'aimerais démarrer mon propre projet bientôt…

Elle était tentée d'en dire davantage, de lui parler de sa nouvelle vie de détective, mais était-ce raisonnable ? Et s'il se moquait d'elle ? Pire, s'il en parlait à quelqu'un au mariage ? Non, mieux valait garder la chose secrète pour l'instant. Même si elle brûlait d'envie de se confier à quelqu'un…

— Tiffany ? Tu es encore avec moi ? fit-il, l'air inquiet.

— Excuse-moi, répondit-elle en secouant la tête avec un sourire. Je repensais à un cambriolage que j'ai subi et dans lequel j'ai perdu tous mes effets personnels. Ce job à la bijouterie m'a permis de me rééquiper entièrement.

Le visage de Garrett se rembrunit.

— Un cambriolage ? Tu n'as pas été blessée, j'espère ?

— Non, je n'étais pas chez moi quand c'est arrivé. Mais j'ai dû tout racheter, jusqu'à mon grille-pain…

— Tu n'étais pas assurée ?

— Malheureusement, non, avoua-t-elle d'une petite voix honteuse.

Mais, au lieu de la juger comme le faisaient tous les gens à ce stade de la conversation, Garrett se contenta de hocher la tête d'un air compatissant. Elle pouvait visiblement lui faire confiance. Bon, peut-être pas au point de lui révéler que celui qui l'avait dépouillée ainsi n'était autre que son petit ami. Autant se balader avec une pancarte « Ecervelée » accrochée au cou.

— C'est affreux, commenta-t-il simplement avec compassion.

— Ça n'a pas été facile, confirma-t-elle en avalant une gorgée de bourbon.

Tiffany fut alors prise d'une vague de chaleur intense, provoquée par l'alcool qui coulait dans sa gorge, et par les doigts de Garrett qui traçaient soudain une ligne de feu le long de sa nuque. Mon Dieu… la tête lui tournait.

Elle s'enfonça alors doucement dans le canapé. Lui se rapprocha pour lui prendre délicatement son verre des mains, et le poser avec le sien sur la table basse.

— Ce bourbon est délicieux, murmura-t-elle en se tournant vers Garrett.

— C'est vrai. Il doit merveilleusement bien se mélanger avec le goût de tes lèvres, murmura-t-il en l'attirant à lui pour l'embrasser.

Le souffle court, elle se laissa envahir par une marée de sensations plus exquises les unes que les autres.

— Ça va ? s'enquit Garrett en cherchant son regard.

— Oh ! oui, merveilleusement bien, souffla-t-elle dans un état second.

Non, ce n'est pas une bêtise, se répéta-t-elle tandis qu'il lui mordillait la nuque, avant de lui pincer le bout des seins de la plus délicieuse des façons.

Tremblotante, elle étouffa un petit cri de surprise au moment où il glissa délicatement la main sous sa robe, pour la remonter lentement entre ses cuisses. Se sentant alors défaillir, elle s'agrippa à ses épaules lorsqu'il insinua un doigt sous le mince tissu qui couvrait son sexe.

— Continue, ne t'arrête pas, implora-t-elle, haletante, sans le quitter du regard.

— Tes désirs sont des ordres, lui promit-il contre sa bouche.

En quelques secondes, il trouva son clitoris enflé de désir et le caressa jusqu'à la faire basculer dans un voluptueux orgasme. A bout de souffle, le corps secoué par une vague de plaisir, elle s'accrocha encore plus fort à lui.

— Ce n'est que le début, susurra-t-elle au creux de son oreille tout en pressant la main sur son sexe en érection, à travers son jean. Mais il nous faut enlever ces fichus vêtements...

Dans un élan fougueux, il l'embrassa alors à pleine bouche et la plaqua contre un coussin. L'instant était magique. Etait-elle en train de rêver ? Elle était dans les bras de cet homme, beau comme une gravure de mode, et elle n'y croyait toujours pas. Aucun de ses précédents petits amis ne lui arrivait à la cheville.

Quel âge pouvait-il avoir, au juste ? Cela n'avait guère d'importance, mais il était plus mûr que les hommes qu'elle avait connus jusqu'ici. Sa femme était décédée il y a six ans, et ils s'étaient mariés jeunes... Il devait donc avoir autour de trente-cinq ans.

Bien sûr, elle ne pouvait qu'imaginer l'enfer qu'il avait dû vivre en perdant sa femme, mais cela lui donnait cette sincérité paisible qui le rendait extraordinairement sexy. Avec ces épaules larges, sa façon de bouger était incroyablement assurée. Et puis, le fait qu'il ait aimé à ce point et perdu l'amour de sa vie avait de quoi faire craquer n'importe qui — comme elle-même était en train de craquer.

Ivres de désir, ils s'arrachèrent leurs vêtements. La lumière était allumée, et Tiffany, désormais entièrement nue, résista à l'envie de se couvrir : il la dévorait d'un regard brûlant.

Cette façon qu'il avait de la toiser était très érotique, mais aussi très déconcertante. Non pas qu'elle fût véritablement complexée, mais elle avait encore du chemin à faire si elle voulait ressembler aux mannequins des magazines. Elle trouvait ses seins trop ronds, trop lourds, et malgré son jogging quotidien le long des rues pentues de la ville ses cuisses n'étaient pas assez fuselées à son goût. Et, en cet instant, elle regretta de succomber trop souvent aux viennoiseries du pâtissier situé juste en face de la bijouterie.

— Tu es magnifique, Tiffany. Et sexy en diable ! déclarat-il d'une voix éraillée sans la quitter des yeux.

La façon dont il parlait, l'expression gourmande sur son visage donnaient presque envie de le croire. En tout cas, son érection ne laissait aucun doute quant à son désir pour elle.

— Merci, murmura-t-elle timidement malgré la vive excitation qui l'étreignait. Tu n'es pas mal non plus.

Pas mal non plus ? C'était tout ce qu'elle avait à répondre ?

Elle avait connu des moments de plus grande éloquence, mais il lui était humainement impossible de réfléchir alors qu'elle se trouvait peau contre peau avec lui. Oh ! Seigneur, c'était comme si leurs corps avaient été modelés l'un pour l'autre…

— J'adore quand tu fais ça, chuchota-t-il en explorant ses seins du bout des lèvres.

— Quand je fais quoi ? demanda-t-elle, pantelante.

— Quand tu soupires comme ça, répondit-il en contournant ses tétons du bout de la langue.

— Il faut dire que tu as un don pour me faire soupirer, murmura-t-elle.

Puis ses soupirs se changèrent en petits gémissements : il s'attardait sur ses seins alors que d'autres parties de son corps n'attendaient que d'être explorées à leur tour.

— A moi maintenant, dit-elle en plaquant une paume sur son torse pour le repousser contre le canapé.

Il était là, étendu devant elle, d'une beauté indécente, et pendant un instant, tout ce qu'elle eut envie de faire, c'était le regarder.

— Tes désirs sont des ordres, répéta-t-il en croisant les mains au-dessus de sa tête.

Elle n'avait plus qu'à laisser parler ses envies, son désir. Comme devant un buffet de fantasmes spécialement élaboré pour elle.

Avec ses mèches brunes qui tombaient sur son front, ses yeux noisette, et son corps athlétique et bronzé, il la défiait du regard. Une fine toison recouvrait son torse, et elle traça une ligne imaginaire jusqu'à son entrejambe, captivée par ses cuisses aux muscles ciselés. Tout en lui respirait la perfection. Elle se mordit la lèvre, se demandant par où elle allait pouvoir commencer.

Retenant son souffle, elle s'installa alors à cheval sur lui, et ferma les yeux un instant pour savourer ce pur instant de bonheur. Puis elle referma une main autour de son sexe en érection, observant les réactions de Garrett. Il poussa un grognement de plaisir et se cambra légèrement, comme pour en demander plus, faisant ressortir davantage ses muscles.

— Tu me fais languir, articula-t-il d'un air amusé.

— Peut-être, admit-elle avec coquetterie. J'essaie juste de faire un peu plus ample connaissance.

— Mais je t'en prie, continue donc…

Leurs regards se croisèrent et Tiffany planta ses mains sur le canapé, de chaque côté de ses épaules.

— Il est temps de passer aux choses sérieuses…

Ivre de désir, elle déposa une salve de baisers brûlants le long de son torse, descendant jusqu'à son sexe dur qu'elle prit fougueusement dans sa bouche, arrachant à Garrett un gémissement de plaisir. Du coin de l'œil, elle le vit serrer les poings. Parfait, il avait l'air d'aimer cela.

Du bout des lèvres, elle continua à l'exciter jusqu'à le faire soupirer de la plus voluptueuse des façons.

— Ça suffit, ma sirène, lâcha-t-il d'une voix rauque alors qu'elle promenait désormais sa langue entre ses cuisses.

Sans perdre une seconde de plus, il la souleva et la porta jusqu'au lit, où il s'allongea sur elle.

— Tu es une vraie tigresse, dis-moi, murmura-t-il avec un sourire satisfait tout en ouvrant la boîte de préservatifs qu'il avait achetée avant de remonter dans sa suite.

— Tu n'imagines même pas, rétorqua-t-elle d'une voix suave alors qu'il enfilait le préservatif.

Soutenant son regard, elle l'attira doucement, tout doucement en elle, priant pour que cet instant dure l'éternité. Puis elle se cambra pour mieux l'accueillir et poussa un long soupir.

Il la pénétra très délicatement. Envahie alors d'une époustouflante chaleur, elle s'agrippa à ses épaules et goûta une nouvelle fois à ses lèvres qui vinrent se poser sur sa bouche.

— C'est merveilleux…, articula-t-il d'une voix étranglée par le plaisir.

— Tu n'as encore rien vu, soupira-t-elle en se délectant de la manière avec laquelle il commençait à aller et venir en elle.

Le souffle court, elle ondula des hanches pour accentuer les sensations exquises qui s'emparaient d'elle. Accélérant la cadence, il lui enroula les jambes autour de sa taille, et elle se sentit alors dans une autre dimension.

— Oh ! oui, pantela-t-elle, sentant monter en elle un puissant orgasme.

Et lorsqu'il intensifia ses coups de reins, plus rien n'existait que leurs deux corps, dont les spasmes voluptueux se répondaient. Garrett continua à aller et venir en elle, jusqu'à ce qu'elle s'abandonne totalement à lui, en proie à l'extase.

En sueur, épuisée, Tiffany éprouva alors une satisfaction qu'elle n'avait jamais connue auparavant. Garrett roula sur le côté, mais garda ses bras autour d'elle.

Elle adorait cette façon qu'il avait de la tenir contre lui. Cela lui faisait ressentir tout un tas de choses, inhabituelles pour un amant d'un soir…

— Tiffany, c'était vraiment…

— Pour moi aussi, l'interrompit-elle pour couper court à toute conversation embarrassante.

Son corps tout entier vibrait encore du souvenir de cette étreinte, de ces caresses… Elle était brûlante, son cœur frappait contre sa poitrine…

Bref, elle se trouvait là en zone dangereuse. Impulsif, son cœur semblait ne plus écouter sa raison. Et nul besoin d'être détective pour deviner qu'elle risquait là de tomber follement amoureuse de Garrett. Mais il lui était comme impossible de lutter contre son corps — ce dernier avait le dernier mot.

D'autant qu'en essayant de démêler ses jambes des siennes, elle s'aperçut que, malgré leur épuisement manifeste, Garrett était encore excité.

Et aussi fou que celui puisse être, cela raviva son propre désir. Au plus haut point.

Déposant un bref baiser sur ses lèvres, elle se redressa sur le lit puis remonta le drap sur sa poitrine.

— Où est-ce que tu vas ? demanda-t-il, surpris.

— Prendre une douche. Avant de rentrer chez moi. Je te rappelle que nous sommes de mariage demain matin, dit-elle en souriant malgré sa brûlante envie de finir la nuit au lit avec lui.

Mais, pour une fois dans sa vie, elle allait faire preuve d'intelligence. Et de force de caractère.

— C'est vrai, j'avais oublié ce détail, marmonna-t-il d'un ton déçu.

Mon Dieu… Sa volonté était en train de la quitter ! Il était déçu de la voir partir ! Quel bonheur… La plupart des hommes n'étaient-ils pas plutôt pressés de voir leur maîtresse disparaître, une fois les meilleurs moments passés ?

— Après tout, je ne me suis pas vraiment reposé depuis mon arrivée, entre le décalage horaire, et ma participation de dernière minute comme placeur, reprit-il en bâillant.

Et puis je dois arriver à la première heure demain pour les retouches sur le smoking.

Bon, l'excuse était crédible et leur permettait au moins de se quitter avec tact.

— Ça ne te dérange pas si j'utilise ta douche ? demanda-t-elle sans le quitter du regard.

Cet amant hors pair était encore nu, dans son lit, et elle restait là à le regarder, sans aller le rejoindre pour faire l'amour jusqu'au bout de la nuit ? Etait-elle devenue folle ?

— Je t'en prie…, murmura-t-il. Tu ne vois pas d'inconvénient à ce que je t'accompagne ?

Il y avait une lueur coquine au fond de ses yeux… Il avait bien sûr autre chose en tête qu'une simple douche.

Incapable de refréner son enthousiasme, Tiffany hocha vigoureusement la tête.

— Au contraire… Je n'osais pas le suggérer.

Elle prévoyait toujours de rentrer chez elle après la douche — histoire de rester forte — mais elle n'était pas complètement idiote non plus, et comptait bien en profiter encore un peu.

3

Tiffany n'aurait jamais pensé s'amuser autant à ce mariage. On lui demanda à plusieurs reprises ce qui avait changé en elle. Sa couleur de cheveux ? Son rouge à lèvres ? Avec un sourire amusé, elle répondait qu'elle ne savait pas, mais son teint radieux était bien sûr le résultat de la nuit de folie qu'elle avait passée entre les bras de Garrett.

Garrett, qui se tenait avec les autres placeurs et témoins au côté d'Ed, devant l'autel. Alors que tous les regards se portaient — à raison d'ailleurs — sur Isabel, Tiffany, elle, sentait nettement les yeux de Garrett posés sur elle. Elle avait tellement envie de lui qu'elle en oubliait de respirer. Jamais auparavant elle n'avait désiré un homme à ce point.

Ils avaient à peine échangé quelques mots depuis leur arrivée à l'église — de son côté, Tiffany demeurait auprès de l'épouse et des demoiselles d'honneur. Peu à peu, les invités sortaient de l'église sous un déluge de pétales de roses, et restaient bavarder sous le porche tandis que le photographe en profitait pour immortaliser l'événement. Les jardins autour de l'édifice offraient un charme bucolique, ainsi qu'une vue imprenable sur le Golden Gate, qui se dressait majestueusement à l'arrière-plan, ses piliers rouges ressortant fièrement sur le bleu azur du ciel.

— Quel temps magnifique ! s'exclama Tiffany en tournant son visage vers le soleil automnal. On se croirait dans un tableau de maître !

— C'est une belle journée, approuva Garrett qui ressemblait

encore plus à une célébrité dans son smoking. La cérémonie était belle, elle aussi.

— Avec ce costume, tu ressembles plus à un espion qu'à un garde du corps, commenta Tiffany en le dévisageant de la tête aux pieds, un demi-sourire aux lèvres. Je te trouve beaucoup trop raffiné pour un tel métier.

Il éclata de rire.

— Tu dois confondre garde du corps et videur de boîte de nuit. Mais insinuerais-tu que je ne suis pas assez costaud ?

— Pas du tout ! J'ai pu avoir un aperçu quasi exhaustif de ta musculature cette nuit, et je n'ai aucun doute à ce sujet, répondit-elle d'une voix suave tout en lui lançant un regard de défi. J'espère que tu n'as pas oublié, au moins…

— Pas le moins du monde, répondit-il avec un sourire. Mais après ce que toi et moi avons fait cette nuit, tu devrais aussi savoir que derrière ces airs raffinés, je cache une nature sauvage et fougueuse, murmura-t-il en descendant discrètement la main le long de son dos, jusqu'à lui empoigner les fesses à travers sa robe, lui procurant alors un délicieux frisson.

Elle n'avait pas fermé l'œil depuis qu'elle était rentrée chez elle : elle s'était repassé le film, seconde par seconde, depuis sa rencontre avec Garrett, avec quelques arrêts sur les images de ce qu'ils avaient fait dans sa suite à l'hôtel. Elle avait eu toutes les peines du monde à se lever ce matin et à se préparer pour le mariage, mais elle avait fini par accomplir tant bien que mal son devoir.

Et, à présent, elle avait envie de se trouver loin, très loin de cette foule d'invités. Car la façon dont Garrett lui parlait, dont il la regardait depuis qu'ils s'étaient retrouvés devant l'autel était sans équivoque : il avait encore envie d'elle.

Et c'était réciproque.

— Oh ! mais je suis convaincue que la fougue n'est pas incompatible avec le raffinement, ajouta-t-elle à voix basse.

Elle adorait ce petit échange coquin, en toute impunité — les invités passaient et repassaient autour d'eux sans se douter un instant de la teneur de leur conversation.

— Mouais… je vais tout de même travailler sur le côté dur à cuire de mon image de garde du corps, reprit-il d'une voix énigmatique.

Follement curieuse de découvrir ce qu'il mettait derrière les mots « dur à cuire », elle brûlait d'envie d'y travailler avec lui… Juste une fois. Juste une dernière nuit.

Qu'avaient-ils à perdre, puisque tout cela n'était qu'éphémère ? Une fois ce mariage célébré, leur petite aventure prendrait fin. Garrett n'était venu à San Francisco que pour la cérémonie ; il n'avait aucune autre attache ici.

Prise d'un frisson, elle se tourna vers Garrett.

— Je suppose que je pourrais t'offrir une autre occasion de montrer combien tu peux être sauvage, déclara-t-elle d'une voix faussement neutre.

La seule idée de partager de nouveaux moments d'intimité avec Garrett faisait battre son cœur plus fort.

— Alors, tu ne seras pas déçue, promit-il d'une voix suave en se serrant un peu plus contre elle.

— Cela reste à démontrer, répondit-elle en un souffle.

A sa surprise, il lui passa un bras autour de la taille et l'entraîna derrière un haut buisson, avant de s'engouffrer dans une petite cavité à l'écart des regards.

Le parfum des fleurs se mêlait à l'odeur de gazon fraîchement tondu, donnant au jardin des airs de bout du monde à quelques mètres seulement du tumulte du mariage. A l'ombre, il faisait un peu plus frais, mais les lèvres brûlantes de Garrett ne tardèrent pas à capturer les siennes.

De la plus fougueuse et la plus sauvage des façons.

Sa langue jouant avec la sienne, il insinua une main dans son décolleté, et releva sa robe de l'autre.

— Garrett, on va nous…

— Je sais, chuchota-t-il en lui mordillant le lobe de l'oreille. Ne fais pas de bruit. On pourrait nous entendre.

Elle retint son souffle, mais son appréhension fut balayée par un nouveau baiser. Et quand les mains de Garrett trouvèrent son porte-jarretelles, il poussa un soupir satisfait. Jamais Tiffany n'avait ressenti une telle excitation.

Il glissa alors la main sous son string en dentelle, geste prometteur d'une exquise caresse… Mais, à sa surprise, il lui arracha le minuscule bout de tissu d'un geste assuré.

— Gar…

D'un seul regard, il la fit taire, ce qui ne fit qu'attiser son impatience de découvrir ce qu'il avait en tête…

Se mordant les lèvres, elle le regarda donc récupérer le bout de dentelle et le ranger dans la poche de son pantalon, avant de se mettre à genoux pour lui relever sa robe de la plus impudique des façons.

— Tu es belle, murmura-t-il en faisant de nouveau courir ses doigts sous la jarretelle.

Folle de désir, Tiffany plaqua ses mains contre la paroi rocheuse derrière elle, et étouffa un cri de surprise quand elle sentit l'haleine brûlante de Garrett au-dessus de son sexe.

Elle se mordit de nouveau les lèvres pour ne pas crier, jeta un coup d'œil vers l'extérieur de la cavité et se redressa brutalement… Des voix approchaient. Sa robe retomba aussitôt en place, et elle aperçut deux demoiselles d'honneur émerger des buissons.

Garrett avait dû les apercevoir car il fit semblant de chercher quelque chose à terre.

— Ah, le voilà, je l'ai retrouvé ! s'exclama-t-il alors en rangeant un objet imaginaire dans sa poche.

Tiffany s'efforça de contrôler sa respiration, se consumant de désir après ce qu'il venait de lui faire.

— Tiffany ! On te cherchait partout ! Le photographe a besoin de toi. Et de vous aussi, Garrett, déclara Mary avant de les dévisager tout à tour d'un œil suspicieux. Mais, bon, je pense que ça peut encore attendre cinq minutes.

Un sourire entendu aux lèvres, elle s'éloigna de la cavité rocheuse sans quitter Tiffany du regard.

Celle-ci sentit ses joues s'enflammer : Mary avait manifestement compris qu'elle ne s'était pas réfugiée dans ce havre de tranquillité dans le seul but de papoter un peu.

— Ouf, on l'a échappé belle, murmura-t-elle.

— Ce n'est que partie remise, répondit-il avec un clin d'œil tout en l'aidant à se relever. Chaque fois que je glisserai ma main dans ma poche aujourd'hui, je toucherai ton string. Et, à chacun de nos regards, on se souviendra de la façon dont je suis venu le chercher… Sans compter le fait que tu n'as pas de culotte sous ta robe. Il ne te restera qu'à me faire signe quand tu désireras terminer ce que nous avons commencé…

Mon Dieu… Il allait l'achever. A court de mots, elle imagina toutes les possibilités qui s'offriraient à eux dans la salle de réception : vestiaires, placards… Le cœur battant, elle donna un coup d'épaule à Garrett et ils rejoignirent le reste des convives.

Pendant près d'une heure, ils durent poser pour le photographe, d'abord individuellement, puis avec les demoiselles d'honneur et les témoins, et enfin avec le reste des invités pour la traditionnelle photo de groupe. Mais Tiffany n'avait d'yeux que pour Garrett.

Puis les limousines vinrent les chercher pour les conduire jusqu'à la vaste salle de réception. Garrett et elle se retrouvèrent assis face à un couple absorbé dans sa propre conversation.

— Alors, qu'as-tu pensé de ce petit aperçu de mes penchants sauvages ? chuchota Garrett à son oreille.

— C'était un bon début, dit-elle sagement en ajustant les plis de sa robe.

Robe sous laquelle elle ne portait qu'un porte-jarretelles.

— Un bon début ? répéta-t-il en la dévorant du plus sensuel des regards. Je prends cela pour un encouragement.

Comme il était sexy ! Cette voix, ce regard… Tout en lui excitait Tiffany au plus haut point. Et plus que de raison… Mon Dieu, ce n'était visiblement pas demain qu'elle arrêterait d'être impulsive.

— Tu dis ?

Elle avait pensé tout haut, en proie à une véritable tourmente intérieure. Elle mourait d'envie de passer encore quelques instants de folie avec Garrett. Le tout était de rester lucide, de garder la tête froide. Jusqu'à présent, elle avait eu tendance à se lancer dans certaines relations sans réfléchir, ni même établir de règles avec ses partenaires, et elle l'avait payé cher. Avec Garrett, les choses étaient jouées d'avance, il ne fallait pas se mentir. Elle se devait donc de rester réaliste, et honnête envers lui.

Oui, ainsi, tout se passerait bien.

— Ecoute, Garrett, je t'apprécie beaucoup, mais…

— Ne t'en fais pas, Tiffany. Notre petite aventure se limitera à ce week-end de festivités, précisa-t-il en lui mordillant le lobe de l'oreille. Je n'insinuais rien de plus.

— Oh ! dans ce cas… Aucun problème, haleta-t-elle.

A présent, plus d'ambiguïté : elle avait une journée pour profiter de lui au maximum. Et, un peu à la manière d'une Cendrillon, la fin du bal de ce soir signerait la fin de leur histoire.

Garrett se réveilla assez tard, et se retourna dans des draps fleuris qui sentaient la lavande… et l'odeur de Tiffany. Il enfouit son visage dans l'oreiller douillet et prit son temps pour ouvrir les yeux.

Hier, ils avaient atterri chez elle après une soirée inoubliable. A vrai dire, il ne se souvenait pas s'être autant amusé à un mariage. Pas même au sien, se dit-il avec un pincement de culpabilité au cœur.

Son mariage avec Lainey avait été un beau mariage, simple et élégant. Rien à voir avec la réception en grande pompe à laquelle il avait assisté hier. En temps normal, Garrett n'aurait d'ailleurs pas forcément apprécié ce genre de festivités, mais avec Tiffany, rayonnante à ses côtés — et son string dans sa poche — il s'était prêté au jeu et avait passé une excellente soirée.

Mais cette soirée n'était rien à côté des moments qu'ils avaient partagés dès leur retour chez Tiffany.

Roulant sur le côté, il s'aperçut qu'il était seul dans le grand lit. Sur l'oreiller à côté du sien, Tiffany avait laissé un petit mot.

« Garrett,

« Cette nuit a été merveilleuse.

« (Sans parler du vestiaire…)

« J'espérais prendre le petit déjeuner avec toi, mais il y a eu un problème à la bijouterie. N'hésite pas à fouiller dans les placards. Et si tu as le courage de sortir, il y a un bon boulanger au coin de la rue.

« Merci pour… Pour tout.

Tiff. »

Devant ces quelques mots pourtant si charmants, il se surprit à être terriblement déçu. Bien sûr, ils s'étaient mis d'accord sur le fait que leur histoire, purement sexuelle, ne durerait que le temps du week-end, mais il avait espéré passer au moins la matinée avec Tiffany. Et la trouver près de lui à son réveil. Il aurait aimé l'emmener déjeuner quelque part, ne serait-ce que bavarder un peu autour d'un café. Mais il avait eu le sommeil si profond qu'il ne l'avait même pas entendue partir… Ce qui était assez inhabituel, lui qui avait d'ordinaire le sommeil si léger.

Il sourit à cette pensée. Pas étonnant qu'il ait dormi à poings fermés : Tiffany l'avait littéralement épuisé.

En se dirigeant vers la douche, il se rappela qu'il n'avait que le smoking avec lui — d'ailleurs, il ne fallait pas qu'il oublie de le rendre à Ed. En tout cas, il n'aimait pas l'idée de devoir se séparer de Tiffany sans même pouvoir lui dire au revoir. Car, grâce à elle, il avait apprécié ses premiers jours de vacances bien plus qu'il n'aurait pu l'imaginer.

Une fois douché, il s'habilla et, avant de sortir, il fut curieux de visiter les lieux. A quoi ressemblait l'appartement de Tiffany ? A vrai dire, Tiffany n'avait guère pris la peine de lui faire faire le tour du propriétaire hier soir : ils s'étaient précipités directement au lit.

Si sa chambre était spacieuse et féminine, le reste du logement était plus neutre : meubles aux lignes épurées, tonalités chaleureuses et décoration sobre. Des étagères étaient encombrées de romans policiers, avec, en évidence, la série complète des Sherlock Holmes. Tiffany avait une collection de DVD non moins impressionnante, allant de *Veronica Mars* à *Monk*. Un ordinateur portable était posé sur un secrétaire, tout près d'une figurine de Sherlock Holmes.

Tiffany était donc une adepte de polars. Curieux... Garrett l'aurait plutôt imaginée lire des romans féminins. Lui-même était un gros lecteur : fictions, documentaires, pièces de théâtre... Il s'intéressait à tout, aux best-sellers comme aux œuvres un peu plus confidentielles. Et lui-même appréciait un bon polar de temps en temps.

C'était étonnant. Le caractère léger, sexy et provocant de Tiffany ne laissait pas deviner que son passe-temps favori consistait à se plonger dans la lecture d'histoires à suspense relatant des crimes affreux dans des ruelles sombres.

Mais ce n'était pas pour lui déplaire, au contraire. Il aimait ce contraste, et l'idée qu'il avait encore beaucoup de choses à découvrir d'elle. Ce qui amplifia sa frustration à l'idée de ne plus la revoir. Aussi dommage que cela puisse être, leur aventure sans lendemain prenait fin, et il allait devoir passer le reste de ses vacances seul.

La figurine de Sherlock Holmes était posée sur une carte de visite : *Tiffany Walker, codirectrice, Bijouterie Jarvis.*

Et s'il passait la voir, pour lui offrir un café ? Si elle en avait le temps, il pourrait peut-être lui dire au revoir en bon gentleman. Pourquoi pas, après tout ? Oui, pourquoi ne pas continuer dans la voie de la spontanéité, qui ne lui réussissait pas si mal que cela. Allez, direction l'hôtel, où il lui téléphonerait une fois qu'il se serait changé.

Une fois dehors, il prit un taxi qui le ramena à Union Square. C'était une douce matinée de dimanche. Sur le trajet, il discuta avec le chauffeur de la meilleure façon de découvrir San Francisco en touriste. A pied, en taxi, ou en tram, les moyens de se balader ne manquaient pas. Garrett décida de commencer ses vacances par un jogging aller-retour le long du Golden Gate.

Le chauffeur, qui se considérait comme un « vieux de la vieille », avait des milliers de suggestions, toutes séduisantes, qui apportèrent du réconfort à Garrett. Il avait trouvé de quoi combler sa solitude une fois qu'il aurait dit adieu à Tiffany. Une fois arrivé à destination, il laissa un généreux pourboire au taxi et s'engouffra dans l'hôtel pour se changer.

Tout en se préparant pour sa petite excursion, il s'aperçut qu'il n'avait plus sa montre au poignet. Il l'avait oubliée sur la table de chevet de Tiffany. Il tenait beaucoup à cette montre. Elle avait appartenu à son grand-père, et lui avait été offerte par son père, le jour de ses dix-huit ans.

Bon, eh bien... il avait désormais une bonne excuse pour revoir Tiffany. Sortant la carte de visite de son portefeuille, il composa le numéro de téléphone inscrit en bas.

Prête à s'arracher les cheveux un par un, Tiffany regardait, impuissante, la police fureter dans tous les recoins de la bijouterie. Elle était épuisée. Pourquoi fallait-il qu'une fois encore les choses lui explosent à la figure ? Peut-être était-ce un signe : elle n'avait pas tenu sa résolution et était punie d'avoir cédé à son impulsivité ce week-end... Eh bien, tant pis. La bijouterie avait beau être sens dessus dessous, elle ne regrettait pas la moindre seconde du temps qu'elle avait passé auprès de Garrett.

Car cet homme en valait la peine.

Elle n'avait qu'un seul regret. Qu'ils n'aient pas pu se réveiller ensemble ce matin pour un baroud d'honneur. Tiffany avait reçu un appel de la police dès l'aube : la bijouterie avait été cambriolée. L'entreprise familiale, fondée par son grand-père, déplorait pour la première fois de son histoire un cambriolage. Et, comme par hasard, il avait fallu que cela se produise un jour où Tiffany était responsable du magasin.

Non seulement elle avait une mine affreuse, mais elle ne savait plus où se mettre face aux policiers venus en renfort. Elle avait enfilé à la hâte son pantalon de yoga et un T-shirt noirs, des baskets et un sweat-shirt pour se rendre sur les lieux : autant dire qu'elle n'avait pas l'allure d'une responsable de magasin — les policiers refusaient d'ailleurs de lui en dire plus sur les circonstances du vol. Ses questions avaient reçu un silence à peine poli. Pire encore, les agents semblaient la considérer comme un des suspects potentiels. Tout ce qu'elle savait, c'était que les inspecteurs parlaient d'un travail accompli « de l'intérieur ». Et qu'ils l'avaient assaillie de questions toutes plus ou moins tatillonnes.

Mais Tiffany était forcée d'admettre que cet interrogatoire était légitime. Il ne s'agissait pas là d'un cambriolage ordinaire, isolé. Elle n'était pas sans savoir qu'une série de vols avait récemment frappé des bijouteries de San Jose et de toute la baie de San Francisco. Et même si la police refusait de le lui confirmer, la bijouterie Jarvis venait de s'ajouter à la liste.

Sa présence au mariage constituait un alibi pour la première partie de la soirée, mais Tiffany n'était guère enthousiaste à l'idée que la police contacte Garrett pour que celui-ci confirme qu'elle avait passé la nuit avec lui. Quoi de plus embarrassant ? Elle lui avait faussé compagnie avant même le lever du jour, et il allait recevoir, pour le petit déjeuner, un appel de la police.

— Madame, nous allons avoir besoin des coordonnées de l'homme avec qui vous dites avoir passé la nuit. Le temps presse, déclara un officier à l'air sévère.

Tiffany se renfrogna, puis soupira, résignée. Après tout, il ne faisait là que son travail.

— Vous ne pouvez pas au moins me dire ce qui a été dérobé ? Ou si vous avez un début de piste ? Ecoutez, il faut que je prévienne mes parents : ce sont eux les propriétaires, et pour des raisons d'assurance je vais devoir...

— Vous ferez cela une fois votre alibi confirmé, l'interrompit-il sèchement.

— Très bien, dit-elle en desserrant à peine la mâchoire. Il loge au Westin St. Francis et son nom est...

Elle fut interrompue par la sonnerie de son téléphone. C'était un numéro inconnu, mais elle décrocha sans réfléchir.

— Madame ! s'écria l'officier d'un ton peu commode.

Mais elle le foudroya du regard et poursuivit :

— Allô ?

— Tiffany, c'est Garrett.

— Ah, euh... Bonjour.

— J'espère que tu ne m'en veux pas, je me suis permis de prendre ton numéro sur une carte de visite que j'ai trouvée chez toi ce matin, avant de partir... Bref, je m'aperçois que j'ai oublié ma montre chez toi. C'est un bijou de famille auquel je tiens beaucoup, alors... Peut-on se donner rendez-vous pour que je la récupère ?

— Euh... Bien sûr, mais écoute, j'ai besoin d'un service, moi aussi, si tu as une minute, bredouilla-t-elle en regardant le policier qui semblait de plus en plus soupçonneux.

— Bien sûr, de quoi s'agit-il ?

— Je te passe la police, enchaîna-t-elle en tendant le combiné à l'officier avant que Garrett n'ait le temps de répondre.

Les joues rouges, elle pria pour que le policier ne demande pas trop de détails. Mais il opéra de façon méthodique, professionnelle, et son visage se relâcha à mesure qu'il parlait avec Garrett. Il finit même par cesser ces insupportables regards accusateurs.

— Je vous remercie, monsieur Berringer. Il vous faudra venir déposer tout cela par écrit, conclut-il poliment avant de rendre le téléphone à Tiffany. Votre petit ami souhaite vous parler, marmonna-t-il avant de s'éloigner pour rejoindre ses collègues.

— Ce n'est pas mon...

Inutile de rectifier, le policier avait déjà disparu.

Baissant les yeux vers le combiné, elle prit une profonde inspiration.

— Garrett ? dit-elle d'une toute petite voix.

— Dis donc, que se passe-t-il pour que tu aies besoin de donner un alibi — non pas que cela me gêne de t'en fournir un ? Rien de grave, j'espère ?

Il semblait sincèrement inquiet, ce qui la toucha. Parmi les hommes qu'elle connaissait, ou avait connus, peu se seraient montrés aussi conciliants après avoir été entraînés dans une affaire comme celle-là.

Eprouvant soudain un vif besoin de parler, elle raconta alors toute l'histoire à Garrett. Insistant sur le fait qu'en fermant la boutique, vendredi soir, elle avait, comme à son habitude, scrupuleusement respecté tous les protocoles de sécurité en vigueur.

— Tiffany, ce n'est pas ta faute, d'accord ? assura-t-il d'une voix très calme. Tu ne pouvais en aucun cas prévoir ce cambriolage. Que t'a dit la police ?

— Pour l'instant, presque rien. Ils étaient trop occupés à me soupçonner. Tout ce que je sais, c'est qu'ils pensent que c'est l'œuvre de quelqu'un « de l'intérieur ». Il s'agit proba-blement de la même équipe qui sévit dans les bijouteries de la région depuis quelque temps. Même s'ils ne me l'ont pas confirmé non plus.

— Une série de cambriolages ?

— Quatre autres bijouteries ont été dévalisées depuis six semaines. Chaque fois, le travail semblait avoir été fait « de l'intérieur », mais tous les employés ont été blanchis. Les voleurs n'emportent que des objets qui semblent avoir été présélectionnés. Généralement des articles de grande valeur... Mais, attends un instant... Oh ! non !

A ces mots, elle se frappa le front. Elle avait été tellement contrariée par ces policiers qui refusaient de lui donner la moindre information qu'elle n'avait pas fait le lien tout de suite.

— Tiffany ? Que se passe-t-il ?

— Il n'y a qu'une chose dans la boutique que des voleurs auraient pu vouloir emporter, bredouilla-t-elle en jouant des coudes pour rejoindre l'inspecteur en charge de l'enquête. Sauf que personne n'était censé être au courant…

— Je peux être là dans un quart d'heure. Tu m'attends ?

Elle s'arrêta net. Garrett allait venir à la bijouterie ?

Elle eut le réflexe de baisser les yeux vers ses vêtements. Mon Dieu… De quoi avait-elle l'air ? Elle ne s'était pas remaquillée, et ses cheveux… Non, hors de question. Il n'y avait qu'à voir comment les gens la regardaient ici : elle avait l'impression d'être une folle échappée d'un asile…

Cela dit, l'idée de voir débarquer Garrett ne lui déplaisait pas.

— D'accord, je t'attends…, s'entendit-elle répondre.

Il marmonna alors quelques mots, probablement à l'attention d'un chauffeur de taxi.

— Tu es déjà dans un taxi ? demanda-t-elle, surprise.

— Oui, je me suis permis de prendre les devants. Le chauffeur me dit que je ne suis pas loin. Je suis là dans deux minutes.

— Ça marche, je t'attends devant la boutique.

Quand Garrett sortit du taxi et qu'il traversa la rue pour la rejoindre, Tiffany eut peur qu'il la regarde de la tête aux pieds, choqué par son apparence négligée. Mais rien de la sorte. Au contraire, il la prit dans ses bras, puis chercha son regard.

— Est-ce que ça va ? s'enquit-il, visiblement inquiet.

— Oui, mais ça ira mieux quand on m'aura dit que le coffre-fort n'a pas été forcé.

Or, au fond d'elle-même, elle pressentait tout le contraire. Il ne s'agissait pas d'un cambriolage ordinaire. Garrett hocha la tête, et posa une main compatissante sur son épaule.

— Allons donc nous renseigner, suggéra-t-il à voix basse.

Ils se dirigèrent vers l'inspecteur en charge de l'enquête, qui se tourna vers Garrett, comme alerté par un radar lui indiquant qu'un autre mâle dominant avait pénétré sur son territoire.

— Inspecteur Ramsey, reprit Tiffany d'une voix tremblotante, j'ai besoin de savoir ce qui a été dérobé. Est-ce que les malfaiteurs ont pu accéder au coffre-fort ?

Le policier croisa à peine son regard, puis, comme s'il n'avait pas entendu sa question, se tourna vers Garrett.

— Inspecteur Ramsey de la police de San Francisco. A qui ai-je l'honneur ?

— Garrett Berringer. Je suis un ami de Mlle Walker.

— Pourquoi pensez-vous qu'il s'agit là d'un travail fait de « l'intérieur » ? Y a-t-il un lien avec la série de cambriolages de ces dernières semaines ? s'enquit Tiffany avec insistance, tout en posant la main sur le bras de l'officier. Dites-le-moi, inspecteur : ont-ils forcé le coffre-fort ?

Il la dévisagea un instant puis opina brièvement du chef.

— Oui, ils l'ont forcé.

Oh non… Tiffany ferma les yeux, s'efforçant de ne pas perdre la face.

— Et les diamants ? demanda-t-elle encore, dans un dernier espoir.

— Le coffre est vide, mademoiselle Walker. Complètement vide. Pouvez-vous être plus précise quant à ce qu'il contenait ? De quel type de diamants s'agissait-il ?

Tiffany crut suffoquer. Les diamants n'étaient plus là, c'était le monde qui s'effondrait. Que ce soit sa faute ou celle de quelqu'un d'autre, cela n'avait plus aucune importance. Car c'était tout le travail de ses parents qui se retrouvait réduit à néant. Il s'agissait là d'une perte inestimable. Hormis un décès ou une maladie grave, il n'aurait rien pu arriver de pire à sa famille.

— Une collection spéciale de diamants roses — des diamants très rares —, expliqua-t-elle d'un filet de voix. Ils devaient être montés sur des bagues pour les filles d'un homme politique argentin. Nous les gardions au coffre en attendant leur transfert chez le joaillier. Mes parents les avaient achetés en Espagne, et il s'agissait de leur plus grosse affaire.

Les deux hommes gardèrent le silence. Ce qu'elle ne leur disait pas, c'était que ses parents avaient contracté un prêt substantiel et même hypothéqué la boutique pour pouvoir construire le nouveau coffre et acquérir lesdites pierres précieuses.

— A combien estimez-vous leur valeur ? demanda enfin l'inspecteur Ramsey.

— Les diamants roses d'une telle pureté sont relativement rares. Et la demande est élevée. Ces pièces exceptionnelles étaient estimées à environ un million de dollars le carat.

— Et combien de carats y avait-il ?

— Il y avait deux diamants de un carat dans le coffre-fort, ainsi qu'un autre d'un demi-carat. Après avoir été estimés et certifiés authentiques, ils devaient être envoyés chez un joaillier cette semaine. Je ne comprends pas… Nous avons pourtant fait preuve de la plus grande discrétion…

— D'une façon ou d'une autre, quelqu'un a dû apprendre que le transfert était imminent, et que c'était tout de suite qu'il fallait frapper.

— Mais… il n'y a que mes parents, les Argentins, et moi-même qui soyons au courant.

L'inspecteur Ramsey scruta alors Tiffany d'un air songeur. *Evidemment…* Elle n'était probablement pas entièrement disculpée à ses yeux. Après tout, le fait d'avoir un alibi ne l'empêchait pas d'avoir des complices — elle lisait assez de romans policiers pour savoir que c'était un grand classique. Elle savait aussi que la police, souvent débordée et pressée de toutes parts de résoudre au plus vite de nombreuses enquêtes, se contentait souvent de compiler des évidences et de suivre les pistes les plus faciles.

— Si vous pouviez nous fournir votre inventaire, cela

nous serait d'une grande utilité, mademoiselle Walker, reprit l'inspecteur.

— Bien entendu.

— Et au cas où nous aurions besoin de vous, merci de ne prévoir aucun déplacement hors de la ville dans les jours qui viennent, n'est-ce pas ?

Devant ces accusations à peine voilées, Tiffany se raidit et son cœur se mit à tambouriner contre sa poitrine.

— Bien entendu, répéta-t-elle en s'efforçant de conserver une voix calme.

— Comment se fait-il que les voleurs n'aient fait aucun bruit, n'aient déclenché aucune alarme ? interrogea soudain Garrett en s'avançant vers Ramsey.

— Nous n'avons retrouvé aucune trace d'explosif : c'est comme s'ils étaient tranquillement entrés dans la boutique pour se servir. Manifestement, ils savaient où se trouvaient les diamants. Et connaissaient les combinaisons du code pour déverrouiller le coffre. C'est seulement à ce moment-là que l'alarme s'est déclenchée. Voilà pourquoi nous pensons à une complicité en interne. Dites-moi, mademoiselle Walker, poursuivit-il en se tournant vers Tiffany, qui était en possession de ces codes ?

— Mes parents et moi. Personne d'autre.

— S'agit-il d'un verrou électronique ? demanda Garrett. Elle hocha la tête.

— Le code a pu être piraté, en conclut-il. Disposez-vous d'une équipe d'expertise légale en informatique ?

A cette question, l'inspecteur Ramsey se mit à dévisager Garrett d'un regard désormais bienveillant.

— Le verrou numérique est relié à un circuit non connecté, séparé du système qui alerte l'équipe de sécurité en cas de faille, expliqua Tiffany piteusement.

— Il a pu être piraté sur place, poursuivit Garrett. Auquel cas, ils devaient vraiment avoir un super informaticien dans l'équipe : je pense que c'est un bon point de départ… Des cambrioleurs de bijouteries spécialisés dans le piratage de systèmes de données, il ne doit pas y en avoir des centaines.

— Hypothèse intéressante…, marmonna Ramsey en se caressant le menton.

— J'ai des contacts qui pourraient vous être utiles. Des gens capables de vous aiguiller vers ceux qui ont commis un tel forfait, proposa Garrett avant d'expliquer qu'il travaillait aussi dans le domaine de la sécurité avec Berringer Bodyguards.

Les deux hommes se mirent alors à bavarder en oubliant presque la présence de Tiffany, qui eut soudain l'impression de déranger. Comme c'était agréable… D'un côté, elle était impressionnée par les compétences dont Garrett faisait preuve, et reconnaissante de l'aide qu'il lui apportait. De l'autre, elle n'appréciait guère de se retrouver ainsi exclue de la conversation.

Finalement, l'inspecteur Ramsey daigna se retourner vers elle.

— Faites votre inventaire, un de mes officiers prendra votre déposition, déclara-t-il avant de pivoter sur ses talons pour disparaître.

— Ravie de voir qu'il se souvient de mon existence, maugréa-t-elle en croisant les bras.

— En général, les inspecteurs ne sont pas de grands bavards, surtout lors d'une enquête difficile, expliqua Garrett en ouvrant son smartphone. Ne t'inquiète pas, il ne faut pas le prendre personnellement.

— Je suis soupçonnée d'avoir volé des diamants dans ma boutique, et je ne dois pas le prendre personnellement ?

— Nous savons tous que tu ne l'es pas, mais c'est leur travail de suspecter tout le monde, et de disculper les gens de façon méthodique.

— Tu as raison, je suis un peu susceptible. Ce doit être la fatigue…

Quand il disait « nous », incluait-il la police, ou bien seulement lui et elle ?

— C'est tout à fait normal, la rassura-t-il.

Elle poussa un lourd soupir.

— Bon, eh bien, je crois que j'ai un inventaire qui m'attend.

— D'accord. Je vais passer quelques coups de fil. Fais-moi signe quand tu auras terminé. Et ne t'en fais pas : on va finir par découvrir ce qui s'est passé...

— Tu n'es pas obligé de m'attendre, tu sais. Ça risque de prendre un certain temps.

— J'ai tout mon temps. Je suis même libre pour aller manger un morceau après, et parler un peu, répondit-il en déposant un baiser sur sa joue comme si de rien n'était, avant de se mettre à pianoter sur son smartphone.

Ouh là... Elle n'était pas contre revoir Garrett une fois cette histoire tirée au clair, ou même aller déjeuner avec lui, mais d'une certaine façon elle se sentait mise sur la touche. *Toi, tu t'occupes de l'inventaire, et surtout ne te fatigue pas le cerveau à essayer de démêler ce qui s'est passé.* Elle lui faisait peut-être un procès d'intention, mais c'était en tout cas ce qu'il avait l'air de dire.

Quelle ironie tout de même... Elle venait d'obtenir son diplôme de détective, et voilà qu'elle se retrouvait *contrainte* de faire l'inventaire d'une bijouterie dont elle n'était, pour l'heure, que responsable adjointe. Et, dans ce domaine, son diplôme n'allait pas lui servir à grand-chose. Mais mieux valait ne pas penser à tout cela pour l'instant, et se concentrer sur ce fichu inventaire...

La boutique recelait de nombreux articles de valeur, qui auraient été susceptibles d'intéresser les voleurs, mais seuls les diamants avaient été dérobés. Exactement comme pour les autres cambriolages de la région — du moins ce qu'elle en savait. Quant aux papiers, formulaires de certifications et autres factures liés aux diamants, ils avaient également disparu. Toute information les concernant directement ou indirectement avait même été effacée des ordinateurs. Ces gens-là savaient exactement ce qu'ils étaient venus chercher, et aujourd'hui l'entreprise ne pouvait même pas prouver avoir été en possession des pierres précieuses. Ce qui ne manquerait pas de compliquer la demande d'indemnisation à l'assurance. Formidable. En résumé, il n'y avait qu'un seul scénario possible : les malfaiteurs avaient bénéficié d'une complicité en interne et avaient été renseignés au point de connaître jusqu'aux mots de passe des ordinateurs.

Assise dans l'arrière-boutique, découragée, épuisée, elle s'affala sur le bureau et cala son visage dans ses bras. Elle avait seulement besoin de reposer ses yeux une minute ou deux.

4

Garrett trouva Tiffany dans l'arrière-boutique. Elle était dans son bureau. La police était repartie, laissant des rubans de sécurité à l'entrée pour délimiter la zone d'enquête. Il venait d'établir sa déposition confirmant l'alibi de Tiffany, avant de passer près d'une heure au téléphone à tenter de récupérer le maximum d'informations pour faire avancer l'enquête.

Malheureusement, il n'y avait pas grand-chose de nouveau. La police avait pour l'instant réussi à ne pas ébruiter l'affaire. Si certains malfaiteurs se gargarisaient d'attirer l'attention des médias, le mode opératoire de ceux qui avaient agi à la bijouterie était plus professionnel, plus discret : ils n'avaient rien vandalisé, ni laissé la moindre trace. Un travail chirurgical.

Mais Garrett avait tout de suite pensé à quelqu'un dont l'aide pouvait être précieuse. Il avait pu joindre un ami à Londres, spécialisé dans le trafic d'œuvres d'art et de bijoux. Berringer avait assuré la sécurité de nombreuses pièces de musée dont il avait eu la charge lors de leur transfert entre Washington et la capitale britannique. Dans ce milieu fermé où régnait la plus stricte confidentialité, Daniel possédait des informations dont la police elle-même ne disposait pas.

D'ailleurs, Garrett s'était gardé de communiquer ses coordonnées à l'inspecteur Ramsey, qui continuait de divulguer ses avancées au compte-gouttes, malgré la confiance désormais affichée à son égard. Cela dit, on ne pouvait lui en vouloir : il ne faisait là que son travail.

Et vu la série de cambriolages qu'ils avaient à leur actif, ces malfaiteurs risquaient d'être difficiles à démasquer. En tout cas, le temps serait un atout maître : le marché noir évoluait vite. Peut-être attendraient-ils quelque temps avant de mettre leur marchandise sur le marché. A moins que ces vols n'aient été commandités par un acheteur privé : une fois les diamants taillés par un joaillier, impossible de les reconnaître.

Cette dernière hypothèse était la plus courante. Très souvent, ce genre de pierres précieuses n'étaient jamais retrouvées. Dans le meilleur des cas, elles réapparaissaient plusieurs décennies plus tard chez de richissimes collectionneurs…

Mais il fallait garder espoir et, pour l'heure, apporter son soutien à Tiffany, qui était sûrement sous le choc. Il frappa à la porte du bureau et reconnut sa voix. Elle devait être au téléphone, alors il poussa légèrement la porte pour se montrer, sans faire de bruit.

Elle faisait les cent pas autour du bureau, passant une main dans ses cheveux en désordre, et semblait au bord de la crise de nerfs.

— Je suis navrée, madame Hooper. Oui, je sais. Vous n'êtes pas obligée de me régler la seconde moitié de la facture tant que je ne vous ai pas fourni cette photo. Mais je suis près du but, j'en suis sûre. J'ai seulement besoin d'un peu plus de temps. Tenez, si je n'ai pas réussi à vous la fournir dans une semaine, vous ne me devrez rien du tout… Oui, je tiens vraiment à aller au bout de cette mission…

Quoi ? Au bout de cette mission ? Mais de quoi parlait-elle au juste ?

Il fallait peut-être qu'il garde le nom Hooper dans un coin de sa tête. On ne savait jamais. Mais… et si Tiffany lui avait menti au sujet du cambriolage ? Se pouvait-il qu'elle soit impliquée ? C'était tout de même peu probable. Et puis, rien dans la conversation qu'il venait de surprendre ne semblait lié à de quelconques bijoux. Non, Tiffany devait avoir un travail complémentaire à celui de la boutique familiale.

C'était d'ailleurs sûrement à cela qu'elle avait fait référence la veille, en consultant constamment sa montre, s'excusant de devoir s'absenter « au travail » avant de le rejoindre.

De quel « travail » parlait-elle au juste ?

— Merci, madame Hooper. Je vous promets d'aller au bout de cette mission. A mes frais s'il le faut.

En raccrochant, elle semblait soulagée. Garrett, lui, était plus intrigué que jamais. Il n'avait pas eu l'intention d'écouter aux portes, mais il fallait reconnaître que ce qu'il venait d'entendre était troublant.

— Salut, Tiffany, dit-il en ouvrant la porte en grand.

Elle se retourna d'un bond, l'air coupable et épuisé.

— Garrett ! Ça fait longtemps que tu es là ?

— En frappant à la porte, j'ai compris que tu étais au téléphone.

Soudain, son visage se ferma.

— Tu m'as espionnée ?

— J'ai entendu une partie de la conversation, admit-il. Mais cela ne me regarde pas, et je ne cherchais pas à t'épier.

— C'est pourtant ce que tu as fait.

— Je l'avoue… Et si tu m'expliquais ce qui se passe ?

— Non, ce n'est pas la peine.

— Bon. Comme tu voudras.

Elle hocha légèrement la tête, battit des cils et s'étira comme un petit chat fatigué.

— Je voulais juste voir comment tu allais maintenant que la police est partie, reprit-il.

— C'est gentil, répondit-elle, toujours distante.

Oh ! comme il la trouvait attirante avec cet air fatigué, vulnérable… Comme il avait envie de la toucher, de la prendre dans ses bras.

Tiffany n'avait rien à voir avec ces cambriolages, il n'en doutait pas, et la conversation qu'il venait de surprendre avait sûrement une explication logique — qui, de toute façon, ne le regardait pas. Alors il s'approcha d'elle, bien décidé à briser la glace qui s'était soudain érigée entre eux.

— Non, Garrett, ne fais pas ça, lâcha-t-elle soudain en plaquant les paumes sur son torse pour le repousser, le faisant reculer d'un pas.

— Pourquoi ? demanda-t-il, surpris.

— J'ai besoin d'une douche, de me brosser les dents et d'enfiler une tenue décente. C'est une question de salubrité publique pour ceux qui m'entourent — à commencer par toi.

Soulagé, il se mit à rire. C'était de ses cheveux décoiffés et de son teint légèrement fatigué qu'elle parlait ? Ce devait être dans sa tête à elle, parce qu'à ses yeux, elle était toujours aussi jolie et attirante.

— Ecoute, proposa-t-il, il commence à se faire tard, et mon hôtel n'est pas loin. Pourquoi ne pas rentrer avec moi ? Tu prendras une douche dans ma suite et on ira dîner ensemble.

Le regard de Tiffany se réchauffa un court instant, mais elle détourna les yeux. Mauvais signe.

— Je ne peux pas. Il faut que je prévienne mes parents du cambriolage et… J'ai d'autres affaires à régler.

— Tiffany, tu es exténuée. Il n'est pas question que tu prennes le volant dans ton état, déclara-t-il en lui relevant le menton pour la regarder droit dans les yeux.

— Je suis une grande fille, merci, répliqua-t-elle en se raidissant.

— Aïe… Ça a le mérite d'être clair.

Elle baissa les épaules, essayant visiblement de se détendre un peu.

— C'est juste que j'ai des choses à faire, Garrett, et je ne vois pas l'utilité de faire traîner les choses entre nous… Ouvre les yeux… Tu vas profiter de tes vacances, pendant que moi je…

— J'ai compris, Tiffany, l'interrompit-il calmement malgré sa déception et son inquiétude. Ecoute, j'ai juste besoin de récupérer ma montre chez toi. Laisse-moi t'y conduire : je la reprends et je m'en vais. D'accord ?

Ses jolies lèvres ondulèrent alors qu'elle réfléchissait.

— J'avais oublié la montre, dit-elle avec un hochement de tête. Excuse-moi, je suis fatiguée.

— Ce n'est pas grave. Tu as beaucoup de choses en tête.

— Laisse-moi juste le temps de verrouiller le coffre-fort — chose absurde me diras-tu, puisqu'il est vide — et ensuite je ferme la boutique, murmura-t-elle en quittant la pièce.

Garrett garda les yeux rivés sur le téléphone portable qu'elle avait laissé sur le bureau. Là, il était à deux doigts de dépasser les limites, il en était conscient. Mais il avait comme une intuition à propos de cette communication qu'il avait surprise, et il craignait que Tiffany ne soit en danger.

N'y tenant plus, il s'empara du combiné, consulta le journal d'appels et découvrit un nom : Sally Hooper. Tiffany n'avait rien à voir avec les cambrioleurs, il en était sûr, mais peut-être avait-elle involontairement laissé échapper des informations cruciales ?

A moins qu'il ne se soit complètement trompé à son sujet.

Bien décidé à en avoir le cœur net, il prit son propre téléphone, et composa le numéro de Sally Hooper.

— Allô ? fit une voix féminine éraillée mais sophistiquée.

— Madame Hooper ?

— Oui ?

— Je m'appelle Gary Iverson, et j'ai entendu dire que Tiffany Walker avait travaillé pour vous…

— Vous êtes avocat ? Vous travaillez pour mon mari ? demanda son interlocutrice d'une voix soudain haut perchée.

— Non, pas du tout, mais j'envisage moi-même de louer les services de Mlle Walker, et je me demandais si vous me la recommanderiez. Elle m'a dit que vous seriez ravie de lui donner de bonnes références, ajouta-t-il d'un ton jovial.

— Eh bien, moi qui pensais pouvoir compter sur sa discrétion…

Zut, il ne voulait surtout pas faire de tort à Tiffany, et pourtant il n'était clairement pas en train de l'aider. Cette femme ne semblait guère convaincue par ses services.

— Elle ne m'a pas dit un mot quant à la nature de la

mission que vous lui avez confiée, se rattrapa-t-il. Seulement que vous faisiez partie de ses clients récents.

— Mouais. C'est une fille sympa, mais à mon avis le costume est trop grand pour elle. Elle m'a proposé un tarif préférentiel, alors je me suis dit que je n'avais pas grand-chose à perdre et je lui ai laissé sa chance. Mais, pour être tout à fait honnête avec vous, je doute qu'elle fasse long feu dans ce secteur. Elle n'a pas les épaules assez larges.

— Je vous remercie. La mission que j'ai à lui confier est importante, et je ne peux me permettre de perdre de l'argent.

— Alors, dans ce cas, je vous conseillerai plutôt un détective professionnel. Ça vous coûtera plus cher, mais avec le recul je vous assure que ça vaut le coup. Bref, voilà ce que j'en pense à l'heure actuelle, mais si jamais elle arrive enfin à me fournir des photos de mon mari en flagrant délit d'adultère, je vous rappellerai pour vous chanter ses louanges ! conclut la femme avec un rire amer.

Abasourdi, Garrett parvint à marmonner ses remerciements avant de raccrocher. Au même instant, Tiffany revint dans le bureau.

— Bon, tout est réglé. Il ne me reste qu'à activer l'alarme et verrouiller la porte derrière nous.

Garrett cligna des yeux et la dévisagea intensément.

Tiffany ? Détective privé ?

Non, ce n'était pas possible… Et pourtant… Tous ces romans policiers chez elle… L'appareil photo et les carnets dans sa voiture… Bien sûr ! Tout cela faisait sens à présent.

Voilà pourquoi elle lui avait paru si fébrile et pressée ce soir-là : elle cherchait alors à piéger le mari volage de Mme Hooper. Sans grand succès apparemment.

— Allô, Garrett, ici la Terre ? dit-elle en agitant une main devant lui.

— Oui, euh… excuse-moi. Allons-y, bredouilla-t-il en posant une main dans son dos alors qu'ils quittaient la boutique.

Il n'en revenait toujours pas. Tiffany, détective privé ?

Le trajet se déroula en silence. De temps à autre, elle piquait du nez, visiblement épuisée.

Devait-il lui dire qu'il était au courant ? Non, ce serait avouer qu'il avait fouillé dans ses affaires et dans son téléphone. Pourtant, toute cette histoire ne lui plaisait pas du tout. Les détectives privés exerçaient un métier difficile, dangereux. Mais que s'imaginait-elle, au juste ? Que les choses étaient aussi simples que dans les romans qu'elle lisait ? Traquer un homme qui trompait son épouse n'avait rien d'une activité anodine. Et d'après Mme Hooper, Tiffany débutait dans ce métier. Autrement dit, les risques qu'elle encourait étaient d'autant plus élevés.

Une fois garé devant sa maison, il la regarda, assoupie contre la fenêtre de sa portière. Ce n'était pas le moment de parler de tout cela ; pour l'heure, elle avait besoin de dormir, et lui avait besoin d'y réfléchir à tête reposée.

— Tiff ? Réveille-toi, chuchota-t-il en la secouant doucement.

Elle ouvrit vaguement les yeux, mais laissa retomber lourdement sa tête contre la vitre.

Garrett sortit alors de la voiture, trouva la clé de la maison dans son sac à main, puis s'empara de l'appareil photo et de ses carnets avant de prendre Tiffany dans ses bras.

— Qu'est-ce que tu fais ? demanda-t-elle en remuant mollement.

— Je te ramène chez toi, murmura-t-il en cédant à son envie de déposer un baiser sur son front. Rendors-toi, je m'occupe de tout.

Seigneur… Comment une femme aussi douce pouvait-elle exercer un métier aussi ingrat et dangereux ?

Elle grommela quelques paroles de protestation dans son sommeil, mais sans réellement se débattre. Ainsi lovée contre lui, Tiffany ne ressemblait en rien à un détective privé, ou à une responsable de bijouterie. Elle semblait si douce. Si vulnérable. Elle avait besoin de quelqu'un pour la protéger.

Et Garrett était l'homme idéal pour cela.

Tiffany se réveilla paniquée, sans le moindre souvenir de s'être endormie. Mais dès qu'elle ouvrit les yeux, elle eut le soulagement de constater qu'elle était dans son lit. En sous-vêtements. Ses habits étaient posés dans la panière dans le coin de la chambre.

Le réveil indiquait 6 heures et les rayons de l'aube commençaient à filtrer à travers les rideaux.

Garrett. Elle se souvint alors des dernières minutes qu'ils avaient passées ensemble, au moment de fermer la boutique, quand elle l'avait autorisé à la reconduire chez elle. Elle avait dû s'endormir dans la voiture, et il avait dû la monter jusqu'à sa chambre. Où il l'avait déshabillée et mise au lit.

Dommage qu'il ne l'ait pas réveillée pour l'y rejoindre…

Mais non, il avait fallu que leur histoire se termine à ce moment-là.

Saisissant sa robe de chambre, elle sortit du lit et eut un léger doute : et si Garrett s'était endormi dans le séjour la veille ? Peut-être avait-il trouvé préférable de ne pas la rejoindre dans son lit cette nuit-là. Leur dernière discussion avait été tendue, à la bijouterie, d'autant qu'elle l'avait surpris en train d'épier sa conversation avec Mme Hooper…

A cette pensée, Tiffany s'arrêta net et se prit la tête dans les mains. Oh ! non ! Marcus Hooper. Elle était censée se rendre à son hôtel hier soir pour tenter d'obtenir les clichés qu'elle n'avait pu avoir la veille. Cela n'aurait peut-être rien donné — Marcus ne voyait pas sa maîtresse tous les dimanches sans exception —, mais Tiffany avait promis à Sally Hooper de surprendre son époux en flagrant délit. Et si cela signifiait qu'elle devrait attendre devant le Fall Inn tous les soirs tant qu'elle n'aurait pas obtenu de preuve, eh bien elle le ferait.

Ce travail ne lui rapporterait sans doute rien de plus que le maigre acompte que lui avait versé Sally au moment de la commande, mais peu importe. C'était sa carrière qui était en jeu.

Quand Tiffany entra dans le séjour, celui-ci était désert. En y repensant, il y avait tout de même peu de chances pour qu'elle y trouve Garrett. Qu'avait-elle espéré, au juste ? Qu'il l'attende sagement dans le salon, et qu'il ait, en prime, préparé le petit déjeuner ?

C'était elle qui avait plus ou moins clairement exprimé à Garrett que leur histoire resterait sans lendemain. Et lui n'avait pas insisté. Il avait promis de repartir de chez elle dès qu'il aurait récupéré sa montre. Manifestement, il n'avait fait que tenir parole. Et pourtant, malgré cela, elle ne put s'empêcher d'être déçue…

Sous la douche, elle s'efforça d'oublier Garrett pour se concentrer sur le plus important. Elle n'avait toujours pas prévenu ses parents, et la boutique devrait rester fermée tant que l'assurance n'avait pas procédé à sa propre expertise et rendu son rapport. Les doutes sur le fait qu'il s'agissait bien d'un cambriolage avaient beau être presque nuls, le fait qu'il ait pu y avoir une complicité interne obligeait l'assureur à mener sa propre investigation pour s'assurer qu'il n'y avait pas eu de fraude à l'assurance.

Ce qui prendrait plusieurs jours. Autrement dit, il allait aussi falloir prévenir certains clients. A cette heure-ci, ses parents ne devaient pas être encore couchés en Italie. Tiffany se dirigea vers la cuisine où, après s'être séché les cheveux, elle lança la cafetière. Elle allait avoir besoin d'une bonne dose de caféine avant de pouvoir annoncer la nouvelle à ses parents.

Soudain, elle aperçut sur la table de la cuisine une enveloppe kraft placée sous son appareil photo et ses carnets de notes. Mon Dieu… Est-ce que Garrett avait fouillé dans ses affaires ? Avait-il découvert son deuxième travail ?

Comment avait-il osé faire une chose pareille ? Allons, allons, il s'était peut-être tout simplement contenté de sortir ses affaires de la voiture où on aurait pu lui voler…

Soulevant l'appareil photo, elle s'empara de l'enveloppe sur laquelle était écrite, dans une écriture masculine et assurée : *Tiff, c'est pour toi, Garrett.*

Curieuse, elle décacheta l'enveloppe et manqua de s'étrangler en en découvrant le contenu : une série de photos parfaitement claires et cadrées de Marcus Hooper, en flagrant délit avec une jeune femme brune. Sur les côtés, deux bandes de tissu sombre — les rideaux de la chambre d'hôtel.

Garrett avait dû se planter juste devant la fenêtre de la chambre. Tiffany n'en croyait pas ses yeux... Elle passa en revue les clichés, dont certains montraient Marcus quittant la chambre, remontant dans sa voiture, avec en arrière-plan et bien visible l'enseigne indiquant le nom de l'hôtel.

Garrett avait même fait attention à ne pas prendre de photo permettant d'identifier la maîtresse de Marcus. Il s'était arrangé pour que son visage reste dans l'ombre, ou flouté à l'arrière-plan.

Waouh. Il y avait là largement de quoi assurer une confortable pension alimentaire à Mme Hooper.

Un petit papier blanc glissa de l'enveloppe et, toujours, l'écriture de Garrett : *Apporte ces clichés à Mme Hooper et facture-les-lui plein tarif. Elle aura bientôt les moyens de te payer, crois-moi ! Garrett.*

Estomaquée, Tiffany posa les clichés et oublia même son café.

Pourquoi avait-il fait une chose pareille ? Parce qu'il la pensait incapable de mener cette mission toute seule ? Ou juste parce qu'il était gentil, et cherchait simplement à l'aider ? Elle aurait voulu se réjouir, mais elle était animée par des sentiments contradictoires.

En réalité, malgré la gentillesse de ce geste, elle se sentait plus déçue qu'autre chose. Elle aurait voulu faire ce travail elle-même. Pas que quelqu'un le fasse à sa place. Garrett avait beau avoir eu des intentions louables, il était venu fourrer son nez dans ses affaires, sans lui demander son avis.

Maintenant que les photos étaient prises, elle allait bien

sûr les livrer à Mme Hooper — elle serait idiote de ne pas en profiter. Mais elle ne pouvait accepter de l'argent pour cela. Elle ne méritait pas de se faire payer pour un travail qu'elle n'avait pas fait…

Plus abattue que jamais, elle se versa une tasse de café et composa le numéro de ses parents. Il était grand temps de leur annoncer la mauvaise nouvelle.

Ces derniers furent aussi anéantis qu'elle l'avait redouté, mais s'inquiétèrent avant tout de la sécurité de leurs employés.

— Personne n'a été blessé, tenta de les rassurer Tiffany. Comme pour les autres bijouteries, le cambriolage a eu lieu en pleine nuit et il n'y a eu aucun acte de vandalisme. Le coffre n'a même pas été forcé. Visiblement, ils sont tranquillement entrés dans la boutique, se sont servis et sont repartis comme ils sont venus.

— Je n'arrive pas à y croire, bredouilla sa mère. Et tu es bien certaine que tu avais tout verrouillé ?

Bon sang ! Il n'y avait donc personne pour lui faire confiance ? D'abord Garrett qui la traitait comme une petite fille, ensuite ses parents… Cela faisait beaucoup pour une même journée.

— J'ai suivi comme d'habitude et à la lettre tous les protocoles de sécurité, répliqua-t-elle sèchement en sentant les larmes lui monter aux yeux. Je vous rappelle quand même que quatre autres boutiques ont été dévalisées selon le même mode opératoire. Je ne crois pas que ces gens-là avaient laissé la porte ouverte. Pas plus que moi.

— Ma chérie, calme-toi. Nous ne sommes pas en train de te juger. Tout ceci est bouleversant, c'est tout… Que dit la police ? Les enquêteurs ont-ils des pistes ?

— Ils refusent de dire quoi que ce soit. Ils interrogent le maximum de personnes, et l'expert de l'assurance passera demain pour faire son rapport.

— Ça ne sent pas bon, intervint son père d'une voix pétrie d'inquiétude. Nous devrions annuler nos transactions en cours et rentrer avant de faire toute nouvelle acquisition.

Si la police ne résout pas l'affaire, l'assurance risque de ne pas vouloir nous indemniser, et c'est de notre poche qu'il va alors falloir rembourser les Argentins…

— Je sais, reprit Tiffany. Mais ils ne vont tout de même pas nous croire capables de manigancer une histoire pareille ! Ce serait complètement insensé… Papa, maman, si seulement je pouvais trouver un moyen de vous rassurer…

— Ne t'en fais pas, Tiff. Nous serons à la maison dans deux jours. On va gérer ça tous ensemble. Tu fais de ton mieux, nous en sommes convaincus, conclut sa mère.

Tiffany savait ses parents sincères, mais elle ne pouvait s'empêcher de percevoir un certain scepticisme dans leur discours.

Comment leur prouver qu'elle n'était pas complètement écervelée ? Ce cambriolage aurait de toute façon sans doute eu lieu, que ses parents soient là ou non. Mais il avait fallu qu'il se produise alors qu'elle était justement responsable de la boutique. C'était un mauvais coup du destin, voilà tout. Et si ses parents perdaient la bijouterie à cause de cette sombre histoire, ce serait à elle de se racheter. Mon Dieu, comment allait-elle faire ?

En raccrochant, elle eut une idée.

Garrett lui avait peut-être rendu service finalement. A défaut d'avoir su faire preuve de tact, il lui avait au moins allégé son emploi du temps : les filatures de Marcus étaient terminées, et la boutique devant rester fermée quelques jours, elle disposait de plusieurs journées libres devant elle…

Journées qu'elle mettrait à profit pour mener sa propre enquête sur les cambriolages. Si elle arrivait à résoudre le mystère des bijouteries dévalisées, elle pourrait faire d'une pierre deux coups : sauver le commerce de ses parents, et ajouter au passage une prestigieuse ligne à son nouveau CV. Et puis, si les investigations de la police semblaient piétiner, Tiffany avait l'avantage d'être dans la partie : elle aurait plus de facilités à approcher les autres bijoutiers, et par conséquent à découvrir des indices jusque-là ignorés.

Ce serait l'occasion pour elle de faire ses preuves, et de se conforter dans sa nouvelle vocation.

Elle se servit une autre tasse de café, reboostée tout à coup. Le sentiment d'accablement qu'elle avait éprouvé en se levant s'était envolé pour laisser place à l'excitation de sa nouvelle mission. Elle alluma son ordinateur : elle y trouverait certainement des choses pertinentes au sujet de la série de cambriolages, comme les noms de chaque propriétaire, qu'elle prit soin de noter. Elle n'apprit rien de vraiment nouveau, mais cela constituait toujours des points de départ pour mener l'investigation.

— La partie ne fait que commencer, marmonna-t-elle avec un sourire satisfait.

Et, tandis qu'elle se mettait à la tâche, elle remercia intérieurement Garrett. Avec ses clichés, il lui avait sans le savoir appris une chose primordiale : elle aurait dû dès le début sortir de sa voiture. Lui n'avait pas hésité à aller se frotter au terrain, au plus près de l'action.

Voilà comment elle devait raisonner si elle voulait se faire un nom dans ce métier.

Au lieu de rester assise dans sa voiture sur le parking du Fall Inn, elle allait consacrer tout son temps et toute son énergie à une *enquête digne de ce nom*. Et pour en venir à bout, elle allait mettre en œuvre toutes ses connaissances, ses compétences et son courage.

5

Le temps de s'habiller, et Tiffany monta sans perdre un instant dans sa voiture. Elle se sentait gonflée à bloc. Sa mission était désormais claire. Tout d'abord, commencer par livrer les photos à Mme Hooper. Ensuite, se rendre dans la première bijouterie à avoir été cambriolée.

Mme Hooper parut surprise de ce brusque dénouement et proposa de la payer, mais Tiffany déclina l'offre : c'était bien normal, elle avait tardé à accomplir sa mission, une partie du contrat n'était donc pas remplie. Reconnaissante, Mme Hooper promit alors de recommander chaleureusement ses services à tout son entourage.

Cela suffit à égayer la matinée de Tiffany, qui eut le sentiment grisant de devenir peu à peu une vraie pro. C'est donc avec un zèle tout particulier qu'elle put se lancer dans son investigation sur les cambriolages en série. Après tout, le monde du crime regorgeait de malfaiteurs qui n'attendaient qu'une chose : être confondus. Avec un peu de chance, ses clients finiraient même par la rémunérer.

En compilant toutes les informations possibles au sujet de la série de vols dans les bijouteries, elle avait évidemment repensé à Garrett. Elle avait même été tentée de l'appeler. Mais elle était partagée : devait-elle lui être reconnaissante de son aide, ou lui en vouloir ? Une seule chose était sûre, sans son intervention, elle n'aurait pas connu ce petit quart d'heure de gloire auprès de sa cliente.

Quoi qu'il en soit, sans doute valait-il mieux en rester là avec lui. Ce qu'ils avaient partagé n'était qu'une parenthèse, une aventure d'un week-end, qui s'était retrouvée fortuitement prolongée, voilà tout. Cela ne pouvait durer dans la vraie vie. Et puis, il y avait autre chose…

Tout en glanant le plus de renseignements possibles sur les liens éventuels entre les différentes bijouteries, elle s'était laissée aller à faire quelques recherches parallèles au sujet de Garrett Berringer. Incapable de résister, elle avait également cherché sur internet le nom d'Elaine Berringer. Et ce qu'elle avait trouvé l'avait refroidie.

Car la défunte épouse de Garrett était magnifique. D'une beauté classique, naturelle, avec de longs cheveux raides, châtains, qu'elle portait souvent en queue-de-cheval sur les photos. Svelte, le regard sérieux, elle affichait néanmoins un sourire radieux sur la photo que Garrett avait laissée sur son profil Facebook. Cette photo était suffisamment éloquente, Tiffany n'avait pas besoin de pousser plus loin ses recherches. Garrett avait profondément aimé sa femme. Or une fois que l'on a connu un tel amour, peut-on vraiment refaire sa vie ?

A côté d'un amour si fort, Tiffany ne pouvait être qu'une passade. C'était un peu dur à admettre, mais c'était comme ça.

D'autant qu'Elaine — Lainey, comme il l'appelait — était loin d'être une personne ordinaire. C'était une intellectuelle, d'une grande classe. Sortie major de promo, elle avait publié de nombreux articles dans des revues juridiques de renom et était régulièrement consultée par de prestigieuses firmes. Devenue procureur du ministère public, elle avait été assassinée suite à sa première affaire, par le frère de l'homme qu'elle venait de faire condamner. Laissant sans doute Garrett dans une douleur inexprimable.

En résumé, Tiffany n'arrivait pas à la cheville d'Elaine Berringer. Garrett n'avait pu s'intéresser à elle que pour une seule raison : le sexe. D'accord, si elle était vraiment honnête avec elle-même, ses intentions de départ n'avaient pas été complètement pures, elles non plus. Mais, tout de même, son orgueil en prenait un coup. Car il était évident qu'elle ne ferait jamais le poids face au souvenir de Lainey Berringer.

Mais pourquoi se laissait-elle envahir par toutes ces pensées ? Elle ne faisait pas le poids, et alors ? Ce n'était pas comme si elle avait eu l'intention d'entrer en compétition avec elle. Et puis, il fallait voir le bon côté des choses : cela lui donnait envie de s'investir à fond sur cette série de cambriolage. Car Tiffany en avait assez de ne jamais être à la hauteur, ne serait-ce que pour être fière d'elle-même ; elle avait envie de renverser la vapeur. Dès maintenant. Lainey avait peut-être eu une carrière brillante, mais Tiffany, elle, n'en était qu'à ses balbutiements. Il fallait comparer ce qui était comparable. Quoi qu'il en soit, si elle voulait réussir, alors elle devait se donner à fond. Et sans plus tarder.

Motivée comme jamais, elle passa en revue les éléments trouvés lors de ses recherches, repensa aux différents commissaires-priseurs qu'elle avait listés, et réfléchit à d'éventuels détails suspects. Première étape : inventorier ce qui avait été volé dans chaque magasin, afin de pouvoir ensuite tenter de remettre la main dessus. La police n'avait laissé filtrer aucune information dans les médias à ce sujet, et les officiers lui avaient clairement interdit de révéler la nature des articles dérobés chez Jarvis.

Tant pis, elle se débrouillerait avec le peu d'informations dont elle disposait. Au moins, elle connaissait le nom de chaque bijouterie. Elle se rendrait donc dès aujourd'hui dans chacune d'elles. Il s'agissait de petites boutiques fami-liales, comme Jarvis, qui fonctionnaient principalement sur la base de la confiance nouée avec leur clientèle — un peu comme une banque. Sans doute connaissaient-elles la même précarité financière, puisque l'indemnisation — ou non — des assurances dépendait directement du résultat de l'enquête policière. Et si Tiffany pouvait découvrir au plus vite ne serait-ce que quelques indices au sujet de l'endroit où avaient pu atterrir les diamants, ses parents auraient peut-être une chance d'éviter la faillite.

Elle traversa le Bay Bridge et se dirigea vers le sud, et San Jose, où la première bijouterie avait été cambriolée. Après avoir interrogé les propriétaires, elle passerait à Menlo Park, puis à Berkeley, avant de revenir en ville. La journée s'annonçait longue, mais peu importe. Tiffany n'allait tout de même pas rester à se tourner les pouces en attendant que les choses avancent. Suivant les indications de son GPS, elle atteignit bientôt sa première destination.

La boutique, plus petite que celle de sa famille, s'était spécialisée dans les bijoux anciens. Tiffany fut immédiatement éblouie par la beauté de certains articles, véritables pièces de collection. Ici, tout n'était que sophistication, élégance, bien loin du côté clinquant qui caractérisait trop souvent le métier de bijoutier de nos jours. Un bijou attira tout particulièrement son attention. C'était un collier en opales vertes, malheureusement très au-dessus de ses moyens.

— Vous désirez l'essayer ? proposa le vendeur.

Tiffany sourit. Elle connaissait bien cette technique de vente : essayer un bijou, c'était déjà l'acheter. Ou presque. Mais après tout, que risquait-elle ? Elle était protégée : elle n'avait pas les moyens de se l'offrir.

— Avec plaisir, répondit-elle alors que le vendeur sortait déjà le bijou de sa vitrine pour le lui accrocher au cou.

Tiffany se regarda dans le miroir, éblouie par la beauté de l'objet.

— Il est magnifique, soupira-t-elle. Je n'avais jamais vu d'opales aussi saturées en couleurs… Les pierres semblent presque avoir été vernies, commenta-t-elle en les admirant en pleine lumière.

Tout de même… Les pierres qu'elle portait autour du cou étaient d'une grande rareté. Peut-être qu'en prenant un peu d'argent sur ses comptes d'épargne et sur ses cartes de crédit… Non, elle n'allait pas commencer. C'était une folie.

— Une autre fois, peut-être, grommela-t-elle en secouant la tête avant de rendre le collier au vendeur. Merci de m'avoir permis de l'essayer.

— Ces pierres sont magnifiques, n'est-ce pas ? déclara une voix masculine dans son dos.

Surprise, Tiffany se retourna brusquement. Un beau jeune homme était en train de la dévisager d'un air admirateur.

— Magnifiques, admit-elle.

— Vous les portez à merveille. Elles rehaussent votre teint, ajouta-t-il d'une voix suave qui fit sourire Tiffany.

Il devait avoir cinq ans de moins qu'elle, mais cultivait manifestement un faux air avec Clark Gable.

— Vous devez être Armando, devina-t-elle en reconnaissant alors son visage d'après la série de portraits de famille affichés sur la devanture de la boutique. Je suis Tiffany Walker.

Le magasin appartenait à son grand-père, et Armando en était le gérant.

— Enchanté, répondit-il. En quoi puis-je vous être utile ?

Tiffany expliqua alors ce qui était arrivé à la bijouterie de sa famille.

— J'ai lu dans la presse que votre boutique avait été la première d'une longue série de cambriolages. Vous permettez que je vous demande ce qui vous a été dérobé ?

La question était un peu abrupte, mais autant être franche et aller droit au but.

— La police nous a demandé de ne rien révéler, répondit Armando, sur la défensive. Vous comprendrez aussi que, pour des raisons d'assurance, c'est un sujet sensible. En quoi cela vous intéresse-t-il ?

— Je cherche juste à dégoter le moindre renseignement susceptible de démasquer les coupables… Si chaque bijoutier partageait son expérience, nous pourrions peut-être établir certains liens entre les cambriolages, des liens que la police pourrait alors exploiter…

— Je ne crois pas que ce soit une bonne idée, l'interrompit le jeune homme en s'éloignant.

Mais Tiffany posa une main sur son bras en espérant jouer de son charme, s'inspirant des femmes détectives dans les romans.

— Vous savez, je ne suis qu'une petite commerçante comme vous : si l'enquête piétine, ma famille pourrait perdre Jarvis, révéla-t-elle. Je n'ai rien contre le travail de la police, mais celle-ci ne semble pas avoir beaucoup de pistes, alors j'espérais qu'en échangeant nos expériences nous pourrions peut-être trouver des indices intéressants.

Le visage d'Armando se radoucit. Il prit alors la main qu'elle avait posée sur son bras pour la mettre entre ses paumes.

— Je comprends. Ecoutez, il y a un bistrot au coin de la rue. Laissez-moi vous inviter à déjeuner. Nous serons plus à l'aise pour discuter de tout cela. Même si je ne suis pas convaincu de l'utilité de ce que je pourrai vous dire. On nous a volé plusieurs pièces rares qui devaient partir chez un commissaire-priseur, expliqua-t-il en lui ouvrant la porte de la boutique avant de la rejoindre sur le trottoir ensoleillé. Mon grand-père désespère à l'idée de ne jamais les retrouver. A mon avis, elles ont déjà été revendues.

— Un commissaire-priseur ? répéta-t-elle.

— Nous vendons beaucoup de bijoux anciens et comptons parmi nos clients de nombreux collectionneurs ou musées. Ce sont eux qui constituent notre principale source de revenus, même si les ventes de bijoux classiques ne sont bien sûr pas négligeables. Bref, il faut croire que les antiquités sont dans le vent, conclut-il alors que la serveuse qui semblait bien le connaître — et l'apprécier — les conduisait à une table.

Après les avoir installés, la jeune femme prit la commande, en réservant manifestement à Armando ses plus chaleureux sourires.

— Et ces articles que vous aviez prévu de vendre aux enchères, vous pourriez m'en dire plus ?

— Il s'agissait d'une collection que mon grand-père avait rachetée auprès d'un magnat de Hollywood : des bijoux anciens utilisés dans de vieux films. En l'occurrence, trois de ces bijoux avaient été portés par Marlene Dietrich, expliqua-t-il avec un soupir.

— Et moi qui croyais que les actrices ne portaient que des répliques…

— Pour la plupart, oui. Mais lorsqu'elles sont authentiques, les pièces de joaillerie sont prêtées aux studios par de grands bijoutiers. Parfois, les bijoux appartiennent aux acteurs eux-mêmes : ce fut le cas pour Marlene, et c'est ce qui rend ces pièces d'autant plus précieuses aux yeux des collectionneurs.

A ces mots, Tiffany perdit son entrain, ainsi que son appétit.

— Quelle tristesse de perdre un tel témoignage du passé…

— Je vois que vous nous comprenez, déclara Armando en flirtant de nouveau ouvertement avec elle.

La discussion se poursuivit devant un bon repas. Tiffany ne regrettait pas d'être venue et d'en avoir appris un peu plus sur cet aspect du métier, mais à ce stade elle ne voyait aucun lien entre les deux cambriolages. Les systèmes de sécurité, les coffres-forts et les bijoux volés n'avaient aucun point commun.

— Pensez-vous que ces vols aient pu être commandités ? Peut-être qu'une même personne cible des éléments spécifiques de nos collections ? demanda-t-elle alors qu'Armando la raccompagnait hors du restaurant.

— Possible. Chez moi, il n'est pas surprenant que ces pièces intéressent de nombreux collectionneurs. Mais, dans votre cas, je ne vois pas ce qu'un particulier pourrait faire de diamants roses à l'état brut, qui n'ont même pas été taillés…

Tiffany s'était posé la même question. Et si les cambriolages n'étaient pas liés entre eux ? Après tout, rien ne prouvait qu'ils avaient été commis par la même équipe. La partie était loin d'être gagnée…

— Eh bien, je vous remercie, Armando. Si j'ai du nouveau, soyez sûr que je vous tiendrai au courant.

Il sourit et s'approcha d'elle.

— Pourquoi ne pas me faire part de vos découvertes autour d'un dîner ? Le week-end prochain, par exemple…

Elle répondit à son sourire, mais n'avait aucune intention

de donner suite à l'invitation. Car aussi charmant que puisse être Armando, il n'arrivait pas à la cheville d'un certain garde du corps qui occupait encore toutes ses pensées.

— Désolée, mais je vois quelqu'un en ce moment, mentit-elle pour être sûre qu'il n'insisterait pas.

— J'aurais dû m'en douter, murmura-t-il avec un sourire de regret.

— Merci encore pour tout, conclut-elle en remontant dans sa voiture.

Tout en conduisant, elle repensait à ce qu'ils s'étaient dit, quand un détail lui revint à l'esprit. Armando lui avait confié que son grand-père envisageait de vendre la boutique dont le chiffre d'affaires s'érodait d'années en années. Armando, dont le rêve était de reprendre les rênes de la bijouterie, s'opposait fermement à ce projet. Et, comme pour Jarvis, le cambriolage allait leur coûter plus cher que ce que les assurances accepteraient de rembourser.

Le cambrioleur était donc peut-être au courant de l'état financier de chacune des boutiques… Mais qui pouvait avoir intérêt à hypothéquer ainsi l'avenir de ces deux bijouteries ?

La prochaine boutique lui permettrait sûrement de vérifier si sa théorie tenait debout. Impatiente, elle donna un coup d'accélérateur. C'est alors qu'elle remarqua une voiture dans son rétroviseur. La même Jeep qui était garée face au restaurant pendant qu'elle déjeunait avec Armando…

Bon, du calme, il ne fallait pas devenir paranoïaque, pensa-t-elle en bifurquant vers une station-service. Bon sang, est-ce que cette voiture la suivait vraiment ?

En tant que détective, elle se devait de suivre ses intuitions. Après avoir vécu de longues années dans une grande métropole, elle avait appris à se fier à son instinct en cas de danger.

Du coin de l'œil, elle aperçut la Jeep se garer discrètement dans un recoin de la station tandis qu'elle remplissait son réservoir de carburant.

Tendue, réticente à l'idée de reprendre la route tant qu'elle n'avait pas tiré cela au clair, elle décida de prendre le taureau par les cornes. Elle alla régler son plein d'essence à la boutique et acheta au passage un flacon de laque capillaire, qu'elle rangea dans sa poche. Puis elle se dirigea vers les toilettes, mais au moment d'y entrer bifurqua vers la sortie de secours. Une fois dehors, elle slaloma entre les bâtiments jusqu'à approcher la Jeep par-derrière. Dans le meilleur des cas, elle pourrait identifier son occupant, dans le pire, elle se contenterait de noter la plaque d'immatriculation, juste au cas où...

Avançant le plus discrètement possible, elle finit par s'apercevoir... que le véhicule était vide. Elle se sentit soulagée et ridicule à la fois. Il n'y avait pas lieu de s'inquiéter. Elle s'empressa tout de même de relever le numéro d'immatriculation. Il s'agissait d'une voiture de location, avec une pastille de parking pour la ville de San Francisco.

Cette personne venait donc du centre-ville, tout comme elle. Elle prit quelques notes hâtives sur son smartphone, inspira profondément puis retourna à l'intérieur de la station-service avant de regagner sa voiture.

Mais, en passant devant le comptoir, elle aperçut une silhouette masculine rôdant près du véhicule. Elle se figea alors que l'homme semblait se pencher pour regarder sous la voiture. Impossible alors de voir son visage.

Son cœur se mit à tambouriner contre sa poitrine, mais elle rassembla son courage pour se diriger vers la porte en épiant les écrans de surveillance au-dessus de la caissière : les caméras étaient braquées sur les clients et les pompes. Personne n'oserait lui faire de mal ou lui voler sa voiture ainsi à découvert...

Avançant au pas de course, elle contourna la pompe à essence et manqua de rentrer dans le gaillard qui se relevait à ce moment-là. Ce dernier la retint en refermant des doigts massifs autour de son bras. Levant les yeux, elle crut défaillir en découvrant son visage.

Garrett.

— Mais qu'est-ce que tu fais ici ? Tu m'as *suivie* ? Qu'est-ce qui se passe ? s'écria Tiffany en tremblant comme une feuille entre ses mains.

Et mince… Il lui avait fait peur. Garrett n'en avait pas cru ses yeux quand il l'avait vue sortir de la bijouterie. Intrigué, il avait garé sa voiture de location, et l'avait vue pénétrer dans un restaurant en compagnie d'un jeune blanc-bec au sourire enjôleur. Désireux d'en savoir plus, il était donc entré dans la boutique et avait discuté avec le vendeur. C'est alors qu'il avait compris que Tiffany déjeunait là avec le gérant.

Que manigançait-elle ? Il avait des milliers de questions à lui poser, mais pour l'instant il devait absolument la rassurer. Ou ils allaient se faire remarquer.

— Désolé, je n'ai pas voulu te faire peur, murmura-t-il sincèrement.

Tiffany se mit à le fixer, d'un air plein de suspicion.

— On a passé quelques nuits ensemble, et tu as décidé de me harceler en suivant le moindre de mes mouvements, c'est ça ? Depuis combien de temps est-ce que tu me suis ?

Sa voix haut perchée attira l'attention de plusieurs passants, dont deux s'arrêtèrent à proximité pour les observer.

— Je ne t'ai pas *suivie* ; c'est une pure coïncidence. Je me rendais chez le bijoutier et je t'ai vue sortir de la boutique avec le patron. J'étais à la fois curieux et inquiet, alors j'ai attendu pour m'assurer que tu ne risquais rien. Mais je dois me rendre à l'évidence : mes compétences en filature sont médiocres, précisa-t-il avec un sourire censé désamorcer la tension entre eux. Qu'es-tu allée faire là-bas, Tiffany ?

— Ça ne te regarde absolument pas, et tu n'as aucun droit de me suivre… J'ai eu la peur de ma vie, ajouta-t-elle en reculant d'un pas.

Garrett ne supportait pas l'idée de lui avoir fait peur ; ce n'était pas du tout son intention. Bon sang ! Pourquoi cette femme le rendait-elle aussi maladroit ?

— Je te le répète, je suis désolé : je n'avais ni l'intention de te suivre, ni celle de t'effrayer. Mais je suis curieux de savoir ce que tu faisais chez ce bijoutier.

Elle entrouvrit les lèvres, mais se ravisa, lui lançant plutôt un regard assassin.

— En quoi ça te regarde ? Armando est peut-être mon ami. Ou mon amant. La vraie question, c'est ce que *toi*, tu faisais là-bas ?

Garrett l'avait suffisamment épiée avec cet Armando pour savoir qu'ils n'étaient pas amants — même si le jeune homme aurait visiblement aimé que ce soit le cas, à en juger par la façon dont il avait eu l'air de flirter avec elle. Mais pour le reste, elle avait raison : il n'avait a priori rien à faire chez ce bijoutier.

— Je pensais pouvoir trouver quelques pistes au sujet de ces cambriolages. Alors je suis entré dans cette boutique pour bavarder un peu avec la vendeuse pendant que tu déjeunais, mais comme elle ne savait pas grand-chose, je suis sorti.

— Et c'est là que tu t'es mis à me suivre, tout naturellement. Pourquoi est-ce que tu te mêles de mon enquête ? Tu n'as pas mieux à faire ? Tu es ici en vacances, je me trompe ?

— Ton enquête ? répéta-t-il en clignant des yeux, surpris par tant d'agressivité. Est-ce que j'ai raté un épisode ?

Quelqu'un les interrompit avant qu'elle n'ait le temps de répondre.

— Il y a un problème, mademoiselle ? Ce type vous importune ?

Un des deux passants qui les observaient depuis le début scrutait Garrett de ses yeux menaçants.

— Tout va bien, assura Garrett pendant que Tiffany le fusillait du regard.

— On dirait que mademoiselle n'est pas d'accord, insista le bonhomme en faisant signe à son compère de le rejoindre. Je vous conseille de déguerpir, monsieur.

Garrett étudia l'homme de la tête aux pieds. Pas question de laisser Tiffany seule avec ce genre de gaillard. Le deuxième type les rejoignit et Garrett tenta un autre angle d'approche.

— Cette demoiselle est mon amie et nous avons un différend. Je n'ai pas l'intention de lui faire le moindre mal.

— Dans ce cas, vous serez d'accord pour la laisser tranquille.

— A vrai dire, non, rétorqua Garrett en toisant les deux compères.

Sentant les choses s'envenimer, Tiffany finit par intervenir.

— Ecoutez, je peux vous assurer que mon ami ne me fera aucun mal. J'étais seulement en colère à cause…

— Ne vous inquiétez pas, on gère l'affaire, l'interrompit un des hommes en lorgnant allègrement sur la poitrine de Tiffany. Vous aurez tout le temps de nous remercier ensuite comme il se doit.

— Je ne crois pas, non. Laissez-nous tranquilles, ou j'appelle la police qui se fera un plaisir de « gérer l'affaire », déclara Tiffany en sortant son téléphone de son sac.

— Hé là, on essayait juste d'aider ! bredouilla l'autre bonhomme en reculant et en levant les mains en l'air.

— Merci, mais je n'ai pas besoin d'aide, répliqua-t-elle d'une voix aussi glaciale que menaçante.

Manifestement convaincus par l'aplomb de Tiffany, les deux hommes s'éloignèrent sans demander leur reste.

— Tu as très bien réagi, approuva Garrett, admiratif. Bravo, tu as su garder ton sang-froid.

Mais le regard qu'elle lui adressa n'avait rien d'amical.

— Waouh, tu admets enfin que je suis capable de régler mes propres affaires… Ça se fête ! Mais je n'ai pas besoin que tu mettes le nez dedans, comme tu l'as fait avec Marcus.

Garrett se tut un instant. C'est vrai, il avait lu ses notes. Et il savait que cela ne lui plairait pas. Mais, ne trouvant pas le sommeil, il n'avait pas pu résister. Il avait décidé de ressortir pour voir ce qu'il y avait à voir. Et il avait eu de la chance : il avait surpris Hooper en train de rentrer dans l'hôtel avec sa maîtresse. Il ne lui avait fallu que quelques secondes pour prendre des photos à travers les rideaux partiellement fermés de la chambre. Et puis, pour être tout à fait honnête, cela ne lui avait pas plu de savoir Tiffany traîner dans ce quartier, et il était heureux d'avoir pu finir ce travail pour elle.

Mais à présent, devant le regard furieux qu'elle lui adressait, il comprenait qu'il avait commis une erreur.

— Tiff, je n'essayais pas de…

— Quoi ? De me faire comprendre que je n'y arriverais pas ? Que ce métier est trop dur pour une pauvre fille comme moi ?

— Ce n'est pas exactement ça, non. J'espérais seulement te rendre service. Et, oui, je l'admets, il était dangereux pour toi de revenir soir après soir sur ce même parking, dans ce quartier mal famé.

— Les détectives privés se retrouvent souvent dans des situations dangereuses, Garrett. Ai-je vraiment besoin de te l'expliquer ? Je m'en sortais bien. Je suis capable de me débrouiller seule.

Sans vouloir ajouter d'huile sur le feu, il y avait tout de même quelque chose qu'il tenait à savoir.

— Est-ce que tu as livré les clichés ?

— Oui. Mme Hooper était soulagée.

— T'a-t-elle payée ?

— Elle me l'a proposé, mais j'ai refusé. Ce n'est pas moi qui ai mené ce travail à bien — même si je me suis gardée de le lui dire. Mais elle m'a promis de me recommander à ses amis si ceux-ci venaient à chercher un détective.

Garrett secoua la tête.

— Tiff, laisse-moi te dire une chose…

— Non, c'est toi qui vas m'écouter… Tu n'avais pas le droit de fouiner dans mes affaires. Ce n'est pas parce que nous avons couché ensemble que tu peux te croire tout permis.

Garrett s'aperçut soudain qu'ils attiraient de nouveau les regards. Des clients de la station-service les observaient, intrigués. Il n'était pas question d'envenimer les choses.

— Tu as raison. J'ai eu tort. Je suis désolé, s'excusa-t-il pour la calmer. Mais depuis quand est-ce que tu mènes ta propre enquête sur cette série de cambriolages ?

— Depuis que ça me chante. Depuis que j'ai dû expliquer la situation à mes parents, ce matin, au téléphone, et que j'ai entendu la détresse dans leur voix. Je peux résoudre cette affaire, Garrett. Ou du moins essayer, soupira-t-elle. Une chose est sûre, je ne peux pas rester sans rien faire.

— Mais ce que tu fais là est une tout autre affaire, Tiffany. Prendre des photos de maris en flagrant délit d'adultère est déjà dangereux — tu risques d'être mal accueillie. Alors des voleurs professionnels… Ces types-là ne plaisantent pas, crois-moi.

A ces mots, il vit la mâchoire de Tiffany se crisper, et il eut soudain une envie folle de l'embrasser. La colère rendait cette femme incroyablement sexy…

— Je ne fais que bavarder avec des gens, Garrett, reprit-elle. C'est tout. Il n'y a rien de dangereux à cela.

Sans doute avait-elle raison. Enfin, peut-être. Mais il était tiraillé entre des sentiments contraires. Instinctivement, il avait envie de la protéger. Et, en même temps, Tiffany était une adulte parfaitement capable de prendre ses propres décisions, il en avait conscience.

— As-tu des pistes intéressantes ? finit-il par demander, espérant regagner sa confiance.

Sa mine renfrognée parlait d'elle-même : elle n'était guère d'humeur à partager ses trouvailles.

— Et si je t'offrais le déjeuner ? tenta-t-il, sans se démonter.

— Tu devrais savoir que j'ai déjà déjeuné — tu nous as espionnés.

— Bien sûr, se reprit-il en se balançant sur ses pieds. Toi et ce Mario Lanza.

— J'aurais plutôt dit Clark Gable, rétorqua-t-elle avec un demi-sourire.

Elle avait bien vu qu'il était jaloux… Et il ne pouvait pas la contredire. Rester assis dans sa voiture, à la regarder déjeuner avec ce bellâtre, avait été insupportable. Cet Armando avait tout fait pour la séduire, ce qui agaçait Garrett au plus haut point. Même s'il n'avait aucun droit à proprement parler sur Tiffany.

Elle soupira, commençant à perdre patience.

— Garrett, va donc profiter tranquillement de tes vacances, d'accord ? Tout ça ne te regarde pas.

— Tu prévois d'interroger d'autres bijoutiers aujourd'hui ?

— Ma parole, tu es pire qu'un chien devant son os ! Et je n'aime pas l'idée d'être considérée comme ton os, ajouta-t-elle sèchement.

— Laisse-moi juste t'accompagner pour m'assurer que tout va bien. Je me ferai tout petit, mais si jamais quelque chose devait t'arriver, je serais là…

— Garrett…

— Ecoute, Tiffany, j'ai vu beaucoup de situations a priori sans danger dégénérer. J'ai vu des gens blessés, ou se faire lâchement attaquer. Crois-en mon expérience : la pire erreur que tu puisses faire serait de croire que tu as la situation en main.

— Je suis sûre que…

— Et si ces cambriolages étaient bien dus à une fuite en interne ? Imagine qu'un employé d'une des bijouteries soit impliqué, et qu'il te voie tourner autour de lui avec tes questions ? Tu pourrais mettre le doigt sur quelque chose de dangereux. Personne ne peut anticiper la réaction des gens. Laisse-moi être ton garde du corps pour aujourd'hui. C'est mon métier. Je serai invisible, mais je veillerai sur ta sécurité. Et si tu trouves quoi que ce soit, on informera la police, et je reprendrai mon propre chemin. D'accord ?

En la voyant se mordre la lèvre, indécise, Garrett eut de nouveau envie de l'embrasser. Avait-il dit toute la vérité en affirmant vouloir la protéger, et rien de plus ? Il était sincère : il s'inquiétait pour elle. Et si quelque chose lui arrivait, il ne se le pardonnerait pas. Mais s'il était vraiment honnête envers lui-même, ce n'était pas là sa seule motivation. En réalité, il mourait d'envie de passer du temps auprès de Tiffany.

— Bon d'accord, tu as gagné, finit-elle par marmonner d'une voix lasse. Je suppose que ça ne peut que m'aider.

Enfin… Elle baissait la garde.

— Merci, Tiff, répondit-il en souriant. Tu ne le regretteras pas. Alors, on va où maintenant ?

Elle lui donna alors la liste des boutiques où elle prévoyait de se rendre. Il les nota sur son smartphone et enregistra les itinéraires sur son GPS, au cas où il perdrait Tiffany de vue.

Décidément, cela n'avait pas été facile de la convaincre, mais elle avait désormais retrouvé le sourire et la tension entre eux s'était presque entièrement évanouie.

— Merci de veiller à mes arrières, Garrett. Je suppose que je te dois aussi des remerciements pour Marcus. D'accord, j'ai d'abord été hors de moi, mais ta façon de mener l'affaire m'a finalement appris beaucoup de choses. Et pour ne rien te cacher, c'est même ça qui m'a inspirée pour enquêter moi-même sur ces cambriolages.

Voilà quelque chose qu'il n'avait ni souhaité, ni prévu, mais si cela permettait au moins d'apaiser les choses entre eux…

— En revanche la prochaine fois, ne fais pas les choses dans mon dos, reprit-elle. Enfin, j'espère qu'il n'y aura pas de prochaine fois… Bref, tu m'as comprise.

Elle était tellement mignonne… Subjugué, il fit tous les efforts du monde pour ne pas l'embrasser. Bon sang, il fallait qu'il se reprenne ! Elle attendait visiblement qu'il lui réponde, alors il s'éclaircit la voix.

— Tu as raison. Tiens, pour sceller notre accord, je t'invite à dîner ce soir, dès que tu auras vu tous ces gens. Et nous pourrons parler de… De *ton* enquête ?

Elle eut un petit rire, et renversa légèrement la tête en arrière, lui rappelant cette façon qu'elle avait de se laisser aller lorsqu'il lui faisait l'amour, cette manière si sensuelle de s'abandonner entièrement à lui.

— D'accord pour un dîner. Je pourrais peut-être aussi te faire visiter la ville de nuit, suggéra-t-elle en battant des cils.

— Avec un immense plaisir, murmura-t-il, ravi de la nouvelle tournure des événements.

— Mais avant cela, toi et moi, on a du pain sur la planche ! reprit-elle d'une voix de femme d'affaires avant de pivoter sur ses talons pour monter dans sa voiture.

« *Toi et moi…* » ! Oh ! comme Garrett aimait la douce sonorité de ce *toi et moi…*

6

— C'est exactement comme je l'imaginais ! s'exclama Garrett en admirant les rues tranquilles de Russian Hill.

Au bras de Tiffany, il se dirigeait vers le restaurant à tapas — son préféré, lui avait-elle assuré.

De nombreux trams allaient et venaient, bondés de touristes et de riverains venus apprécier la vie nocturne du quartier. Les rues étaient pentues, mais Garrett préférait les monter au côté de Tiffany plutôt que se retrouver emporté par la foule des transports en commun.

Le quartier, résidentiel mais orné de nombreux petits restaurants et boutiques, offrait une ambiance radicalement différente de celle, urbaine et agitée, du centre-ville. D'architecture classique, les façades colorées et rehaussées par l'éclairage avaient un certain cachet.

Garrett avait l'impression de se promener sur le plateau de la série *Monk*. Le calme ambiant contrastait avec Union Square. Des habitants promenaient leurs chiens ou rentraient chez eux avec des sacs de courses sous le bras, des couples flânaient main dans la main, des petits groupes d'amis sortaient des restaurants en riant…

— C'est sans doute un des quartiers les plus charmants. Et les plus chers. Nous ne sommes pas loin de Lombard Street. On peut aller s'y balader après le repas et jouer les touristes, suggéra Tiffany d'une voix nettement plus détendue que plus tôt. Ah, nous y voilà : le meilleur resto espagnol de la ville !

Ils s'arrêtèrent à un coin de rue devant une devanture

colorée. L'intérieur du restaurant était exigu, mais l'ambiance chaleureuse. Un homme au sourire affable vint saluer Tiffany, avant de serrer la main de Garrett. Il s'agissait du propriétaire, qui semblait bien la connaître, et lui demanda même des nouvelles de ses parents.

— Ils vont bien, Gio. Ils sont en voyage d'affaires, déclara-t-elle sans faire mention du cambriolage.

— Je vous installe à cette table près de la vitrine, comme ça les passants verront combien tu es resplendissante ce soir, murmura Gio avec un clin d'œil.

— Merci, quel charmeur ! répondit Tiffany en rougissant.

— J'ai un bon petit vin dont vous me direz des nouvelles. Il s'accorde à merveille avec le plat du jour ! conclut le bonhomme avec un sourire jovial, avant de s'éloigner pour accueillir de nouveaux clients.

— C'est un ami de mon père depuis des années, expliqua Tiffany. Ils ont tous les deux lancé leur affaire en même temps. Toute la famille de Gio est aussi joviale que lui. Et ce sont tous des cuisiniers hors pair.

— Des amis de ma famille tiennent un resto italien à Philadelphie : ils servent des plats à tomber par terre mais n'ont malheureusement pas la reconnaissance qu'ils méritent.

— Ah bon ? Pourquoi cela ?

— C'est un quartier populaire, qui n'a pas très bonne presse dans les guides touristiques. C'est pourtant un lieu très authentique, pittoresque, et les habitants de Philadelphie, eux, ne s'y trompent pas.

A ces mots, Tiffany sourit.

— Quand tu parles de ta ville, ton accent s'intensifie…

— Quel accent ? Je n'ai pas d'accent ! protesta-t-il en exagérant délibérément ses inflexions.

En général, l'accent de Garrett se faisait plus fort quand il se sentait à l'aise avec les gens, ou lorsque quelque chose l'énervait. Tant mieux si cela plaisait à Tiffany…

— Moi, je le trouve sexy, en tout cas, ajouta-t-elle.

A ces mots, il sentit les battements de son cœur s'accélérer.

Cette femme avait le don de le prendre de court avec ses petits commentaires bien sentis... Il n'était pas habitué à cela — Lainey avait toujours été de nature réservée — mais ce n'était pas pour lui déplaire.

— Tiffany, quel plaisir de te trouver ici ! lança un homme au crâne dégarni qui s'approchait de leur table en souriant. Est-ce que tes parents sont rentrés de voyage ?

— Oh ! Arthur, bonsoir, non, ils ne reviennent que mercredi, répondit-elle avec un sourire alors qu'il lui faisait un baisemain. Arthur Hayden, je te présente Garrett Berringer, un ami de Philadelphie. Garrett, Arthur est notre expert en estimations : il travaille avec Jarvis et la plupart des bijouteries de la ville depuis toujours.

— Allons, je ne suis pas si vieux, tout de même ! protesta le nouveau venu en serrant la main de Garrett. Bienvenue à San Francisco, cher Garrett. Et, Tiffany, pense bien à dire à tes parents qu'ils m'appellent à leur retour ! Cette histoire de cambriolage est un véritable choc.

Il prononça ces dernières paroles à voix basse.

— Comment êtes-vous au courant ? s'enquit Tiffany.

— La police m'a contacté pour confirmer la valeur des diamants, murmura-t-il. C'est affreux d'imaginer de tels trésors entre les mains de barbares...

— Je sais, je sais... Espérons que la police mettra la main dessus, soupira-t-elle.

— Espérons-le. Evidemment la police m'a demandé d'observer la plus stricte confidentialité à ce sujet : comme si mon métier ne consistait pas précisément à rester muet comme une tombe ! Mais quand je t'ai aperçue ici, je n'ai pas pu ne pas vous faire part de ma plus grande compassion.

— C'est gentil, Arthur. Papa et maman apprécieront aussi.

— Bon, eh bien, passe une excellente soirée, et n'oublie pas de dire à tes parents de me téléphoner.

Il les salua tous les deux d'un signe de tête, puis s'éloigna.

— Il avait l'air très contrarié, observa Garrett.

— Il exerce depuis plus de vingt ans : pour une estimation fiable et précise, Arthur est le meilleur ! Il prend son travail très à cœur.

Gio revint à leur table avec la bouteille de vin, qu'il déboucha pour le leur faire déguster. Il prit ensuite leur commande et y ajouta quelques spécialités du jour — cadeau de la maison — qu'il tenait à leur faire goûter. Enfin, il les laissa de nouveau en tête à tête.

— Alors, dis-moi tout. A quoi ressemble la vie d'un garde du corps ? demanda-t-elle, intriguée. Tu disais que tu dirigeais ta société avec tes frères ?

Garrett hocha la tête.

— Je l'ai fondée peu après la mort de Lainey. Mon frère Jonas venait alors de quitter la police de Philadelphie, et il m'a rejoint dans l'aventure. Ely était engagé chez les Marines à l'époque, mais dès son retour à la maison il a voulu être de la partie. Chance, le plus jeune, nous a ensuite logiquement accompagnés. Bref, on s'est tous les quatre retrouvés autour de ce projet !

— Vous devez bien vous entendre... Ce n'est pas toujours facile de travailler en famille — et je sais de quoi je parle.

— Oui, la plupart du temps, ça fonctionne bien. Même si quand je l'ai fondée, je n'imaginais pas que ça deviendrait une affaire de famille... Je pensais engager des gardes du corps au coup par coup, en fonction des missions... Mais je m'aperçois que mes frères sont faits pour ce métier. Et j'adore travailler avec eux.

— Tu es fier d'eux, on dirait, sourit-elle en sirotant son vin.

— C'est vrai. Ce sont tous de chic types. Jonas vient de se marier. D'ailleurs, c'est lors d'une de ses missions qu'il a rencontré sa femme.

— Très romantique, commenta Tiffany d'un air rêveur. Tomber amoureuse de son garde du corps... Hum, ce scénario me dit quelque chose.

Garrett se mit à rire.

— Au risque de te décevoir, c'était beaucoup plus mouvementé que dans le film. Jonas a même perdu la vue et...

— Seigneur, il a perdu la vue ?

— En protégeant Tessa. Sa cécité n'a été que provisoire, heureusement, mais ça les a rapprochés tous les deux. Si leur relation a connu des débuts chaotiques, ils sont on ne peut plus heureux maintenant.

— Le chemin menant au grand amour est parfois parsemé d'obstacles, n'est-ce pas ?

— Parfois, sans doute. Et puis Jonas n'est pas d'un caractère facile…

— Et tes autres frères ? Ely et Chance ?

— Ely n'est pas au mieux de sa forme en ce moment. Je crois que l'on a sous-estimé ses difficultés à son retour d'Afghanistan. Et puis, il s'est fait duper par une femme qu'il aimait : il a découvert qu'elle était fiancée, alors que dans sa tête il réfléchissait déjà aux plans de leur future maison…

— Mais c'est affreux !

— Je sais. Depuis, il est devenu imprévisible. Bien sûr, ça n'entache en rien la qualité de son travail, mais côté vie personnelle… Bref, je préfère ne même pas savoir. Quant à Chance, il lui suffit de se jeter dans le vide depuis le point plus haut, ou d'éviter des balles de gros calibre, pour être heureux ! Je ne l'imagine pas vivre un jour une vie rangée. Il n'existe sans doute aucune femme sur terre capable de tempérer ses ardeurs. Mais, bon, il a l'air heureux comme ça.

— Et toi ? Qu'est-ce qui te rend heureux ? s'enquit-elle soudain.

Il contempla le vin couleur grenat au fond de son verre, et hésita avant de répondre.

— Ce devrait être une question facile, j'imagine ? demanda-t-il en s'apercevant qu'il ne savait pas vraiment quoi répondre.

— Pas forcément. Parfois, je suis déçue par des choix que j'ai pourtant mûrement réfléchis… D'autres fois, au contraire, certains imprévus — comme ce week-end avec toi — m'apportent beaucoup de bonheur, déclara-t-elle tout simplement.

Soulagé de voir qu'elle le comprenait, Garrett sourit.

— Exactement. J'allais te répondre que ce qui me rend heureux, ce sont les choses simples, sans surprise. Mais ce n'est pas tout à fait ça. J'aime aussi les sensations fortes, les imprévus… Plus aujourd'hui qu'à une certaine époque en tout cas. Et pour moi aussi ce week-end représente un imprévu, mais de la plus agréable des façons, murmura-t-il en la regardant droit dans les yeux avant de lever son verre pour trinquer avec elle.

— Moi aussi, j'aime quand les choses bougent. J'ai besoin de mouvement, je n'aime pas rester enfermée dans un seul et même endroit.

— Comme la bijouterie de tes parents ?

— Exactement. J'ai bien essayé de trouver ma place, ma vocation à moi mais sans grand succès jusqu'à présent. Cela dit, j'ai un bon pressentiment au sujet de…

Elle s'interrompit, hésitante tout à coup. Pourquoi cette méfiance ? Qu'est-ce qui la retenait de lui parler ouvertement de son désir de changer de métier ?

— Au sujet de ton projet de devenir détective ? l'encouragea-t-il.

— Oui, admit-elle, les yeux pétillant d'excitation. J'ai beau avoir peu d'expérience, et encore beaucoup de choses à apprendre, je sais ce que je veux devenir : une vraie détective. C'est simple, à elle toute seule, la mission de Mme Hooper m'a procuré plus de sensations fortes que n'importe lequel des métiers que j'ai essayés jusqu'à présent.

— Je suis sûr que tu y parviendras. Il te faudra juste un peu de temps. Et d'expérience.

— C'est ce que je m'efforce d'engranger : j'ai suivi des cours par correspondance pour obtenir ma licence ; ainsi que des cours d'autodéfense, et des leçons de tir. Dès que je rencontre quelqu'un qui est dans le métier, j'ouvre grand les oreilles et j'emmagasine tout ce qui pourrait m'être utile dans ma pratique. Même si en général les détectives sont peu bavards. C'est un métier compétitif. Mais tu m'as enseigné quelque chose d'important aujourd'hui.

— Ah oui ? Quoi exactement ?

— Pour prendre les photos de Marcus, tu n'as pas hésité : tu es tout simplement allé te poster devant la fenêtre de son motel et tu as déclenché l'appareil. Tu es sorti de ta voiture, tu es allé sur le terrain. C'est ce que j'aurais dû faire dès le début. En fait, je crois que c'était contre moi-même que j'étais le plus en colère, pas contre toi… Au moins, maintenant, je sais que ce n'est pas en attendant que les choses viennent à moi que j'obtiendrai ce que je désire. Je dois faire mes preuves, ajouta-t-elle d'une voix exaltée.

Garrett l'écoutait attentivement.

— Pour qui exactement est-ce que tu veux faire tes preuves ?

Les assortiments de tapas arrivèrent en même temps que sa question, et, après avoir passé quelques minutes à s'extasier devant la variété et la finesse des mets qu'ils dégustaient, Tiffany finit par répondre.

— Je dois prouver à mes parents que je suis digne de confiance. Je ne leur en veux pas de douter de moi. Disons que je n'ai pas le parcours professionnel le plus stable qui soit, et le cambriolage à la bijouterie ne vient pas prouver le contraire…

— Ce cambriolage n'est pas ta faute, insista-t-il.

— Peut-être, mais il vient quand même s'ajouter à la liste exhaustive des désastres que j'ai connus dans ma vie professionnelle. Sans parler de mes désastres personnels, marmonna-t-elle entre deux bouchées de beignets à la viande rôtie.

Ils passèrent les minutes suivantes à savourer les plats délicieux qu'on leur avait servis.

— Voilà pourquoi je ne veux pas que mes parents soient au courant pour l'instant, reprit-elle un moment après. C'est trop tôt. Ils en auraient une attaque. Ils sont tellement heureux de me voir travailler à la bijouterie, de savoir que j'ai enfin une occupation « normale ». S'ils venaient à apprendre que je joue les apprenties détectives, ils ne s'en remettraient pas.

— Ils ne sont pas au courant ? s'étonna Garrett.

— Non. Et ils ne doivent pas l'être. Pas tant que je n'ai pas au moins un succès dont je puisse me vanter. Comme découvrir les malfaiteurs qui ont volé nos diamants. Ou du moins faire avancer l'enquête de manière significative. Je ne supporterai pas d'être encore une fois à l'origine de leur inquiétude, ou pire, de leur déception, avoua-t-elle en posant sa fourchette.

— Tu dois sous-estimer la confiance qu'ils placent en toi, assura Garrett en espérant dire vrai.

Il avait du mal à comprendre que l'on puisse cacher quelque chose à sa famille. Il était trop proche de ses frères, de ses parents. Bien sûr, cela ne les empêchait pas d'avoir parfois des différends, des désaccords... Mais ses parents avaient toujours soutenu leurs fils dans leurs projets, qu'ils soient fructueux ou soldés par des échecs.

— Peut-être. Mais cette histoire de cambriolage est déjà suffisamment difficile à gérer. Les mettre au courant ne ferait que les inquiéter davantage.

— Qu'en est-il de tes sœurs ? Et de ton frère ? interrogea Garrett, soudain curieux d'en savoir plus sur sa famille.

— Ruby, l'aînée, est mariée et a deux enfants. C'est quelqu'un qui a les pieds sur terre. Elle vit dans une ferme avec son mari où ils cultivent leurs propres légumes. Ils produisent aussi leur propre vin avec leurs vignes. Ambre est plus jeune que moi : c'est une dure à cuire mais elle est très intelligente. Elle vient d'ouvrir son cabinet d'architecture en ville, en couple.

— Etre mari et femme et travailler ensemble : un vrai challenge !

— Euh, tu n'y es pas tout à fait : Ambre est en couple avec une certaine Gracie...

— Oups... Au temps pour moi, marmonna-t-il un peu surpris mais pas décontenancé pour autant.

— Mais au fait, dis-moi…, murmura-t-elle d'une voix espiègle. Toi qui voulais me faire oublier le cambriolage le temps de ce dîner… Tu ne crois pas qu'il y a une meilleure façon de me changer les idées ?

L'instant d'après, il crut défaillir en sentant le pied de Tiffany remonter lentement le long de sa cuisse.

— Eh bien, euh…

Le souffle court, il glissa une main sous la table et lui immobilisa le pied.

Elle se mit alors à rire.

— Désolée, je n'ai pas pu résister.

Soutenant son regard, il regretta soudain de se trouver au beau milieu d'un lieu public.

— Ne résiste pas trop, répondit-il le plus sincèrement du monde. Ce serait dommage…

Une lueur de désir enflamma alors le regard de Tiffany, mais elle prit une longue inspiration, comme pour reprendre ses esprits, avant de se pencher vers lui.

— A vrai dire… Ça te dérangerait de parler de cette enquête ? Tu es la seule personne au courant de mes investigations, et j'aimerais te reparler des discussions que j'ai eues aujourd'hui avec les autres bijoutiers. Si je veux réussir dans ce métier, je dois me confronter à d'autres points de vue. C'est crucial pour pouvoir recoller les morceaux du puzzle.

Cela ne le dérangeait pas du tout, au contraire. Garrett était heureux de pouvoir passer encore un peu de temps auprès d'elle. Elle ne le savait pas encore, mais il envisageait même de la convaincre de l'aider dans son enquête. Il était trop dangereux pour une débutante de mettre son nez dans une affaire aussi mystérieuse que cette série de cambriolages. D'ailleurs, il avait sa petite idée quant à la façon de la convaincre… mais chaque chose en son temps.

— Avec plaisir. Mais pourquoi ne pas profiter de cette belle soirée ? On pourrait parler sérieusement de l'enquête demain à la première heure, non ? suggéra-t-il en faisant signe au serveur d'apporter l'addition.

— Demain ? répéta-t-elle un moment plus tard, sous le porche du restaurant.

Subjugué par sa beauté, Garrett ne répondit rien. Ses longs cheveux flottaient doucement le long de son visage. Son parfum suave lui titillait les narines… Il n'en pouvait plus : il l'entraîna à l'écart sur le trottoir, l'enlaça et l'embrassa — cela faisait des heures qu'il rêvait de ce moment…

Elle n'opposa aucune résistance, enroula même les bras autour de son cou. Une des choses qu'il adorait chez Tiffany, c'était sa façon de s'abandonner à lui…

Hmm, ses lèvres avaient une saveur épicée, un goût de tapas et de vin… Soudain, il oublia tout ce qui se passait autour d'eux : il n'y avait plus que ses lèvres et ce corps svelte et vibrant blotti entre ses bras.

— Garrett… Pourquoi est-ce que tu fais ça ? demanda-t-elle à court de souffle en posant les mains à plat contre son torse.

— Parce que j'aime être avec toi. J'ai envie de toi, Tiffany. Et toi aussi tu as envie de moi. Ce n'est pas une raison suffisante ?

Elle garda les yeux rivés sur la grande baie de San Francisco, derrière lui, visiblement hésitante.

— Cela ne nous mènera nulle part, murmura-t-elle sans réelle conviction.

— Ce n'est pas le moment d'y penser. Profitons déjà de cette belle soirée, dit-il d'un ton plein de tendresse.

Puis il lui releva le menton et chercha son regard.

— D'accord, répondit-elle en un souffle tout en esquissant un léger sourire.

— Parfait, alors suis-moi, susurra-t-il en lui prenant la main pour la ramener, à travers les rues à l'éclairage tamisé, vers sa chambre d'hôtel.

Sur le chemin de l'hôtel, Tiffany avait passé en revue toutes les raisons pour lesquelles suivre Garrett jusqu'à sa chambre n'était pas une bonne idée.

Mais il avait suffi d'un seul argument pour balayer cette liste en un clin d'œil : elle avait envie de lui. De mieux le connaître, de passer du temps auprès de lui. Oh ! elle avait au cours de sa vie pris beaucoup de mauvaises décisions, mais elle était à peu près sûre d'une chose : Garrett n'en faisait pas partie. Même si leur aventure n'était pas vouée à durer, cet homme était tout sauf une erreur.

Une fois dans sa suite d'hôtel, elle alla contempler le panorama sur la ville de nuit. La vue était époustouflante… A cet instant précis, elle avait l'impression de vivre un rêve.

Elle n'entendit pas Garrett arriver derrière elle, et sentit ses bras se glisser autour de sa taille pour l'enlacer. La chaleur de ses paumes l'électrisa à travers le tissu de sa blouse. Par chance, elle avait choisi des dessous sexy, ce matin…

— Tu es comme les félins, murmura-t-elle. Je ne t'avais pas entendu approcher.

— Et toi, tu m'as l'air songeuse, chuchota-t-il en se pressant contre elle.

Aussitôt, elle sentit ses seins pointer de désir.

Il lui aurait suffi de prendre sa main, et de lui montrer ce dont elle avait envie. Mais elle aimait aussi l'idée de lui laisser l'initiative, de se laisser surprendre…

Oh ! et elle ne le regretta pas. A peine tourna-t-elle la tête pour chercher son regard qu'il captura ses lèvres pour l'embrasser langoureusement. Elle enroula alors les bras autour de son cou, et s'abandonna tout entière à son baiser.

Très vite, il dégrafa avec des doigts fébriles les boutons de son chemisier. Oh, Seigneur… Mais quand enfin il posa les mains sur sa peau brûlant de désir, puis sur la dentelle de son soutien-gorge, il s'arrêta net.

— Qu'est-ce que c'est ? murmura-t-il contre ses lèvres.

— Tu veux que je te montre ?

Il hocha la tête, et elle se tourna de nouveau vers la ligne des gratte-ciel qui se dressaient devant eux.

— Eteins la lumière, ou du moins diminue l'intensité, chuchota-t-elle.

Ce qui allait se passer entre eux devait rester dans l'intimité. Inutile de s'exhiber à toute la ville.

— Tout de suite, dit-il à voix basse en s'écartant doucement d'elle.

Une fois que la lumière fut tamisée, Tiffany laissa glisser son chemisier le long de ses épaules. Toujours dos à lui, elle l'observait cependant dans le reflet de la baie vitrée.

— Retourne-toi, demanda-t-il en un murmure.

Elle obéit, et le vit alors déboutonner sa chemise, exposant son torse bombé et… si sexy. Sans le quitter des yeux, elle dégrafa son soutien-gorge qui, avec légèreté, tomba à terre tandis que Garrett se débarrassait de sa ceinture.

Le souffle court, elle déroula la fermeture Eclair de sa jupe, en même temps qu'il défaisait la braguette de son pantalon.

Presque nue désormais, elle ne manqua pas de remarquer que Garrett était déjà en érection à travers son boxer.

D'humeur audacieuse, elle se tourna de nouveau vers la baie vitrée, admirant une nouvelle fois les rues illuminées de la ville. La lumière était désormais suffisamment tamisée pour qu'on ne la reconnaisse pas, mais des passants risquaient sans doute d'apercevoir sa silhouette.

Grisée à cette idée, elle faufila une main sous l'ourlet en dentelle de sa culotte, lentement, très lentement, sous le regard embué de désir de Garrett. Et quand elle la lui lança à la figure, elle fut récompensée par un petit grognement viril.

Posant les mains à plat sur la vitre, elle se cambra légèrement pour mieux voir les voitures défiler au pied de l'immeuble, avant de regarder Garrett par-dessus son épaule.

— Je crois que je vais garder mes escarpins, murmura-t-elle avec un clin d'œil coquin.

L'instant d'après, il se dirigea vers elle, entièrement nu, puis se plaqua contre elle, les muscles tendus et brûlants. Il remonta les mains le long de ses cuisses, de sa taille, de son dos, avant de les refermer sur sa poitrine. Sans un mot, il lui pinça doucement les tétons, jusqu'à lui arracher un petit cri de plaisir.

— Oh! Garrett, articula-t-elle alors qu'il passait une cuisse entre les siennes.

Puis, sans plus attendre, il s'insinua en elle d'un geste sûr, tellement viril… Elle étouffa alors un soupir de surprise… Oh! comme il était dur… Et vibrant.

Entremêlant ses doigts aux siens contre la vitre, il lui embrassa les épaules et enfouit son visage au creux de son cou. Et quand il se mit à aller et venir en elle, elle chercha ses lèvres pour l'embrasser. Ivre de désir, pantelante, elle se cambra plus encore, pour mieux le sentir en elle.

— Plus fort! ordonna-t-elle d'une voix sensuelle qu'elle ne se connaissait pas.

Il s'exécuta aussitôt, accélérant la cadence, tandis qu'une onde de plaisir extraordinaire montait en elle. Chaque cellule de son corps se mit à vibrer, et elle prononça le nom de Garrett, plusieurs fois, le souffle court…

Un spasme irrépressible s'empara d'elle et elle s'abandonna entièrement au violent orgasme qui la submergeait. Aussitôt, Garrett resserra son étreinte et redoubla de coups de reins.

— Encore, ma belle, encore… Viens, ma belle, viens avec moi, haleta-t-il au creux de son oreille tout en la couvrant de baisers.

Elle ne se serait jamais crue capable d'enchaîner ainsi deux orgasmes, mais le simple son de sa voix, et le fait de sentir Garrett aussi dur, aussi vibrant en elle la propulsa une nouvelle fois aux portes de l'extase : ils jouirent à l'unisson.

Jamais elle n'avait ressenti une telle volupté. Comblée, épuisée, elle ne sentait plus ses jambes et Garrett dut la soutenir pour ne pas qu'elle tombe, en la serrant dans ses bras.

Il tremblait. Et elle n'en revenait pas. Seigneur, comme il était généreux… et exigeant à la fois! Jamais elle n'avait connu d'amant aussi fougueux, aussi sûr de lui…

Elle ne regrettait pas une seule seconde d'avoir écouté son instinct. De l'avoir suivi jusqu'à l'hôtel. Même si l'idée qu'ils venaient peut-être de faire l'amour pour la dernière fois l'inquiéta soudain.

Sans un mot, il la souleva et la porta jusqu'au canapé, où il l'assit à cheval sur lui. Elle poussa un soupir de contentement alors qu'il passait de nouveau ses bras autour d'elle.

— Tu vas me tuer, Tiff, murmura-t-il affectueusement en lui caressant les cheveux d'une main, les fesses de l'autre. Tu ne peux pas savoir comme je suis heureux que tu aies accepté de monter dans ma chambre.

— Et moi donc…

Ils restèrent ainsi, en silence, de longues minutes. Retrouvant doucement sa respiration, Garrett continuait de la caresser d'une main tendre.

— Tout à l'heure, tu as évoqué tes déceptions professionnelles, mais aussi personnelles, reprit-il après un long moment. A quoi faisais-tu allusion, au juste ?

Tiffany rouvrit les yeux, surprise par cette question soudaine. Elle se redressa et dévisagea Garrett pensivement. Allait-elle baisser dans son estime si elle lui racontait tout ?

C'était un risque qu'elle ne voulait pas courir, mais Garrett avait ouvertement partagé son passé avec elle, et elle trouvait cela injuste de ne pas s'ouvrir à lui à son tour.

Alors elle se jeta à l'eau. Et lui raconta tous les récents soucis qu'elle avait dû affronter, y compris le fait d'avoir été entièrement dévalisée par son ex-petit-ami, Brice.

— Ce type t'a dépouillée ? Et la police n'a rien fait ? répéta Garrett en se redressant brusquement.

Son regard s'était assombri, son visage s'était fait plus dur.

Tiffany fut alors traversée d'une nouvelle onde de désir. Garrett était un homme doux, attentionné, mais il pouvait aussi se montrer sanguin. Sans doute une manifestation de son instinct de protection — de ceux qu'il aimait, ou de ses clients.

— Mes sœurs m'ont très vite alertée sur le fait que Brice ne pouvait que m'attirer des ennuis. Mais je n'en ai fait qu'à ma tête. Je suis comme ça : je ne me méfie jamais, je saute sur les opportunités, je m'enflamme et je me brûle les ailes.

— Ce n'est pas ta faute si tu as croisé le chemin d'un

loser, murmura Garrett en promenant les mains le long de ses cuisses. Cela peut arriver à tout le monde, et au moins tu en as tiré les leçons… Ah, si je t'avais connue à l'époque… Je n'aurais pas été aussi indulgent avec lui que la police ne l'a été.

Il parlait d'un ton menaçant, qui le rendait plus sexy que jamais à ses yeux.

— Merci, répondit-elle, touchée, en se pressant contre lui sans la moindre pudeur. Mais, tu sais, j'essaie vraiment de prendre les bonnes décisions, maintenant. D'être responsable, moins impulsive.

Elle retint son souffle alors que Garrett faufilait ses doigts entre ses cuisses.

— Ah oui ? murmura-t-il en caressant son clitoris. Et moi ? Tu me rangerais dans quelle catégorie ?

— Catégorie impulsive, miaula-t-elle en se tortillant de nouveau de plaisir. Mais impulsive dans le bon, je dirais même le très bon, sens du terme.

Il se mit à rire, sans arrêter son geste. Folle de désir, elle ouvrit les cuisses pour l'inviter à venir en elle, mais il l'interrompit.

— Non, pas comme ça, susurra-t-il. Je veux te regarder jouir.

Oh ! elle ne se fit pas prier. Quelques secondes plus tard, elle plantait les doigts dans sa peau, criant son nom, assaillie par le plus puissant des orgasmes.

— Je crois que je ne m'en lasserai jamais, chuchota-t-il en la calant entre les coussins du canapé.

Puis il prit ses fesses entre ses mains et la pénétra de nouveau. Oh ! Seigneur, comme c'était bon ! Comme il était chaud, et dur, et vibrant… Une fois encore, il ne lui fallut que quelques secondes, quelques coups de reins avant de s'affaler sur elle, emporté par un orgasme inouï.

Il poussa un soupir, visiblement comblé, et Tiffany éprouva une angoisse soudaine. Comment reprendre une vie normale après avoir connu une telle osmose avec cet homme ? Saurait-elle vivre normalement sans lui ?

Probablement pas.

Pourtant, elle n'avait pas le choix. Elle allait devoir se contenter de ce qu'ils avaient partagé : une relation sans lendemain.

7

Garrett sut précisément l'instant où Tiffany avait glissé hors de ses bras ce matin-là. Il l'avait même épiée, les yeux mi-clos. Discrètement, elle s'était emparée du carnet au fond de son sac, avant de disparaître dans le salon.

Bon. Elle ne s'était pas rhabillée, donc elle ne partait pas tout de suite. Il s'étira paresseusement entre les draps. Exténué, il se sentait pourtant plus vivant que jamais.

Tiffany et lui avaient passé la nuit entière à faire l'amour de toutes les façons possibles. Insatiables, ils avaient profité au mieux du peu de temps qui leur était offert. Pourtant, plus ils étaient ensemble, et plus la perspective de se séparer bientôt devenait angoissante…

C'était du moins ce qu'il ressentait, lui.

Et pour être déjà passé par là, il pouvait dire sans se tromper qu'il avait déjà franchi une étape. Ce qu'il vivait auprès de Tiffany était différent. Intense. Pour la première fois depuis six ans, il n'arrivait pas à quitter une femme juste après leurs ébats.

Mais il n'avait pas le choix, il allait devoir la quitter. Comment cela pourrait-il fonctionner entre eux ? Il n'allait tout de même pas faire déménager Berringer Bodyguards et venir s'installer sur la côte Ouest. Et puis, ce n'était pas là le seul obstacle. Il n'était pas à l'aise avec les révélations de Tiffany au sujet de ses rêves de carrière. Oui, il avait peur de la voir se mettre en danger.

Ce qu'il avait subi à la mort de Lainey l'avait suffisamment traumatisé. Il ne supporterait pas de revivre cela. S'il avait sous-estimé les dangers liés au métier de son épouse, en l'occurrence, il ne connaissait que trop les risques liés à la profession de détective. Tiffany avait beau avoir suivi des programmes d'autodéfense et des leçons de tir, elle ne semblait guère mesurer les dangers auxquels elle ne manquerait pas de s'exposer.

Bref, pour résumer la situation, il était incroyablement attiré par cette femme, mais ne se voyait pas vivre auprès d'elle, à cause de son métier, trop risqué. D'accord, son raisonnement était quelque peu contradictoire, dans la mesure où il exerçait lui-même un métier très dangereux. Mais c'était plus fort que lui : il s'inquiétait pour Tiffany. Pour lui et pour ses frères, prendre des balles à la place de leurs clients faisait partie du métier. Mais, pour Tiffany, les choses étaient différentes. Avait-elle réellement conscience de la réalité souvent très dure du métier de détective ? Elle avait probablement lu trop de romans policiers, et nourri le fantasme de l'héroïne se plongeant dans des enquêtes passionnantes, presque ludiques. Mais tout cela était loin d'être un jeu, et il fallait qu'elle le comprenne.

Ce qui ne voulait surtout pas dire que Tiffany devait aller contre sa nature. Au contraire, son caractère pétillant et sa spontanéité étaient plus que séduisants. D'ailleurs, il n'aimait pas l'entendre parler de son impulsivité comme s'il s'agissait d'un défaut. C'était précisément ce qui l'attirait chez elle. Et ce qui faisait que, s'il n'était pas encore amoureux d'elle, il risquait fort de le devenir.

Voilà pourquoi il allait faire en sorte que cela n'arrive pas.

Bon. Les choses étaient à présent claires dans son esprit. Et tant qu'elles le restaient, tout se passerait bien.

Il se redressa sur le lit, prêt à appeler le room-service pour commander un petit déjeuner pour deux, quand son téléphone portable sonna.

C'était Daniel, son correspondant à Londres.

— Dan, comment vas-tu, mon vieux ? lança-t-il gaiement.

— De mieux en mieux, répondit son ami avec son accent

typiquement british. A vrai dire, je suis même obligé de repousser les femmes qui s'accrochent littéralement à moi !

Si Dan n'avait rien d'un James Bond, ses costumes mal ajustés et son regard perçant plaisaient néanmoins beaucoup à la gent féminine. Et lorsque Garrett allait au pub avec lui, en Angleterre, il n'y avait pas une fois où Dan rentrait seul chez lui…

— Eh bien, je suis ravi de l'entendre ! répondit-il, amusé.

— Je pourrais sans doute te conseiller en la matière, reprit Daniel d'un ton taquin.

— Je me passerai de tes conseils, merci, répondit sèchement Garrett en regardant les draps emmêlés dont il venait à peine de s'extirper. A vrai dire, je m'en sors plutôt bien de ce côté-là en ce moment.

Il avait prononcé ces derniers mots sans réfléchir.

— Oh ! mais j'ai l'impression que tu as des tas de choses à me raconter ! s'enthousiasma son ami. Alors, comme ça, tu as rencontré quelqu'un, et je n'ai droit à aucun détail croustillant ?

— Eh non. En fait, j'ai cherché à te joindre au sujet d'une série de cambriolages de bijouteries, dans la région de San Francisco, expliqua Garrett en reprenant une voix sérieuse.

Il détailla alors la situation du mieux qu'il put.

— Voilà qui est intéressant, murmura Daniel. De bons vieux vols de bijoux très ciblés. Un travail à l'ancienne. Ça nous change de ces braquages violents que l'on voit trop souvent de nos jours…

— Intéressants, peut-être, mais pas pour les victimes de ces cambriolages… Il s'agit principalement de petites boutiques familiales, qui risquent tout simplement de mettre la clé sous la porte si les assurances ne les indemnisent pas rapidement.

— Je vois, c'est délicat, commenta Daniel en soupirant. Ce que tu peux faire, c'est commencer par me dresser la liste des objets dérobés, m'indiquer la façon dont ces commerçants les avaient acquis, et le type de clientèle à laquelle ils étaient destinés. Je vais essayer de me renseigner. Mais je ne te garantis rien ; je ne suis pas vraiment un spécialiste en bijoux.

— Sauf qu'en l'occurrence certains de ces articles sont susceptibles d'intéresser des collectionneurs. Et je sais que tu en connais un rayon en la matière. Sans parler de ton réseau, précisa Garrett non sans insistance.

— Dans ce cas, je vais voir ce que je peux faire. Envoie-moi ces listes bien à jour et je reviens vers toi d'ici un jour ou deux, d'accord ?

— Le plus tôt sera le mieux. Merci, Dan. La prochaine fois que l'on se voit, je t'invite à dîner.

— Ha ha ! Je l'espère bien ! En tout cas, je suis ravi de te donner un coup de main, surtout si c'est pour aider cette mystérieuse jeune femme qui semble t'avoir redonné le sourire ! Allez, on se tient au courant…, conclut-il avant de raccrocher.

Garrett contempla, pantois, son téléphone. Comment Daniel avait-il deviné ? Il n'avait pourtant pas dit un mot au sujet de Tiffany, ou du cambriolage de sa boutique. Waouh. Décidément, quel instinct hors normes. Les relations de Daniel dans le milieu des collectionneurs d'art, ou même d'Interpol, pourraient lui obtenir de précieuses informations. Car ce genre de cambriolages en série se révélaient souvent d'envergure internationale. Et, Daniel l'avait dit lui-même, ils étaient d'un tout autre ordre que les braquages perpétrés par de petits délinquants de rue, ou autres toxicomanes. Ce qui, d'ailleurs, rendrait les investigations de Tiffany moins dangereuses.

Mais, doutant qu'elle trouve quoi que ce soit de très concluant, il continuerait à chercher de son côté.

Il commanda un petit déjeuner, puis prit une douche, avant de retrouver Tiffany lovée sur le canapé du salon, vêtue d'un des confortables peignoirs blancs de l'hôtel. Autour d'elle, une multitude de notes gribouillées sur des bouts de papier, ainsi que son téléphone.

— Bonjour, ma belle, dit-il en s'approchant d'elle pour lui embrasser furtivement les lèvres.

Mais ce furtif baiser matinal se transforma en une fougueuse étreinte, au point que les notes de Tiffany manquèrent lui tomber des genoux.

— Bonjour ! finit-elle par articuler contre sa bouche, avec un sourire radieux.

Oh ! comme il aurait voulu se débarrasser de ces encombrants carnets et lui offrir un bonjour qu'elle n'était pas près d'oublier… Mais le garçon d'étage n'allait pas tarder, alors Garrett se rassit sagement près d'elle sur le canapé.

— Tu t'es levée tôt…

— J'espère que je ne t'ai pas réveillé. Mais je repensais à ce que ces bijoutiers m'ont raconté, au fil de mes entretiens, et j'avais besoin de me remettre les idées en place, de faire un petit brainstorming.

— Un brainstorming ?

— Oui, c'est l'une des techniques que l'on m'a enseignées par correspondance. On rassemble tous les éléments de l'enquête dont on dispose, en vrac, et on essaie de faire des associations d'idées en fonction des différents aspects des investigations. Cela permet d'avoir une vue d'ensemble, d'établir des liens auxquels on n'avait pas forcément pensé jusque-là.

— Et as-tu de nouvelles pistes ? demanda Garrett, sans rien laisser voir de son scepticisme.

— Rien de nouveau à vrai dire. Chaque bijouterie a perdu des articles différents, bien que tous de très grande valeur. Aussi, très peu de gens étaient informés de leur présence en boutique. Il s'agit chaque fois d'entreprises familiales, qui risquent de péricliter suite à ces vols. Et chaque cambriolage semble être l'œuvre de quelqu'un en interne. Pour finir, les coffres-forts, systèmes de sécurité et dates de leur installation sont différents dans chaque cas.

— Hmm…

— Je sais, c'est mince. Je me suis aussi demandé si

les boutiques avaient été placées sur écoute. Les voleurs auraient ainsi pu intercepter des infos confidentielles... Mais cela ne tient pas la route pour Jarvis : mon père change le code d'accès au coffre tous les jours, et il ne l'a jamais dit à haute voix. Il le note dans un journal qu'il conserve chez lui, jamais au magasin. Le seul lien, c'est que chaque boutique avait soit récemment souscrit un prêt, soit investi pour améliorer la sécurité des lieux — mon père venait de faire installer ce coffre ultra-sécurisé. Mais les prêts ont été consentis par des banques différentes, ajouta-t-elle d'un air dépité. Cela dit, ces dettes ont mis ces bijoutiers dans une certaine précarité financière. Ce qui, pour autant, ne nous apprend rien sur l'identité des voleurs.

Ils furent interrompus par quelques coups frappés à la porte. Garrett alla ouvrir et deux garçons d'étage vinrent chacun déposer un plateau de petit déjeuner sur la table de la salle à manger. Après leurs ébats torrides, Garrett était affamé. Tiffany devait sans doute mourir de faim elle aussi. Enthousiasmé par l'odeur alléchante des pancakes, il se garda toutefois de lui montrer qu'au fond de lui il était soulagé de voir son enquête demeurer au point mort.

— Allez, viens prendre des forces, murmura-t-il d'un ton cajoleur alors qu'elle le rejoignait. J'ai commandé à manger pour six personnes !

— Tant mieux, je meurs de faim ! Si nous avions été chez moi, je t'aurais préparé un petit déjeuner maison...

Garrett offrit le plat de pancakes à Tiffany, avant de lui faire passer le bacon et les fruits frais.

— J'aurais adoré ça, admit-il en la regardant étaler du sirop d'érable sur un pancake.

— Moi aussi, dit-elle en regardant par la fenêtre, songeuse tout à coup.

Ils dégustèrent leurs mets en silence, sans avoir besoin de se parler, contemplant le lever du jour sur la ville. L'instant était parfait.

— Il faut absolument que l'on continue à se voir, Tiffany.

Je ne te fais aucune promesse. Je rentre à Philadelphie dans quelques semaines, et toi tu as tes obligations ici. Mais rien ne nous empêche de profiter du moment présent. Je te donnerai quelques coups de main pour ton enquête.

— Garrett, je ne sais pas…

— Dis-moi sincèrement : est-ce que je t'ai gênée, hier, pendant tes entretiens ?

— Non. C'est vrai, tu es resté très discret. D'ailleurs, à la troisième bijouterie, je me suis même demandé si tu n'avais pas laissé tomber, si tu n'étais pas rentré en ville…

Il sourit.

— J'étais bien là. Je suis même entré dans la boutique un moment pendant que tu bavardais avec le propriétaire.

— C'est vrai ? s'exclama-t-elle en ouvrant de grands yeux. Je n'ai rien remarqué !

Il haussa les épaules.

— C'est mon métier. Je peux être aussi visible ou invisible que tu me le demanderas…

— Je n'en doute pas, mais je dois mener cette enquête seule, comme une grande. Tu m'as déjà suffisamment aidée. Comment savoir si je suis faite pour ce métier, si tu m'épaules constamment ?

— C'est toi qui mènes la danse : tu es le cerveau, et je ne suis que les muscles, affirma-t-il en souriant entre deux bouchées de melon frais.

Il parlait en prenant son ton le plus énigmatique, digne des meilleurs polars, et Tiffany se mit à rire.

— Merci, mais tu as compris ce que je voulais dire…

— Bon, c'est vrai. Mais tu n'es pas sans savoir que de nombreux détectives travaillent avec un équipier, ou au moins quelqu'un qui assure leur sécurité. Cela dépend des affaires. Les policiers eux-mêmes ne font jamais cavalier seul, Tiff. Travailler à deux n'est pas un signe de faiblesse, au contraire. C'est une marque de prudence et d'intelligence.

— Mais qu'est-ce que je vais dire à mes parents ? Ils

rentrent demain et la boutique va rouvrir : comment leur expliquer ta présence ?

Cette fois, c'est lui qui se mit à rire.

— Tu n'as qu'à leur dire que je suis un amour de vacances.

— Bien sûr, dit-elle en levant les yeux au ciel. Comme ça, ils auront enfin confiance en moi et pourront me considérer comme une adulte responsable, pas comme une « ado attardée ».

— Mais tu *es* une adulte responsable. Une adulte qui prend ses propres décisions et que tes parents doivent respecter : qu'il s'agisse des hommes que tu prends pour amants ou du métier que tu choisis, tu n'as pas à obtenir leur assentiment. Tu ne dois pas non plus avoir peur de confronter ton point de vue au leur.

— Je sais…, admit-elle, dépitée. Mais je me sens tellement nulle à côté de mes frères et sœurs. Je voudrais être sûre d'avoir au moins un succès à mon actif avant de leur révéler mon activité.

Garrett se pencha alors au-dessus de la table.

— Tu n'es pas nulle, Tiffany. Et ne laisse jamais personne te faire croire une chose pareille.

A ces mots, ses joues rosirent.

— Toi, tu sais flatter l'ego d'une femme, dit-elle avec un sourire.

— Et pas n'importe quelle femme.

Elle finit de manger, puis prit son café et retourna sur le canapé.

— Il y a forcément quelque chose qui m'échappe, un détail que je n'ai pas encore su exploiter…

Garrett la regarda froncer les sourcils. Il adorait la voir se plonger ainsi dans le travail, aussi concentrée. Il termina son petit déjeuner en silence pour la laisser réfléchir à son enquête.

— Attends un instant…, marmonna-t-elle soudain avant de lever les yeux vers lui. Tu veux bien me prêter ton ordinateur portable une seconde ?

— Bien sûr, dit-il en le lui attrapant.

Puis il la vit observer le clavier en silence avant de se mettre à sautiller en l'air, survoltée tout à coup.

— Est-ce que tu es sujet au vertige, Garrett ?

Intrigué, il l'interrogea du regard avant de répondre.

— Euh, non, pourquoi ?

Elle continua à sautiller, les yeux pétillant d'excitation.

— Je crois que j'ai peut-être une piste. Mais il va falloir monter sur un toit pour vérifier.

— Un toit ?

— Oui. Tu ne vois pas où je veux en venir ? Les portes ont été laissées ouvertes dans toutes les bijouteries cambriolées : ce qui a déclenché les alarmes, certes, mais trop tard ! Jusqu'à présent, on n'a envisagé que cette façon pour les malfaiteurs de pénétrer dans les boutiques. Mais je viens de me souvenir d'un roman d'espionnage dans lequel le méchant s'introduisait dans les appartements par les toits. Il y a quelque temps, j'ai aussi lu d'intéressantes statistiques de la police sur un site internet : les systèmes de ventilation des immeubles sont un point de sécurité vulnérable bien connu des cambrioleurs. Ceux-ci pénètrent alors dans les bâtiments par les conduits d'aération sans déclencher le moindre système de sécurité... Ça ne te rappelle rien ? conclut-elle d'une voix enthousiaste.

Ebahi, Garrett la dévisagea longuement. Tiffany tenait là une piste intéressante, jusque-là ignorée de la police.

— Le site expliquait que les alarmes antivol ne surveillent généralement que les accès de type portes et fenêtres, mais que les toits étaient souvent oubliés des protocoles. Il y a même eu des cas où les voleurs étaient encore dans les conduits d'aération au moment où la police est arrivée sur les lieux...

— Tu veux dire que, chez Jarvis, personne n'a vérifié les toits ?

— Pas que je sache, répondit-elle d'un air malicieux.

Cette fois, Garrett se laissa gagner par l'excitation. Cette piste pouvait être prometteuse. Très prometteuse.

— Il faut en parler à la police, et laisser faire aux enquêteurs les vérifications d'usage.

— Je préfère le faire moi-même, en commençant par Jarvis. Ensuite je parlerai à mon père et aux autres bijoutiers des systèmes de sécurité sur leurs toits. Je ne vais tout de même pas importuner l'inspecteur Ramsey avec des renseignements inutiles…, articula-t-elle d'une voix désormais euphorique.

— Bon, dans ce cas ne perdons plus de temps : allons-y ! Je suppose qu'un garde du corps ne te sera pas de trop ?

Elle se mordit la lèvre et fit mine d'hésiter un instant.

— Tu devrais faire l'affaire ! finit-elle par dire en souriant. Tu es engagé !

Un sourire aux lèvres, Tiffany regarda Garrett examiner l'échelle qui menait au toit de la bijouterie. Il n'y avait que trois petits étages à gravir.

— Cela me rappelle des souvenirs, lui confia-t-elle avec nostalgie. Mon frère et moi, on adorait monter sur les toits quand on venait à la boutique. Ça rendait nos parents dingues, mais on adorait jouer là-haut. Ne t'en fais pas, l'échelle est solide, mais si tu as le vertige, tu…

— Où tu iras, j'irai, l'interrompit-il en croisant les bras.

Tiffany hocha brièvement la tête avant de remarquer quelque chose au pied de l'échelle.

— Regarde ! Des traces de pas : quelqu'un est venu ici, remarqua-t-elle en prenant plusieurs clichés avec son appareil photo.

— Il peut s'agir de n'importe qui, tempéra Garrett : des gamins venus s'amuser, des agents de maintenance…

— Non, j'ai un pressentiment, murmura-t-elle en contournant précautionneusement les traces qu'elle venait de photographier avant de monter à l'échelle.

Quelque peu troublée par la présence de Garrett juste

derrière elle — il était si proche… —, elle attendit toutefois d'être arrivée tout en haut pour se retourner.

Mais une fois sur le toit, son enthousiasme fut rompu par le peu de découverte qu'elle y fit. Quelle déception ! Pas la moindre trace de passage récent. Pas étonnant. Les cambrioleurs avaient évidemment pris soin d'effacer les marques de leur passage…

Elle commença par inspecter les avant-toits, à la recherche du moindre indice, puis avança vers la bouche d'aération, où Garrett ne tarda pas à la rejoindre.

— Regarda ça, murmura-t-il en lui faisant signe de venir tout en désignant un point sur la toiture. Du goudron frais : ils ont pris la peine de maquiller leurs traces !

— Quoi ? Ils ont fait un trou qu'ils ont rebouché par la suite ?

— Avez-vous récemment eu des fuites ou des réparations de couverture ou de zinguerie ?

— Pas à ma connaissance, répondit-elle en sentant de nouveau l'euphorie la gagner. Et j'ai envoyé un SMS à papa : il n'y a aucun câble sur le toit, à part les arroseurs, mais si les voleurs disposaient d'un plan du bâtiment ils auraient pu les éviter.

— On dirait que tu viens de trouver une piste sérieuse, Tiff ! déclara Garrett avec un regard admiratif qui la fit frissonner. C'est le moment d'appeler Ramsey !

— Je vais le faire, je te le promets. Mais laisse-moi d'abord téléphoner aux autres bijoutiers pour évaluer leur bâtiment. Histoire d'appuyer mon propos face à Ramsey, tu comprends ?

Garrett approuva d'un signe de tête et s'éloigna vers le rebord du toit pour admirer la vue, pendant que Tiffany passait ses coups de fil.

Quelques minutes plus tard, elle en eut le cœur net : chaque bijouterie cambriolée possédait bien un accès par les toits. Les propriétaires avaient promis de la rappeler s'ils remarquaient quoi que ce soit sur les lieux.

Tiffany rejoignit Garrett sur le rebord du toit.

— C'est tellement grisant ! Je n'arrive pas à croire que j'aie pu trouver une piste aussi cruciale ! se réjouit-elle en se hissant sur la pointe des pieds pour l'embrasser furtivement.

Il glissa alors un bras autour de sa taille et l'emprisonna pour prolonger ce baiser et en faire un moment exquis. Comment résister à tant de fougue ? Elle n'avait qu'à se laisser faire, et profiter de cet instant volé…

— Dis-moi…, finit-il par murmurer, tout contre ses lèvres. On dirait qu'on est tout seuls, là-haut.

— Si on exclut tous les gens qui ont une vue imprenable sur ce toit depuis les fenêtres de leurs immeubles, alors oui, nous sommes seuls, répondit-elle d'une voix espiègle.

— C'est vrai que je remarque un certain nombre de terrasses remarquablement aménagées, avec bains de soleil, barbecue et compagnie, nota-t-il en désignant un ensemble d'immeubles d'habitation.

— A San Francisco, les gens adorent optimiser l'espace de leur toit. Les immeubles fourmillent de restaurants, de bars ou même de squares situés sur des terrasses en surplomb. C'est une façon d'apprécier la ville sous un autre angle de vue. Moi-même, je rêve d'un patio, mais je n'ai droit qu'à un petit balcon. L'accès au toit est interdit aux habitants de ma résidence.

— Intéressant. J'aimerais bien voir une ou deux de ces terrasses si nous en avons l'occasion. Cela doit pouvoir se trouver à Philadelphie, mais je n'en connais aucune : généralement, quand je m'intéresse à des toits, c'est uniquement pour des questions de sécurité. A ce propos, qu'est-ce qu'on fait maintenant ?

— J'appelle l'inspecteur Ramsey, peut-être nous rejoindra-t-il ici ? Ensuite… Je pense poursuivre mes investigations : d'autres cambriolages similaires ont peut-être eu lieu. Il faut aussi que je voie l'expert de notre assurance : j'ai laissé une clé de la boutique pour lui chez notre voisin, mais je préférerais être présente quand il fera ses analyses. A part cela, je suis libre jusqu'au retour de mes parents demain. Un petit tour de la ville, ça te dit ? Je serai ton guide attitré…

Avant qu'il n'ait le temps de répondre, le téléphone de Tiffany sonna de nouveau. C'était Armando.

— Allô, Tiffany, tu avais raison : notre toit a été endommagé puis réparé. Je l'avais remarqué ce matin, mais je pensais que mon grand-père avait fait faire des travaux. Malheureusement, ce n'est pas le cas, annonça-t-il d'une voix sombre. Je n'arrive pas à croire que la police soit passée à côté de quelque chose d'aussi énorme ! Je viens de prévenir notre brigade de quartier, mais à mon avis, avec les pluies diluviennes de ces jours derniers, il ne doit pas rester beaucoup d'indices…

Il n'y avait plus aucun espoir dans sa voix.

— Merci, Armando. Tu as sans doute raison, mais il ne faut pas baisser les bras, l'encouragea-t-elle. Aussi fines les preuves soient-elles, elles peuvent faire avancer l'enquête. Quel est le nom de l'inspecteur chargé de ton cambriolage ? Je m'apprête à appeler la police pour leur faire part de mes découvertes : je les tiendrai au courant pour toi.

Après avoir griffonné le nom sur son carnet, elle coupa la communication.

— Le toit d'Armando a lui aussi été réparé. J'appelle Ramsey sans plus attendre, annonça-t-elle, pressée de démontrer à l'arrogant inspecteur ce qu'*elle* avait découvert.

Quelques minutes plus tard, après avoir vidé son sac, elle inspira une grande bouffée d'air et se tourna vers Garrett.

— Il arrive. Il a d'abord eu l'air sceptique, mais quand je lui ai expliqué qu'il était arrivé la même chose dans les autres bijouteries, sa qualité d'écoute a subitement changé. On a rendez-vous en bas avec lui, et il enverra une équipe de techniciens sur le toit. Il est possible qu'ils doivent de nouveau le percer pour reconstituer le parcours exact des cambrioleurs.

Tiffany descendit l'échelle avec prudence, et prit soin de ne pas effacer les empreintes de pas aux pieds de celle-ci.

— Oh ! non !

— Qu'y a-t-il ? fit Garrett en fronçant les sourcils.

— Les empreintes digitales sur l'échelle ! J'étais tellement obnubilée par ces traces de pas que je n'y ai pas du
tout pensé… S'il y en avait, on les a recouvertes avec les
nôtres ! se lamenta-t-elle en secouant la tête.

— Hmm, je t'avoue que je n'y avais pas pensé non plus.
Mais, rassure-toi, ces types sont trop malins pour avoir agi
sans porter de gants tout au long de l'opération. A mon avis,
ces traces de pas que tu as repérées resteront le seul indice
qu'ils nous ont laissé. Ces gars ont agi en vrais pros…

— C'est vrai… Heureusement que nous avons cette
empreinte de boue ! dit-elle en retrouvant un peu d'entrain.
J'ai hâte d'avoir l'avis des techniciens là-dessus.

— Ce sera quitte ou double. Il faut se préparer à la possibilité que cela ne donne rien de probant. Mais les recherches
peuvent aussi déboucher sur des données capitales : une
pointure de chaussures, une taille et un poids, le type et la
marque de cette chaussure… Ce qui pourrait nous mener
jusqu'aux coupables, qui sait ? Le principal, c'est que c'est
toi qui as fait cette découverte, ajouta-t-il en posant une
main sur son épaule.

— N'est-ce pas ? dit-elle fièrement.

Ils rejoignirent l'intérieur de la boutique. Le téléphone du
comptoir clignotait — probablement des clients qui avaient
essayé d'appeler.

— Je vais écouter les messages, histoire de m'assurer
qu'il n'y a pas d'urgences, annonça-t-elle, un peu gênée.

— Pas de problème. Je vais attendre Ramsey et j'ai moi-
même quelques appels à passer.

Tiffany écouta les messages un à un et prit quelques notes
pour ses parents. L'expert de l'assurance était déjà passé hier
après-midi : il leur transmettrait son rapport préliminaire
dans les meilleurs délais. Il souhaitait aussi s'entretenir
avec eux afin d'intégrer leurs observations au rapport final.

Et zut. Elle avait donc manqué, à son grand regret, la

visite de l'expert… Cela dit, elle ne regrettait pas de s'être rendue chez les autres bijoutiers. Si elle ne l'avait pas fait, elle n'aurait sans doute jamais eu l'idée d'enquêter sur les toits de chaque magasin…

— Voici la police ! prévint Garrett.

Devant la boutique, l'inspecteur Ramsey descendait de sa voiture.

Elle inspira un grand coup — elle devait garder son calme — et alla accueillir l'officier, qui, d'emblée, parut intrigué par la présence de Garrett.

— Vous avez trouvé quelque chose ? demanda-t-il en regardant Garrett.

— Pas moi. Tiffany, répliqua ce dernier en la désignant du menton.

— Je ne comprends pas. Comme ça, tout à coup, vous avez eu l'idée que ces types étaient passés par vos toits ? demanda l'inspecteur d'un ton dubitatif.

— J'étais en train de réfléchir à toutes les données, et grâce à un vigoureux brainstorming, je…

— Un brainstorming ? répéta Ramsey. Attendez, en quoi est-ce que…

— Si vous voulez bien me laisser terminer, l'interrompit-elle fermement.

Du coin de l'œil, elle vit Garrett afficher un demi-sourire satisfait.

— Oui, euh… Bon, excusez-moi, marmonna Ramsey. Je vous écoute.

— Je me suis souvenue d'un livre dans lequel les malfaiteurs s'étaient introduits par les toits. Voilà pourquoi nous avons eu l'idée d'aller vérifier. Et bingo ! Quelqu'un est bien monté sur notre toit… Nous avons trouvé une trace de pas au pied de l'échelle, et un trou fraîchement rebouché au milieu de la toiture, expliqua-t-elle en sentant la colère lui monter au nez.

À présent, Ramsey semblait nettement intrigué.

— Qu'est-ce qui vous fait dire que ce n'est pas une simple réparation ?

— Mon père est propriétaire de l'immeuble. La moindre intervention aurait été répertoriée dans l'agenda de la boutique. De plus, une des autres bijouteries cambriolées a également eu un trou récemment rebouché sur son toit. Sans avoir mandaté de travaux. Vous commencez à comprendre ? C'est comme ça qu'ils sont entrés sans déclencher d'alarmes : nos systèmes de sécurité couvrent les accès par portes et fenêtres, mais pas par le toit !

Ramsey garda le silence et se détourna pour ouvrir son téléphone, dans lequel il marmonna quelques instructions. Enfin, il finit par se tourner de nouveau vers elle.

— Je fais venir des techniciens pour effectuer quelques prélèvements. Nous allons devoir prendre vos empreintes afin de les éliminer de la scène. Mais je dois vous prévenir, nous risquons de ne pas avoir le choix, et de percer votre toit de nouveau…

— Pas de problème, affirma-t-elle, certaine que ses parents préféraient voir le mystère élucidé, quitte à engager quelques frais pour faire progresser l'enquête.

— A présent, une question : pourquoi être allée parler aux autres bijoutiers ? Et pourquoi vous ont-ils livré certaines informations alors que nous leur avons expressément demandé la plus grande discrétion ? s'enquit Ramsey avec un regard noir, poings sur les hanches.

Aïe. Bon, cette fois, il fallait jouer cartes sur table. Elle sortit alors son portefeuille de son sac à main pour en extirper sa licence à l'en-tête de l'Etat de Californie, et la tendre à l'inspecteur.

— Je suis détective privé. Je me suis dit que je pouvais peut-être vous être utile, puisque les choses, euh… n'avançaient pas très vite, expliqua-t-elle avec le plus de tact possible.

— Vous ? Détective privé ? articula Ramsey en la scrutant de la tête aux pieds.

— Oui, eh bien, je débute et…

— Et elle fait un sacré boulot, vous ne trouvez pas, inspecteur ? intervint Garrett en lui reprenant la licence pour la rendre à Tiffany.

— Je dois admettre que c'est une piste sérieuse. Mon équipe ne va pas tarder à arriver. Ne vous éloignez pas, s'il vous plaît. J'aurai peut-être d'autres questions à vous poser. Je vais requérir un mandat pour saisir toutes les éventuelles bandes vidéo de l'allée qui mène à votre toit. Avec un peu de chance, on trouvera des choses intéressantes. Ecoutez, Tiffany, vous avez eu une bonne intuition, mais je vais devoir vous demander d'arrêter vos investigations. A partir de maintenant, la police reprend l'intégralité de l'affaire, déclara-t-il avant de quitter la pièce sur un ton sans appel.

— Les bandes de surveillance, pensa-t-elle à haute voix. Bien sûr ! Je n'y avais pas pensé. Mais attends... il ne peut pas m'ordonner d'arrêter comme ça mes investigations, si ? demanda-t-elle en se tournant vers Garrett.

— Tu viens de lui donner un gros tuyau. Voyons ce que lui et son équipe sont capables d'en tirer, et effaçons-nous un peu, répondit Garrett à sa grande déception. Il faut que la police te considère comme un partenaire utile, pas comme une épine dans le pied... Si tu veux vraiment en faire ton métier, tu vas devoir apprendre les compromis : on n'est pas dans une série télé !

Garrett avait raison. Mais les choses venaient à peine de devenir intéressantes, excitantes même, elle n'allait tout de même pas renoncer maintenant !

— Je sais que l'idée de devenir une vraie détective t'enthousiasme au plus haut point, murmura-t-il en la plaquant contre une vitrine avant d'enfouir son visage au creux de son cou.

Le seul contact de sa peau l'électrisa.

— Garrett, la police se trouve juste derrière cette porte. Quelqu'un pourrait entrer à tout moment ! chuchota-t-elle alors qu'il faufilait la main sous son T-shirt.

— Ils sont sur le toit. On a un peu de temps... On pourrait

peut-être aller dans l'arrière-boutique, pour être tranquilles ? suggéra-t-il d'une voix suave.

Elle sentit son sexe raide à travers son jean, et éprouva le plus grand mal à garder son sérieux.

— Pourquoi pas... si l'on est rapides et discrets, s'entendit-elle répondre.

L'instant d'après, il l'embrassait à pleine bouche, l'enlaçant fougueusement.

Mais alors qu'un désir puissant montait en elle, une voix les interrompit.

— Tiffany ?

La voix, outrée, ne lui était que trop familière.

Garrett s'écarta aussitôt d'elle et, par-dessus son épaule, elle reconnut ses parents. Ses parents qui la dévisageaient, les yeux écarquillés et incrédules.

— Vous... Vous êtes rentrés plus tôt que prévu, bredouilla-t-elle, mortifiée.

— On était morts d'inquiétudes, alors on s'est mis sur liste d'attente pour avoir le vol précédent, mais ça n'a pas l'air d'aller trop mal, déclara son père tout en fusillant Garrett du regard. Est-ce que tu peux m'expliquer ce qui se passe vraiment ici ?

Prenant une grande inspiration, Tiffany s'éloigna de Garrett sans pouvoir toutefois effacer son sourire béat.

— Papa, maman, je vous présente Garrett Berringer. Garrett, voici mes parents, Robert et Laura Walker, dit-elle en s'apercevant que Garrett était devenu très pâle.

— Monsieur et madame Walker, ravi de vous rencontrer, déclara Garrett avec un calme admirable.

Par chance, ses parents aperçurent alors l'inspecteur Ramsey dans l'embrasure de la porte. Discrètement, elle en profita pour remettre son T-shirt dans son jean — mais sa mère, qui voyait tout, remarqua son geste.

Oh ! Seigneur... Il fallait que Ramsey dise quelque chose, et vite !

8

— Vous avez vraiment déniché quelque chose de crucial sur le toit, déclara l'inspecteur en entrant dans la pièce.

Tiffany garda les yeux rivés sur lui, trop heureuse de pouvoir échapper au regard de ses parents.

— Vous avez trouvé des preuves ? demanda-t-elle d'une voix anxieuse.

— Rien de concret pour l'instant, mais il y a matière à fouiller. Les malfaiteurs avaient manifestement une bonne connaissance des lieux : ils ont percé le toit à l'endroit exact où passe le conduit d'aération. Ensuite, il ne restait plus qu'à se glisser à l'intérieur pour pénétrer dans le bâtiment incognito. Je n'arrive pas à croire que nous n'y ayons pas pensé plus tôt, admit Ramsey en se grattant le crâne. Je dois reconnaître, mademoiselle Walker, que si vous n'aviez pas mené vous-même votre propre investig…

— Bah, c'était juste une idée comme ça, l'interrompit Tiffany en risquant un regard du côté de ses parents. Garrett et moi avons remarqué ce goudron frais sur le toit. On s'est dit que ce devait être par là qu'étaient passés les voleurs, articula-t-elle en vitesse pour expliquer la situation à ses parents qui semblaient plus confus que jamais.

— Le toit ? répéta son père, perplexe. Mais que faisiez-vous sur le toit ?

— Oh ! je montrais à Garrett le panorama sur les terrasses de San Francisco, balbutia-t-elle en faisant les gros yeux à Ramsey.

S'il disait un mot de plus sur sa contribution à l'enquête, ses parents allaient poser des questions…

— Bon, en tout cas, nous n'avons trouvé aucune empreinte digitale. Quant à la trace de botte, il s'agit malheureusement d'un modèle standard… Mais bon, nous verrons bien, poursuivit l'inspecteur.

— Vous ne pensez pas qu'elle pourra servir d'indice ? demanda Tiffany, un brin désappointée.

— On ne sait jamais. Cette empreinte peut nous révéler un certain nombre de choses : les outils, le matériel dont se sont servis les malfaiteurs… Cela dit, il faudra quelques jours pour en savoir plus. Et puis, *la police* va continuer d'interroger les victimes de ces cambriolages dans l'espoir de dégoter de nouveaux indices.

La manière dont Ramsey prononça ces mots était sans ambiguïté : Tiffany devait rester en dehors de tout ça.

Bon sang, c'était injuste ! Elle avait découvert une piste importante, et voilà qu'elle se retrouvait les mains liées. Garrett n'avait pas tort, si elle voulait se faire un nom dans le métier, elle se devait de développer des relations de confiance, de collaboration avec la police. Mais la partie était loin d'être gagnée. Si elle était restée les bras croisés, à attendre que la police fasse son travail, elle n'aurait jamais été capable de mettre à jour cette piste. Et pour qu'elle continue à faire progresser l'enquête, il fallait qu'on lui en laisse l'opportunité…

Garrett, qui semblait avoir lu dans ses pensées, secoua discrètement la tête. Ramsey, de son côté, la dévisageait du même air dissuasif.

— Eh bien, nous attendrons avec impatience vos résultats, inspecteur, marmonna-t-elle en levant les yeux au ciel. Ravie d'avoir pu vous être utile.

Elle fit de son mieux pour ne pas montrer toute l'ampleur de sa déception.

— Les techniciens ont délimité un périmètre de sécurité sur le toit, je vais donc vous demander de ne plus vous y rendre. Nous vous tiendrons au courant des éventuelles avancées, conclut Ramsey avec un sourire encourageant pour Tiffany.

Tiens, il n'était pas si désagréable que cela finalement… Peut-être cherchait-il à la ménager en vue d'une éventuelle collaboration future ? Elle ne tarderait peut-être pas à le savoir.

En tout cas, une fois que ce dernier eut disparu, plus possible de se cacher : elle fut de nouveau confrontée au regard de ses parents. Pour peu, elle aurait presque oublié qu'ils venaient de la surprendre plaquée contre une vitrine du magasin, avec un homme dont les mains s'étaient faufilées sans retenue sous son T-shirt.

Et un silence pesant s'installa entre eux.

Mais, bon sang, pourquoi cette gêne ? Elle n'était plus une adolescente tout de même ! D'accord, ses parents venaient de la surprendre dans une posture compromettante, mais cela ne devait pas l'empêcher de les serrer dans ses bras.

— Je suis heureuse que vous soyez rentrés, déclara-t-elle sincèrement. Même si j'aurais aimé avoir de meilleures nouvelles à vous annoncer. L'expert de l'assurance est déjà passé, nous pouvons rouvrir la bijouterie dès demain. Mais il souhaite s'entretenir avec chacun d'entre nous avant de rédiger son rapport final.

Malgré tous ses efforts pour faire diversion, son père semblait décidé à montrer sa méfiance à l'homme qui se tenait près d'elle. Après l'avoir embrassée affectueusement sur le front, il se tourna vers Garrett, les sourcils froncés.

— Et vous êtes… ?

— Papa, je vous ai présentés, grommela Tiffany en reculant d'un pas tout en cherchant du regard un peu d'appui du côté de sa mère. Garrett est un ami. Je l'ai rencontré au mariage d'Ed, qu'il connaît depuis longtemps. Garrett vient de Philadelphie, où il est garde du corps. Enfin, où il a fondé une entreprise de sécurité. Avec ses frères.

Pourquoi avait-elle soudain l'impression de parler trop vite, trop fort ? Par chance, Garrett s'avança et reprit la parole.

— Ravi de vous rencontrer, monsieur et madame Walker, dit-il d'une voix calme et posée. Tiffany vous a tout dit : elle me fait visiter la ville depuis quelques jours.

— J'ai comme l'impression qu'elle vous en a montré un peu trop, maugréa son père.

Tiffany crut suffoquer.

— Papa !

— C'est un peu exagéré, Robert, nota sa mère.

— Mais vous avez raison, nous aurions pu être plus discrets et je m'en excuse, dit Tiffany.

— Non, c'est moi qui m'excuse, ma puce, reprit son père. Je crois que je suis un peu à cran. Ce doit être le contrecoup de ces derniers jours.

A ces mots, il serra la main de Garrett, un peu trop longuement peut-être — il cherchait sans doute à évaluer la nature exacte de sa relation avec sa fille. Comme pour l'encourager, sa mère lui adressa alors un clin d'œil discret, auquel Tiffany répondit par un sourire, soulagée. Elle pouvait se fier à l'instinct de sa mère, qui connaissait son mari mieux que quiconque.

— Appelez-moi Robert, déclara son père à Garrett. Alors, comme ça, vous êtes garde du corps ?

— Entre autres, oui. Je dirige une société de sécurité avec mes frères, dans laquelle nous assurons différentes missions, précisa Garrett.

— Ce doit être un métier dangereux.

— Pas si l'on fait attention, comme moi, assura Garrett avec un sourire.

— Evidemment, dit Robert en riant. S'agit-il d'une grosse entreprise ? Vous êtes reconnus dans votre domaine ?

Bon sang, mais qu'est-ce qui lui prenait, d'insister à ce point ? Tiffany était outrée. Elle s'apprêtait à s'interposer, mais se ravisa. Garrett ne semblait guère décontenancé par ce quasi-interrogatoire, au contraire.

— Nous travaillons beaucoup, répondit-il avec diplomatie. Comme beaucoup de jeunes entreprises, nous avons commencé par de petits clients, sur des missions de protection de particuliers. Aujourd'hui nous protégeons de hauts dignitaires politiques, des musées, des institutions financières… Il nous arrive aussi de collaborer avec le FBI. Je suis convaincu que le secret de notre réussite, c'est le travail en famille, et le plaisir qu'on y prend.

— Vous envisagez de vous développer ?

— Je ne pense pas. Cet esprit de petite entreprise familiale, nous y sommes très attachés.

A en juger par le sourire satisfait du père de Tiffany, Garrett avait passé avec succès le test de l'interrogatoire. Elle-même n'en revenait pas de ce qu'elle venait d'apprendre. Alors, comme ça, l'entreprise de Garrett était au cœur de son domaine d'activité. Et qu'une entreprise de sécurité puisse proposer des services aussi variés… Elle n'en avait jamais eu conscience jusqu'à présent.

— Et ce cambriolage ? Qu'en pensez-vous ? demanda Robert à Garrett.

Garrett secoua la tête.

— Je ne suis pas détective, mais ça m'a tout l'air d'être un travail de pro. L'inspecteur Ramsey a raison : Tiffany a su dégoter la piste la plus prometteuse pour le moment, expliqua-t-il en souriant à Tiffany.

— Qu'est-ce qui t'a mis la puce à l'oreille, ma chérie ? s'enquit son père.

— Euh, tu me connais, je lis beaucoup de polars… Et quand j'ai vu le goudron frais sur le toit alors qu'aucuns travaux n'avaient eu lieu, j'ai simplement recollé les pièces du puzzle, bredouilla-t-elle.

— Bien joué, ma fille ! Avec un peu de chance, nous serons totalement couverts par les assurances. Il faut absolument leur apporter la preuve que nous n'avons rien à voir avec ce cambriolage, ajouta sa mère d'une voix ouvertement contrariée.

— Il y a plusieurs choses que nous ne savons toujours pas, reprit Tiffany en s'efforçant de garder une voix mesurée.

Comment ont-ils obtenu la combinaison d'ouverture du coffre ? Comment ont-ils su où récupérer les certificats d'authenticité ? Quant aux diamants, c'est un vrai mystère… Personne n'était censé savoir que nous les possédions.

— C'est à n'y rien comprendre, marmonna sa mère, le visage tiré par la fatigue et l'angoisse.

Le cœur de Tiffany se serra. Ses parents se faisaient un tel sang d'encre… Elle en était déchirée. Et se sentit tout à coup terriblement inutile, à tel point qu'elle avait presque envie de compromettre sa relation de confiance naissante avec la police de San Francisco pour reprendre elle-même ses investigations.

Sa mère posa une main sur le dos de son père, comme elle le faisait souvent quand elle s'inquiétait de le voir s'énerver — il avait tendance à faire de l'hypertension.

— Pour ton père, le plus important, c'est que personne n'ait été blessé. N'est-ce pas, mon chéri ?

A ces mots, Robert se rembrunit.

— Je m'en veux tellement… Investir dans ce coffre hi-tech pour développer notre affaire familiale, gérer des transactions de plus en plus élevées… Rien de tout cela ne serait arrivé si…

— Papa, arrête de te faire du mal. Rien de tout cela n'est ta faute. Ou la nôtre. On a affaire à des voleurs bien informés, redoutables, mais *nous* finirons par les démasquer ! affirma Tiffany de plus en plus résolue.

Elle sentit alors la main de Garrett qui pressait son épaule.

Ses parents gardèrent les yeux rivés sur eux — des yeux moins désapprobateurs cette fois-ci.

— Je l'espère, ma puce, soupira son père d'un air las. En tout cas, j'avais oublié à quel point le décalage horaire était épuisant… Au fait, Garrett, combien de temps avez-vous prévu de rester en ville ?

A ces mots, Tiffany leva les yeux au ciel. Bonjour la subtilité… Heureusement, Garrett ne semblait nullement déstabilisé.

— Un peu moins d'un mois, répondit-il très naturellement. Je serai de retour chez moi quelques jours avant Noël.

— Oh… Dans ce cas, vous êtes le bienvenu pour Thanksgiving, si vous n'avez rien de prévu, proposa alors la mère de Tiffany.

Pour Thanksgiving ? Comme cela, en toute simplicité ? C'était un miracle. Ses parents connaissaient Garrett depuis à peine une heure, et ils avaient déjà réussi à faire fondre la glace. Ça ne leur ressemblait pas…

— Maman, je suis sûre que Garrett a déjà…

— Ce serait avec plaisir, madame Walker, l'interrompit-il.

Oh non ! Il ne manquait plus que ses parents se fassent des idées au sujet de Garrett… Ils risquaient d'être déçus en apprenant que ce dernier n'était que de passage.

— Appelez-moi Laura, précisa sa mère avec un sourire chaleureux.

— Comme vous voudrez, Laura. C'est très gentil à vous. Je serai ravi de venir, à condition que cela ne vous donne pas trop de travail.

Tiffany n'en revenait pas. Mais à quoi jouait-il ?

— Formidable ! se réjouit sa mère. Vous savez, un couvert de plus ou de moins… Et puis, il y a toujours à notre table une place pour les amis de Tiffany !

Ebahie, Tiffany ne quittait plus sa mère des yeux. Depuis quand ses parents étaient-ils devenus si accueillants avec ses petits amis ? Elle ne pouvait pas vraiment leur en vouloir d'avoir réprouvé ses choix jusqu'à présent, mais tout de même… Garrett restait un inconnu pour eux.

— Alors, comme ça, vous avez prévu de faire du tourisme ces prochains jours ? interrogea sa mère.

— Euh, oui…, répondit Tiffany, hésitante. Enfin, pour l'instant, j'ai seulement montré à Garrett les quais, Lombard Street et nous sommes montés sur Russian Hill. Il faut dire qu'entre le mariage, le cambriolage et l'enquête, je n'ai pas eu le temps de souffler. D'ailleurs, si nous rouvrons la boutique demain, je vais devoir reprendre le travail et…

— Oh ! ne t'inquiète pas pour ça, ma puce. Ton père et moi devons régler quelques paperasses. Et puis, la réouverture de la boutique peut bien attendre le lendemain de Thanksgiving. Je n'ai que deux jours pour tout préparer, et nous sommes épuisés par le voyage. Tu as besoin de prendre un peu de temps pour toi, Tiffany. Profites-en pour jouer les guides touristiques auprès de Garrett ! Emmène-le dans la Napa Valley ou à Point Reyes ! suggéra sa mère avec une insistance qu'elle ne lui connaissait pas.

C'était à se demander si ses parents n'avaient pas tout simplement été kidnappés par des aliens et remplacés par des imposteurs.

— Euh… Mais c'est justement la veille de Thanksgiving qu'il y a de l'affluence chez Jarvis et je…

— Je ne veux rien savoir, intervint alors son père. Tu ne vas tout de même pas laisser ton ami seul en ville ! Tu as travaillé dur ces derniers temps, et après le stress de ce cambriolage tu as besoin de te changer les idées.

Abasourdie, Tiffany regarda ses parents d'un œil différent. Et ce, pour la première fois.

— D'accord, balbutia-t-elle, incapable d'opposer le moindre argument à cette soudaine générosité.

Pas question de refuser ce temps précieux qu'elle pouvait passer au côté de Garrett… Ou à travailler sur l'enquête, bien sûr.

— D'ailleurs, pourquoi ne pas jouer les touristes dès maintenant ? Il est encore tôt, et il y a des milliers de monuments à visiter. Ne t'inquiète pas pour nous, on va reprendre les choses en main, ici. En commençant par rappeler l'expert de l'assurance et quelques clients qui ont besoin de savoir où en sont leurs commandes. Ensuite, nous irons nous reposer à la maison, promit sa mère en les poussant littéralement, elle et Garrett, vers la sortie de la boutique.

En quelques secondes, ils furent sur le trottoir, incapables de placer un mot parmi la foule d'informations données par la mère de Tiffany.

— Nous vous attendons à midi, jeudi. Chez les Walker, Thanksgiving dure toute la journée : on commence avec un déjeuner léger, puis on regarde la traditionnelle parade à la télé, tout en préparant le grand dîner du soir ! conclut-elle avec un petit signe de la main, avant de refermer la porte sur eux, un grand sourire aux lèvres.

Mortifiée, Tiffany se couvrit le visage.

— Bon sang, Garrett, je suis désolée, je ne sais pas ce qui leur prend… Excuse-les.

Garrett lui prit les mains.

— Les excuser ? Mais de quoi, au juste ? demanda-t-il en cherchant son regard.

— C'est la première fois que je les vois dans cet état. D'habitude, quand je leur présente un homme… Enfin, ils croient que toi et moi… Bref, je pense que tu leur as plu.

— Et alors ? Ils m'ont fait bonne impression, à moi aussi. Ils m'ont l'air très gentils et sérieux.

— Tu ne comprends pas, Garrett. Ils s'imaginent que toi et moi… Nous partageons plus qu'une simple aventure.

Garrett se mordit la lèvre d'un air songeur.

— Tu en es sûre ? Ils savent très bien que je ne suis que de passage ici.

— Mouais… En tout cas, je ne les avais jamais vus se comporter ainsi. Je ne voudrais pas qu'ils s'imaginent que j'ai enfin trouvé l'âme sœur…

A ces mots, Garrett eut un petit rire.

— Tiffany, tu t'inquiètes de me voir briser le cœur de tes parents ?

Elle sourit. Il se moquait tendrement d'elle, ce qui n'était pas dénué de charme.

— Bon, évidemment, formulé de cette façon, c'est absurde, mais je t'assure que je les ai trouvés bizarres. Je ne m'attendais pas à ce qu'ils t'invitent chez nous, et encore moins à ce que tu acceptes leur invitation, ajouta-t-elle franchement.

— Tu préférerais que je ne vienne pas ?

— Oh, non, au contraire, ça me fait plaisir ! J'ai été surprise, c'est tout.

— Ecoute, j'avoue que tout cela n'était pas prévu, mais j'ai eu l'impression que cela faisait plaisir à ta mère de se concentrer sur la préparation de ce dîner, plutôt que sur ses soucis à la bijouterie.

Mon Dieu… Non seulement cet homme était un amant hors pair, mais en plus de lui offrir son soutien dans cette fichue histoire de cambriolage il se faisait du souci pour ses parents. Ce qui l'émut au plus haut point.

— Tu es un chic type, Garrett…, dit-elle, le cœur serré.

— Tes parents sont des gens bien. Tu es quelqu'un de bien.

— Bon, alors, on dirait que nous avons maintenant deux jours devant nous pour jouer les touristes… Entre autres choses, murmura-t-elle d'une voix légère et provocante.

Après les émotions de ces derniers jours, elle n'était pas mécontente de s'accorder un peu de temps. D'autant que l'homme le plus sexy de la planète était avec elle. Et viendrait dîner pour Thanksgiving chez ses parents. Qui sait ce que lui réservaient ces prochains jours ?

— Par quoi as-tu envie de commencer ? reprit-elle d'humeur guillerette.

Le sourire de Garrett fut alors de la plus grande éloquence.

— Pour commencer, j'aimerais revenir là où nous en étions avant d'être interrompus par tes parents, susurra-t-il en lui mordillant l'oreille.

Un contact qui l'électrisa tout entière…

— Je crois que ça peut se négocier, répondit-elle à court de souffle.

Sans perdre une seconde de plus, ils rejoignirent la voiture de Tiffany pour retourner à l'hôtel et reprendre les choses là où ils les avaient laissées.

— C'est incroyable ! s'exclama Garrett alors qu'ils roulaient le long de la route tortueuse qui traversait la partie rurale de la péninsule de Point Reyes. Je n'arrive pas à croire que l'on trouve tous ces ranchs, ici ! Et toutes ces vaches, qui paissent au bord de l'océan, c'est somptueux !

Il sourit comme un gamin alors qu'ils dépassaient une jolie vache de la race Holstein qui regardait tranquillement passer les voitures. Les herbes hautes étaient balayées par une brise marine et descendaient jusqu'à la mer. La route, pittoresque, était peu fréquentée.

— C'est la troisième fois que tu le répètes ! dit Tiffany en riant.

Il lui sourit. Elle avait enroulé un foulard coloré autour de ses cheveux — il avait échangé sa Jeep contre une déca-potable, idéale pour profiter de la route côtière.

— Avec ce foulard et ces lunettes, tu ressembles à Grace Kelly, répondit-il. Tu es très sexy.

— C'est vrai ? J'adore cette actrice !

— Moi aussi.

— Et si on louait *La Main au collet* pour le regarder avant la fin de ton séjour ? suggéra-t-elle.

— Bonne idée !

Garrett adorait les vieux films, et celui-là était un de ses préférés. Et le fait que Tiffany semble apprécier les réfé-rences à Grace Kelly le mettait sous le charme. Il n'avait jamais rencontré une femme susceptible de partager cette passion avec lui. Pas même Lainey, qui avait pour habitude de s'ennuyer, voire de s'endormir, devant les films anciens.

Fasciné par l'immensité des pâturages qui descendaient à perte de vue jusqu'au Pacifique, il contempla les bâtisses des ranchs clairsemés dans le paysage.

La route de corniche était bordée de séquoias, tout comme les routes côtières de la côte Est étaient ornées de pins ou d'érables. Ici, tout paraissait plus exotique. Après avoir longé une plage balayée par les vents, ils déjeunèrent dans la petite ville de Point Reyes. Le cuisinier de la seule pizzéria du coin était allé cueillir ses herbes aromatiques dans le jardin qui entourait le patio où Tiffany et Garrett avaient pris place.

Et ce fut pour Garrett la meilleure pizza qu'il ait jamais mangée. L'air du large lui avait sans doute ouvert l'appétit. A moins que ce ne soit la seule présence de Tiffany.

— Dans cette région, les pâturages s'étendent à perte de vue, expliqua-t-elle après le repas. Je me dis souvent que je devrais venir plus régulièrement, mais je n'en ai que rarement l'occasion.

— Il faut dire que ce n'est pas tout près du centre-ville.

— Mais ça vaut le coup. J'adore venir m'aérer loin de la ville. Les premiers chercheurs d'or avaient trouvé l'endroit idéal pour élever des vaches laitières. Aujourd'hui, la Réserve Nationale de Point Reyes protège ces paysages grâce au statut de parc naturel. Même si de nombreux ranchs perpétuent la tradition de l'élevage. On peut même en visiter certains. Si ça t'intéresse…

— Merci, mais je préfère continuer à admirer le paysage en voiture. Cette partie de la côte est tout simplement splendide.

— Si tu veux, on peut marcher jusqu'à la station des gardes de la réserve. Il y a ensuite trois cents marches qui mènent au pied du phare en contrebas de la falaise.

— Excellente idée ! Ça nous fera brûler les calories de la pizza…

— Oh ! mais je crois qu'en matière d'exercice physique on n'est pas si mauvais élèves, toi et moi, ajouta-t-elle avec un clin d'œil.

Garrett inspira une grande bouffée d'air pur avant de la rejoindre devant l'accueil des visiteurs.

— On a de la chance : le ciel et clair et il n'y a pas trop de vent aujourd'hui. La dernière fois que je suis venue, le brouillard était si épais qu'on pouvait à peine circuler sur le parking. Ils ont dû fermer le phare et renvoyer tous les visiteurs.

— Je comprends mieux pourquoi ce phare est crucial : entre le brouillard, les rochers et les falaises…

Ils flânèrent un moment devant l'exposition présentant la réserve aux visiteurs, puis gagnèrent le phare.

La descente vers la porte d'entrée prit quelques minutes, mais à en juger par le sourire béat des touristes qui remontaient, les visages rougis par le soleil et la montée des marches, l'effort en valait la peine. Essoufflés, ils arrivèrent enfin au sommet du phare. Garrett avait l'impression d'avoir les jambes en compote — mais pas question de l'admettre. Tiffany avait laissé son foulard dans la voiture et ses cheveux étaient désormais ébouriffés par les rafales de vent. Elle était aussi belle, sauvage et indomptable que le paysage autour d'elle. Sans qu'elle s'en aperçoive, il la prit en photo alors qu'elle contemplait l'écume des vagues qui s'écrasaient contre les rochers en contrebas.

Cette photo, il la garderait précieusement en souvenir, une fois ses vacances terminées.

— Regarde ! s'exclama-t-elle en désignant des biches qui paissaient tranquillement alors qu'un rapace survolait la prairie.

De nouveau, il prit des photos avec son téléphone, et les envoya aussitôt à ses parents et ses frères. Ces derniers n'avaient eu de cesse, ces dernières semaines, de le taquiner en pariant qu'il ne prendrait guère le temps de faire du tourisme durant son voyage sur la côte Ouest.

Mon Dieu, s'ils savaient ce qu'il faisait dans sa chambre d'hôtel, avec Tiffany… Ils étaient loin de se douter de la tournure qu'avait prise son séjour. Pour une fois, ces photos allaient leur clouer le bec : lui aussi savait prendre du bon temps et profiter des belles choses qui l'entouraient.

Quelques secondes plus tard, il reçut un SMS d'Ely.

Qui est cette bombe ? ?

Oh non, quel idiot ! Sans le faire exprès, il avait envoyé le cliché de Tiffany en même temps que les photos panoramiques.

Sans doute une touriste, répondit-il aussitôt, soucieux de ne pas évoquer sa relation avec Tiffany via SMS interposés.

Bien sûr ;-) J'espère que tu passes du bon temps avec cette jolie rousse. Et si ce n'est pas encore le cas, dépêche-toi de l'inviter à dîner. Sans attendre.

Garrett referma aussitôt son téléphone, pour couper court au jeu de son frère. Ce n'était pas le moment.

— Pourquoi tu souris ? demanda alors Tiffany.

— Bah, pour rien. C'est mon frère... Je lui ai envoyé quelques photos pour lui prouver que je n'étais pas cloîtré dans ma chambre d'hôtel. Alors il s'est mis à me chambrer.

— De quel frère s'agit-il ?

— Ely.

— Le Marine ?

— Exact, confirma-t-il en glissant un bras autour de sa taille alors qu'ils contemplaient le panorama.

Un panorama magnifique que de nombreux touristes autour d'eux prenaient en photo. Un garde de la réserve guidait un petit groupe pour une visite commentée. Mais Garrett préférait rester en tête à tête avec Tiffany. Il attendit que le groupe s'éloigne pour lui offrir un long, un langoureux baiser.

— Si tu continues, je ne pourrai jamais remonter l'escalier, murmura-t-elle à son oreille.

Puis elle glissa les mains dans les poches du veston qu'il portait. Oh ! comme ce geste était sensuel... A l'image de cette femme finalement, qui était la sensualité incarnée.

— Et si nous regagnions la voiture ? Allons explorer une de ces plages désertes que l'on a vues sur le bord de la route, suggéra-t-il en lui mordillant un lobe d'oreille, la sentant alors frissonner tout contre lui.

— Je te suis, susurra-t-elle en réponse.

Main dans la main, ils se baladèrent encore quelques instants. Garrett prêtait désormais moins d'attention au panorama époustouflant qui les entourait qu'à la beauté captivante de la femme qui marchait près de lui.

La remontée des marches s'avéra assez sportive, mais cela en valait la peine : Garrett mourait d'envie de se retrouver seul à seule avec Tiffany. Oh, Seigneur, avait-il déjà désiré une femme aussi fort ?

De retour à la voiture, ils reprirent la route jusqu'à Drake's Beach. La langue de sable fin s'étendait en contrebas du parking, jusqu'à quelques cahutes de bois. La plage était déserte, hormis quelques surfeurs que l'on distinguait à l'autre bout de la baie. Garrett se gara au pied des dunes, puis se tourna vers Tiffany.

— Faire l'amour à une fille dans une voiture… Ça fait des années que je n'ai pas fait ça, murmura-t-il d'une voix sensuelle.

— Et encore, je suis sûre qu'à l'époque tu ne leur donnais pas tout le plaisir que tu m'as offert ces derniers jours…, dit-elle en se rapprochant de lui, avec un sourire qui en disait long.

Sans lui laisser le temps de répondre, elle l'embrassa à en perdre haleine. L'habitacle confiné de la décapotable n'était pas ce qu'il y avait de plus confortable, mais peu importe : d'une façon ou d'une autre, il allait lui faire l'amour.

Le brouillard s'épaissit autour de la plage, alors que les vagues venaient s'abattre sur le sable, en un grondement lointain.

Enivré par ce baiser si passionné, il posa des mains fiévreuses sur sa poitrine, laissant échapper un gémissement de plaisir.

Puis, reprenant son souffle, il rabattit son siège, suffisamment pour qu'elle vienne s'installer à cheval sur lui.

— Approche, murmura-t-il.

Elle avait les joues rosies par le vent… et peut-être aussi par le désir. Sans le quitter des yeux, elle s'exécuta, avant de dégrafer sa chemise et de défaire sa ceinture.

— Tu es si belle, articula-t-il d'une voix sourde alors qu'elle prenait son sexe raide entre ses mains. Enlève ce jean, je t'en supplie…

Il ponctua sa demande d'un soupir voluptueux, auquel elle répondit par un sourire des plus sensuels.

— Je te trouve bien autoritaire, remarqua-t-elle en prenant un ton à la fois érotique et faussement outré. A moi de prendre l'initiative, cette fois...

A ces mots, il fut pris d'un frisson de désir, et ne bougea plus, dans l'attente de ce qui allait suivre.

Elle commença par ôter son chemisier, pour dévoiler sa poitrine nue — elle ne portait pas de soutien-gorge — et se tint un instant face à lui, sans pudeur, en le regardant dans les yeux. Elle était magnifique... Puis elle se pencha au-dessus de lui sans quitter son regard, et referma alors ses lèvres autour de son sexe en érection.

C'était la plus vibrante, la plus charnelle des caresses... Tout son corps était brûlant, tous ses sens en éveil. La tête en arrière, il contempla le ciel devenu gris, et se laissa envahir par un plaisir exquis. De temps à autre, elle levait les yeux vers lui et souriait, comme pour lui montrer combien elle appréciait ce moment d'intimité.

Ivre de plaisir, mais désireux d'avoir Tiffany tout contre lui, de sentir son corps contre le sien, il tenta d'emprisonner ses seins sous ses paumes, et finit par implorer.

— Tiffany, je t'en prie, viens.

La bouche lascive, le regard brûlant, elle le dévisagea.

— Attends encore un peu, répondit-elle d'une voix provocante. Mais garde tes mains sur mes seins, s'il te plaît.

A ces mots, elle le reprit dans sa bouche. De son côté, il obéit à son désir, et couvrit de caresses ses petits seins si rebondis, si... parfaits.

Soudain, il se cambra violemment, secoué par un orgasme inouï. Il lui fallu ensuite de longues minutes pour reprendre son souffle, savourant ce long moment de tendresse, où tous deux restèrent enlacés, sans bouger, sans rien dire, l'un contre l'autre tout simplement.

Ils finirent par se redresser et rajuster leurs vêtements. Tiffany se blottit alors de nouveau contre lui, pour contempler longuement l'océan, en silence.

Quoi de plus éloquent que le silence, en cet instant ?

Aucun mot ne saurait rendre justice à l'intensité de ce qu'ils étaient en train de partager. La plage, à présent, était totalement déserte. Les silhouettes des surfeurs avaient fini par disparaître dans le brouillard.

— On devrait rentrer, murmura Tiffany.

Il l'embrassa une dernière fois, et elle s'écarta de lui.

Sur le trajet du retour, elle s'assoupit. C'était tellement attendrissant de la voir dormir ainsi, ses longs cils recourbés fermés sur ses joues roses, épuisée par une journée si riche en toutes sortes d'émotions.

Du calme, il ne fallait pas s'emballer. Tout cela n'était qu'une aventure de vacances, rien de plus.

Alors pourquoi cela ressemblait-il à quelque chose de bien plus sérieux ?

9

Quand Tiffany rouvrit les yeux, ce n'est plus la plage qu'elle vit à travers le pare-brise, mais un mur en béton clair. A moitié endormie, elle reconnut son immeuble. L'air du large l'avait fatiguée et elle s'était laissé gagner par le sommeil sur le trajet du retour.

— Nous y voilà ! déclara Garrett avec le plus doux des sourires.

— Mon Dieu, comment ai-je pu piquer du nez aussi vite ?

Elle osait à peine se regarder dans le rétroviseur : entre le vent sur la côte et les mains enfiévrées de Garrett, elle devait être complètement ébouriffée. Le miroir confirma ses pires craintes.

— Je ressemble à une sorcière ! se lamenta-t-elle en tentant de remettre de l'ordre dans ses cheveux.

— Tu es belle, Tiffany, répondit-il d'une voix solennelle tout en passant une main dans sa chevelure. Laisse-moi t'aider à te réveiller.

— Je crois que je vais m'en sortir, murmura-t-elle en souriant au souvenir de leur étreinte dans la voiture, sur le bord de la plage.

Une onde de désir parcourut son bas-ventre et elle se mordit la lèvre pour dissimuler son trouble.

— Tu m'excites terriblement quand tu fais ça, articula-t-il en la couvrant d'un regard brûlant.

Puis il descendit de voiture et vint lui ouvrir la portière.

— Dis donc, quel gentleman…, remarqua-t-elle, épatée.

— A mes heures, oui, répondit-il en lorgnant sur ses lèvres de la plus impudique des façons.

Ils parvinrent péniblement jusqu'à la cage d'escalier de l'immeuble, s'arrêtant à chaque palier pour se couvrir de baisers enflammés. Et quand ils atteignirent enfin l'appartement de Tiffany, elle referma la porte sur ses complexes : ses cheveux pouvaient bien être en désordre, à cet instant cela n'avait plus aucune importance. Leurs vêtements atterrirent de part et d'autre du salon alors qu'ils se dirigeaient vers la douche. Une fois dans la salle de bains, ils se glissèrent avec délectation sous un filet d'eau très chaude.

Garrett s'empara du shampoing et, calé tout contre son dos, en recouvrit ses cheveux, lavant chacune de ses mèches avec une dévotion des plus sensuelles. Tiffany le laissa faire en soupirant de plaisir. Quand il en eut terminé avec ses cheveux, il se mit à lui savonner le reste du corps.

Et quand ses mains atteignirent l'intérieur de ses cuisses, elle s'ouvrit naturellement à lui. Quelques secondes plus tard à peine, il lui procura un orgasme si puissant qu'elle cria son nom.

A son tour maintenant. Elle s'empara du savon et reprit les commandes. Que ce soit avec Garrett ou dans sa nouvelle vie de détective, elle commençait à y prendre goût : ne plus attendre que les choses se passent, mais faire en sorte qu'elles arrivent…

Elle le savonna longuement, langoureusement et il se laissa faire avec quelques soupirs de contentement. Elle promena les mains sur chaque centimètre de son corps jusqu'à le sentir trembler de plaisir sous ses doigts.

Mais quand il tenta de reprendre la main, elle plaqua une paume sur son torse et appuya sur le clapet de la baignoire, pour faire couler un bain : elle avait envie de l'avoir en elle, dans l'eau chaude…

— Assieds-toi, ordonna-t-elle dans un souffle.

Quand il fut assis — il ne s'était pas fait prier —, elle

resta un instant debout, à fixer son sexe en érection dressé vers elle.

— As-tu l'intention de me rejoindre ? demanda-t-il en la dévorant du regard.

— Et comment, murmura-t-elle en se penchant doucement avant de s'installer à cheval sur lui, langoureusement, pour le laisser entrer en elle.

Ils laissèrent tous deux échapper un gémissement de plaisir, dans le tourbillon de l'eau chaude qui emplissait la baignoire. Ivre de désir, Tiffany agrippa les épaules de Garrett, et ondula des hanches jusqu'à jouir en même temps que lui, avant même que l'eau ne monte trop haut.

Comblée, elle appuya son front contre le sien et ferma le robinet d'eau.

— Ah, Garrett, soupira-t-elle, tu me rends insatiable… Je ne sais pas ce que tu vas penser de moi…

Elle était sincère. Jamais un homme ne lui avait inspiré un désir aussi débridé. Jamais.

— Je n'en penserai que du bien : je ressens exactement la même chose, lui confia-t-il à voix basse avant de capturer ses lèvres.

Oh ! comme ses baisers étaient bons, comme ils donnaient envie de se laisser aller, de le laisser prendre le contrôle de nouveau… Elle ne s'en lasserait jamais.

Mais à présent que l'eau chaude ne coulait plus, elle fut saisie d'un frisson.

— Et si on dînait ? suggéra-t-elle. On pourrait se faire livrer un bon petit plat… Ensuite, tu pourrais m'aider à préparer des tartes pour le dîner chez mes parents, demain.

— Et moi qui croyais que tu étais insatiable… de moi !

Elle éclata de rire devant son air faussement désemparé.

Ils sortirent de la baignoire et se séchèrent l'un, l'autre. Perdue dans ses pensées, Tiffany repensa à toute la magie de cette journée qu'ils venaient de passer ensemble. Aujourd'hui, oubliés les soucis, les cambriolages, l'enquête… Mais ce n'était qu'une parenthèse. Tout cela ne tarderait pas à remonter à la surface et à ternir la perfection de ces dernières heures.

La bijouterie ne rouvrirait que dans quelques jours ; ses parents risquaient de tout perdre. Et Garrett n'était ici que pour quelques semaines, après quoi il retournerait sur la côte Est. Et tout serait fini.

Voilà pourquoi c'était le moment d'en profiter pleinement. La nouvelle Tiffany, plus sérieuse et responsable, ne devait pas pour autant se morfondre...

— Si tu veux des habits propres, mon frère Nick a passé le week-end dernier chez moi et a laissé des chemises dans le sèche-linge.

En le voyant sourire à cette proposition, elle sentit son cœur chavirer.

— Merci, je veux bien. Ça ne le dérangera pas ?

— Il vient chez moi faire ses lessives gratuitement. Il n'aura pas son mot à dire, répondit-elle en riant, avant de retourner dans sa chambre pour y prendre des rechanges.

Elle opta pour de la lingerie sexy, un jean et un débardeur — il allait faire chaud dans la cuisine s'ils y faisaient de la pâtisserie.

En enfilant son débardeur, elle aperçut le téléphone de Garrett par terre — il avait dû tomber lors de leurs ébats. Mais, en le ramassant, elle aperçut les premiers mots d'un SMS arrivé quelques minutes plus tôt de la part d'un dénommé « Daniel ». Intriguée, elle pressa le bouton Entrée pour voir l'intégralité du texte.

Gar, n'arrive pas à te joindre. Pars pour Shanghai ce soir. Ai fait quelques recherches sur série cambriolages... Contacte Freddie, qui tient salle de billard dans quartier « Tenderloin ». Bref, fais-en bon usage. Bonne chance. D.

Les yeux rivés sur l'écran, Tiffany n'en croyait pas ses yeux. Garrett enquêtait de son côté sur les cambriolages, usant de contacts qu'il n'avait pas cru bon de partager avec elle ?

Furieuse, elle effaça le message et posa le téléphone sur sa commode avant d'enfiler un jean et un pardessus. Elle hésita un instant, puis ouvrit un autre tiroir dont elle sortit son revolver, qu'elle glissa dans son manteau. Pour l'heure, elle ne partait qu'en observation — pas question de mettre qui que ce soit en cause, ni de faire quelque chose qu'elle pourrait regretter.

Le fait que Garrett l'ait aidée dans sa mission auprès de Marcus Hooper était une chose. Mais lui voler sa propre enquête ! Pour qui se prenait-il ?

Alors qu'elle traversait le salon au pas de charge, Garrett la stoppa net.

— Hé, qu'est-ce que tu fais ?

Elle le regarda en face, s'efforçant de masquer la colère qui bouillonnait en elle.

— J'avais oublié que mon père adorait les tartes aux pêches, et je n'ai acheté que des pommes. Il n'est pas question que j'arrive chez eux demain sans tarte aux pêches, bredouilla-t-elle avec un petit rire.

— Je viens avec toi, déclara Garrett en s'emparant de son veston qu'il avait laissé sur le canapé.

— Inutile, le supermarché est juste au coin de la rue. Je dois faire vite, il va bientôt fermer. Tiens, pendant ce temps, tu peux commencer à éplucher les pommes. N'oublie pas de les faire tremper dans du jus de citron pour éviter qu'elles ne noircissent, dit-elle en déposant un baiser furtif sur son front.

— Comme tu voudras, murmura-t-il avec un sourire.

Elle tourna les talons avec un sourire de revanche. Voilà qui lui apprendrait à mener l'enquête dans son dos.

Cela faisait une demi-heure que Tiffany était descendue acheter quelques pêches, quand Garrett eut tout à coup un mauvais pressentiment. Etait-ce vraiment prudent de la laisser aller faire les courses toute seule ?

Il retourna dans la chambre pour prendre son téléphone

et l'appeler. C'est alors qu'il remarqua un nouveau message sur son écran. Tiffany avait dû tenter de le joindre. Mais en ouvrant le message, le numéro de Daniel s'afficha.

Une dernière chose : ce contact est dangereux. Prends une arme. Sois bien prudent. D.

Quoi ? Garrett scruta ces quelques mots mystérieux. « Une dernière chose » ? Mais de quoi Daniel parlait-il ? Soit il n'avait reçu qu'une partie du message, soit ce SMS en complétait un autre qu'il n'avait pas reçu.

Il consulta donc son journal de messages provenant de Daniel et en remarqua un dans la corbeille — Garrett ne stockait jamais ses SMS dans la corbeille ; quand il voulait les supprimer, il les effaçait définitivement.

Fébrile, il lut le message en question, vérifia son heure d'arrivée, et sentit son sang se glacer.

Oh, Seigneur. Tiffany avait dû retrouver son téléphone et découvrir le premier message de Daniel. Après avoir cru l'effacer, elle s'était embarquée, seule, pour Tenderloin, un des quartiers les plus mal famés de San Francisco.

Voilà pourquoi il l'avait trouvée un peu bizarre au moment de partir faire ses « courses ».

Bon sang, mais comment avait-elle pu foncer tête baissée dans une situation aussi dangereuse ?

Il sortit en trombe de l'immeuble, héla un taxi et demanda à se faire conduire à Tenderloin.

— Vous avez une adresse plus précise ? demanda le chauffeur.

— Je cherche une salle de billard tenue par un certain Freddie…

Le chauffeur secoua la tête.

— Ça ne me dit rien. Vous savez, des salles de billard, y en a des tas dans le coin. Vous n'avez pas le nom exact ?

— Non… Déposez-moi juste dans ce quartier, je me débrouillerai.

Le taxi le dévisagea dans le rétroviseur d'un air perplexe.

Sans doute trouvait-il inopportun de laisser un client en pleine nuit dans un quartier aussi dangereux. Mais Garrett n'avait pas de temps à perdre.

— Allons-y ! insista-t-il.

— Eh bien, vous devez être drôlement accro au billard pour être aussi sûr de vous…

Quelques minutes plus tard, le chauffeur arrêta le taxi peu après le quartier des cinémas. Mais Garrett ne savait par où commencer ses recherches. Tiffany pouvait se trouver n'importe où. Seule. En pleine nuit. Il composa son numéro d'une main fébrile. Mais — comme il le redoutait — elle ne répondit pas.

Il entra dans le premier bar à billards sur son chemin, fit signe au barman et commanda une bière.

— Je cherche un certain Freddie, demanda-t-il dès qu'il fut servi. Vous le connaissez ? Il tient une salle de billard dans le coin.

— Désolé, les salles de billard, y en a des dizaines dans le quartier, répondit le serveur en prenant sa monnaie avant de disparaître.

Bon sang. Pourvu que Tiffany n'ait pas eu plus de chance que lui dans ses recherches…

Il devait la retrouver sans délai…

C'est alors qu'il eut une idée : il avait une application sur son téléphone, une sorte de traceur espion qu'un de ses amis du FBI lui avait conseillée. Elle était vendue aux familles en leur promettant notamment de suivre leurs enfants — ou leur conjoint infidèle — à la trace.

Quand Tiffany s'était servie du GPS de son téléphone aujourd'hui lors de leur excursion à Point Reyes, il lui avait parlé de cette application et l'avait vue la télécharger sur internet — probablement dans l'espoir de s'en servir dans son travail de détective. Avec un peu de chance, s'il arrivait à se connecter à son téléphone via l'appli, il pourrait la localiser.

Sans même toucher à sa bière, il lança l'appli sur son téléphone et envoya un signal au téléphone de Tiffany pour, en principe, activer son traceur. Peut-être allait-il ainsi récupérer ses coordonnées GPS. Ensuite, il n'y avait plus qu'à espérer qu'elle ne remarque rien… Sinon, elle déconnecterait son appli à coup sûr.

Après une attente qui lui parut infinie, un petit point rouge se mit à clignoter sur le plan de la rue : elle était à seulement deux pâtés de maisons…

— Cette fois, je te tiens ! marmonna-t-il avant de quitter le bar au pas de charge.

La rue en question était mal éclairée, et il dut ouvrir grand les yeux, guettant le petit point rouge sur son écran. Tout en s'approchant, il remarqua que Tiffany semblait rester statique depuis plusieurs minutes.

Aurait-elle trouvé Freddie ?

Mais, arrivé au bout de la rue, toujours aucune salle de billard… Il fut alors saisi d'un mauvais pressentiment.

Le traceur indiquait qu'il se trouvait pratiquement à côté d'elle, mais il n'arrivait pas à trouver son visage parmi les nombreux passants, dont beaucoup avaient l'air louches. Un ado dont le visage était dissimulé sous un sweat-shirt à capuche s'approcha de lui. Garrett se tint alors sur ses gardes.

— Hé, mec, t'as envie de planer ? lança le gamin qui devait à peine avoir dix-sept ans en ouvrant une veste remplie de drogues.

— Non, merci.

— Peut-être une jolie fille pour profiter de Thanksgiving ? insista-t-il alors que Garrett remarquait un groupe de prostituées sur le trottoir d'en face. Tu n'as qu'à en choisir une, ou même plusieurs, et crois-moi tu seras pas près d'oublier ce Thanksgiving ! continua-t-il avec un sourire.

A cet instant, Garrett crut tomber à la renverse. Une jolie rousse élancée venait de quitter le groupe de prostituées, donnant à l'une d'elles un billet et… une accolade ?

Tiffany.

— Alors, on fait affaire ? insista le gamin.

Mais Garrett s'empressa de traverser la rue.

Zut, Tiffany l'avait déjà repéré et elle ne semblait guère enthousiaste de le voir.

— Qu'est-ce que tu fais ici ? demanda-t-il, le souffle court mais soulagé de l'avoir enfin retrouvée.

— Je t'ai dit que j'allais acheter des pêches, rétorqua-t-elle d'un ton agressif.

— Des pêches ? A cette… jeune femme ? demanda-t-il en désignant la prostituée qu'elle venait de quitter.

— Non. Cette fille s'appelle Belle. Et elle est très gentille.

— Laisse-moi deviner : vous échangiez des recettes de tartes aux pêches ?

— Quelque chose comme ça, répondit-elle en pivotant sur ses talons.

Il lui emboîta le pas, mais elle s'arrêta net et le foudroya du regard.

— Laisse-moi tranquille, Garrett. Et puis, comment m'as-tu retrouvée, au juste ? demanda-t-elle avant de secouer la tête, comme frappée par l'évidence. Oh non, l'appli de géolocalisation…

— Eh oui, ça marche dans les deux sens.

— Contente de voir que tu n'as pas hésité à pirater mon téléphone. Compte sur moi pour effacer cette appli dès que j'aurai cinq minutes.

— Tu ne t'es pas non plus privée de lire mes SMS, avant de les effacer, contre-attaqua-t-il.

Elle s'arrêta de nouveau de marcher, l'air gêné.

— Tu t'en es rendu compte ?

— Daniel m'a envoyé un deuxième message, qui parlait du premier, donc j'ai cherché dans ma corbeille. Ce n'est pas parce que tu es détective que tu as le droit de fouiller sans raison dans les portables de gens, ajouta-t-il en colère.

— Bon, j'admets, ce n'était pas mon intention au départ. Mais tu es mal placé pour me faire la morale ! Comment as-tu osé faire ta propre enquête dans mon dos ? Tu comptais m'en parler un jour ?

Il garda le silence avant d'avouer :

— Non, ce n'était pas prévu.

A cet instant, elle sembla tellement choquée qu'il eut des remords. Comment lui faire comprendre que s'il avait fait cela, c'était parce qu'il s'inquiétait pour elle ?

— C'est trop dangereux, Tiffany. Regarde où tu te retrouves… Seule, en pleine nuit, dans un vrai coupe-gorge.

Sa mâchoire se serra.

— Je suis souvent sortie dans ce quartier avec mes copines. J'ai grandi dans cette ville et je la connais mieux que toi. Et puis, je sais prendre soin de moi, ce que tu sembles avoir du mal à admettre.

— Bien sûr que si. Mais tu es encore une débutante, alors que ces voleurs et ce Freddie, eux, ce sont des pros !

A ces mots, elle ouvrit des yeux tout ronds.

— Ah, parce que moi, je ne suis pas une pro ?

Il se mordit la lèvre. *Bon sang !* Son inquiétude le rendait maladroit…

— Pas encore. Ou du moins, pas aussi chevronnée qu'eux.

Son regard se fit alors glacial.

— J'en ai assez entendu, Garrett. Maintenant fiche-moi la paix ! lâcha-t-elle en lui tournant le dos pour s'éloigner à grandes enjambées.

Il la suivit, sans la moindre hésitation — il n'était pas question de la laisser seule dans ce quartier.

— Je t'ai dit de me laisser tranquille ! s'énerva-t-elle en se retournant brusquement.

— Mais où vas-tu comme ça ? Cette Belle, tu l'as payée pour savoir où se cache ce Freddie, c'est ça ?

De nouveau, elle lui lança un regard assassin.

— Soit je retourne la voir et je double la mise pour obtenir d'elle la même info, soit tu me donnes cette info et je peux t'offrir mon aide, dit-il en espérant désamorcer la tension entre eux.

Elle avait l'air bien trop déterminée pour se laisser dissuader. Alors sans doute valait-il mieux la convaincre d'accepter son aide, sa protection.

A présent, il comprenait pourquoi elle se disait impulsive. Mais c'était aussi ce qui faisait son charme. Seulement, dans une situation aussi dangereuse que ce soir, cette impulsivité, aussi séduisante soit-elle, pouvait lui exploser à la figure.

— Tiffany, s'il te plaît, écoute-moi. Je suis désolé d'avoir suivi mes propres pistes au sujet du cambriolage sans t'en avertir. Mais tu n'aurais pas dû t'aventurer dans un tel quartier toute seule. Et si on travaillait plutôt ensemble ? Faisons la paix, je t'en supplie…

Croisant les bras, elle le dévisagea d'un air sceptique.

— Est-ce que tu partageras avec moi la moindre information, la moindre piste ? Tu arrêtes de faire les choses dans mon dos ?

— Promis, tant que tu ne te mettras plus en danger sans t'assurer ma protection.

Elle détourna le regard, semblant réfléchir.

— Bon. D'accord, finit-elle par souffler avec un hochement de tête.

Il lui tendit la main.

— Marché conclu ? demanda-t-il en lui donnant une poignée de main avant de l'attirer fougueusement contre lui. A moins que *ceci* soit une meilleure manière de sceller notre accord ?

Il lui vola alors un baiser brûlant auquel elle tenta de résister. Au début. Elle lui en voulait encore, mais finit par se détendre et par plonger les mains dans son veston.

Une silhouette près d'eux se mit alors à siffler, et ils s'écartèrent l'un de l'autre.

— En tout cas, mon premier geste en rentrant chez moi ce soir sera de désactiver cette fichue application…

— Tu devrais la garder. Tu risques d'en avoir besoin. Et je te promets de ne m'en resservir qu'en cas d'urgence absolue.

Elle hocha la tête et se remit à marcher.

— Alors… Tu sais où trouver ce Freddie ? demanda-t-il.

— Possible. Il tient une salle baptisée The Dice un peu plus bas sur Post Avenue.

— Tu as donc prévu de t'y rendre ? Tout de suite ?

— Pourquoi attendre ?

— Et que prévois-tu de lui demander au juste ? S'il a récemment volé un lot de diamants à la valeur inestimable ?

— Pas exactement. Je pensais commencer par faire une partie de billard, histoire de prendre l'atmosphère, de vérifier que ce type s'y trouve bien.

Garrett garda le silence. Son plan tenait la route, il fallait bien l'avouer. D'abord une mission d'observation, de reconnaissance. Et ensuite, en fonction des découvertes, agir. Ou pas. De plus, elle évoluait de façon très à l'aise dans ces rues où l'on ne pouvait faire un pas sans se faire aborder par toutes sortes de trafiquants.

— Il y a beaucoup de misère dans ce quartier, déclara-t-elle comme si elle avait lu dans ses pensées. Ce n'est pas propre à San Francisco : comme dans beaucoup de villes, on parque les riches d'un côté, les pauvres de l'autre. C'est parfois impressionnant, mais on ne risque pas grand-chose si l'on reste vigilant et que l'on fait preuve d'un peu de compassion.

Elle n'avait sûrement pas tort, mais elle était peut-être un peu naïve... Deux hommes semblaient les avoir pris en filature. Par chance, ils arrivaient devant The Dice et s'empressèrent de s'engouffrer à l'intérieur.

Par la vitrine, Garrett fut soulagé de voir les deux hommes à l'extérieur passer leur chemin.

A première vue, ce bar était un temple des jeux de hasard : en plus des tables de jeux, plusieurs écrans plats diffusaient des résultats de paris sportifs. The Dice était visiblement autorisé à pratiquer ces activités — Garrett venait de repérer la licence —, mais il était à peu près certain qu'une partie des jeux proposés ici n'avaient rien de légal.

Le bar était bondé. Pas étonnant, en cette veille de Thanksgiving. En cette période de l'année, ceux qui en avaient les moyens partaient en vacances ; les autres venaient dans ce genre d'endroit pour y trouver un peu de compagnie, de réconfort.

Ici, la clientèle était assez hétéroclite : des joueurs d'âge mûr et apparemment aisés jouaient contre des jeunes dont la situation semblait plus précaire, moins établie.

— Et maintenant ? glissa-t-il à l'oreille de Tiffany.

— Prenons un verre. Faisons une partie de billard, suggéra-t-elle en se dirigeant vers une table inoccupée.

De son côté, il rejoignit le bar, y commanda deux sodas — ils se devaient de garder les idées claires — puis alla s'asseoir à côté de Tiffany. Quand elle ôta sa veste pour révéler son débardeur moulant, elle ne manqua pas d'attirer un certain nombre de regards intéressés.

Et lorsqu'elle se pencha au-dessus de la table de billard pour rassembler les billes, son décolleté amplifia l'intérêt que lui portaient déjà un grand nombre de clients. Elle sourit à une espèce de grande brute qui bavait littéralement devant elle. Garrett s'interposa alors entre eux pour lui donner son soda.

— Désolé, les gars. La première partie est pour moi, déclara-t-il.

De toute façon, cette femme est à moi, se retint-il d'ajouter. Du moins pour ce soir.

— Tu sais jouer ? demanda-t-il en mettant de la craie sur sa queue de billard.

— Un peu. J'ai été serveuse dans un bar à billards quand j'étais étudiante. Quand il n'y avait pas trop de monde, il m'arrivait de jouer un peu. Certains joueurs m'ont appris un ou deux trucs… Mais ça fait longtemps, maintenant, expliqua-t-elle d'une voix nonchalante.

Garrett plissa les yeux en la regardant empocher plusieurs billes dans les trous. En un seul coup, elle avait fait disparaître la quasi-totalité des billes.

— Ça fait longtemps, tu parles, remarqua-t-il avec sarcasme.

De son côté, il était plutôt doué pour avoir passé un certain nombre de samedis soir avec ses frères, dans leur bar à billards préféré, à Philadelphie. C'était leur façon à eux d'évacuer le stress de leur métier. Il se concentra, mais ne parvint pas à faire mieux qu'elle.

— Oh ! dommage, mon mignon. Mais, au fait, on n'a même pas parié. Quelle est la mise ? demanda-t-elle d'un ton espiègle, en se préparant à frapper à son tour.

A cet instant, il était au moins aussi subjugué que les hommes qui entouraient la table. Tiffany se révélait être une comédienne remarquable.

Mais il n'était pas question que les spectateurs se fassent des idées. Comme pour marquer son territoire, il l'éloigna de la table et l'embrassa sans retenue avant de lui murmurer à l'oreille :

— Le gagnant aura le droit de choisir quand, comment, et surtout… où.

Comprenant tout de suite l'allusion, elle afficha un large sourire.

— Pour moi, c'est une proposition gagnant-gagnant ! répondit-elle avant de remporter la partie en seulement deux coups supplémentaires.

Evidemment, Garrett était impatient de la voir honorer leur pari.

Il s'éloigna et s'appuya contre le mur alors que Tiffany plumait deux types supplémentaires. Chacun en fut pour ses frais, mais sans avoir l'idée de protester. Ils paraissaient trop ravis de se mesurer à elle.

— C'est de nouveau à moi ? demanda-t-il alors qu'elle regardait vers le bar. Tu as remarqué quelque chose ?

Il prononça ces dernières paroles en l'enlaçant d'un air innocent pour ne pas paraître suspect.

— Regarde qui est assis à cette table, tout au fond. J'ai failli ne pas le reconnaître, murmura-t-elle.

Garrett suivit discrètement son regard et reconnut l'homme qui était venu les saluer au restaurant de Russian Hill.

— Ton expert ?

— Arthur. Drôle de coïncidence, non ?

Garrett ne savait que penser.

— Il est peut-être simplement venu faire des paris, ou boire un verre.

— Il n'y a qu'une seule façon de le savoir, déclara-t-elle en remettant sa veste avant d'emporter ses gains.

Garrett tenta de l'empêcher de se diriger droit vers le bar, mais elle joua des coudes et disparut parmi les clients. Il la suivit et réussit à la rejoindre alors qu'elle commandait un nouveau soda au barman.

Et quand elle se tourna vers Arthur, elle afficha un air d'étonnement à s'y méprendre.

— Arthur ! Quelle surprise de te voir ici !

— Tiffany ? Mais que fais-tu là ? s'exclama-t-il aussitôt d'une voix stupéfaite.

— Oh ! je joue un peu au billard ; j'arrondis mes fins de mois, répondit-elle en riant entre deux gorgées de soda. Le magasin reste fermé depuis le cambriolage, alors je me suis dit « pourquoi ne pas se changer les idées, et s'amuser un peu ? ».

— Tu as bien raison, dit l'homme en regardant nerveusement autour de lui.

— Tu ne passes pas Thanksgiving à New York avec ta famille, d'habitude ?

— Je prends le premier vol demain matin. Je les rejoins pour le week-end.

Garrett s'apprêtait à suggérer à Tiffany de repartir quand une blonde d'une bonne cinquantaine d'années vint se poster près d'Arthur, attirant son attention.

De plus en plus nerveux, ce dernier se mit à trembler des mains sous le regard intrigué de Garrett.

— Arthur, tu ne serais pas en train de flirter avec cette jeune femme ? Parce que, si c'est le cas, je te promets que cette fois je ne fermerai pas les yeux, déclara la blonde en scrutant Tiffany avec un sourire figé.

— Oh ! Freddie, tu n'y es pas du tout. Tiffany est une relation de travail de très longue date.

Freddie ? Pris de court, Garrett vit le visage de Tiffany se décomposer — mais elle se ressaisit aussitôt.

— Vous êtes la propriétaire de ce bar ? s'enquit Tiffany du tac au tac.

— Ouaip. Ce n'est pas un palace, mais il est à moi, répondit la quinquagénaire avec ce même sourire figé.

— C'est un endroit sympa, vous faites du bon boulot, reprit Tiffany en lui serrant la main. Alors, comme ça, vous êtes une amie d'Arthur ?

— Oh ! nous sommes bien plus que ça, n'est-ce pas, chéri ? ronronna la patronne des lieux.

A cet instant, l'expert de chez Jarvis semblait sur le point d'avoir une attaque. Il marmonna quelques mots inaudibles.

— Ecoutez, reprit Freddie, je suis justement en pause et j'espérais passer quelques minutes avec Arthur. Vous ne m'en voudrez pas ?

— Oh ! non, bien entendu, répondit Tiffany. Ravie de vous avoir rencontrée. Et joyeux Thanksgiving !

Sur ces mots, Freddie descendit de son tabouret. Puis Garrett se tourna vers Tiffany : elle prenait discrètement quelques clichés du couple qui s'éloignait, à l'aide de son téléphone portable.

Ensuite, ce qu'il redoutait arriva : elle pivota sur ses talons et leur emboîta le pas.

- 10 -

Tiffany n'avait pas cru une seule seconde au petit numéro enamouré de Freddie. Arthur lui avait semblé extrêmement stressé, et pas du tout enclin à réclamer le moindre câlin à sa supposée dulcinée. Au contraire. Il y avait comme du chantage dans l'air...

— Tiffany, murmura Garrett en l'attrapant par le bras. Mais qu'est-ce que tu fais ?

— Ces deux-là manigancent quelque chose, j'en suis sûre. Arthur était bizarre : il n'a pas eu le choix de suivre Freddie dans l'arrière-boutique. Peut-être a-t-il besoin d'aide ?

— Ecoute, dans son deuxième SMS, Daniel m'a conseillé de venir armé : Freddie est dangereuse. Or nous n'avons pas la moindre idée de ce qui se trame derrière ce mur, et nous ne sommes pas armés.

— Moi, je le suis.

— Quoi ?

Elle ouvrit son sac à main pour illustrer son propos.

En voyant son visage pâlir, elle leva les yeux au ciel.

— Ne t'inquiète pas, Garrett, j'ai un permis de port d'armes et j'ai suivi des leçons de tir.

— As-tu déjà tiré sur quelqu'un ?

Elle détourna le regard.

— J'ai tiré sur des cibles. Dans l'idéal, je n'aurai pas à m'en servir. Je veux simplement essayer d'entendre ce qu'ils se disent. Arthur est peut-être notre taupe, et ce n'est pas avec une simple photo que je vais en convaincre l'inspecteur Ramsey, chuchota-t-elle en poussant la poignée de porte.

— Attends, laisse-moi faire, insista Garrett en s'adossant à la porte devant elle. Vas-y, frappe-moi.

— Quoi ?

— Frappe-moi ! Au visage. Le plus fort possible, ordonna-t-il en la scrutant d'un regard plus sérieux que jamais.

— Pas question.

— Je croyais que tu avais pris des cours d'autodéfense. Alors montre-moi ce que tu sais faire, ma belle, la défia-t-il. A moins que tu ne te sentes pas de passer de la théorie à la pratique ?

Il ne cherchait qu'à la provoquer, cela se voyait. Et cela fonctionnait. Car Garrett avait beau ne pas penser ce qu'il disait, ces mots la mettaient hors d'elle. De toute façon, même en frappant fort, elle ne le blesserait pas. Mais alors qu'elle s'apprêtait à lever la main sur lui, Garrett se jeta littéralement sur elle et lui empoigna les fesses, sous les yeux médusés de tous les clients qui observaient la scène.

— Frappe-moi ! répéta-t-il à son oreille en lui pinçant le derrière.

Cette fois, elle ne se fit pas prier : elle lui donna un grand coup de coude à la poitrine, avant d'enchaîner avec un coup de poing en plein visage. Le plus fort qu'elle put.

Il poussa un cri de douleur et s'effondra sur la porte, qui s'ouvrit alors sur un couloir mal éclairé, dans lequel il tomba à terre.

Un homme en costume sombre, l'air peu commode, gardait une porte au bout du corridor. Il s'avança, une main sur une hanche.

Allongé à terre, Garrett se tenait le visage. Mon Dieu… Elle y était peut-être allée un peu fort… Est-ce que ça allait ? Tiffany se sentait affreusement mal. Elle se retint de s'agenouiller à son côté pour l'aider à se relever. Mais quand il lui adressa un clin d'œil en douce, elle comprit qu'il n'était pas aussi sonné qu'il s'en donnait l'air.

— Ça t'apprendra à me peloter en public ! s'écria-t-elle d'une voix outrée pour jouer le jeu.

— Est-ce là une invitation à te peloter en privé ? demanda-t-il en se relevant tout doucement tout en gardant un œil sur le molosse qui approchait. Désolé, mon vieux, mais cette fille a une sacrée gauche. Est-ce que ce sont les toilettes, là-bas ?

Il parlait en bafouillant pour donner l'impression qu'il était ivre et se dirigea vers la porte au fond du couloir. Mais l'homme au costume noir l'arrêta net en posant une main ferme sur son torse.

— Dehors, articula simplement le gaillard en lui désignant la porte par laquelle il venait de tomber.

Garrett regarda Tiffany, puis hocha la tête en direction du garde.

— Bien sûr, désolé, s'excusa-t-il en titubant vers la sortie avant de refermer la porte derrière lui.

— Est-ce que ça va ? Je suis vraiment désolée, dit Tiffany en examinant son visage.

Les clients du bar ne leur prêtaient désormais plus aucune attention — ils en avaient sûrement vu d'autres — et étaient déjà retournés à leurs boissons et à leurs jeux.

— Ça va aller, mais… Aïe ! gémit-il en touchant sa joue enflée.

— Je sais… J'ai eu l'impression de m'attaquer à un mur de briques, dit-elle en fléchissant ses doigts encore endoloris. Je suppose qu'Arthur est toujours dans l'arrière-boutique. On devrait attendre et s'assurer qu'il sort bien sain et sauf.

— J'ai une meilleure idée, proposa Garrett. Viens par là.

Il lui prit la main et ils sortirent dans la rue. Là, il l'attira dans une ruelle qui longeait le bâtiment du bar.

— Euh, Garrett, où est-ce qu'on va ?

— Il y a peut-être des ouvertures donnant de ce côté. La pièce dans laquelle ils sont enfermés doit logiquement donner sur cette ruelle, chuchota-t-il en dégotant une toute petite fenêtre à battants entrouverte.

— Oh ! je les entends ! s'exclama Tiffany sans pouvoir distinguer quoi que ce soit à travers la vitre poussiéreuse.

Elle reconnut alors la voix de Freddie, qui avait un ton menaçant.

— Il va falloir t'acquitter de ta dette, Artie, et ce n'était pas une bonne idée d'essayer de nous doubler sur ce coup-là, déclara-t-elle.

— On avait dit cinq pour cent. Et la dernière prise à elle seule aurait dû couvrir ma dette, rétorqua Arthur d'une voix outrée. Je n'avais pas le choix. Il fallait que je fasse quelque chose pour avoir plus.

— Très mauvaise idée, persifla Freddie.

— On dirait qu'on tient là un mobile pour les cambriolages, chuchota Garrett à l'oreille de Tiffany.

Tiffany hocha la tête et tendit de nouveau l'oreille. Cette fois, elle entendit des bruits de bagarre et de cris étouffés.

— On va te faire cracher le morceau, Artie, d'une façon ou d'une autre.

Ce « Artie » décrit par Freddie était à des années-lumière de l'expert méthodique et propre sur lui qui travaillait pour la famille de Tiffany depuis toutes ces années. Alors comme ça, ce côté trop poli n'était qu'une façade, masquant une réalité tout autre… En tout cas, il semblait s'être attiré de sacrés ennuis.

— Il faut l'aider, il est en danger ! dit-elle alors qu'un bruit éclatait derrière eux dans l'allée.

Sous le choc, Tiffany se retourna brusquement, et crut apercevoir une ombre.

— Si l'on agit, on risque de se faire repérer, et…

Garrett n'eut pas le temps d'achever sa phrase, un homme surgi de l'obscurité se jeta sur eux. Tiffany ne put s'empêcher de pousser un cri perçant alors qu'un objet non identifié lui frôla l'oreille. Mais qui s'en prenait ainsi à eux ? Impossible de distinguer l'homme qui les attaquait, si tant est qu'il s'agisse là d'un seul et même homme…

Comme pour confirmer ses craintes, une deuxième silhouette émergea de la pénombre et lui saisit violemment le bras pendant que Garrett tentait de maîtriser le premier assaillant.

Difficile de discerner qui était qui dans le noir, mais tandis que son agresseur l'entraînait vers l'arrière, elle réussit à s'emparer de son revolver au fond de son sac.

— Lâchez-moi ou je tire ! menaça-t-elle.

Elle n'obtint en guise de réponse qu'un grognement alors qu'elle perdait sa chaussure. Fermant les yeux, elle leva alors son bras et tira fermement sur la détente. Le coup de feu partit aussitôt et résonna dans l'allée. Lorsque son agresseur, surpris, la lâcha sur-le-champ, elle s'écrasa sur les pavés humides de la ruelle. Des éclats de voix jaillirent alors un peu plus loin, tandis que les bruits de bagarres continuaient autour d'elle. Au milieu de ce désordre, comment savoir où était Garrett ? *Seigneur, faites qu'il ne lui soit rien arrivé...*

Elle parvint à se remettre debout et saisit son téléphone pour le mettre en mode lampe torche, sans lâcher le revolver de son autre main. Par chance, elle réussit à localiser et récupérer sa chaussure. Mais quand une main lui saisit le bras, elle poussa de nouveau un cri aigu.

— Chut ! C'est moi, Garrett... Vite, fichons le camp d'ici.

Ouf, il était sain et sauf ! Soulagée, elle le suivit jusqu'à la rue principale, où ils hélèrent le premier taxi, pour retourner à son appartement.

— Bon sang, j'ai eu une de ces peurs, murmura-t-elle à l'arrière du taxi. Tu n'es pas blessé, au moins ?

— Ça va, mais j'ai paniqué comme jamais quand j'ai entendu ce coup de feu...

Son visage était tuméfié, sa chemise déchirée, et il avait une plaie sur l'arcade sourcilière.

— Garrett, tu *es* blessé, murmura-t-elle en posant délicatement sa main sur l'écorchure.

Visiblement surpris, il porta la main à sa blessure.

— Je ne m'en étais même pas aperçu...

Sans pouvoir s'en empêcher, elle prit alors le temps de poser les yeux sur chaque partie de son visage. Ce dernier portait les traces de la bagarre : il était couvert de poussière et de sang… Et pourtant, comme Garrett était sexy… Plus sexy que jamais à vrai dire. Oh ! et ce regard sombre, viril, animal…

— Tu devrais monter chez moi, je vais désinfecter ta plaie, suggéra-t-elle en s'étonnant elle-même de sa voix suave.

— Pourquoi pas, répondit-il à voix basse. Mais après ?

Elle sourit et se pencha vers lui pour l'embrasser.

— Après, nous allons devoir les faire, ces tartes !

Si Tiffany avait connu des périodes un peu étranges au cours de sa vie, les dernières vingt-quatre heures les surpassaient toutes. Après la traque de cette mystérieuse Freddie et cette bagarre dans la ruelle, elle était revenue à une activité moins aventurière, en cuisinant les tartes de Thanksgiving avec Garrett jusqu'au petit matin. Après quoi, ils furent tous les deux exténués — une fatigue qui, sur le visage de Garrett, s'ajoutait à ses blessures. Mais celles-ci ne le rendaient que plus sexy à ses yeux.

Sexy mais… quelque peu distant, semblait-il, depuis leur retour du Dice. Peut-être était-ce tout simplement lié à la fatigue ; peut-être se faisait-elle des idées — elle-même était littéralement épuisée. A vrai dire, elle ne le connaissait pas assez pour interpréter ses humeurs : cela ne faisait pas une semaine qu'ils s'étaient rencontrés. En tout cas, une chose était sûre : depuis qu'ils s'étaient levés ce matin, Garrett se montrait plus distant que jamais.

Mais Tiffany n'eut guère le loisir de se poser trop de questions. Ils avaient fait la grasse matinée et, l'heure du déjeuner approchant à grands pas, ils durent s'habiller en vitesse pour se rendre chez ses parents.

Il y avait juste un petit détail à régler avant d'arriver à destination… Comment expliquer leurs nombreux hématomes (elle-même portait quelques traces de la bagarre dans l'allée) ? Elle eut le temps d'y réfléchir pendant le trajet.

— Ecoute, dit-elle en posant une main sur le bras de Garrett juste avant de sonner à la porte de ses parents. Je crois que je n'ai pas le choix : je vais devoir avouer à mes parents que je mène ma propre enquête sur les cambriolages. Tu avais raison. Je ne veux plus leur mentir, et de toute façon, vu nos têtes, ils vont forcément finir par se douter de quelque chose.

Garrett hocha la tête, mais il affichait un air d'appréhension.

— J'ai l'impression que je devrais vous laisser un peu d'intimité, pour que vous parliez de tout cela en famille. Tu devrais peut-être me ramener à l'hôtel.

— Je suis prête à le faire, si tu ne te sens vraiment pas de m'accompagner. Mais j'ai besoin d'un peu de soutien moral. Et puis, ma mère me tuerait si tu déclinais son invitation, répondit-elle avec un sourire. D'autant qu'ils nous ont probablement déjà vus descendre de voiture depuis leur fenêtre.

Elle parlait à toute vitesse, soucieuse de le rassurer. Il ne fallait surtout pas qu'il s'imagine qu'elle cherchait à le prendre à témoin au beau milieu d'une querelle familiale.

— Je comprends. Et c'est tout à ton honneur de leur révéler la vérité, dit-il en souriant avant de presser sa main dans la sienne.

Soulagée, elle gardait néanmoins une légère pointe d'inquiétude. Pourquoi s'était-il montré aussi distant toute la matinée ? Elle le découvrirait peut-être plus tard… Pour l'heure, il était temps d'entrer et d'affronter sa famille.

Montant les marches du perron, elle serra les tartes qu'ils avaient préparées ensemble — il s'était révélé relativement à l'aise en cuisine et, bien qu'épuisés tous les deux, ils avaient partagé un agréable moment.

— Ah, vous voilà ! se réjouit sa mère alors qu'ils entraient dans le salon où résonnaient les commentaires de la parade de Thanksgiving retransmise à la télé.

Une délicieuse odeur de dinde rôtie émanait de la cuisine, mais ses parents se figèrent en découvrant les contusions sur son visage, alors qu'elle leur tendait les tartes.

— Que s'est-il passé ? demanda sa sœur Ruby en traversant le séjour pour les rejoindre, et gratifier Garrett d'un regard accusateur. Vous êtes blessés ?

— Ruby ! s'exclama Tiffany, indignée. Garrett n'y est pour rien !

— Y a intérêt ! commenta son père en inspectant les hématomes sur son visage avant de l'enlacer longuement. Personne ne s'attaque à mon bébé !

— Arrêtez ça ! s'insurgea Tiffany. Vous ne voyez pas que c'est Garrett qui a le plus souffert ? Et, pour le coup, c'est bien à cause de moi.

— Surtout ce bleu-là, ajouta-t-il en se touchant la lèvre à l'endroit où elle l'avait frappé, sans doute pour tenter de détendre l'atmosphère.

— Bref, si vous voulez bien vous asseoir, je vais vous expliquer ce qui se passe vraiment, suggéra Tiffany devant les regards médusés de sa famille.

— Qu'est-ce que cela veut dire ? interrogea sa mère.

— J'ai pris une décision au sujet de ma carrière, avoua-t-elle.

— Encore ? demanda Ambre d'un ton taquin.

— Très drôle, répondit-elle en levant les yeux au ciel. Voilà, depuis plusieurs mois, en plus de mon emploi à la bijouterie, je travaille à ma reconversion professionnelle. Je ne voulais pas vous en parler tant que je n'étais pas sûre de moi à cent pour cent. Mais le moment est venu.

— Bon vas-y, accouche ! s'impatienta Ruby.

— Une seconde ! Ça vient…, dit-elle à l'intention de sa sœur. J'ai suivi une formation par correspondance pour devenir détective privé. Pour l'instant, je n'ai que quelques enquêtes à mon actif, mais cela me plaît beaucoup, et je pense pouvoir faire carrière. Je mène donc ma propre enquête sur le cambriolage chez Jarvis, et c'est dans le cadre de cette enquête que nous avons eu un petit imprévu hier soir à Tenderloin… D'où ces quelques contusions.

Un grand silence s'installa alors dans la pièce. Ses frères

et sœurs étaient bouche bée, sa mère blême. Quant à son père, il se mit à dévisager Garrett d'un air incrédule, le visage rouge.

— Quel genre de garde du corps êtes-vous ? s'emporta-t-il tout à coup. Vous avez laissé ma fille traîner dans ce coupe-gorge en pleine nuit !

— Papa, s'il te plaît… Garrett ne savait même pas que j'avais prévu de m'y rendre. Il a simplement réussi à retrouver ma trace, pour m'aider. Nous avons eu quelques soucis, mais on s'en est sortis. Je maîtrise la situation.

Retenant son souffle, elle regarda les membres de sa famille qui la dévisageaient, manifestement abasourdis. Garrett lui prit alors la main et elle se sentit infiniment plus légère.

— Alors là, c'est la cerise sur le gâteau ! s'esclaffa Nick. Perdre des touristes dans le parc de Yosemite, c'est une chose. Tes déboires avec Brice… passons. Mais voilà que maintenant tu joues les ninjas en pleine nuit, dans des quartiers mal famés ? Franchement, Tiff, rassure-moi ! Cette histoire de détective, ce n'est pas sérieux tout de même ?

— Très sérieux, articula-t-elle en soutenant le regard de son frère. Ce n'est pas une lubie : j'ai obtenu ma licence, j'ai suivi des cours d'autodéfense, de tir et de profilage. J'ai aussi découvert des indices cruciaux qui ont relancé l'enquête de la police, et je suis en passe de faire d'autres découvertes.

— Mais, ma chérie… Ce n'est pas une profession pour une femme, bredouilla son père en cherchant sa mère d'un regard appuyé.

— Détrompez-vous, intervint alors Garrett. Trois des détectives avec lesquels nous travaillons régulièrement à Philadelphie sont des femmes. Les femmes sont capables d'établir certains liens logiques qui nous échappent, à nous, les hommes. Et elles sont souvent plus douées pour faire parler les gens. En plus, elles sont généralement meilleures pour le tir.

— Parce que tu as une arme ? articula sa mère d'une voix choquée.

— On voit que ce n'est pas votre sœur qui se met en danger au risque de se faire agresser, dit Nick à Garrett sans laisser le temps à Tiffany de répondre.

— Tu n'y es pas du tout, Nick. Figure-toi que Garrett et ses frères sont gardes du corps ; ils connaissent mieux que quiconque ce genre de risques. Et, de toute façon, je ne réclame pas votre approbation. J'aime ce métier. Je pense que je peux faire une belle carrière, et j'espérais seulement obtenir un peu de soutien de votre part, ajouta-t-elle d'une voix presque implorante. J'attends la fin des fêtes de fin d'année, et je quitte mon poste à la bijouterie pour me consacrer à plein temps à ma nouvelle activité. Et je ne vous laisserai pas tomber tant que cette histoire de cambriolage ne sera pas élucidée.

Tiffany n'était pas du genre à mettre les gens devant le fait accompli, mais maintenant qu'elle avait exposé ses arguments, elle éprouvait une sensation toute nouvelle de bien-être et de fierté. La nouvelle Tiffany n'avait plus peur de dire ce qu'elle pensait, ce qu'elle ressentait vraiment.

— Chérie, nous sommes simplement inquiets. Tout cela est nouveau pour nous. Et puis tu as été blessée, reprit sa mère d'un ton plus diplomate. Cela ne signifie pas que tu n'as pas notre soutien. On ne veut pas te voir souffrir, c'est tout.

— Des gens souffrent tous les jours, maman. Personne ne sait ce que l'avenir lui réserve. Et si j'arrive à exercer correctement mon nouveau métier, je ferai peut-être en sorte qu'il y ait moins de souffrances dans ce bas-monde, qui sait ! En tout cas, je n'y arriverai jamais si je n'apprends pas à me protéger moi-même. Car je n'aurai pas toujours mon garde du corps attitré ! ajouta-t-elle en souriant à Garrett.

A ces mots, elle ressentit un vif pincement au cœur.

— Mais tu ne pourrais pas… Travailler à ces enquêtes en complément de ton poste à la bijouterie ? insista sa mère. Là, au moins, tu as une certaine stabilité.

— Je sais que c'est risqué, mais j'ai besoin de me lancer. Si je veux progresser et être vraiment utile, je dois me consacrer à cent pour cent à mes enquêtes. D'ailleurs, si j'avais plus de temps pour m'entraîner physiquement, j'aurais sans doute mieux su me défendre dans cette ruelle.

— Une ruelle ? répéta Ruby d'une voix haut perchée.

Oups... Elle n'était peut-être pas obligée de donner ce détail.

— Euh… oui. Enfin bref, dit-elle en changeant rapidement de sujet. Je ne voulais rien vous révéler tant que je n'étais pas sûre de moi. C'est chose faite à présent.

Tous continuaient de la scruter en silence. C'était à se demander si elle parlait bien leur langue. Même Garrett la dévisageait, sourcils froncés, comme s'il méditait ses paroles.

— Moi, je trouve ça super ! finit par déclarer Ambre en venant la serrer dans ses bras. Quand je vais raconter à mes amies que ma sœur est devenue détective privé…

— Merci ! dit Tiffany en riant.

— Bon, accordons-nous une trêve pour Thanksgiving, reprit alors sa mère qui n'en avait vraisemblablement pas terminé avec elle. Le dîner sera prêt à 4 heures et d'ici là, c'est buffet pour tout le monde dans la cuisine, jeux de pétanque dans le jardin et parade à la télé ! Et réjouissons-nous d'avoir une Tiffany saine et sauve, et qui a trouvé sa voie. Joyeux Thanksgiving !

Les derniers mots de sa mère l'émurent profondément.

— Merci, maman…, dit-elle, les larmes aux yeux.

Après cela, la maison fut de nouveau remplie de l'humeur festive propre à Thanksgiving, et Tiffany s'affala sur le canapé. Elle était heureuse d'avoir enfin révélé son secret, même si elle se demandait encore quelles en seraient les conséquences.

— Ça va ? s'enquit Garrett.

— Oui, je crois. Sauf que j'ai la pression maintenant. Si j'échoue à élucider ce…

— Tu réussiras, l'interrompit-il avec un sourire.

Pourtant il continuait de se tenir à distance d'elle. Et elle détestait cela.

— Tu as été courageuse de tout avouer à ta famille. Tu as fait le bon choix, ajouta-t-il.

— Merci, Garrett. Merci de m'avoir soutenue.

— Je ne fais que dire la vérité… Bon, et qu'est-ce qu'on fait maintenant ?

— Je te mets une raclée à la pétanque, et ensuite on va se goinfrer ?

— Ça me va ! répondit-il avec enthousiasme.

Mais il y avait toujours ce malaise diffus entre eux. Tout au long de l'après-midi, ils se joignirent gaiement aux festivités organisées par sa famille, puis Garrett s'assit à côté d'elle pour le dîner. Mais sans plus jamais la toucher, ne serait-ce que l'effleurer.

Dès qu'ils se retrouveraient en tête à tête, elle lui demanderait des explications. Peut-être était-il simplement pudique devant ses parents ? Si c'était le cas, c'était inutile : l'ambiance était très détendue, et de toute façon ces derniers les avaient déjà surpris enlacés dans la bijouterie. Alors pourquoi être si froid avec elle ?

Non, il y avait autre chose, mais elle préférait attendre un peu avant de lui tirer les vers du nez. Pour le moment, l'heure était à la fête, et à la dégustation des mets exquis mitonnés par sa mère. Le reste n'était pas urgent.

Pas pour l'instant.

11

Garrett avait réellement apprécié cette journée. La famille de Tiffany était adorable. Mais, après toutes ces festivités, il ressentait le besoin d'être seul.

Le besoin de réfléchir à ce qu'il ressentait. Quand il avait demandé à Tiffany de le déposer à son hôtel — avec les restes du repas de Thanksgiving si gentiment offerts par sa mère —, il aurait dû lui expliquer pourquoi. Elle lui avait bien demandé si quelque chose clochait, mais ne sachant que répondre il s'était contenté de l'embrasser. Résistant de toutes ses forces au désir qu'elle lui inspirait.

Il ne pouvait plus se passer de cette femme. Et c'était bien là le problème.

Surtout, il s'était aperçu ce soir qu'il venait de fêter son premier Thanksgiving depuis la disparition de Lainey. Depuis six ans, il passait généralement cette journée seul, avec ses souvenirs. En fait, il n'avait quasiment pas pensé à elle durant ces quelques jours passés aux côtés de Tiffany.

Le matin de l'anniversaire de la mort de sa femme, il était allé sur la côte avec Tiffany, avant de rentrer pour lui faire l'amour tout le reste de la journée.

Pour la première fois depuis qu'il était veuf, il n'avait pas pris acte de ce sinistre anniversaire. Toute son attention s'était reportée sur Tiffany, dont le sourire dissimulait mal ses interrogations, lorsqu'elle l'avait déposé sur le parking de l'hôtel.

Tiffany, qu'il connaissait depuis moins d'une semaine.

Qui faisait l'amour comme une déesse.

Et qui avait une gauche d'enfer.

Tiffany qui avait été blessée au cours de cette rixe dans ce coupe-gorge, hier. Que se serait-il passé s'il n'avait pas été avec elle pour la protéger de ces deux malfrats ?

Cette seule idée lui glaça le sang.

— A quoi penses-tu ? demanda-t-elle alors qu'il hésitait à descendre de voiture.

Il déglutit péniblement, se tourna vers elle, incapable de refouler l'émotion qui l'envahissait soudain.

— A toi, lâcha-t-il dans un souffle.

Elle sourit.

— Tu veux que je monte avec toi ?

Oh ! il en mourait d'envie, mais…

Comment pouvait-il être à ce point attaché à une femme qu'il avait rencontrée moins d'une semaine plus tôt ? Une femme avec laquelle il n'avait aucun avenir à moins de se déraciner ou de la déraciner… Une femme qui allait mettre sa vie en danger au quotidien.

A vrai dire, toute la question était là : saurait-il être aux côtés de cette femme sans craindre à chaque seconde de revivre le cauchemar qu'il avait vécu à la mort de Lainey ?

— Je me disais que ta famille avait plutôt bien accueilli tes révélations, articula-t-il lentement. Et aussi que les choses auraient pu prendre une tournure bien plus dramatique hier.

Elle hocha doucement la tête.

— Cela dit, je ne serais pas contre quelques leçons d'autodéfense supplémentaires, dit-elle en souriant.

A cela, il ne répondit rien. Et pourtant, il avait tant de choses à lui dire… Pourquoi ne trouvait-elle pas une autre profession ? Un métier sans danger, qui ne lui demandait pas d'être armée, ou de maîtriser l'autodéfense. Un métier qui n'allait pas l'envoyer tout droit vers de sombres ruelles, autour des bars les plus miteux de la ville.

Il avait envie de passer encore un peu de temps auprès d'elle, mais il ne s'en sentait pas capable. Pas si elle se mettait en danger de cette façon. Tous les jours.

Pas question de risquer de la perdre comme il avait perdu Lainey. Il n'y survivrait pas. La vie n'était pas juste avec lui, mais cette angoisse viscérale le privait de bon sens. Cette angoisse de ne pas pouvoir être toujours à ses côtés pour la protéger.

— Que se passe-t-il, Garrett ? Tu t'inquiètes encore à cause de ce qui s'est passé hier soir ? insista-t-elle.

— Non… Enfin, en partie. Hier, en me réveillant, je me suis aperçu que j'avais oublié quel jour nous étions. C'était l'anniversaire de la mort de Lainey…

A cet instant précis, il ne savait tout simplement plus où il en était. Tout au long de sa vie, il avait suivi une trajectoire simple, sans accroc : les études, le travail, le mariage… Mais la mort de Lainey avait tout fait voler en éclats. Puis en créant Berringer Bodyguards, il avait eu l'impression de retomber sur ses pieds. De retrouver une forme d'équilibre.

Or Tiffany chamboulait tout cela.

— Oh ! mon Dieu, murmura-t-elle. Je suis désolée, Garrett. Mais tu ne devrais pas te sentir coupable. Le temps a sans doute fait son travail et…

— Je ne me sens pas coupable, l'interrompit-il. C'est d'ailleurs là une partie du problème.

Rien à faire. Il avait beau chercher, il ne trouvait pas les mots pour exprimer ce qu'il ressentait vraiment au fond de lui.

— Dans ce cas, quel est le problème ?

— Je ne sais pas. C'est juste que…

Incapable d'aller au bout de sa pensée, il secoua la tête. Tiffany posa alors une main sur son bras.

— Je comprends. Tu as perdu ta femme, il y a six ans presque jour pour jour. Tu te sens en partie responsable de ne pas avoir pu la sauver. Et tu transfères cette culpabilité sur moi après ce qui nous est arrivé dans cette ruelle hier soir, reprit-elle à voix basse en donnant l'impression de peser chacun de ses mots. Mais écoute-moi bien : je ne suis pas Lainey.

— Ça je le sais, dit-il aussitôt pour lui éviter de croire qu'il pensait à sa défunte épouse quand il était avec elle.

Quand il était avec Tiffany, plus rien n'existait que ce qu'ils partageaient. Le reste était comme effacé. Cette femme le comblait, tout simplement.

Le silence se prolongea entre eux et elle finit par hocher la tête de manière un peu froide.

— Ecoute, je crois que tout cela m'a épuisée. Nous ferions peut-être mieux de nous reposer chacun de son côté ce soir, murmura-t-elle.

A cet instant, Garrett sentit que quelque chose venait de changer entre eux. Il avait sans doute commis une erreur, mais ignorait comment revenir en arrière. En réalité, il se sentait maladroit, presque démuni : cela faisait tellement longtemps qu'il vivait seul ! Sans doute ne savait-il plus très bien comment gérer certains aspects d'une relation. Comment interpréter certaines réactions.

Avec Lainey, les choses s'étaient établies naturellement. Ils étaient jeunes, amoureux, et avaient tout appris ensemble… Et puis, il avait été confronté au pire des deuils et avait réalisé, de la plus violente et la plus cruelle des façons, que la vie n'avait pas que des belles choses à offrir. Sans parler de toutes les réalités auxquelles il était confronté au quotidien, de par son métier de garde du corps… Mais ces réalités n'étaient rien à côté de la perte de l'être aimé — une douleur qu'il connaissait aujourd'hui mieux que quiconque.

— D'accord, dit-il avant de l'embrasser longuement. Je t'appelle demain ?

Pour toute réponse, Tiffany hocha mollement la tête.

Oh ! comme il avait envie de l'embrasser à en perdre haleine, à en oublier tous ces problèmes, toutes ces complications. Envie de se fondre dans ses bras, une fois encore, jusqu'au bout de la nuit. Mais aussi fort son désir fût-il, était-ce vraiment là une solution ?

Les choses entre eux étaient de toute façon incertaines, et

il était vain de croire que fermer les yeux sur cette incertitude pour n'écouter que leur désir allait tout résoudre.

A vrai dire, il était complètement perdu. Alors ce n'était pas en attisant inutilement les braises de la passion qu'il allait y voir plus clair.

Debout sur le trottoir, les bras ballants, il la regarda s'éloigner en voiture. De retour dans sa chambre, il rangea les restes dans le réfrigérateur, se déshabilla et s'empara de la bouteille de scotch sur le bar.

Malgré la fatigue, il chercha le sommeil une bonne partie de la nuit. Impossible de ne pas penser à Tiffany, seule dans son lit. Tiffany qui occupait désormais une place de choix dans son cœur.

Mais que faire de cette place ? Il n'en avait pas l'ombre d'une idée.

Tiffany parvint à peu près à contenir ses larmes jusqu'à ce qu'elle arrive à son appartement. Mais à peine la porte refermée derrière elle, elle se laissa gagner par de longs sanglots. Les paroles de Garrett avaient éveillé en elle une sourde angoisse.

Le fait qu'il lui dise clairement qu'il ne la confondait pas avec sa défunte épouse était suffisamment révélateur. Elle qui s'était demandé tout au long de la journée ce qui le tracassait, pourquoi il n'était plus vraiment lui-même, elle avait désormais sa réponse.

Et alors ? Fallait-il vraiment en faire toute une histoire ? Ce n'était pas comme s'ils s'étaient fait des promesses. Cette aventure n'était pas faite pour durer, Tiffany le savait depuis le début. Tout se passait donc exactement comme prévu. Bon, si elle était réellement honnête avec elle-même, il est vrai qu'à plusieurs moments elle s'était surprise à espérer que, peut-être…

Tiens, Tenderloin par exemple… Quand il l'y avait retrouvée, il était apparu tellement soulagé qu'elle s'était imaginé qu'il ressentait peut-être la même chose. Car, derrière la colère qu'il avait affichée en façade, elle avait décelé une réelle inquiétude. Une véritable passion. Bref, tous les ingrédients nécessaires pour construire une relation solide.

Du moins, c'était ce qu'elle avait cru.

Mais sans doute avait-elle ignoré sa raison pour n'écouter que son cœur… Grave erreur.

Garrett avait bien sûr vraiment eu peur pour elle, c'était un fait. Mais il en revenait toujours à sa défunte épouse. Ce traumatisme le hantait encore. Le pire, c'était que Tiffany ne lui en voulait même pas. Comment en vouloir à un homme d'avoir aimé un être à ce point, et souffert à ce point de l'avoir perdu ?

Mais voilà, elle avait beau ne pas lui en vouloir, elle ne pouvait pas non plus nier qu'elle n'était pas dans la même réalité. Elle était bien vivante, elle. Elle avait croisé sa route, et elle aspirait soudain à bien plus qu'une simple aventure de vacances. Alors que Garrett était encore prisonnier de son passé, Tiffany, elle, se préparait à l'avenir. Quelle ironie… N'était-ce pas typique d'elle, cela ? Tomber amoureuse d'un homme dont le cœur demeurait entièrement dévoué à sa défunte épouse ? Un amour tellement plus fort que cette seule idylle de vacances…

Mais de quoi avait-elle l'air, à pleurer ainsi comme une petite fille ? Il fallait qu'elle se reprenne. Si elle voulait devenir une vraie détective, il était grand temps de s'endurcir. D'autant qu'elle avait largement eu l'occasion de voir à quel point les histoires d'amour pouvaient parfois déraper — avec Marcus et Sally Hooper par exemple, ou plus près d'elle, avec Brice.

Le regard rivé au plafond, elle s'efforça de reprendre ses esprits. Il était vain de ressasser cette situation avec Garrett — elle ne pouvait rien y changer. En revanche, s'il y avait une chose à laquelle elle pouvait travailler, c'était son enquête.

Il fallait se reconcentrer et se remettre au travail. Et, pour cela, elle savait où trouver sa motivation : un homme considéré comme un ami de la famille, que ses parents

Nuit de désir

consultaient depuis des années, les avait trahis. Elle viendrait donc à bout de cette affaire de cambriolage, mais elle allait devoir réunir des preuves : impossible d'alerter l'inspecteur Ramsey sur la base de simples soupçons.

Arthur Hayden semblait donc avoir contracté des dettes de jeu qu'il s'efforçait de rembourser en partageant des données confidentielles avec des voleurs de bijoux. Mais tant qu'elle n'apporterait aucun élément probant, la police ne pourrait rien faire de cette information.

Elle consulta son réveil. C'était peut-être le moment ou jamais de découvrir ce que manigançait Arthur. Hier au bar, il avait dit décoller pour New York aujourd'hui, à la première heure. Autrement dit, il n'y avait personne chez lui.

L'occasion idéale pour aller mettre la main sur des preuves qui se cachaient sûrement dans le petit appartement qu'il occupait au-dessus de son cabinet d'expertise.

Décidée à suivre cette piste, elle descendit de son lit, et enfila à la hâte un jean et un sweat-shirt noirs. Puis elle s'équipa d'un trousseau de passe-partout — dont elle n'avait d'ailleurs encore jamais eu l'occasion de se servir.

Avec un peu de chance, elle trouverait chez Arthur de quoi l'incriminer et permettre à Ramsey et ses hommes de l'interroger. Et, qui sait, d'élucider peut-être une fois pour toutes ces cambriolages à répétition.

Tiffany décida de laisser son revolver chez elle — elle n'était pas encore assez à l'aise avec. Elle emporta néanmoins un aérosol au poivre ainsi que son téléphone.

Bref, tout le nécessaire pour effectuer une entrée par effraction chez un suspect.

Connaissant les bureaux d'Arthur depuis des années, elle fut soulagée de découvrir que la rue était calme en arrivant dans le quartier de Lower Haight. Hormis quelques passants promenant leur chien, la rue était quasi déserte.

Après avoir garé sa voiture à quelques centaines de mètres des bureaux d'Arthur, Tiffany gagna l'allée sur le côté pour accéder à l'immeuble… Et zut ! Ce dernier était protégé par un digicode. Le passe-partout allait devoir attendre…

Tant pis, elle allait se débrouiller autrement. Il devait bien y avoir une fenêtre donnant sur la cave… Mais rien de la sorte. Décidément, la sécurité de la bâtisse avait été bien pensée. Comment allait-elle bien pouvoir pénétrer dans l'immeuble ?

C'est alors qu'elle eut un éclair de lucidité.

Le toit, bien sûr !

Elle n'était pas aussi bien équipée que les voleurs chez Jarvis pour y percer un trou, mais dans un bâtiment résidentiel comme celui-ci, il y avait forcément quelques fenêtres donnant dessus. Cela risquait d'être acrobatique, mais ça valait la peine d'essayer.

Elle longea d'un pas tranquille les issues de secours, puis parvint à se hisser discrètement au sommet, avant de pousser un cri de surprise : Arthur et ses copropriétaires y avaient créé un magnifique jardin. Elle se fraya un chemin parmi les fleurs et les arbres en pots, levant brièvement les yeux pour contempler le ciel étoilé.

Si seulement Garrett était avec elle pour profiter de ce spectacle… Mais mieux valait limiter les dégâts et ne pas l'entraîner avec elle. Il était mieux à son hôtel. D'ailleurs, il y avait peu de chances pour qu'il approuve ses méthodes un peu extrêmes d'investigation. Mais elle n'avait pas le choix, elle devait réunir des preuves, et ce n'était pas en allant simplement les réclamer à Arthur qu'elle allait les obtenir

Enfin, elle finit par trouver ce qu'elle cherchait : une fenêtre de toit était soigneusement camouflée entre plusieurs pots d'épais gardénias. Mais celle-ci était verrouillée. Et peut-être équipée d'une alarme ?

Pas le temps de tergiverser, la seule façon de le savoir était de forcer l'ouverture. Tiffany mit son téléphone en mode lampe torche, et s'empara du passe-partout qu'elle inséra dans la serrure. Les gardénias dégageaient une odeur âcre et elle éternua plusieurs fois tout en s'efforçant de faire céder la serrure.

— Inutile de te donner tout ce mal, déclara alors la voix d'Arthur dans son dos.

Effrayée, elle tomba à la renverse.

— Ces serrures sont incassables, à moins de les scier ou de les faire brûler, ajouta-t-il froidement.

Aïe… Prise la main dans le sac.

Et malheureusement, vu l'endroit où ils se trouvaient, impossible de s'enfuir… La situation semblait sans issue, c'était le cas de le dire.

— Arthur, je sais que tu es impliqué dans ces cambriolages, lança-t-elle, bien décidée à jouer cartes sur table.

Face à un autre homme, elle aurait sans doute eu peur de ne pas faire le poids. Mais Arthur était âgé et de corpulence à peine plus large qu'elle : en cas de bagarre, elle avait peut-être une chance de prendre le dessus — à condition qu'il ne soit pas armé.

— Tu as raison, admit-il en secouant la tête d'un air navré, avant de s'asseoir sur une chaise de jardin en fer forgé.

Pour l'instant rien de très menaçant. Mais il fallait tout de même se méfier. Son comportement était étrange, et elle ne savait qu'en penser.

Tiffany se releva doucement, glissant discrètement la main dans sa poche pour saisir le spray au poivre, au cas où.

— Mais pourquoi ? demanda-t-elle pour le faire parler.

Il poussa un long soupir et leva les yeux au ciel, comme pour s'adresser aux cieux plutôt qu'à elle.

— Pour l'argent, bien sûr. Ça a commencé petit à petit, peu après la mort de ma femme il y a quelques années. J'allais boire un verre au bar, histoire de voir un peu de monde. Et puis, j'ai commencé à jouer. De temps en temps, il m'arrivait de gagner. Je me suis alors senti vivant, et très vite je suis devenu accro.

— Et tu n'as pas réussi à t'en sortir ?

— Eh bien, j'aurais pu… Si Freddie n'avait pas mis en place, avec certains clients très spéciaux, un système — illégal, bien sûr — d'avance de l'argent pour leur permettre de continuer à jouer. Au début, j'étais d'accord. Je gagnais bien ma vie comme expert, et j'arrivais toujours à rembourser mes dettes en temps et en heure. Mais avec la crise, la récession... Je me suis fait rattraper.

— Et qui a eu l'idée de cambrioler des bijouteries locales pour rembourser tes dettes ?

A cette question, il se mit à la regarder droit dans les yeux.

— Moi-même. Je n'ai pas eu le choix, j'étais désespéré. Ils m'ont très sérieusement menacé. Enfin, pas moi directement — j'étais prêt à assumer mes erreurs. Mais ils savaient tout de ma famille et de mes amis. Ils ont le bras long. Ils m'ont juré, que si je collaborais, personne ne serait blessé. D'ailleurs, tu as dû noter que personne n'avait effectivement été blessé dans les cambriolages, ajouta-t-il d'un ton implorant. Ils ont même réparé les dégâts sur le bâtiment.

— C'est vrai, mais des gens qui ont travaillé toute leur vie pour monter leur affaire, comme mes parents, risquent de tout perdre. A cause de toi, déclara-t-elle d'un ton accusateur.

— Je sais... Et c'est pourquoi je te dis tout maintenant. Je ne peux plus me regarder dans une glace, mais je ne peux pas revenir en arrière non plus. Je pensais que cela ne durerait qu'un temps. Quand j'ai vu les diamants que tes parents venaient d'acquérir, j'ai pensé que c'était l'occasion pour moi de mettre un terme à ce cauchemar une fois pour toutes.

— Sauf que le cauchemar n'est pas terminé. Ces malfrats te demandent toujours plus, n'est-ce pas ? compléta-t-elle à voix basse.

— Exactement. Avec les intérêts qu'ils m'appliquent, j'ai déjà remboursé au moins deux fois ma dette initiale. Je n'ai donc plus le choix, je dois arrêter tout ça, et j'ai appris que tu faisais désormais des, euh... Des investigations ? Ce qu'ils m'ont fait subir, c'est un crime fédéral... Je peux donner des noms, s'empressa-t-il d'ajouter.

— Je connais un inspecteur de police digne de confiance,

répondit-elle avec un hochement de tête. Sais-tu où se trouvent les diamants et les autres bijoux volés ?

— Je n'ai rien fait d'autre que leur révéler l'emplacement des bijoux, leurs valeurs respectives, ainsi que mes connaissances quant à la configuration des lieux.

— Comme le fait que mes parents n'étaient pas en ville, et que c'était moi qui tenais la boutique ?

— Oui, ce genre de choses... Et aussi les marques de coffre-fort. Bref, tout ce qui pouvait leur être utile pour opérer sans se faire repérer. Mais ça s'arrête là, je n'ai pas la moindre idée de ce que sont devenus les bijoux, murmura-t-il en prenant son visage entre ses mains, l'air dépité. Je suis vraiment désolé, Tiffany...

— Arthur, pour commencer, il ne faut pas rester ici. C'est trop risqué.

— Ils me croient à New York. J'avais acheté les billets. Je suis même allé à l'aéroport, pour ensuite faire demi-tour.

— Tu avais ta propre voiture ? Ou étais-tu en taxi ? demanda-t-elle nerveusement en regardant autour d'eux.

Il y avait peu de chance pour que Freddie le laisse se balader ainsi sans surveillance.

— Ma voiture, répondit-il d'une voix hésitante. Mais je crois pouvoir dire que personne ne m'a suivi...

Bon. A force de regarder des séries à la télévision, tout le monde se pensait capable de débusquer une éventuelle filature. Mais Tiffany avait appris à se méfier : il était extrêmement difficile de repérer un vrai professionnel. Et, justement, les hommes de main de Freddie, eux, *étaient* de véritables pros.

— Laisse-moi passer un coup de fil, dit-elle avec précaution. Je vais demander à ce détective en question de nous rejoindre ici.

Elle tomba sur la boîte vocale de Ramsey, et raccrocha après lui avoir demandé de la rappeler. Elle fit ensuite les cent pas sur le toit et rappela quelques minutes plus tard. Toujours rien. Soit il était déjà en ligne, soit il n'était pas joignable, ce qui était peu probable. A supposer qu'il ait fini son service, l'inspecteur Ramsey n'était pas du genre à débrancher son téléphone.

— Bon, il va falloir y aller, Arthur, on ne peut plus attendre. Nous ferions mieux de descendre par l'arrière pour rejoindre ma voiture.

Arthur hocha doucement la tête, et la suivit lorsqu'elle s'engouffra à la hâte dans l'escalier de secours. Tiffany, bien que s'efforçant de rester calme, était très nerveuse. Sans doute parce qu'un témoin crucial dans l'enquête était maintenant sous sa protection.

Décidément, les cartes pouvaient être rebattues à tout moment dans une enquête...

— Par ici, dit-elle en faisant signe à Arthur de la suivre.

Mais alors qu'ils débouchaient dans l'allée où elle avait garé sa voiture, deux silhouettes apparurent devant eux.

Le cœur tambourinant contre sa poitrine, elle fit demi-tour et entraîna Arthur vers la rue — celle-ci serait peut-être mieux éclairée, et moins déserte.

Malheureusement, un troisième homme les attendait à l'autre extrémité de l'allée. Tiffany reconnut aussitôt le molosse qui gardait le couloir dans le bar de Freddie. Et à la façon dont il glissa la main dans la poche de son veston, prêt à dégainer, Tiffany comprit que ce n'était surtout pas le moment de paniquer. C'était une question de survie.

Maîtrisant sa respiration du mieux qu'elle put, elle continua d'avancer calmement vers lui.

— Si je vous dis qu'Arthur et moi profitons de Thanksgiving pour aller faire un petit tour, je suppose que vous ne me croirez pas, commença-t-elle en le regardant dans les yeux tout en saisissant discrètement la bombe dans sa poche.

— Il y a peu de chances, en effet, rétorqua-t-il tout aussi calmement. Et, à votre place, j'y réfléchirais à deux fois avant de sortir ce que vous avez dans la poche.

A ce moment-là, elle entendit les pas des deux autres hommes venir vers eux. Alors, sans perdre un instant, elle sortit les mains de ses poches pour les lever en signe d'apaisement.

Le gaillard s'approcha d'elle et prit le spray de sa poche.

— Ouh là, c'est pas bon du tout, ça, déclara-t-il en examinant l'étiquette. Je préfère encore me prendre une balle.

Puis il fouilla dans son autre poche et en extirpa ses photos et son téléphone, qui se mit justement à sonner.

— Ah, j'adore cette chanson, commenta-t-il en riant avant d'éteindre l'appareil et de le ranger dans sa propre poche.

Bon sang, ce devait être Ramsey qui la rappelait… Mais, à présent que son téléphone était déconnecté, personne ne pourrait plus la localiser.

— Et maintenant, qu'est-ce qu'on fait ? demanda-t-elle en regardant la voiture qui les attendait.

S'ils avaient eu l'intention de les tuer, ce serait probablement déjà fait.

— Freddie a quelques mots à vous dire. Montez dans la voiture.

Elle hocha la tête en silence, et se laissa mener jusqu'au véhicule. A présent, il ne lui restait plus qu'à prier pour sortir vivante de ce très mauvais pas.

12

Quelque chose n'allait pas, Garrett en avait le pressentiment.

Il avait essayé de joindre Tiffany deux fois, mais sans réponse. Supposant qu'elle lui en voulait, il s'était alors rendu chez elle, où il avait trouvé porte close.

Il avait donc forcé la serrure. A l'intérieur de l'appartement, rien n'avait bougé. Tout était intact, mais son instinct lui soufflait que quelque chose se tramait.

En fouillant un peu, il découvrit avec soulagement que le revolver de Tiffany était encore en place.

Bon sang, mais où était-elle ? Chez ses parents ?

Ne voulant pas les inquiéter inutilement, il décida de se rendre chez eux sans les prévenir. Mais une fois arrivé devant leur maison, aucune trace de la voiture de Tiffany. C'est à ce moment que son téléphone sonna.

Sur l'écran, le nom de l'inspecteur Ramsey. En pleine nuit. Très mauvais signe.

— Que se passe-t-il ? demanda-t-il sans préambule en décrochant. Est-ce que Tiffany va bien ?

Jamais il n'aurait dû la laisser repartir seule chez elle. Même si, a priori, quand ils s'étaient quittés, il n'avait eu aucune raison de s'inquiéter pour elle — en dehors de leurs tensions personnelles.

De retour dans sa chambre d'hôtel, il avait été incapable de trouver le sommeil — elle n'avait cessé d'occuper toutes ses pensées. C'était simple, dès qu'ils n'étaient plus ensemble, elle lui manquait. Alors refuser d'envisager une relation avec elle sous prétexte qu'il n'approuvait pas son nouveau métier… Oui, il fallait reconnaître que c'était ingrat.

C'est ce que son frère Jonas lui avait asséné — dans un langage beaucoup plus coloré — quand ils s'étaient parlé au téléphone un peu plus tôt. Tiraillé par ses sentiments, Garrett avait éprouvé le besoin de se confier, de vérifier qu'il n'était pas complètement fou de craquer pour une femme qu'il connaissait depuis moins d'une semaine.

Jonas, réputé pour ses opinions tranchées et sa façon non moins brusque de les exprimer — même si depuis son mariage avec Tessa il avait appris à nuancer ses propos — lui avait aussi dit quelque chose qui avait bouleversé Garrett.

Tout peut s'arrêter d'une seconde à l'autre, Garrett : tu le sais mieux que quiconque. Alors pourquoi perdre encore du temps ? A quoi bon tergiverser ?

Il lui avait fallu entendre ces paroles pour avoir un déclic et s'avouer à lui-même ses sentiments pour Tiffany. C'est pourquoi quand il avait tenté de la joindre et qu'il était tombé sur sa messagerie, il avait tout de suite eu peur d'avoir laissé passer sa chance.

La chance de sa vie.

— J'allais vous poser la même question, répondit Ramsey d'une voix aussi tendue. Elle a tenté de m'appeler deux fois il y a une demi-heure. Je m'en suis aperçu en sortant de la douche et l'ai rappelée tout de suite, mais pas de réponse. J'ai l'impression que son portable a été coupé… Et elle avait une voix… préoccupée.

— Qu'a-t-elle dit exactement ?

— Juste de la rappeler. Que c'était important.

— Vous n'avez pas essayé de localiser son téléphone ?

— Si, mais soit elle n'a plus de batterie, soit il a été délibérément éteint. J'en conclus que vous ne savez pas non plus où elle se trouve ?

— Elle n'est ni chez elle, ni chez ses parents. Et si on essayait de voir du côté du GPS de sa voiture ?

— C'est en cours. J'attends un coup de fil à ce sujet.

— Je serai au commissariat dans vingt minutes, conclut Garrett avant de raccrocher.

Sans perdre une seconde, il fonça vers l'autoroute et se débrouilla tant bien que mal pour se repérer dans cette ville qu'il ne connaissait pas. Moins d'une demi-heure plus tard, il heurta l'inspecteur Ramsey sur les marches du commissariat central.

— On a localisé la voiture de Tiffany dans une rue de Lower Haight ! expliqua l'inspecteur.

Quartier inconnu aux yeux de Garrett. Ou presque. Il avait comme une intuition…

— Attendez. Où se trouve Pierce Street ?

Ramsey s'arrêta net.

— C'est à Lower Haight. Pourquoi ?

— C'est l'adresse du cabinet de l'expert en estimations, précisa Garrett avant de lui détailler la petite aventure de la veille dans le bar de Freddie.

— Et vous n'avez pas jugé bon de m'en informer ? demanda Ramsey, visiblement mécontent.

— Ce ne sont pour l'instant que des hypothèses, se justifia-t-il. Nous n'avons pas la preuve qu'Arthur, ni même qui que ce soit dans ce bar, soit impliqué dans les cambriolages. C'est seulement d'après de ce que l'on a observé, et ce que mon contact a pu me révéler que nous pensons qu'Arthur Hayden est impliqué dans ces vols, mais de façon plus ou moins fortuite.

A ces mots, Garrett eut un déclic.

Evidemment que cette implication était fortuite ! Pourquoi n'avait-il pas songé plus tôt aux conséquences de cette découverte ? Il avait été tellement absorbé par ses sentiments pour Tiffany qu'il n'avait pas analysé ce fait nouveau de façon rationnelle.

— Tiffany a forcément dû s'y rendre dans l'espoir d'y dégoter des preuves tangibles de vos hypothèses, conclut Ramsey en pressant le pas.

— Oui, ce serait logique. Arthur a mentionné le fait

qu'il quittait la ville pour le week-end. Peut-être s'est-elle introduite chez lui en éteignant son téléphone pour ne pas être dérangée ? articula Garrett comme pour se rassurer.

Car, pour le coup, il était envahi d'un très mauvais pressentiment.

— J'ai perdu ma première coéquipière dans une fusillade, vous savez ? déclara soudain Ramsey.

— Pardon ?

— Ça ne me regarde absolument pas, mais vous n'êtes en ville que depuis une semaine, ajouta-t-il en haussant les épaules. Alors je me demandais si c'était sérieux entre vous.

Décontenancé, Garrett ne voyait pas du tout où il voulait en venir.

— Je ne vois pas le rapport avec votre coéquipière.

— Vous avez ce regard… Vous avez perdu un être cher, Garrett ?

Malgré son étonnement, il décida de jouer cartes sur table. Histoire de voir où l'inspecteur souhaitait en venir.

— Ma femme. Il y a six ans, répondit-il sobrement.

— Ah… Désolé. Ça doit être dur.

— En effet.

— Ma coéquipière, c'était il y a un peu plus de huit ans… On débutait tous les deux dans le métier. Elle était canon, ajouta Ramsey avec un sourire. Je sais, ce n'est pas bien d'avoir une liaison avec un collègue, mais vous savez comment va la vie… Bref, on a franchi le pas. Je suis tombé fou amoureux. Un véritable amour de jeunesse.

Il parlait d'une voix fantasque, mais derrière son ton léger on pouvait percevoir une réelle souffrance.

— Que s'est-il passé ?

— Coup de filet de routine, dans le milieu de la drogue. Parfois, je me surprends encore à me demander comment cela a pu se produire. Comment on a bien pu ne rien voir venir. Les officiers nous ont amené un camé pour un interrogatoire. Il avait été fouillé et menotté, mais il avait caché une arme dans une de ses bottes. Il s'est mis à tirer dans tous les sens, sans viser quelqu'un en particulier, et elle a été touchée, assise à son bureau. Deux minutes plus tôt, on se demandait où on allait pouvoir déjeuner…

Garrett sentit son estomac se nouer. La douleur de Ramsey devait être moins forte aujourd'hui, mais toujours présente. Et il savait mieux que quiconque qu'aucun mot ne saurait l'apaiser. C'est alors que les paroles de Jonas lui revinrent à l'esprit, avec un écho tout particulier : il se devait de retrouver Tiffany au plus vite.

— Ma femme était procureur du ministère public. On devait se rejoindre pour le dîner et fêter sa première grosse affaire. Mais le type qu'elle venait de faire condamner avait un frère. Ce salaud a projeté sa Jeep sur sa voiture à une intersection. Elle est morte sur le coup, raconta-t-il mécaniquement.

— Bon sang ! jura Ramsey. Si c'était à refaire, vous vous marieriez quand même avec votre femme ?

— Quoi ? fit Garrett en clignant des yeux.

— Votre femme. Si vous la rencontriez aujourd'hui, vous changeriez quelque chose à l'histoire, connaissant la fin ?

Incapable de répondre, Garrett garda les yeux dans le vague.

— Je me suis souvent posé cette question, reprit Ramsey. Mais ma réponse est toujours la même : si les premiers mois sans elle ont été un calvaire, ce qui me reste aujourd'hui, ce sont nos merveilleux souvenirs. Je suis heureux d'avoir pu partager tous ces moments avec elle. Vous savez, cette passion, cette complicité charnelle… Tout ce qui fait qu'un couple est un couple.

— C'est votre façon de me faire comprendre que je commets une erreur si je tourne le dos à Tiffany ? demanda Garrett alors qu'ils arrivaient à un feu rouge.

— Non, c'est ma façon de vous expliquer qu'après un laps de temps de courtoisie, disons dans une semaine, quand Tiffany vous en voudra pour de bon de se sentir seule, je l'inviterai à dîner, déclara Ramsey avec un petit rire. Donc si vous prévoyez de changer d'avis, je vous suggère de ne pas trop traîner.

Garrett aurait probablement donné un coup de poing à l'inspecteur s'il n'avait pas risqué de provoquer un accident. Car il savait que celui-ci ne plaisantait pas. Il avait remarqué sa façon de regarder Tiffany. Et, après tout, il en avait tous les droits.

Ramsey pourrait d'ailleurs tout à fait l'aider à parfaire sa formation de détective, la soutenir, l'emmener au restaurant, au théâtre, dans son lit…

Non, ça, pas question.

— La réponse est oui, finit par dire Garrett en un murmure.

— Quoi ?

— Si c'était à refaire, avec ma femme, je ne changerais rien. Si je pouvais revivre le bonheur que j'ai vécu avec elle, je le ferais, et ce malgré la fin tragique qui nous a séparés.

Mais il ne voulait pas non plus hypothéquer les années qu'il avait peut-être à vivre auprès de Tiffany. La semaine qu'ils venaient de partager avait été époustouflante. Et il ne voulait pas que les choses s'arrêtent là. Ils avaient encore tant de choses à partager.

Mais il n'avait visiblement pas besoin d'expliquer cela à Ramsey : le large sourire complice du détective indiquait qu'il avait compris.

— Bon, j'espère que ça marchera pour vous. Mais si ce n'est pas le cas, ne vous en faites pas, je serai là pour la consoler…

— C'est ce qu'on verra, rétorqua Garrett alors qu'ils approchaient maintenant du bar de Freddie.

— Le commissariat de Waller n'est qu'à quelques rues d'ici : j'appelle des renforts, déclara Ramsey. J'ai comme le pressentiment qu'on va en avoir besoin.

Garrett remarqua tout de suite que les lumières de l'arrière-boutique de The Dice étaient allumées. Tiffany était à l'intérieur, c'était viscéral, il le sentait. Il n'avait plus qu'une hâte : sortir de cette voiture pour aller la chercher.

Très vite, deux nouveaux véhicules vinrent se garer derrière eux.

— Restez dans la voiture, lui ordonna Ramsey.

— Vous plaisantez ? rétorqua-t-il en le fusillant du regard.

Ramsey hésita une seconde puis, avec un soupir, lui tendit le gilet pare-balles posé sur la banquette arrière.

— Bon d'accord, mais faites en sorte de nous laisser faire notre travail, dit-il en faisant signe à ses quatre collègues qui approchaient.

Ils encerclèrent le bâtiment, et trouvèrent sans surprise les accès verrouillés. Alors Garrett les entraîna vers la fenêtre donnant sur l'allée et par laquelle lui et Tiffany avaient espionné Freddie et Arthur l'autre soir.

Tiffany et Arthur se trouvaient bien à l'intérieur. Ils étaient assis face à Freddie et un gaillard qui pointait un revolver sur eux.

A voix basse, Ramsey informa ses collègues de la situation avant de les autoriser à pénétrer dans les lieux de la façon qu'ils jugeraient la mieux adaptée.

Mais, au même instant, il vit Freddie faire signe à Arthur et à Tiffany de se lever. Le molosse armé continuait à la tenir en respect. Manifestement, ils étaient sur le point de partir.

En se levant, Arthur trébucha et se rattrapa à sa chaise — ces salauds avaient dû le rudoyer pour obtenir de lui ce qu'ils voulaient.

La gorge de Garrett se noua. Et Tiffany ? L'avaient-ils malmenée elle aussi ?

Impossible à dire pour le moment, elle lui tournait le dos.

— S'ils lui ont fait le moindre mal…, marmonna-t-il en serrant les poings.

— Du calme, murmura Ramsey en lui tapant sur l'épaule. On va mettre un terme à tout ça, et vite. On a eu de la chance de tomber sur eux maintenant, avant qu'ils ne les emmènent je ne sais où…

Ils contournèrent le bâtiment. Puis Ramsey rejoignit ses collègues, après avoir donné l'ordre à Garrett de rester à l'arrière dans un angle de la bâtisse. Ça le rendait malade de ne pouvoir faire plus, mais il devait se rendre à l'évidence : il n'était pas armé, et il ne lui restait plus qu'à faire confiance à Ramsey et à ses hommes.

Mais alors que les officiers s'apprêtaient à enfoncer la porte, tout le monde se figea : deux coups de feu venaient de déchirer le silence de la nuit, aussitôt suivis de hurlements. L'instant d'après, la police s'engouffrait dans le bâtiment et Garrett bondissait pour les rejoindre, espérant de toutes ses forces, de tout son cœur, qu'il n'était pas trop tard.

Roulant à terre, Tiffany sentit quelque chose, quelqu'un la toucher, et se débattit malgré la douleur, incapable de se concentrer sur les éclats de voix autour d'elle. La brûlure sur sa peau, insoutenable, prenait le pas sur tout ce qui se passait autour.

Elle avait compris, au moment où Arthur avait dit à Freddie qu'il allait les dénoncer, que si elle ne tentait pas quelque chose, ce serait bientôt trop tard. Dans un élan désespéré, elle s'était alors jetée sur Edward, le gaillard, et avait réussi à reprendre la bombe anti-agression au fond de sa poche pour en vaporiser dans tous les sens. La solution au poivre avait bel et bien aveuglé le malfrat, et deux coups de feu étaient partis. Mais elle n'avait pas la moindre idée de la direction qu'ils avaient prise. Tout le monde s'était alors jeté à terre et sa vision s'était brouillée. Très vite, de nombreux cris de douleur avaient retenti autour d'elle, dans la confusion la plus totale.

Et quand quelqu'un la saisit par les épaules, elle tenta de lutter, persuadée qu'il s'agissait d'Edward. Mais, malgré l'inconfort provoqué par le poivre, un parfum parvint à ses narines…

— Garrett ?

— Attention, c'est du poivre ! cria alors une voix. Ne

vous frottez surtout pas les yeux ou ça deviendra une vraie torture !

L'instant d'après, Tiffany sentit un tissu humide que l'on passait sur son visage, ce qui atténua instantanément la douleur. Soulagée, elle tenta de rouvrir les yeux malgré la sensation de brûlure qui persistait.

— Doucement… Tu n'y es pas allée de main morte, dis donc, lui murmura Garrett en toussotant alors qu'il l'emmenait dans une pièce à l'air préservé.

Dans le flou de sa vision, elle parvint à distinguer plusieurs silhouettes qui allaient et venaient dans tous les sens, avant d'entendre des hurlements de sirènes qui approchaient. On lui offrit de nouveaux linges humides qu'elle se passa sur les mains, même si ses yeux continuaient de la picoter.

— Je ne m'étais encore jamais servie de ce spray, dit-elle. Je n'imaginais pas que c'était aussi puissant.

— Vous l'avez vaporisé dans tous les sens, voilà pourquoi, expliqua Ramsey entre deux toussotements. On peut dire que vous avez submergé tout le couloir !

— Je visais Edward en priorité, mais je voulais aussi atteindre Freddie. Ensuite, j'ai perdu l'équilibre, mais en gardant le doigt sur la pompe, expliqua-t-elle.

— Vous avez réussi à les neutraliser en douceur pile au moment où nous pénétrions dans le bâtiment, poursuivit l'inspecteur. Bon boulot, Walker !

— Comment avez-vous su que j'étais ici ?

— On a pu tracer votre voiture jusqu'à la rue d'Arthur. Et Garrett m'a raconté la suite.

— Je t'ai cherchée chez toi, chez tes parents, précisa Garrett d'une voix chargée d'émotion. Tu n'étais nulle part. Alors j'ai eu la pire peur de ma vie. Quand enfin on a pu te localiser, et que je t'ai aperçue à travers cette fenêtre…

Il la serra fort contre lui. Si elle n'avait pas eu les yeux déjà emplis de larmes à cause du poivre, elle aurait de toute façon fondu en larmes.

— Ah, trouvez-vous donc une chambre avant que je ne

vous fasse coffrer pour attentat à la pudeur ! les taquina Ramsey. Ensuite, je vous attends au commissariat pour enregistrer vos dépositions le plus tôt possible.

— Inspecteur Ramsey, reprit Tiffany. J'ai eu une conversation très intéressante avec Arthur Hayden ce soir. Il demande à témoigner sous protection. Il dit être prêt à livrer les noms des cambrioleurs et de tous leurs complices.

— C'est vrai ? Décidément, Tiffany, vous ne manquez jamais de nous surprendre... Nous allons nous occuper de lui. Les secouristes sont sur le chemin pour vous examiner. Un de mes hommes pourra vous raccompagner quand ce sera terminé. Et, s'il vous plaît, inutile de protester, on ne vous laissera pas rentrer chez vous sans avoir été auscultée, conclut Ramsey en lisant dans ses pensées, avant de pivoter sur ses talons pour rejoindre ses hommes.

— Tu étais parti à ma recherche ? demanda-t-elle alors à Garrett. Mais pourquoi ?

— On en reparlera plus tard. Laissons d'abord les secouristes t'examiner, dit-il à voix basse. Ensuite je te ramène chez toi.

Elle obtempéra sans résister, et laissa l'infirmière procéder à une auscultation en bonne et due forme. Hormis ses picotements aux yeux qui s'estompaient assez rapidement, elle allait bien. Arthur en revanche avait été passé à tabac. La scène, qu'elle raconta à Garrett d'une voix chevrotante, avait été insoutenable.

— J'espère ne jamais revoir une chose pareille. C'était affreux. J'ai bien cru qu'ils allaient le tuer sous mes yeux, expliqua-t-elle une fois que l'infirmière lui avait donné l'autorisation de rentrer chez elle avec une ordonnance de soins pour ses yeux. Finalement, je n'ai peut-être pas les épaules assez larges pour faire ce métier...

Garrett lui prit le menton et l'embrassa.

— Tu plaisantes ? Tu es fantastique, Tiffany ! Tu as élucidé cette enquête à toi toute seule. Pour une débutante, tu as effectué un travail impressionnant.

— Ah oui ? Même si j'ai aspergé de poivre tous ceux qui m'entouraient, à commencer par moi ?

— Surtout à cause de ça. Tu as su réagir illico, et permettre la capture de ces malfrats sains et saufs ! Même si j'aurais préféré que tu n'aies pas à les approcher d'aussi près pour arriver à ce résultat.

— Oui, j'avoue que je m'en serais bien passée, moi aussi. C'était terrifiant.

— Tant mieux.

— Comment ça « tant mieux » ? Mais je ne devrais pas avoir peur ! Non, si je veux être une vraie détective, je ne dois pas trembler au moindre danger.

— Au contraire. C'est la peur qui t'a permis de ne pas foncer tête baissée. Et de t'en sortir vivante. Tu as été parfaite, continue comme ça.

A ces mots, elle sentit les larmes lui monter aux yeux. Rien n'aurait pu la toucher davantage. Enroulant ses bras autour de lui, elle laissa alors remonter tout le stress et l'angoisse de ces dernières heures.

— Alors, un détective privé qui pleure comme une madeleine, c'est autorisé ?

— Absolument. Mais seulement dans mes bras, précisa-t-il d'un ton faussement bourru en lui tendant un mouchoir en papier.

Soudain, Tiffany ne sut plus trop où ils en étaient tous les deux. Mais ce n'était pas l'endroit pour poser la question, avec tous ces policiers et secouristes qui s'activaient autour d'eux.

— Tu sais ce qui me ferait du bien ? dit-elle soudain. Une douche bien chaude. Et puis, je meurs de faim et j'ai plein de restes de Thanksgiving dans mon frigo. Ça te dirait de venir les partager avec moi ?

— Ce programme est parfait ! répondit-il gaiement avant d'aller demander à un officier de les raccompagner.

Tiffany se repassait en boucle le film de la soirée, et plus particulièrement l'épisode où Garrett lui avait expliqué l'avoir cherchée partout... Elle ne voulait surtout pas nourrir de faux espoirs, mais après ce qu'elle avait vécu ce soir, après les horreurs auxquelles elle avait sans doute réchappé, elle se devait d'au moins essayer de lui avouer ses sentiments. Et ce qu'elle espérait pour l'avenir. Tant pis s'il la rejetait après cela. Au moins, les choses deviendraient claires entre eux.

Dans la voiture de police qui les ramenait à son appartement, ils gardèrent le silence. Et Garrett ne lui lâcha pas la main. Pas un instant.

— Ne t'en fais pas pour ta voiture, Ramsey s'en est occupé. Un de ses hommes ira la récupérer chez Arthur pour te la rapporter, déclara Garrett une fois dans la cage d'escalier.

— C'est gentil, le remercia-t-elle en éprouvant un vif soulagement au moment de franchir la porte de l'appartement.

Exténuée, les yeux encore endoloris, elle mourait de faim. Mais, surtout, elle était heureuse de ne pas rentrer seule. Elle se sentait tellement mieux avec Garrett à ses côtés.

Il la dévisageait d'un regard si sérieux... Il avait visiblement envie de parler. Mais, avant de se lancer dans une conversation qui serait loin d'être légère, elle avait grand besoin de décompresser un peu.

— Je vais d'abord prendre une douche, annonça-t-elle à voix basse tout en fuyant son regard. Si tu as envie de réchauffer les restes, ils sont au frigo.

— Prends ton temps, je m'en occupe, murmura-t-il en plaquant délicatement son front contre le sien.

Puis il lui tourna le dos et alla s'activer dans la cuisine.

Tiffany prit effectivement tout son temps. Suivant les instructions de la secouriste qui l'avait examinée, elle se lava soigneusement, insistant sur le rinçage des yeux et des zones de peau qui avaient été exposées au poivre. Une fois séchée, rafraîchie, elle ne pouvait plus reculer.

Ce n'était pas ce qu'elle allait pouvoir lui dire qui l'inquiétait : elle n'avait aucun doute sur ce qu'elle avait envie de lui avouer. Mais, à en juger par les yeux graves avec lesquels il l'avait regardée, cette conversation risquait d'être autrement plus douloureuse que le spray au poivre...

Elle était au moins sûre d'une chose : il serait entièrement honnête envers elle. Et même si c'était douloureux à entendre, elle respecterait sa franchise.

Enfin, elle essaierait.

Elle enfila une tenue confortable — pantalon de yoga, débardeur et sweat-shirt. De toute façon, pas besoin de faire d'efforts vestimentaires pour manger des restes et se faire larguer à 4 heures du matin…

Mais, en arrivant dans le séjour, elle s'arrêta net.

La table basse devant le gros canapé en cuir était recouverte d'une nappe en lin — celle de sa grand-mère. Garrett avait dû fouiller dans les placards de la cuisine. Plusieurs bougies étaient disposées autour de deux assiettes et deux flûtes à champagne. Sur le rebord, la bouteille qu'elle avait reçue en cadeau lors du nouvel an, et qu'elle n'avait pas encore eu l'occasion d'ouvrir.

Garrett sortit de la cuisine avec deux assiettes remplies de restes de dinde farcie, sur son lit de purée de pommes de terre et sauce au jus — une recette secrète de sa mère à base de courge butternut et de jus de volaille.

Tiffany sentit l'eau lui monter à la bouche. Autant pour le repas qui s'annonçait que pour l'homme qui le lui servait. Car Garrett était plus attirant que jamais avec sa chemise entrouverte à l'encolure, son jean ajusté… Et ses pieds nus — elle n'avait jamais vu de pieds aussi sexy.

— J'espère que tu as faim, dit-il avec le sourire.

— Et comment ! répondit-elle, soulagée de pouvoir s'accorder un intermède avant *la* grande conversation à laquelle elle n'échapperait pas.

Curieusement, la montée d'adrénaline qui s'était emparée d'elle tout à l'heure après l'arrestation de Freddie et son équipe s'était désormais largement dissipée. Et Tiffany n'était plus très sûre de trouver le courage d'avouer ses sentiments à Garrett.

Mais, après tout, ils n'étaient pas pressés. Les grandes déclarations pouvaient attendre un peu. Elle commença donc par prendre place sur le canapé et le regarda ouvrir le champagne.

Eh bien… On pouvait dire que Garrett Berringer savait rompre avec une femme de façon élégante.

— Trinquons à l'élucidation de ta première enquête, déclara-t-il en lui tendant une flûte. Et au premier succès d'une longue série !

Elle sourit devant ces louanges.

— Merci, Garrett. Pour les succès à venir, nous verrons, mais une chose est sûre : fini le poivre !

Il éclata de rire et ils se mirent à manger, s'extasiant tout au long du repas sur les talents de cuisinière de la mère de Tiffany.

Etait-ce la fatigue, l'émotion ? Jamais la nourriture de sa mère n'avait été aussi savoureuse que ce soir.

— Est-ce que ça va mieux ?

— Merci, Garrett. Beaucoup mieux.

— Un peu de tarte ?

Elle était partagée. Valait-il mieux retarder encore la conversation tant redoutée pour profiter de l'instant, ou se jeter à l'eau dès maintenant ? Elle aurait tout le temps, par la suite, de se consoler avec le reste de tarte…

— Non, merci, je n'en peux plus. Cette dinde était encore meilleure qu'au dîner de Thanksgiving, répondit-elle d'une voix faussement détachée.

— Sans doute. Et puis, se faire capturer par des méchants, ça ouvre toujours l'appétit, ajouta-t-il avec un sourire. Entre autres choses.

A ces mots, il lui prit la main et l'enveloppa entre les siennes. Il était si doux, si fort… Comme c'était bon de sentir sa peau contre la sienne…

— Quel genre de choses ? risqua-t-elle alors en retenant son souffle.

— Cela aide à se remettre les idées en place. Quand je t'ai laissée en début de soirée… Les choses étaient un peu tendues entre nous.

Elle poussa un lourd soupir.

— Ne te fatigue pas, Garrett. Je sais que…

— Tu n'imagines pas la peur que j'ai eue quand je n'arrivais plus à te joindre, l'interrompit-il. Et quand j'ai entendu ces coups de feu… mon cœur a failli lâcher.

Il disait ces mots avec une telle détresse dans le regard… Tiffany en oublia tous ses doutes.

— Je ne peux que l'imaginer, c'est vrai, surtout après ce que tu as vécu, articula-t-elle en sentant son cœur battre la chamade. Tu as dû avoir l'impression de revivre cet horrible cauchemar, et…

Bon sang ! mais pourquoi en revenait-elle toujours à cette comparaison ? Elle ne pouvait pas s'en empêcher : pour elle, il était encore amoureux de Lainey.

— Non, ce n'est pas ça, reprit-il. Quand je t'ai laissée, plus tôt dans la soirée, c'était effectivement ma principale crainte : revivre la perte d'un être auquel je tiens… Et vu ton nouveau métier, j'ai eu le plus grand mal à dépasser cette peur. Je me suis dit que ce n'était pas possible, que je ne pouvais pas risquer de m'exposer une nouvelle fois à un tel déchirement, avoua-t-il en la regardant droit dans les yeux.

Ça y était… Elle était sur le point d'avoir le cœur brisé. La mort dans l'âme, elle était cependant déterminée à rester forte, et à respecter sa décision.

— Je comprends, Garrett. Encore une fois, je ne peux qu'imaginer…

— Mais ensuite je me suis retrouvé à faire les cent pas, dans ma chambre d'hôtel. Tout seul. Oh ! je m'étais pourtant habitué à la solitude depuis toutes ces années. Jusqu'à ce que je te rencontre. Avec toi, Tiffany, je me suis senti de nouveau vivant, murmura-t-il en lui serrant un peu plus la main.

Il parlait au passé. Il fallait se préparer au pire.

— Alors j'ai compris que même si je pouvais te perdre, ou toi me perdre, ce serait ridicule de nous priver de ce bonheur. Le seul fait de m'imaginer sans toi, loin de toi, me rend malade, Tiffany. Et peu importe ce que l'avenir nous réserve. Je veux passer avec toi chaque moment qu'il nous sera donné de partager.

Incrédule, elle cligna plusieurs fois des paupières.

— Tu veux dire, jusqu'à la fin de tes vacances ?

— Non, dit-il en secouant vigoureusement la tête. Jusqu'à la fin de mes jours. Oh ! Tiffany, je ne cherche pas à te mettre la pression, mais je suis tellement amoureux de toi que j'en ai mal au ventre, poursuivit-il d'une voix rauque.

Abasourdie, elle ne le quittait pas des yeux.

Se serait-elle endormie en arrivant chez elle ? Cela ressemblait tellement à un rêve… A moins qu'elle ne soit dans un hôpital, plongée dans un profond trauma…

— Tu… Tu m'aimes ? se risqua-t-elle à demander.

— A la folie, Tiffany, répondit-il du tac au tac. Je sais qu'on se connaît depuis moins d'une semaine, mais je n'ai jamais été aussi sûr de moi. C'est ce que je ressens. Je ne peux pas vivre sans toi. Prends tout le temps qu'il te faudra pour y réfléchir, je suis prêt à attendre. J'avais juste besoin de te le dire et…

— Je t'aime aussi, Garrett, lâcha-t-elle en un murmure. A la folie.

Cette fois, c'est lui qui la dévisagea d'un air abasourdi. Elle éclata alors de rire et se leva d'un bond pour le prendre dans ses bras.

— Je t'aime, Garrett. Je veux profiter de chaque seconde qu'il nous sera donné de vivre ensemble. Que ce soit en famille, entre amis, en filature pour coffrer de vilains gangsters… Je veux être avec toi. Tout le temps.

Elle ponctua ses paroles d'un long baiser sensuel.

— Oh ! ma chérie, il nous reste tant de choses à vivre, chuchota-t-il en la serrant très fort contre lui avant de lui rendre son baiser.

A cet instant, elle se laissa envahir par cette exquise nuée de sensations, plus voluptueuses les unes que les autres.

— Je me suis toujours demandé ce que ça faisait de vivre dans une région où il existe un véritable hiver, susurra-t-elle alors qu'il faufilait ses doigts musclés sous son T-shirt. Je vais peut-être avoir l'occasion de le découvrir avant Noël…

Il s'écarta d'elle et la dévisagea intensément.

— Vraiment ? Tu serais prête à te déraciner pour venir vivre sur la côte Est ?

— Ça dépend…, murmura-t-elle en dégrafant les boutons de sa chemise. Tu crois que Berringer Bodyguards pourrait confier quelques enquêtes à une détective débutante ?

— Absolument. Mais je peux rester ici aussi longtemps que tu le souhaiteras, le temps pour toi de te préparer à ta nouvelle vie.

— Je suis fin prête. J'ai hâte de voir à quoi ressemble Noël à Philadelphie ! affirma-t-elle en lui ôtant son jean d'une main assurée.

— Et moi, j'aurai passé le meilleur Thanksgiving de ma vie ! ajouta-t-il en la débarrassant de son chemisier.

Alors qu'elle promenait les mains et les lèvres sur son corps, Tiffany s'imagina leur avenir. Ensemble.

Ce week-end de Thanksgiving touchait bientôt à sa fin, mais leur histoire à tous les deux, elle, ne faisait que commencer.

Epilogue

Bloquant sa respiration, Ely fendit le puissant courant de la mer des Caraïbes pour boucler sa vingt-cinquième longueur. Un de ses amis encore engagé chez les U.S. Marines et encore en mission en Irak lui avait prêté sa maison de la plage d'Antigua.

Ely avait grand besoin de ce séjour. A l'écart des lieux touristiques, la petite demeure était équipée du minimum vital, n'avait pas de proche voisin, et les eaux turquoise en contrebas offraient une véritable invitation à la nage. Bref, le lieu était idyllique.

Après dix longueurs supplémentaires, il commença à ressentir cette sensation de fatigue musculaire qu'il recherchait chaque matin. Un peu plus tard, après une bonne partie de pêche — il aimait l'idée de pêcher lui-même son repas —, il ferait un jogging.

Voilà dix jours qu'il avait pris ses habitudes, sans jamais y déroger, et peu à peu l'agitation qui l'avait au départ conduit ici commençait à s'estomper. La nuit dernière, il avait même réussi à dormir d'un seul trait. Un luxe devenu rare.

Mais, en sortant de l'eau, il s'arrêta net. Plusieurs jeunes femmes en Bikini se tenaient sur la plage — sa plage — et l'observaient d'un air admiratif.

— Mesdemoiselles, vous vous êtes égarées ? demanda-t-il en s'emparant de son drap de bain sur une branche d'arbre, pour sécher l'eau salée de son visage.

— On a vu le 4x4 et on s'est dit qu'Adam était peut-être ici, expliqua l'une d'elles en s'avançant pour lui serrer la main.

C'était une femme superbe : bronzage impeccable et courbes féminines admirablement mises en valeur par un affolant mini-Bikini.

— Il nous a dit de passer quand on voulait…

— Désolé, il m'a prêté sa maison pour quelque temps. Il ne sera pas de retour avant au moins six mois.

— Oh ! ne vous excusez pas, répondit-elle avec un sourire tout en le détaillant de la tête aux pieds. Ce n'est pas une mauvaise surprise, au contraire…

Ely offrit un sourire hésitant. Ce ton aguicheur avait le mérite d'être sans ambiguïté.

Mais il n'était pas intéressé. Il s'était déjà brûlé les ailes une fois, ce mois-ci, à cause d'une histoire d'amour — ou de sexe, il ne savait même pas comment définir cela. Ce dont il avait besoin, c'était de réfléchir. De s'éclaircir les idées.

— Désolé, je ne suis pas disponible, mais je dirai à Adam que vous êtes passées, conclut-il en tournant les talons pour rejoindre la maison à la hâte.

Il était venu ici pour s'éloigner de toute tentation. Or ces femmes étaient la tentation incarnée. Quand il était rentré d'Afghanistan, quelques années plus tôt, il croyait savoir ce qu'il voulait. Retrouver sa famille, puis avec un peu de chance rencontrer une femme, se marier et fonder son propre foyer.

Mais le fait de découvrir que la femme avec qui il pensait construire cet avenir était déjà fiancée — alors qu'ils étaient déjà devenus amants — avait été sa première erreur. Ely n'avait jamais trompé personne de toute sa vie, et le fait de trouver la bague de fiançailles d'un autre homme dans le tiroir de sa petite amie l'avait tout simplement anéanti.

Suite à cette déception, il avait alors eu la bonne idée de se consoler en couchant avec la première femme qui avait croisé sa route, et avait commis là sa deuxième erreur. Une erreur impardonnable puisque cette femme n'était autre que la meilleure amie de sa nouvelle belle-sœur, Tessa.

Véritable bombe sexuelle, gothique et tatouée, Lydia Hamilton tenait la boutique située à côté de celle de Tessa.

Ely s'était retrouvé dans son lit quelques heures seulement après l'avoir rencontrée, et s'y était laissé aller comme rarement il s'était laissé aller dans sa vie.

Cordes de satin, menottes de fourrure… Il avait laissé entrevoir à cette femme une partie de lui-même dont il ne soupçonnait même pas l'existence. Oh ! il avait adoré l'expérience, cela ne faisait aucun doute. Mais il s'était senti… exposé. Vulnérable. Et cela l'avait hanté, jusqu'à ce qu'il comprenne ce sentiment diffus qui l'étreignait depuis : il s'était trompé sur toute la ligne. Pourquoi s'acharnait-il à considérer ses relations avec les femmes sous forme d'engagement, de mariage, de foyer ?

Pourquoi était-il si impatient de se passer la corde au cou ? Lydia était un électron libre ; elle ne faisait qu'écouter ses instincts. Et c'est ce qui avait amené Ely à se remettre totalement en question.

Bref, il se devait lui aussi de mener la vie qu'il désirait… Dès qu'il aurait défini ce à quoi il aspirait vraiment.

Sa seule certitude, c'était qu'il ne s'engagerait plus dans une relation sérieuse. Du moins, pas tant qu'il ne serait pas prêt à cela — autrement dit, pas avant quelques années.

Enfilant un short et une chemise, il rassembla son matériel de pêche, prêt à lancer l'hameçon, mais fut coupé dans son élan par son téléphone, qui se mit à sonner — fait étonnant, vu que la réception était mauvaise sur l'île. C'était Tessa.

Il décrocha aussitôt, inquiet. Si Tessa lui téléphonait, c'était forcément que Jonas ne pouvait pas le faire pour une raison ou pour une autre. Son frère avait fini par retrouver la vue quelques mois plus tôt, mais sa famille vivait dans la crainte d'une rechute, même si les médecins se montraient très rassurants sur ce point.

— Tessa, qu'est-ce qui se passe ? demanda-t-il d'emblée.

Il y avait de la friture sur la ligne, il sortit donc sous le patio en espérant obtenir une meilleure réception. Mais la voix de Tessa était coupée régulièrement.

— Tessa, je t'entends très mal. Donne-moi seulement

les mots clés, reprit-il de plus en plus nerveux à l'idée de ne pas comprendre ce qu'elle lui disait.

Pour la première fois, il regretta d'avoir choisi une villégiature aussi isolée.

— … Un problème… très inquiète… ton aide…

Ely râla après son téléphone, mais inutile d'en entendre plus : on avait besoin de lui à la maison.

— Je prends l'avion dès ce soir, répondit-il en espérant que Tessa l'entendait à l'autre bout de la ligne.

Sans perdre une seconde, il rangea son matériel de pêche, boucla sa valise et fonça vers l'aéroport.

Les vacances étaient terminées.

CRYSTAL GREEN

Audacieux rendez-vous

Passions extrêmes

éditions **HARLEQUIN**

Titre original : MYSTERY DATE

Traduction française de LAURA PALMER

A ma très chère amie Nicole (alias Selena Illrya).
Chaque fois que j'ai rencontré un problème informatique,
tu as toujours été une merveilleuse copine geek!

- 1 -

Leigh Vaughn était assise sur le siège avant de la voiture d'une de ses meilleures amies, le regard fixé sur une imposante maison à flanc de falaise — là où, le soir même, devait avoir lieu son mystérieux rendez-vous.

Ne pouvant détacher les yeux de la maison, elle sentit sa gorge se serrer.

Margot interrompit le fil de ses pensées :

— La nuit dernière, j'ai rêvé que je retournais à Manderley.

Leigh se tourna vers son amie.

— Pardon ?

— C'est la première réplique de *Rebecca*.

Margot posa son regard bleu sur Leigh. Ses pommettes hautes et ses cheveux bruns coupés à la sauvageonne lui donnaient un air de garçon manqué, qui était contredit par sa robe en laine haute couture.

— Tu ne ressens pas les vibrations que dégage ce lieu, tout comme la narratrice, lorsqu'elle a découvert que la première femme de son mari, Rebecca, hantait Manderley ?

A ces mots, Leigh se dit que ce n'était peut-être pas une si bonne idée que ça d'avoir emmené avec elle Miss « Major de promo » de la fac Cal-U. Plus exactement, elle aurait aimé que Margot arrête de l'asticoter sur la soirée qui l'attendait. Un peu de soutien moral aurait été le bienvenu.

— C'est juste un rencard, dit Leigh, répétant les mots qui avaient tourné en boucle dans sa tête toute la journée, sans trop savoir si elle essayait de faire taire Margot ou de se rassurer.

— Un rencard, dit son amie avec une étincelle dans le regard. Dans une immense maison gothique. Et avec un homme qui ne veut pas que tu saches qui il est.

— Tu devrais en rajouter une couche, parce que, là, je ne suis pas encore assez nerveuse, Margot.

— Rien d'anormal à ce que tu sois nerveuse, répondit cette dernière en fixant l'allée qui s'étirait derrière le portail, sous le ciel noir de novembre. Quand « l'homme mystère » a acheté ton panier à la vente aux enchères, je ne pensais pas que tu irais jusqu'au bout. Mais je dois dire que tu m'as surprise, Leigh. Peut-être as-tu le goût de l'aventure, après tout.

L'aventure.

Mince, c'était bien pour cela qu'elle était là, non ?

Elle regarda à son tour en direction du manoir en pierres grises. L'homme qui l'y attendait avait dépensé 5 000 dollars pour remporter son panier lors de la réunion d'anciens élèves de son université.

Leigh reprit son souffle. Même lorsqu'elle était à la fac, au fin fond de San Joaquin Valley, elle n'avait jamais rien fait d'aussi dingue. Elle, Margot et Dani étaient plutôt fêtardes à l'époque, profitant de leur jeunesse, mais maintenant qu'elles étaient diplômées et adultes elles étaient censées mettre un terme à toutes ces bêtises.

Toutefois, Margot et elle n'avaient pu s'empêcher d'organiser cette vente aux enchères pour la réunion des dix ans de leur promotion. Elles avaient fait le maximum pour faire monter les enchères sur ces paniers qui contenaient des accessoires destinés à un rendez-vous avec leur créatrice. Margot avait baptisé le sien : *Voyage autour d'une fille en 80 étapes*, et après sa rencontre explosive avec l'acheteur de son panier — son ennemi juré depuis l'époque de la fac —, elle avait fini par se fiancer avec lui.

Leigh avait opté pour une approche plus soft. Elle était restée fidèle à son image de fille saine de la campagne et avait intitulé son panier *Un goût de miel*. Elle avait eu l'intention d'offrir à celui qui l'emporterait un dîner campagnard agrémenté de l'ingrédient principal — voire plus, selon affinités.

Mais il y avait une chose qu'elle n'avait pas prévue — une des filles de sa promo, Beth Dahrling, avait fait la plus haute enchère, avant de dévoiler qu'elle avait agi pour le compte d'un homme qui refusait de révéler son identité.

Leigh n'aurait jamais imaginé qu'elle se retrouverait devant un manoir comme on n'en rencontre que dans les livres débutant par : « C'était une nuit sombre et orageuse. »

Elle s'enfonça dans son siège.

— Je n'arrive pas à croire que tu m'aies entraînée là-dedans, Margot.

— Moi ? Comment ça ?

Tandis que Margot attendait une réponse, Leigh se rendit compte qu'elle était en train de tirer sur la couture de son jean, et s'interrompit. L'homme avec qui elle avait rendez-vous avait demandé qu'elle porte une tenue décontractée, comme elle le faisait lors de l'émission de télévision de cuisine du terroir qu'elle présentait — jean, bottes et chemise à carreaux nouée à la taille.

Après tout, pourquoi pas ? Elle s'était pliée à sa demande. Mais, à présent, sa chemise à fleurs en dentelle lui semblait trop décolletée, et son jean trop moulant, lui rappelant ce qu'elle ressentait un an plus tôt, lorsqu'elle avait encore quelques kilos de trop.

Margot persifla :

— Tu peux me dire en quoi le fait que tu te retrouves dans cette situation serait ma faute ? C'est bien toi qui as accepté les conditions lorsque Beth a acheté le panier, non ?

A tort ou à raison, elle sortit la première chose qui lui vint à l'esprit :

— Ce n'est pas moi qui ai eu l'idée des paniers ! Quand Dani nous a appris qu'elle comptait abandonner son projet de mariage somptueux, c'est bien toi qui as proposé une vente aux enchères pour l'aider, non ?

— Pour ce que ça a servi ! Dani n'a même pas accepté

l'argent et a opté pour un mariage plus modeste, répliqua Margot en lui lançant un regard entendu. Tu m'en veux uniquement parce que mon panier était sexy en diable et que tu n'as pas voulu être en reste. N'ai-je pas raison ?

Leigh lui jeta un coup d'œil agacé, mais elle n'en voulait pas seulement à Margot. En provoquant cette petite dispute, elle essayait avant tout de gagner du temps et de différer l'instant où elle devrait affronter le rendez-vous tant redouté.

— Désolée, finit par dire Leigh en triturant distraitement la couture de son jean. Je suis nerveuse, et je dis des choses que je ne pense pas.

Margot s'adoucit.

— Dis-moi, tu ne serais pas excitée, à tout hasard ?

Ce n'était pas impossible.

— C'est juste que je me dis que si tu n'avais pas été aussi audacieuse avec ton panier, je ne t'aurais pas imitée, répondit-elle. Quelle idiote je fais ! Je n'aurais pas pu proposer un innocent petit pique-nique ?

Margot se mordit la lèvre, et Leigh vit qu'elle retenait son rire. Il y avait toujours eu une saine émulation entre elles, depuis les années où elles partageaient une chambre au campus. Et cela avait continué ensuite quand Margot, promise à un brillant avenir, avait bravé l'infamie avec son livre de voyage, *Les Tribulations d'une célibataire.* Margot avait toujours donné à Leigh l'envie de se surpasser, pour rivaliser avec elle, et les paniers n'avaient pas fait exception.

— Je suppose que tu as raison, dit Margot. *Tout* est ma faute ! Je suis vraiment horrible, de te pousser ainsi à t'amuser.

Il y eut un silence, puis elles éclatèrent de rire et, pendant un instant, Leigh se sentit détendue.

Mais le manoir juché en haut d'une colline était toujours dans son champ de vision, et son rire fut de courte durée.

Franchement… Dans quoi s'embarquait-elle ?

Elle sentit son ventre se contracter, faisant naître une sensation agréable entre ses cuisses. *Admets-le,* pensa-t-elle, *ça te plaît.*

Elle voulait se débarrasser de ses névroses de fille ronde-lette, et enfin révéler sa véritable personnalité. Elle voulait se rendre à un mystérieux rendez-vous avec son panier sexy au goût du miel… Et elle ne pensait pas seulement aux délices du repas…

Oh ! mon Dieu, elle n'avait aucune idée de ce qui l'attendait au cours de cette soirée.

Margot sortit son smartphone et composa un numéro en regardant Leigh.

— Je crois que tu as besoin d'un petit coup de pouce pour t'aider à sortir de cette voiture, ma chérie, dit-elle, affichant un grand sourire. Dani ? Je mets le haut-parleur, je suis avec Leigh.

— Tu n'es pas encore entrée ? demanda Dani en riant.

Leigh leva les yeux au ciel.

— Tu n'étais pas censée travailler comme traiteur aujourd'hui ?

— Je suis en pause, il fallait bien que quelqu'un t'encourage un peu. Je regrette tellement de ne pas pouvoir être avec vous !

— Et moi, je regrette que tu ne sois pas là pour m'aider à pousser Leigh sur cette allée. Tu n'imagines même pas ce qu'il y a au bout ! Un manoir tout droit sorti de *Jane Eyre*, ou…

— Ne l'écoute pas, interrompit Leigh. Ça l'amuse de se payer ma tête, c'est tout.

— Oublie Margot, la rassura Dani. Ce n'est pas comme si tu te rendais dans un lieu risqué, Leigh. Beth Dahrling t'a dit qu'elle te retrouverait sur place, non ?

Beth Dahrling, la femme qui avait emporté le panier aux enchères pour le compte de l'homme mystère.

— Oui, dit Leigh. Mais je ne pense pas qu'elle va jouer les chaperons toute la nuit. C'est juste une amie de ce type, et c'est elle qui a tout organisé.

— C'est une fille de notre promo. De plus, elle t'a dit que ton admirateur secret était lui aussi un ancien de la fac. Elle semble bien le connaître… Tu ne risques rien. Au contraire même, tu as toutes les chances de passer un bon moment. A mon avis, il va te demander de lui préparer un repas dont toi seule as le secret, et vous rirez bien quand tu découvriras son identité. Ça doit sans doute l'amuser d'avoir un chef-vedette comme toi qui vient cuisiner pour lui seul. Alors, tu vas rester dans cette voiture, ou tu te lances dans l'aventure ?

Leigh jeta un dernier coup d'œil vers le manoir, le ventre noué.

Adam Morgan s'adossa au mur, près d'une fenêtre située à l'étage supérieur de la maison qu'il avait louée. Il observait la Prius garée au bout de l'allée bordée d'eucalyptus, de l'autre côté du portail en fer forgé.

— Elle n'entrera pas, si ? demanda-t-il.

Près de lui, son amie de toujours, Beth Dahrling, regardait elle aussi par la fenêtre.

— Leigh est ici. Et je ne pense pas qu'elle ait parcouru tout ce chemin pour faire demi-tour maintenant.

Elle avait sans doute raison : n'avait-il pas loué un petit avion pour faire venir Leigh jusqu'à Pismo Beach ? Ce dîner devait avoir lieu loin de Cal-U, où ils avaient tous deux été à l'université.

Pour une période assez brève, en ce qui concernait Adam.

Il jeta un coup d'œil à Beth, dont les longs cheveux bruns étaient tirés en arrière par une barrette d'écaille. Avec sa robe de soie imprimée très chic et son teint hâlé, elle avait une allure haute en couleur teintée d'exotisme, mais la mélancolie qui se lisait sur son visage le laissa songeur.

— Tu penses toujours que c'est une mauvaise idée, dit-il sur un ton légèrement amusé.

— Je trouve ça étrange, dit-elle en posant sur lui son beau regard sombre. Tout ce que tu avais à faire, c'était d'enchérir sur le panier de Leigh et de révéler qui tu étais.

— Elle ne se serait pas souvenue de moi.

Il n'était pas resté assez longtemps à l'université pour qu'il y ait ne serait-ce qu'une photo de lui dans l'annuaire de la fac.

Mais quelques mois plus tôt, en voyant Leigh à la télévision pour la première fois, il s'était souvenu d'elle, bien sûr. Et lorsque Beth avait mentionné la vente aux enchères des paniers de l'anniversaire de la promo, il s'était replongé dans ses souvenirs. Il s'était rappelé Leigh telle qu'il l'avait vue quatorze ans plus tôt, toujours gaie. Elle avait pris la peine d'accorder un sourire au jeune étudiant timide et qui parlait peu aux filles qu'il était alors. Mais il avait dû quitter l'université avant d'avoir eu le temps de mieux la connaître.

Beth poussa un soupir et s'éloigna de la fenêtre, tandis qu'Adam se retournait, croisant les bras.

— Et tu lui reproches de se montrer prudente ? demanda-t-elle. Imagine, tu pourrais être n'importe qui, dans cette vieille baraque. Un fantôme, par exemple…

Il ignora son commentaire.

— Je ne voulais pas me servir de mes propres maisons.

Pas pour un rendez-vous d'un soir qui avait éveillé son imagination.

— Tu sais très bien que ce n'est pas de ça que je te parle, dit Beth. Franchement, Adam, c'est la chose la plus bizarre que tu aies jamais faite. A dire vrai…

Il était inutile qu'elle ajoutât quoi que ce soit. Depuis la mort de sa femme Carla, deux ans plus tôt, il était devenu très solitaire, ne s'intéressant plus à rien à l'exception des nombreuses propriétés et des investissements commerciaux qu'elle lui avait légués et grâce auxquels ses comptes étaient florissants.

— Hé, dit-il en s'approchant de Beth, posant la main sur son épaule. Tout va bien se passer, ne t'inquiète pas.

Elle leva les yeux au ciel.

— Oui, tout se passera très bien pour toi. Ce rendez-vous t'apportera une distraction d'un soir, et ensuite, tu passeras à autre chose. C'est ce qui se produit chaque fois avec les femmes que tu séduis, mais jusque-là il ne s'agissait pas d'une de mes amies.

Beth voulait parler des femmes qu'il avait rencontrées sur internet. Des femmes à qui il parlait en restant protégé derrière l'écran de son ordinateur. Elles nourrissaient ses fantasmes, et il s'en satisfaisait depuis deux ans maintenant...

Jusqu'à ce qu'il découvre Leigh à la télévision, portant une chemise à carreaux rouges et blancs nouée à la taille, révélant son ventre nu. Elle avait attaché ses longs cheveux blonds qui redescendaient en cascade dans son dos tandis qu'elle présentait son émission à la lueur de la bougie, préparant des repas à la fois sensuels et authentiques.

Elle avait perdu beaucoup de poids depuis l'université, mais il la trouvait tout aussi belle qu'avant. Il l'avait aperçue pour la première fois lors d'une soirée étudiante, et son cœur s'était arrêté de battre lorsqu'il l'avait vue plaisanter avec ses amis, à l'autre bout de la salle. Il avait été conquis par son rire d'une façon inexplicable, et ne l'avait jamais oubliée. Ni elle, ni le sourire qu'elle lui avait adressé — ce sourire éblouissant qui l'avait touché et captivé... S'il avait été moins timide, il aurait pris cela comme un encouragement, mais le fait qu'il n'ait jamais eu l'occasion d'agir avait érigé Leigh Vaughn au rang de fantasme absolu. Il avait toujours repensé à elle avec une pointe de regret.

Et puis, juste après, son père avait succombé à une crise cardiaque, ce qui l'avait forcé à rentrer et à assumer le rôle de chef de famille.

Adam se tourna de nouveau vers la fenêtre. La voiture était toujours garée au bout de l'allée, et son cœur fit un bond de plus dans sa poitrine. Mais ce n'était pas à cause d'un ancien béguin non consommé. C'était à cause du scénario qu'il avait prévu pour le soir même.

Le panier.

Il avait organisé tout cela par pure curiosité. Qui Leigh était-elle devenue après tant d'années ? Emanait-il d'elle la même chaleur qu'avant — cette chaleur qu'un homme pouvait ressentir à l'autre bout d'une pièce ?

Adam s'appuya contre la fenêtre. Il n'était pas le genre d'homme qui avait besoin de chaleur humaine, il était animé par la curiosité. C'était tout. Et il pouvait se permettre de l'assouvir.

Il avait les moyens de s'offrir tout ce qui pouvait rompre son ennui.

Tandis qu'il regardait par la vitre, il aperçut son reflet : cheveux bruns et yeux dorés, héritage espagnol de sa mère, les traits tirés. Un homme qui portait un jean et une chemise noire. Quelqu'un qu'il reconnaissait à peine.

— Ce n'est qu'un rendez-vous sans conséquence, Beth, dit-il. Pour elle comme pour moi.

— Je parie que Leigh est prête à aller très loin. Cela t'excite ?

Il marqua une pause. Est-ce que cela l'excitait de savoir qu'elle se demandait qui il était ?

Bien entendu. Et il aimait aussi l'idée qu'elle n'en saurait jamais assez sur lui pour le recontacter. Il ne voulait pas s'attacher. Ou du moins il ne le voulait plus, depuis que Carla était partie, emportant son cœur.

Beth s'éloigna, faisant résonner ses talons sur le parquet ciré.

— J'y vais, dit-elle.

— Tu vas l'inciter à entrer ?

— Je ne sais pas ce que je vais faire, mais cette situation est ridicule. Presque autant que de devenir la complice d'un homme qui a l'intention de rester dans l'ombre toute la soirée !

Il se mit à rire. Ses projets pour le dîner pouvaient en effet sembler un peu fous. Mais il se sentait d'humeur déraisonnable. Et, après tout, cela ne changeait guère des contacts qu'il avait avec les femmes qu'il croisait sur internet. Cette fois encore, il pouvait être n'importe qui.

Ni attachement, ni engagement. C'était le rendez-vous sans

danger par excellence… et un jeu, pour être franc. Plus il pensait au jeu qui aurait lieu le soir même, plus il était excité.

Beth sortit de la pièce et Adam retint son souffle. Puis il respira, secouant la tête. Carla lui aurait dit qu'il perdait la tête, elle aussi. Elle aurait mis les poings sur les hanches, lui demandant ce qui avait bien pu lui arriver pour qu'il imagine de pareilles choses.

Carla n'avait jamais tourné autour du pot, même quatorze ans plus tôt, après son retour au ranch familial, tandis qu'il faisait le deuil de son père. A l'époque, il essayait de sauver sa mère de la dépression, tout en l'aidant à élever ses trois jeunes frères du mieux qu'il pouvait. Carla — de sept ans son aînée et plus avisée que lui, dont la famille était si riche qu'ils lui avaient déjà légué le ranch voisin — lui avait rendu visite deux jours après son retour.

Dès lors, Carla avait tendu une main amicale au jeune homme de dix-huit ans qu'il était, tellement dépassé par les événements qu'il dormait à peine quatre heures par nuit. Et au fil des années, l'amitié s'était transformée en amour, puis en mariage heureux.

Et maintenant elle n'était plus là.

Par la fenêtre, il vit Beth apparaître dans l'allée, sa jupe virevoltant tandis qu'elle se dirigeait vers la voiture garée derrière le portail ouvert.

Adam retint son souffle, se demandant si Leigh allait sortir de cette voiture pour se rendre à cet étrange rendez-vous.

Ou si elle allait tourner les talons, comme tout le monde dans sa vie semblait le faire.

— Oh ! la voilà ! s'exclama Leigh, glissant sur son siège en regardant Beth descendre l'allée d'un air déterminé.

— On devrait se cacher, tu crois ?

La jubilation que Leigh perçut dans le ton de Margot sentait la taquinerie à plein nez.

Leigh décida de couper court à toute discussion.

— Désolée de t'avoir fait attendre, dit-elle à l'attention de Beth en sortant de la voiture. Dani vient d'appeler, et nous passions en revue les détails de l'organisation de son mariage.

— Ah, oui, j'ai entendu dire que Dani et Riley organisaient la cérémonie au ranch de Clint, dit-elle en riant. Enfin, je veux dire à *ton* ranch, Margot, maintenant que vous vivez ensemble.

Margot haussa les épaules, et rougit légèrement. Margot, l'ancienne reine des célibataires, devenue l'impératrice du rouge aux joues.

— Oui, c'est bien ça, dit-elle. La cérémonie se passe chez nous, et tu es invitée, bien entendu.

Puis, comme une mère déposant un enfant à une fête d'anniversaire à laquelle il n'a pas envie d'aller, Margot remonta dans la voiture à toute vitesse.

— Je dois filer. Amuse-toi bien, lança-t-elle en faisant un clin d'œil à Leigh.

Beth lui prit le bras pour l'accompagner vers la maison tandis que Margot lui faisait signe de l'appeler lorsqu'elle voudrait rentrer.

Leigh lui fit de gros yeux, avant de suivre Beth.

— Alors, dit-elle, Margot t'a accompagnée ?

— Oui, on s'est retrouvées au *See Breeze Suites* pour passer le week-end entre filles. Je n'avais donc pas besoin de la limousine que tu voulais mettre à ma disposition.

— Cela ne répond pas vraiment à ma question.

— Tu me demandes si elle m'a conduite jusqu'ici par souci de prudence ?

— Oui, dit Beth en riant. C'est très malin d'emmener une amie. Mais tu peux me faire confiance.

— J'ai confiance en toi.

Mais plus elles avançaient vers le manoir, plus Leigh avait le ventre noué. Et plus elle était excitée.

Elle, Leigh Vaughn, n'avait jamais rien fait de tel auparavant, et elle aimait ça. Beaucoup.

Beth essayait de la mettre à l'aise.

— L'homme avec qui tu as rendez-vous a répondu à tous tes souhaits concernant le dîner, des ingrédients jusqu'aux ustensiles de cuisine.

Tout ce que le panier mis aux enchères promettait, c'était un repas agrémenté de miel. A l'instar de Margot, Leigh s'était montrée prudente dans la formulation des notes figurant dans son panier, s'assurant ainsi que les choses n'iraient pas trop loin si elle ne le souhaitait pas. Mais si l'homme mystérieux lui plaisait et qu'elle avait envie de dépasser le stade du dîner… Si elle avait envie de donner à déguster un vrai goût de miel…

Son corps tout entier frémit.

— Comment le connais-tu ? demanda Leigh tandis qu'elles arrivaient en haut de l'allée.

Beth s'était manifestement attendue à cette question et répondit aussitôt.

— Nous sommes amis, mais je suis également son associée. Je l'ai rencontré par hasard, il a trouvé mon CV sur internet après la fac, et maintenant il me paie généreusement pour m'occuper de ses affaires.

— Tu n'as pas un diplôme de droit ?

— Si, mais il y a pas mal d'aspects juridiques dans le boulot que je fais pour lui. Comme des contrats, et ce genre de choses ennuyeuses.

— Et « lui », qui est-ce exactement ?

Beth rit de nouveau.

— Bien tenté, mais je ne t'en dirai pas plus.

Lorsqu'elles arrivèrent devant une imposante porte de bois sculpté, Leigh marqua une pause.

— Pourquoi se donne-t-il tant de mal pour rester mystérieux ? demanda-t-elle, espérant que Beth répondrait au moins à cette question.

Beth sembla hésiter, puis dit :

— Ton panier était un jeu, Leigh, et lui surenchérit, en quelque sorte. C'est simplement par jeu.

Un jeu ? Quel genre d'homme aimait ce type de jeu ? Et

quel genre d'homme pouvait s'offrir une maison comme celle-ci ?

Elle observa la porte, remarquant le heurtoir en forme de tête de lion.

— Je sais au moins qu'il est riche.

— Il n'a pas de problèmes d'argent. Tu as fait des recherches sur internet à propos de cette adresse ?

Leigh acquiesça. La maison appartenait à une société de location. Et ses recherches auprès de cette entreprise n'avaient pas abouti.

— Je suppose que cette maison ne lui appartient pas.

— Non, c'est seulement une maison de vacances.

Beth s'apprêtait à frapper, mais remarqua l'inquiétude sur le visage de Leigh, dont le cœur battait à tout rompre.

— Tu vas passer un bon moment, et tu ne cours aucun danger, la rassura-t-elle. Si tu entres dans cet état d'esprit, tu partiras satisfaite.

Leigh fut envahie par la peur — à moins qu'il ne s'agisse d'autre chose ? — lorsque Beth ouvrit la porte, révélant une entrée au sol en pierre, donnant sur un gigantesque escalier.

C'était l'aventure. Voilà ce que Margot aurait dit. Le cœur de Leigh battait certes la chamade, mais elle avait soif d'aventure comme jamais jusqu'ici.

Elle avait une jolie silhouette à présent. Son régime avait porté ses fruits. Il était temps d'en profiter.

Elle entra, une boule à l'estomac.

Tandis que Beth refermait la porte derrière elles, Leigh entendit une voix grave dans la pièce attenante, à gauche de l'entrée.

— Ravi de vous voir ici, Leigh.

A ces mots, elle sentit une montée d'adrénaline. Elle voulait le voir. Elle voulait savoir qui avait payé 5 000 dollars pour avoir le plaisir de sa compagnie.

Mais lorsqu'elle entra dans la pièce attenante, elle se figea, tant elle fut surprise par ce qu'elle découvrit.

2

Leigh s'était attendue à trouver l'homme mystère au milieu de la pièce, un sourire impertinent aux lèvres.

Mais tout ce qu'elle découvrit fut une table de bois massif sur laquelle était posé un smartphone. A côté, se trouvait son panier mis aux enchères. Il était ouvert, révélant une doublure en vichy blanc et bleu et des pots de miel sur lesquels étaient notées les différentes idées de plats destinés au rendez-vous.

En regardant de plus près l'intérieur, elle eut la sensation que son hôte avait déjà révélé une part d'elle-même.

Elle se mit à frémir, et eut un petit coup au cœur lorsque la voix s'éleva de nouveau dans la pièce.

— Vous avez mis un certain temps à monter jusqu'ici, Leigh.

Elle lui répondit en essayant de rester calme et sereine.

— Un léger retard de politesse.

Il y avait eu à peine un léger tremblement dans sa phrase. Pas mal.

— Mieux vaut tard que jamais, riposta-t-il. Et ça s'applique à tous les domaines...

Leigh ne savait pas si elle devait rire ou rester mortifiée. Venait-il de faire une allusion sexuelle, ou son imagination lui jouait-elle des tours ? Et savait-il à quel point cette situation était incongrue ?

Elle jeta un coup d'œil vers Beth, lui lançant un message silencieux. *Je ne rêve pas ? Me parler par téléphone interposé fait partie de ce rendez-vous ?*

Beth sourit. Ce n'était qu'un début. Puis elle avança jusqu'à la table et prit le téléphone.

— Ça te dirait de faire un tour des lieux avant qu'on aille dans la cuisine ?

Ils essayaient de la mettre à l'aise. Ce n'était pas une mauvaise idée. Cependant, Leigh se demandait si elle parviendrait à se détendre pendant cette soirée.

— Bonne idée, répondit-elle.

Elle suivit Beth jusqu'à l'entrée, tout en gardant les yeux rivés sur le téléphone qu'elle tenait à la main.

Le salon, tout comme l'entrée et l'escalier, était d'un luxe indécent. Une immense baie vitrée offrait une vue sur la plage en contrebas. Les vagues roulaient sur le sable tandis que le soleil se couchait peu à peu. L'ameublement, composé de cuir, de cerisier et de cuivre, donna à Leigh l'impression d'être dans un musée.

— Cette maison date de quand ? demanda-t-elle pour relancer la conversation, étant donné que le téléphone restait silencieux.

La voix de l'homme mystère lui répondit.

— Elle n'est pas aussi ancienne qu'il y paraît. L'architecte lui a volontairement donné cette allure datée, mais elle n'a pas plus de trente ans.

— Et moi qui espérais qu'elle appartenait à votre famille depuis le Moyen Age ! Mais je sais, entre autres choses, que vous ne vivez pas ici.

Un rire résonna à l'autre bout du fil, et Beth sembla elle aussi amusée de la voir essayer de leur soutirer de nouvelles informations.

Peut-être Beth avait-elle raison après tout : pourquoi ne pas prendre la soirée comme elle était, et simplement en profiter ? En tout cas, Monsieur Millionnaire semblait avoir les moyens de lui offrir un rendez-vous galant digne de ce nom. Combien de fois s'était-elle retrouvée dans cette situation ?

Bien sûr, elle avait un train de vie plus aisé depuis qu'elle avait sa propre émission. Mais Lui avait loué un avion pour la faire venir jusqu'ici, puis lui avait offert de la loger dans un hôtel de luxe, ce qu'elle avait refusé car cela lui avait paru un peu exagéré. Il semblait assez généreux.

Tandis que Leigh se promenait dans la pièce, effleurant le piano du bout des doigts, elle tentait d'imaginer l'homme d'après la voix qu'elle avait entendue. Un magnat secret ? Un cow-boy milliardaire ?

— Est-ce que cela vous dérange que j'en sache peut-être plus sur vous que vous n'en savez sur moi ? demanda-t-il alors.

— Je mentirais si je disais le contraire.

Et elle mentirait si elle disait que cela n'avait aucun effet sur cette part plus sombre d'elle-même qu'elle avait toujours réprimée. Le jeu auquel il jouait était presque du voyeurisme : il la voyait tandis qu'elle ne pouvait le voir.

Mais elle tirait de la situation une certaine fierté et un sentiment de puissance : elle l'intéressait assez pour avoir été choisie, non ? Il y avait là quelque chose d'un peu pervers mais elle se sentait bien plus audacieuse que de coutume. Il faut dire qu'elle n'avait jamais fait preuve de beaucoup d'audace avec les hommes jusque-là.

Elle s'arrêta devant un minibar aux finitions en cuivre.

— Que savez-vous exactement sur moi ?

— Hum… Commençons par les choses superficielles, dit-il. Vous avez une émission de cuisine à la télévision, mais avant, vous étiez chef gastronomique auprès de particuliers et vous avez passé pas mal de temps à Nashville, où vous avez travaillé pour quelques grands chanteurs de country. Et l'un d'eux vous a rendue assez populaire pour pouvoir lancer votre propre émission.

— Je vois que vous êtes bien informé.

Tandis qu'ils discutaient, Beth sortit de la pièce, entraînant Leigh jusqu'à l'escalier. Elle se comportait comme un majordome tout droit sorti d'un film en noir et blanc — elle était présente, mais discrète.

— Croyez-le ou non, Leigh, reprit la voix, mais votre vie est un livre ouvert.

Toujours sur les pas de Beth, elle monta lentement l'escalier.

— Qu'est-ce qui vous fait dire cela ? Que savez-vous d'autre sur moi ?

Le bruit de ses bottes résonnait à chaque marche, tels des battements de cœur amplifiés.

— A la fac de Cal-U, dit-il, vous avez étudié l'économie domestique, vous participiez à tous les concours de rodéo, et vous étiez toujours sur la liste de ceux qui recevaient les honneurs du doyen.

— Et ?

Le rire de l'homme retentit dans le manoir, s'insinuant en elle.

— Et je connais tout ce qui est inscrit dans la biographie qui se trouve sur le site internet de votre émission.

Leigh faillit manquer une marche en arrivant en haut de l'escalier qui donnait sur un long couloir recouvert d'un magnifique tapis oriental et éclairé par des appliques en fer.

Qu'est-ce que cet homme savait exactement sur elle ? Quelle était l'étendue de ses connaissances et de ses recherches ?

Elle essaya de ne pas penser aux événements pénibles de son existence, comme la mort accidentelle de sa sœur, qui s'était noyée. Hannah, qui serait toujours l'image de l'enfant parfaite aux yeux de ses parents.

Beth l'attendait au bout du couloir, devant un immense vitrail circulaire. Elle arborait une expression inquiète, se demandant sans doute si, décontenancée par la situation, elle ne songeait pas à prendre la fuite.

Mais Leigh se contenta de lui sourire, et continua à avancer vers la fenêtre, qui représentait une rose bleue entourée de panneaux blancs ressemblant à des bris de glace.

Tout en en contemplant la beauté, elle dit :

— C'est vraiment dommage que vous n'habitiez pas ici, Monsieur Mystère. L'ameublement aurait pu me révéler certaines choses à propos de vous.

Il y eut un long silence, et elle sentit les battements de son cœur s'accélérer. Envisageait-il de lui révéler son nom ?

Lorsqu'elle entendit sa voix de nouveau, elle la trouva plus chaleureuse, comme s'il la connaissait mieux qu'il ne voulait l'avouer.

— Vous pouvez m'appeler Callum, annonça-t-il. Je n'en dirai pas plus pour l'instant.

Callum. Maintenant, il était plus facile d'imaginer un visage : un homme brun aux cheveux indisciplinés et aux yeux aussi bleus que le vitrail. Un homme qui était dans son élément dans un manoir gothique — un homme qui correspondait à la voix qu'elle entendait.

Elle fut envahie par une vague d'excitation, qui s'accentua tandis qu'elle imaginait ce que le reste de la soirée lui réservait.

Beth n'avait pas détaché les yeux de la rose bleue, comme si elle était mal à l'aise de suivre malgré elle cette discussion privée. Leigh la comprenait.

Mais elle ne pensait plus qu'à Callum à présent. Même s'il s'agissait très probablement d'un faux nom, elle n'avait qu'une envie — que le reste de la soirée commence enfin.

Tout sourire, elle saisit le téléphone coincé dans la paume de Beth. Le message était clair.

A partir de maintenant, je prends les choses en main.

Beth ne laissa percer aucune émotion, elle lui adressa simplement un sourire poli et la laissa seule avec l'homme mystère.

Quand son amie eut descendu l'escalier et refermé la porte d'entrée derrière elle, Leigh reprit la parole.

— Callum, lança-t-elle, et si je me mettais tout de suite à cuisiner ?

Adam ne s'approcha pas de Leigh avant qu'elle lui ait assuré être bien installée dans la cuisine.

Il était à peu près sûr qu'elle ne savait pas du tout qu'il était tout près d'elle, dans un renfoncement sombre qui surplombait la pièce. Serait-elle angoissée de le savoir si près d'elle ? Ou serait-elle aussi stimulée que lui à l'idée de la suite de la soirée ?

Elle avait posé le téléphone sur le socle qui se trouvait sur un des plans de travail en marbre, juste à côté des ustensiles livrés à son attention. Lorsque Beth avait organisé le rendez-vous, Adam avait insisté pour qu'elle se procure tout le nécessaire afin que Leigh n'ait pas à le faire, et il avait espéré qu'elle trouverait tout ce dont elle aurait besoin.

Manifestement, il avait bien fait. Leigh souriait en inspectant les ingrédients, debout devant l'îlot central éclairé de spots.

Le panier mis aux enchères trônait en bonne place. Mais tout semblait tourner autour de Leigh, et non du panier. Elle était encore plus belle qu'à la télévision, ses longs cheveux blonds attachés en arrière par une simple barrette. Elle portait cette tenue country qui le rendait fou.

Mais, ce soir, il voulait avant tout apprécier sa compagnie, la regarder, être près d'elle. C'était une sensation agréable, qui fit presque disparaître la torpeur des deux dernières années.

La regarder le ramenait à une période de sa vie plus heureuse, avant que le monde ne s'écroule autour de lui, d'abord avec la mort de son père, puis avec celle de sa femme.

Il contempla Leigh longuement. Elle semblait satisfaite de jouer le jeu, se lavait les mains en souriant.

Il lui parlait via son téléphone portable et se tenait en retrait, contre le mur, pour ne pas dévoiler sa cachette.

— Et si vous ouvriez cette bouteille de vin de miel qui est dans le réfrigérateur ?

Elle jeta un coup d'œil au téléphone et, l'espace d'un instant, il envia cet objet auquel elle donnait toute son attention. Oui, à cette seconde, cet objet était plus vivant que lui, « Callum ». Callum était le prénom de son grand-père paternel, ce qui ne suffisait pas à remonter jusqu'à lui si elle se décidait à faire des recherches sur internet.

— C'est un vin digestif, dit-elle en allant jusqu'au réfrigérateur pour en sortir une bouteille de chardonnay. Mais j'aime bien un verre ou deux de vin plus sec pendant que je cuisine.

— Vous ne buvez pas pendant votre émission.

— C'est une décision du producteur. Ils ne veulent pas encourager une cuisine trop téméraire !

Elle sourit tout en se servant un verre, qu'elle leva pour porter un toast.

— A votre santé, qui que vous soyez.

Elle but une gorgée, puis reposa le verre et ouvrit un des pots de miel. Il savait qu'il ne regretterait pas l'argent qu'il avait dépensé avec ce qui l'attendait : pain de maïs, salade, côtelettes d'agneau déglacées au vinaigre balsamique et au miel, chou-fleur rôti aux épices et au miel et, pour finir, gâteau en nid d'abeille.

Adam sentit sa gorge se nouer et une folle pensée lui traversa l'esprit : que ferait-elle s'il apparaissait soudain pour déguster le dîner en sa compagnie ?

Cette seule idée lui donna la sensation de manquer d'air. Non, il ne se montrerait pas. Il aimait ce rendez-vous pour ce qu'il était — un jeu, une séduction dans l'ombre, aucune responsabilité, exactement comme s'il était derrière l'écran de son ordinateur, pour une rencontre virtuelle aussi intense que brève.

Peut-être était-il en train de se pervertir, comme le lui avait dit Beth.

Tandis qu'il se laissait aller à ces considérations, Leigh avait allumé le four et mis de l'huile dans une poêle.

— Alors, que se passe-t-il entre vous et Beth ? demanda-t-elle d'une voix amusée.

— Beth est une amie, répondit-il.

— Oui, je sais, dit-elle en mettant la poêle de côté.

— Amis et associés. Mais c'est aussi une très belle femme. Il ne vous arrive jamais de... ?

Il se renferma à la simple idée d'avoir une véritable relation avec quiconque.

— Non. Jamais.

Leigh sembla se figer.

Se reprenant, il ajouta :

— D'abord, Beth est un peu comme une grande sœur pour moi. Et ensuite, elle n'est pas mon type.

Leigh saisit la balle au bond.

— Et quel est votre type ?

La persévérance de la jeune femme le fit sourire.

— Les hommes, rétorqua-t-il.

Leigh parut surprise, mais se remit aussitôt au travail, mesurant la farine, avant de la verser dans un saladier.

— C'est drôle, parce que lorsque Beth est venue à la vente aux enchères et qu'elle a commencé à enchérir sur mon panier, tout le monde a pensé… comme vous vous en doutez… qu'elle voulait ce rendez-vous avec moi.

— Dans d'autres circonstances, cela aurait peut-être été le cas. Mais elle pense qu'elle n'a pas de chance en amour, et cela fait pas mal de temps qu'elle ne s'est pas engagée avec quelqu'un. Elle prétend qu'elle a trop de travail, et qu'elle n'a pas le temps de chercher une relation sérieuse.

— Vous devez être un véritable tyran.

— Ce n'est pas moi qui la force à rester à son bureau pour faire des heures supplémentaires. Elle est accro au boulot.

A ce stade, Leigh avait aéré la farine de maïs dans le saladier.

— Vous l'avez rencontrée à la fac ?

Leigh n'avait pas peur de partir à la pêche aux informations, quel que soit le nombre de murs auxquels elle se heurtait.

— Nous nous sommes croisés à Cal-U.

Il n'allait pas lui dire que Beth était originaire d'une petite ville proche de la sienne et qu'il ne l'avait rencontrée qu'une fois lors d'une soirée étudiante, avant de trouver son CV en ligne. Cela faisait cinq ans, juste après son mariage avec Carla.

Après avoir ajouté du sucre et du bicarbonate de soude dans le saladier, Leigh demanda :

— Quel genre d'étudiant étiez-vous ?

— Vous croyez vraiment que je vais répondre à cette question ?

— Je peux toujours essayer, répondit-elle en riant, tout en creusant un puits au milieu des ingrédients.

Adam était comme hypnotisé par chacun de ses gestes, et par la chemise qu'elle portait, révélant au gré de ses mouvements son décolleté et son ventre bronzé.

— Etes-vous brun ? demanda-t-elle. Parce que je vous imagine brun. Callum… Ce nom m'évoque un Irlandais aux cheveux noirs, un peu comme Riley Donahue, mais en plus malicieux. Vous vous souvenez de Riley ? Un type sympa, qui était en agro ?

— J'ai entendu dire qu'il s'était fiancé à Danielle Hugues.

— Vous voyez, vous étiez à la fac en même temps que moi.

Bon sang, elle l'avait piégé ! Il ne confirma pas ses propos, ne les infirma pas non plus.

— Pour la couleur de mes cheveux, vous avez visé juste. Je peux au moins vous accorder ça.

— Bon, on dirait que je progresse.

La joie qui s'affichait sur le visage de Leigh donnait à Adam l'envie de lui en révéler davantage, mais il se retint à temps : il savait qu'il le regretterait.

Elle continua sur sa lancée.

— Que faites-vous dans la vie ?

— Je loue des maisons et y invite des femmes que je regarde cuisiner. C'est une sorte de fétichisme.

Elle rit de bon cœur à ces mots, et il se rendit compte qu'elle appréciait vraiment le moment qu'elle passait dans cette cuisine.

Et lui ? Et ce rendez-vous ? Elle n'avait peur ni de l'un, ni de l'autre. En fait, il se rendit compte qu'il apportait de la joie à une femme, ce qui ne lui était pas arrivé depuis longtemps, et ce, uniquement avec sa voix.

Mais tout cela était momentané, et il ne devait pas l'oublier.

Un très long silence succéda à son rire. Etait-ce parce qu'il avait employé le mot *fétichisme* ? Essayait-il, inconsciemment, de la rendre nerveuse pour la pousser à partir ?

Quoi qu'il en soit, elle était toujours là, mélangeant de la crème épaisse, de l'huile, du miel et des œufs dans le saladier.

Elle reprit la parole :

— Vous savez ce qu'il y a de drôle à propos de ce rendez-vous ?

A peu près tout, songea-t-il.

— Quoi ?

— Ce n'est pas que vous me parliez par téléphone, ni que vous jouiez au chat et à la souris en restant caché… Croyez-le ou non, je comprends tout ça.

— Alors, qu'est-ce qui est si drôle ?

Elle versa la pâte dans le plat.

— Vous arrive-t-il de penser qu'il est plus facile de parler à quelqu'un qu'on ne voit pas ?

Il ne répondit pas, espérant qu'elle poursuive. Ce qu'elle fit.

— Il y a quelques années, je passais par un vendeur pour me faire livrer certains produits. Nous nous téléphonions régulièrement pour le boulot. Mais, à un moment donné, nos conversations sont devenues plus…

— Suggestives ? murmura-t-il.

— Oui. Mais à peine, expliqua-t-elle en s'interrompant, le regard fixé sur le téléphone, comme si elle était réellement face à lui. Nos discussions n'ont jamais abouti à quoi que ce soit, et tout ce que je connaissais de lui, c'était sa voix. Mais, d'une certaine façon, j'avais l'impression qu'il connaissait une part de moi que personne d'autre ne connaissait, parce que personne avant lui ne m'avait fait ressentir cela.

— Que vous faisait-il ressentir ?

Elle réfléchit un instant, puis déclara :

— C'était comme si j'avais pu lui suggérer des choses que je n'aurais jamais été capable de lui dire de vive voix. Je ne sais pas si cela a le moindre sens, mais je ne l'ai jamais fait. Ensuite, son entreprise a fermé et je ne lui ai jamais plus reparlé.

Tandis qu'il l'observait mettre le plat dans le four, il se dit que Leigh avait sans doute beaucoup d'autres choses à lui révéler, et beaucoup de mystères qu'il aurait voulu élucider.

Etait-il tombé amoureux d'elle au premier regard, lors de cette soirée étudiante ? Ou était-ce seulement du désir ? Peut-être était-il un idiot qui se complaisait dans cette part sentimentale de lui-même à présent évanouie... mais il ne pouvait le faire que dans l'ombre.

Quoi qu'il en soit, il avait envie de plus.

— Quand devez-vous quitter la ville ? lui demanda-t-il sans réfléchir.

Elle était en train d'essuyer le plan de travail, et suspendit son geste.

— Eh bien... Je suis actuellement en congé... C'est toujours comme ça entre deux émissions...

Elle laissa sa phrase en suspens et il eut l'impression qu'elle serait peut-être disposée à revenir pour un deuxième rendez-vous, si le reste de la soirée se passait bien... S'il ne lui mettait pas la pression et qu'ils se contentaient de dîner ainsi, s'il gardait ses distances et poursuivait le jeu.

Et surtout, surtout, s'il lui donnait envie de revenir.

Ce rendez-vous était digne de figurer au panthéon de ses expériences de célibataire les plus bizarres.

Après avoir fini de préparer le reste du dîner, Leigh s'était attendue à ce que Callum sorte de sa cachette.

Mais... non.

Il lui avait demandé de laisser son repas de côté pour plus tard et de se préparer une assiette qu'elle emporterait dans la salle à manger, où une longue table en acajou était déjà dressée à son intention.

Elle entra dans la pièce baignée par une lumière tamisée et s'assit avec son assiette et son verre de vin. Elle posa le téléphone sur un nouveau socle prévu à cet effet.

Que lui réservait Callum ? Il avait manifestement concocté

une sorte de scénario, mais cela ne pouvait pas durer toute la nuit. Peut-être était-il en train d'évaluer jusqu'où il pouvait aller. Elle avait vu le film *9 semaines ½*, et elle savait que certains hommes n'étaient pas attirés par les rendez-vous et les relations conventionnels.

Etait-il un de ces hommes ?

Elle fut parcourue d'un délicieux frisson. Le fait qu'elle ait envie de voir jusqu'où il allait pousser ce petit jeu n'en disait-il pas long sur elle-même ?

Elle s'installa confortablement sur sa chaise, son verre à la main, et huma les effluves de miel qui émanaient des plats qu'elle venait de préparer. Elle jeta un coup d'œil autour d'elle, se demandant où il se trouvait, ressentant de nouveau une forme d'excitation à prendre part à ce jeu dans lequel il tenait le rôle du voyeur. En fait, ce n'était pas très différent de la télévision, où on savait que des gens allaient nous regarder, sans jamais connaître leurs expressions.

Voyons… Il y avait une mezzanine plongée dans l'obscurité à l'étage supérieur. Etait-il là-haut ?

— Est-ce que vous me voyez à travers un judas, je ne sais pas, quelque chose du genre ? demanda-t-elle.

— Non, dit-il, tandis que son rire résonnait dans le haut-parleur. A vous entendre, on dirait que je suis le méchant dans un film d'horreur, Leigh.

— Quel genre de méchant ?

Jusque-là, leur conversation n'avait pas dépassé certaines limites, mais elle savait qu'elle venait de l'inviter à la tester.

— Je ne suis pas sûr de devoir répondre à cette question.

— Pourquoi ?

— Parce que je ne sais pas quel degré de méchanceté vous pouvez accepter. Vous avez toujours été une fille sage, n'est-ce pas ?

— C'est pour cela que vous avez acheté mon panier aux enchères ?

Il rit de nouveau, et elle décida qu'il était temps de le pousser dans ses derniers retranchements.

Reposant son verre de vin, elle se pencha en avant, remettant les coudes sur la table, et prit un morceau de pain avec nonchalance. Elle le plongea dans le bol de miel qui était sur la table, et regarda l'épais liquide dégouliner.

— Quel genre de fille offre le genre de panier que j'ai préparé à un parfait inconnu ? demanda-t-elle, le cœur battant.

— Ah, mais c'est là tout le génie de votre panier. C'était innocent, mais…

Il s'interrompit lorsqu'elle porta le bout de pain à quelques centimètres au-dessus de sa bouche, laissant couler un filet de miel. Une partie du liquide coula sur ses lèvres. Elle le lécha lentement, puis prit une minuscule bouchée de pain.

Elle avait le menton couvert de liquide collant, mais elle n'y toucha pas sur-le-champ.

— Vous disiez ? demanda-t-elle, reconnaissant à peine le ton rauque de sa voix.

Elle prenait beaucoup de plaisir à la liberté que cette nuit lui offrait ; à être seule dans cette pièce, tandis qu'il était assez loin pour qu'elle ne voie pas son visage et ne sache pas l'effet qu'elle produisait, ni si elle se comportait comme une idiote.

Cependant, elle avait l'impression de ne pas se comporter du tout comme une idiote, au contraire, quelque chose lui disait qu'il appréciait réellement le spectacle qu'elle lui offrait.

Elle reposa le morceau de pain et essuya d'un geste indolent le miel qui avait coulé sur son menton et se lécha le doigt. Il était resté silencieux du début à la fin.

— Vous disiez que mon panier était innocent ? dit-elle.

— C'est ce qu'il m'avait semblé dans un premier temps, dit-il.

— Et maintenant ?

— Maintenant, dit-il, je ne sais pas trop ce que je dois en penser.

Finalement, elle assurait plutôt à ce petit jeu de séduction, pensa-t-elle. Elle décida de ne pas s'arrêter en si bon chemin.

— Le revirement de situation me semble plutôt fair-play, parce que je ne sais rien sur vous.

Après avoir passé son index sur ses lèvres, elle se lécha de nouveau le doigt. Il grommela quelque chose à l'autre bout du fil, qui ressemblait à un juron amusé.

Parfait. A mon tour de jouer un peu, songea-t-elle.

— Vous savez, dit-elle en plongeant son doigt dans le pot de miel et en le faisant tourner, je me suis demandé pourquoi vous n'êtes pas sorti de votre cachette pour venir vous asseoir auprès de moi. Est-ce parce que je vous connais et que vous avez peur de ne pas me plaire ?

— Qu'est-ce qui vous fait dire ça ?

— Si vous étiez quelqu'un de la fac qui ne me plaisait pas, alors il serait compréhensible que vous vouliez garder vos distances et que vous jouiez avec moi. Ce serait une sorte de revanche.

Il marqua une pause, avant de répondre :

— Vous ne me connaissiez pas. Personne ne me connaissait vraiment. Et puis, je ne pense pas que vous aimiez qui que ce soit.

Elle porta de nouveau le miel à sa bouche, puis lui demanda :

— Il y a quelque chose chez vous qu'on ne puisse pas aimer ?

— Je suis juste un homme qui est très content du tour que prend ce rendez-vous. C'est tout.

— Et quel tour prend-il ?

Il resta silencieux quelques instants, comme pour mieux goûter le spectacle d'elle jouant avec le miel. Comme s'il imaginait ses doigts sur lui, faisant monter la pression.

A la seule idée d'exciter Callum, Leigh se sentit parcourue par une vague de chaleur.

— Cette soirée se déroule parfaitement, finit-il par dire.

— Ça vous plaît que je sois prête à vous divertir ?

Ça, c'était très très audacieux, pensa-t-elle. Mais si agréable…

— Je ne vous réduirais pas à une simple distraction.

Elle décida d'opter pour une autre tactique.

— Pourquoi vouliez-vous savoir quand je devais rentrer chez moi, Callum ?

Tandis qu'elle attendait sa réponse, elle imaginait qu'il devait être un homme solitaire. Ou peut-être était-ce l'opposé — un homme qui avait de nombreux fantasmes et qui ne voulait pas que cela se sache ?

— Beth vous a peut-être dit que j'étais en vacances ici pour quelque temps, reprit-il.

— Oui, répondit-elle. (Avait-il d'autres projets pour elle ?) Vous avez besoin d'un chef cuisinier ? demanda-t-elle en riant pour détendre l'atmosphère.

— Pas exactement, cela dit, l'odeur de ce dîner a de quoi rendre fou.

Bon sang, il devait être tout près.

— Alors, venez donc le manger avec moi.

— Plus tard.

La berçait-il de faux espoirs, lui promettant qu'il se révélerait à elle si elle revenait un autre soir ? Elle était si curieuse de savoir qui il était qu'elle était prête à revenir, encore et encore, jusqu'à ce qu'il montre son visage.

En tout cas, il avait une voix aussi suave que du miel.

— Que faites-vous demain soir ?

Rien. Mais elle n'allait pas l'admettre si facilement.

— Il faut que je consulte mon agenda.

— Bon, nous verrons si vous êtes libre. Je vous contacterai.

C'est ainsi qu'il s'effaça, la laissant face à un repas qu'elle était trop excitée pour manger.

Il la laissa avec la sensation que finalement, après toutes ces années, elle pouvait tout à fait se libérer pour revenir jouer avec l'homme mystère.

3

Dani brûlait d'impatience d'entendre Leigh lui faire le compte rendu de sa soirée, même si celle-ci n'était peut-être pas encore terminée.

Cela faisait un quart d'heure qu'elle était sortie de chez le client du traiteur pour lequel elle travaillait, à défaut d'avoir pu créer sa propre entreprise. Ensuite, elle était allée directement dans le magasin de lingerie du coin, flânant au rayon des huiles de massage, puis des accessoires, mais elle n'avait cessé de penser à Leigh. Et si son rendez-vous se passait mal ? Après tout, son amie avait peut-être besoin d'un appel d'urgence pour pouvoir mettre un terme à cette soirée ?

Elle opta pour le compromis et lui envoya un SMS.

Tout va bien ?

Ne recevant pas de réponse immédiatement, Dani prit sa voiture en direction de la maison que son fiancé et elle louaient. Le camion de Riley était garé dans l'allée, et elle saisit le petit sac rose contenant ses achats, puis se précipita dans la maison pour voir son amoureux.

Comme il avait pris un jour de congé de son boulot de gestionnaire de biens, il avait préparé des steaks pour le dîner, avec une salade et des champignons sautés. Le repas l'attendait sur la table de la cuisine. Mais lorsqu'elle vit Riley, ses cheveux bruns en bataille et son regard qui s'éclaira en la voyant, elle lâcha son sac et courut dans ses bras.

— Hum… Ça sent bon, dit-elle en enfouissant son visage dans le creux de son épaule, sur la pointe des pieds.

Il avait toujours senti si bon. Un parfum d'océan, de propre et de frais.

Il déposa un baiser sur les cheveux de Dani, et dit :

— J'étais justement sur le point de faire cuire les steaks.

— Tu es sûr qu'ils ne peuvent pas attendre ? demanda-t-elle en s'écartant de lui pour agiter le petit sac rose.

Elle perçut une expression dans le regard de Riley à laquelle elle s'était habituée depuis leur dernière réunion des anciens de la fac — depuis qu'elle était devenue accro aux boutiques de lingerie. Ce n'était pas à proprement parler de la tristesse, peut-être juste une légère résignation, à la pensée que la fille douce et gentille lui manquait. Celle qu'elle était avant de décider de devenir plus forte et aventureuse.

Tout comme Margot l'avait été avec son panier, et maintenant Leigh.

Peut-être Dani avait-elle réagi de façon un peu excessive. Après cette réunion, durant laquelle ses amies avaient organisé une vente aux enchères pour l'aider à financer le mariage dont elle avait toujours rêvé, elle s'était sentie incompétente, et incapable de subvenir à ses propres besoins.

Elle avait alors décidé qu'il était grand temps pour elle de grandir, et de réussir, comme Margot et Leigh. Et elle avait décidé d'ouvrir sa propre entreprise de traiteur, même si, pour l'instant, elle devait continuer à travailler en tant qu'employée.

Mais plus important, elle avait commencé à pimenter sa vie sexuelle avec Riley, inspirée par le panier de Margot, qui avait fait des ravages auprès de Clint Barrows, devenu l'amour de sa vie.

Dani et Riley ne s'étaient jamais regardés comme le faisaient Margot et Clint. Dani s'était demandé pourquoi il n'y avait pas une attirance aussi explosive entre eux.

Lorsqu'elle avait commencé à entraîner Riley dans des situations intimes plus exotiques, il avait d'abord été surpris, puis s'était demandé si ce n'était pas parce que leur mariage qui approchait lui faisait peur, surtout après le divorce de ses parents.

Mais il avait décidé de la courtiser de nouveau pour la rassurer.

Au moment où il allait lui dire quelque chose, sans doute sur sa lingerie, le téléphone de Dani se mit à sonner.

— Ce doit être Leigh, dit-elle en reposant le petit sac rose.

Riley sourit simplement, puis partit en direction du patio où se trouvait le barbecue.

Dani le regarda s'éloigner, le cœur serré. Elle allait le rendre heureux ce soir — et pour le reste de leur vie. Elle devait juste trouver un moyen d'être heureuse elle aussi.

Lorsqu'il fut sorti, elle mit le haut-parleur.

— Tu es encore en vie ? demanda-t-elle.

Leigh rit doucement.

— Non, je t'appelle depuis l'autre monde. Hou !

— Arrête, je m'inquiétais pour toi.

— Tu n'avais pas de raisons de t'inquiéter. Je suis dehors, devant le portail de l'homme mystère, et j'attends que Margot vienne me chercher.

— Et… ?

Leigh parla à voix plus basse :

— C'était… singulier.

— Comment ça ?

— D'abord, il ne s'est pas montré du tout.

Pourquoi Dani eut-elle aussitôt des pensées lubriques ? Sans doute à cause de ce qui se trouvait dans son sac rose.

— Tu veux dire qu'il a continué de jouer l'homme mystère ? Toute la nuit ?

— Exactement ! Mais la situation n'est pas nécessairement aussi loufoque qu'il y paraît. Enfin, je crois.

— Tu as l'air aussi déboussolée que moi.

— C'est juste que je me suis habituée à sa façon de faire. Après que Beth m'a accompagnée jusqu'à la maison, je l'ai rencontré. Enfin, en quelque sorte. Il était au téléphone.

Dani fronça les sourcils.

— Il est resté au téléphone toute la soirée ?

— C'était amusant. Un peu comme… l'amour au téléphone. Je ne sais pas comment l'expliquer.

— Vous avez fait l'amour au téléphone ?

— Non ! dit Leigh, avant de rire de nouveau. Il m'a regardée cuisiner pendant que nous bavardions.

— Il avait un écran pour te voir ?

— Je ne sais pas trop comment il a fait. Quoi qu'il en soit, après avoir cuisiné, j'ai mangé le dîner que j'avais préparé.

— Seule ?

— Oui. A vrai dire, je n'ai pas vraiment mangé. Je n'avais pas très faim.

— Et lui ?

— Pas avec moi. En fait, pendant que j'étais à table, j'ai mangé presque tout le miel avec du pain pendant qu'il me regardait, de là où il était.

Dani resta bouche bée, puis murmura :

— Vous avez fait des trucs… sexuels avec le miel ?

— Je ne vais pas entrer dans les détails, mais c'était plutôt amusant. Et je crois que c'est la première fois que je me suis vraiment amusée dans une telle situation. En général, le premier rendez-vous est un exercice un peu barbant, on essaie d'impressionner le type, d'être polie et de ne pas avoir de salade coincée entre les dents. C'est ennuyeux à mourir, non ? Jusqu'à ce soir.

Dani s'assit sur la chaise la plus proche.

— Ça t'a plu. T'es excitée par les trucs un peu pervers, et tu ne le savais même pas !

Leigh prit une voix malicieuse.

— Tu n'as peut-être pas tort. Parce que je vais y retourner.

— Pour y faire *quoi* ?

— Je lui ai dit que je reviendrais. Enfin, je crois qu'il m'a invitée de nouveau à la fin de la soirée.

Riley entra d'un pas tranquille dans la pièce, une assiette de steaks à la main. Dani sentit une odeur de bœuf et de champignons.

— Salut, Leigh, tu es toujours en vie, ou tu t'es fait enlever par le fantôme du manoir ? lança-t-il en direction du téléphone.

— Très drôle. Vous vous êtes donné le mot, tous les deux.

Il posa les steaks sur la table, et les disposa dans deux assiettes différentes.

— Je vérifiais, c'est tout. On préférerait juste que tu nous reviennes en un seul morceau.

— C'est gentil de ta part, Riley, dit Leigh, avant de changer de sujet. Oh ! voilà Margot. On se rappelle, OK ?

— Et fais attention à toi si tu retournes là-bas.

— Oui, oui.

Après avoir raccroché, Dani jeta un coup d'œil au sac rose posé par terre mais ne dit rien. Riley s'assit et ouvrit deux bouteilles de bière.

— Je ne te demanderai même pas ce qui s'est passé pendant ce rencard, dit-il.

Même si Riley et elle partageaient tout, Dani éprouva des réticences à lui raconter les détails du rendez-vous. C'était un peu trop… fou, se dit-elle. Mais elle devait reconnaître que cela avait échauffé son imagination. Le sexe au téléphone. Un bel inconnu.

Dani s'écarta de la table, rapprochant sa chaise de celle de Riley tout en attrapant le petit sac rose.

— Que dirais-tu d'attendre un peu avant de manger les steaks et de faire une petite pause avant le dîner ? demanda-t-elle.

Cette fois, elle perçut dans son regard non pas de la tristesse, mais une étincelle. Et lorsqu'elle sortit la paire de menottes en fourrure bleue qu'elle avait achetée, il reposa sa bière.

Elle s'éclipsa dans la chambre et revint aussitôt avec un foulard bleu.

— Je me demande ce que Leigh a dû ressentir quand elle a pris conscience que l'homme mystère n'allait pas lui révéler son identité de toute la soirée.

Riley écarquilla les yeux.

— Tu me fais marcher ?

— Non, dit-elle en s'approchant de lui, avant de lui tendre le foulard. Je veux savoir ce que je ressentirais si tu devenais soudain mystérieux, Riley.

Il saisit le foulard, l'enroula autour de ses mains et elle sut qu'il était passé en mode séduction.

Quelque temps plus tôt, quand elle avait dit à Riley qu'elle voulait tenter avec lui de nouvelles expériences sexuelles, il lui avait demandé si leur relation ne la rendait pas heureuse. Elle l'était, et l'avait toujours été. Mais il y avait tellement de choses qu'elle n'avait pas encore explorées. Elle voulait les faire avant leur mariage pour ne rien regretter plus tard.

Elle s'assit sur ses genoux, et sentit qu'il était déjà excité.

— Bande-moi les yeux, dit-elle.

Il tourna la tête vers les steaks dans les assiettes, en homme pragmatique, mais elle le saisit par le menton pour l'obliger à la regarder elle.

— Ils peuvent attendre, dit-elle, parlant déjà comme une femme prête à pénétrer dans une maison mystérieuse pour y rencontrer un inconnu.

Il posa sur elle un regard avide, et Dani sentit son excitation monter d'un cran.

Il lui caressa les seins puis, de façon presque brutale, il la fit se retourner sur ses genoux, et noua fermement le foulard sur ses yeux.

— C'est bien ce que tu veux ? demanda-t-il d'une voix sèche.

Il n'avait pas sa voix habituelle, et, sentant son pouls s'accélérer, elle essaya d'imaginer le visage qui pouvait correspondre à cette voix. Mais, même les yeux bandés, elle voyait encore Riley.

Elle désigna les menottes qui étaient sur la table.

— Tu devrais t'assurer que je ne puisse pas enlever mon bandeau.

— Pourquoi ?

— Parce que même si tu ne veux pas que je connaisse ton identité, je meurs d'envie de savoir qui tu es.

Ou du moins qui il allait feindre d'être.

Elle avait posé la question sur un ton aguicheur, mais il pensa qu'à ce stade elle aurait dû savoir qui il était !

Elle ressentit un pincement au cœur parce qu'elle ne savait pas trop à quel point il s'impliquait dans ces jeux qu'elle initiait.

Voulait-elle tester jusqu'où il pouvait aller avant de la quitter ? Allait-il décider de divorcer sans attendre trente-sept ans de mariage, comme l'avaient fait ses propres parents ?

Tandis qu'elle entendait Riley prendre les menottes, elle repensa au moment où elle l'avait vu pour la première fois, au cours d'une soirée étudiante. Il était adossé à un mur, entouré de ses amis, souriant et buvant un soda, et lui avait fait l'effet d'un mec très gentil. A l'époque, elle était encore étudiante de première année et n'avait pas beaucoup d'expérience avec les garçons. Riley et elle étaient devenus amis. Ce n'était qu'après la fac qu'elle l'avait revu, et que les choses sérieuses avaient commencé.

Tout avait été calme et sans nuage entre eux depuis… jusqu'à l'instant où elle sentit les menottes se refermer sur ses poignets.

Elle se tourna pour lui faire face… oubliant, l'espace d'un instant, qu'elle ne pouvait le voir à travers son bandeau.

— C'est bien ce que tu veux ? demanda-t-il de nouveau.

Elle hocha la tête. Alors, il la saisit par la taille, et la fit s'asseoir, et lui fit lever les bras au-dessus de sa tête. Elle reposa les mains sur sa tête, se sentant vulnérable, les seins tendus sous le tissu de son chemisier.

Elle sentit son pouls s'accélérer lorsqu'il remonta sa jupe. D'instinct, elle serra les cuisses, mais il les écarta de nouveau.

Elle sentit l'excitation monter en elle, attendant avec impatience ce qui allait venir ensuite.

— Ça te plaît de ne pas me voir, Dani ? lui demanda-t-il. Tu te sens en danger ?

— Je crois que je ne cours pas trop de risques.

Non, avec lui, elle ne courait aucun danger. Du moins, c'était ce qu'elle pensait. Jusqu'à ce qu'il glisse une main entre ses cuisses, touchant son point le plus sensible.

Elle laissa échapper un petit cri lorsqu'il écarta sa culotte et qu'elle sentit un léger courant d'air la caresser.

— Qui suis-je ce soir ? lui demanda-t-il. Qui veux-tu que je sois ?

Elle sentit une pointe de tristesse dans sa voix.

— Je…

Elle avait envie de dire « Riley », mais cela ne cadrait pas trop avec le fantasme de l'inconnu.

Lorsqu'il relâcha son étreinte entre ses cuisses, il s'approcha de son oreille. Et, quand il parla, elle tressaillit.

— Tu dois réfléchir à celui que tu veux réellement, dit-il doucement.

Etait-il en train de lui demander qui elle voulait choisir pour leur fantasme ? Ou voulait-il qu'elle réfléchisse à quelque chose de plus important ?

Elle se mordit la lèvre tandis qu'il activait ses doigts entre ses cuisses, la poussant vers l'explosion de tous ses sens.

Lors du trajet en voiture jusqu'au *Sea Breeze Suites* où Margot et Leigh passaient quelques jours, Leigh répondit à toutes les questions de son amie. Même une fois de retour dans leur chambre, Margot poursuivit son interrogatoire.

— Vraiment ? répéta-t-elle pour la vingtième fois au moins. Tu vas y retourner ?

Plus cette dernière avait du mal à la croire, plus Leigh était déterminée à passer une nouvelle soirée avec Callum.

Elle, Leigh Vaughn, avec son jean skinny et une toute nouvelle attitude. Elle n'avait pas pris conscience à quel point sa vie était ennuyeuse jusqu'à ce soir.

Et elle avait envie de plus.

— Bien sûr, que je vais y retourner ! s'exclama-t-elle.

Et tu sais quoi ? Il joue peut-être avec moi, mais je peux en faire tout autant. Tu aurais dû me voir, à table, avec le miel. Tu aurais été fière de moi !

A voir son sourire, Margot n'en doutait pas une seconde. Elle ôta ses bottes pour s'allonger sur son lit, puis dit à son amie :

— Je me pose une question depuis tout à l'heure. Quel genre d'homme invite une célèbre chef, qui est une vague connaissance de fac, puis s'enfuit à la fin du rendez-vous comme si sa maison était en feu ?

— Tu veux vraiment que je réponde à cette question ? demanda Leigh.

Dans la voiture, Margot avait comparé Callum à tous les dingues possibles, de Dracula jusqu'au marquis de Sade, en passant par Casanova ! *On n'est jamais trop méfiant*, avait-elle dit. Mais, à cet instant, elle avait poussé un soupir.

— Pendant ton absence, j'ai fait des recherches sur internet. Il n'y a aucun millionnaire qui était étudiant à la fac la même année que nous et qui porte le nom de Callum.

— Qui qu'il soit, je pense qu'il est timide.

— Timide ? Après les trucs qu'il t'a dits !

— Jouer un jeu peut rendre les gens plus intrépides qu'ils ne le sont dans la réalité, dit Leigh en repensant au moment où elle avait dégusté le miel avec une lenteur suggestive. Je sais que le fait qu'il soit resté dans l'ombre a eu un effet sur moi. Cela m'a donné une sorte de...

— Pouvoir ?

— Oui, répondit-elle avant de tourner la tête vers Margot. Je n'avais jamais eu l'impression d'avoir du pouvoir avant.

— Mais si, tu en as. Tu as ta propre émission de télé. Tu es une star montante, Leigh. C'est une situation de pouvoir.

— C'est professionnel, ce n'est pas la même chose.

Elles restèrent silencieuses pendant quelques instants. En fait, Margot semblait trop calme, surtout lorsque Leigh parlait de boulot.

— Qu'est-ce qui ne va pas, Margot ?

Margot eut un sourire gêné.

— Je voulais t'en parler, mais je ne savais pas quand… Alors autant le faire maintenant.

— Il y a un souci ?

— Sais-tu pourquoi j'ai laissé tomber la série des *Tribulations d'une célibataire* ?

Leigh eut un très mauvais pressentiment.

— Non.

— Mon éditeur a annulé mon dernier contrat. Il a dit que les ventes étaient en baisse.

— Oh ! Margot, dit-elle en faisant un geste vers son amie.

Margot leva la main pour l'interrompre.

— Pas de pitié, s'il te plaît. Ne dit-on pas que, quand une porte se ferme, une fenêtre s'ouvre ? Eh bien, c'est ce qui se produit avec mon nouveau blog et le livre *Une fille de la ville part à la campagne* sur lequel je travaille. Le blog reçoit beaucoup de visiteurs, et peut-être que, grâce à ça, un autre éditeur va me commander un livre. Et puis, il y a Clint. Clint, c'est la plus belle chose qui me soit arrivée, dit-elle d'un air rêveur.

— Alors, la vie est belle ?

— Comment pourrait-elle ne pas l'être, avec lui à mes côtés ? Tout va bien, surtout depuis que ses frères, qui étaient sur le point de l'attaquer en justice, ont fait machine arrière quand nous avons eu un avocat qui est un vrai bulldog.

Leigh sourit à son amie.

— Et tu sais ce qui est le pire dans tout ça ?

— Non ?

— De t'avoir dit que j'avais échoué.

— A mes yeux, dit Leigh, tu as toujours été celle qui réussissait tout ce qu'elle entreprenait. Et ça n'est pas près de changer !

Margot sourit, et elle allait dire quelque chose quand le portable de Leigh sonna.

Elles se regardèrent avec des yeux ronds.

— Alors, dit Margot, qui faillit pouffer de rire. Tu vas répondre, oui ou non ?

Leigh regarda l'écran.

— C'est Beth, dit-elle, le cœur battant la chamade, avant de prendre l'appel.

Quand Adam reçut l'appel de Beth sur Skype cette nuit-là, il se trouvait dans sa chambre, située près du grenier du manoir, une pièce qui n'avait pas été incluse dans la visite de Leigh.

Il mit de côté les prévisions trimestrielles d'une des entreprises dans lesquelles il avait investi et se concentra sur Beth.

Elle portait un déshabillé de soie et s'était relevé les cheveux en chignon. Elle était assise dans le bureau du pavillon des invités qui faisait partie du manoir.

— Figure-toi que Leigh a officiellement accepté le rendez-vous de demain.

Adam se cala au fond de son fauteuil, le sourire aux lèvres. Cela faisait deux heures qu'il essayait de calmer le rythme des battements de son cœur, se demandant si Leigh aurait envie d'une deuxième rencontre avec « Callum ». Il avait mis un terme au rendez-vous de façon si abrupte qu'il avait craint d'avoir commis une erreur en laissant intacte la curiosité de Leigh à son égard.

— Tu t'occupes de réserver une limousine pour aller la chercher à son hôtel demain ? demanda-t-il.

— Bien sûr, et je lui ai dit où attendre sur la plage, à son arrivée. Et, après le rendez-vous, je la raccompagnerai à son hôtel.

— Elle arrivera juste à temps pour profiter du coucher de soleil.

Il avait prévu un petit scénario — séduction lente, suggestion, mots doux au téléphone tandis qu'elle se promènerait près du rivage, puis plus tard, dans le manoir, flirtant avec lui… Il ne savait pas trop ce qui se passerait ensuite, cependant.

Tout ce qu'il savait, c'était qu'il devait la revoir. Entendre sa voix, son rire.

Beth tendit la main vers le clavier, sur le point de mettre un terme à leur conversation.

— Attends, dit-il. Tu n'es pas encore en colère contre moi, si ?

— En colère n'est pas exactement le mot, répondit-elle, détournant les yeux de l'écran.

— Alors, quel est le problème ?

Le visage de Beth se crispa, et il savait qu'il allait en prendre pour son grade.

— On se connaît depuis pas mal de temps, Adam, dit-elle, toujours sans le regarder. Je ne te connaissais pas lorsque j'étais à la fac — tu n'y es pas resté assez longtemps pour ça — mais vous étiez encore jeunes quand Carla et toi m'avez engagée pour gérer vos affaires.

— J'avais déjà presque trente ans, ce n'est pas si jeune, surtout après ce que j'avais traversé à la mort de mon père.

— Crois-le ou non, dit Beth, affrontant à présent son regard par ordinateur interposé, tu étais différent à cette époque. Tu étais… normal.

Le mot le heurta.

— Normal ?

— Tu étais capable d'éprouver des sentiments. Tu n'aurais pas vécu en reclus, et tu n'aurais pas non plus joué à manipuler une femme comme tu l'as fait ce soir… et comme tu vas probablement le faire demain. A moins bien sûr que je ne me trompe et que tu comptes te présenter à elle sous les traits d'Adam Morgan.

Il laissa échapper un rire bref.

— Qu'est-ce qui est normal de toute façon ?

Etait-ce de s'exposer comme une cible et d'attendre que la vie nous tire dessus ? Etait-ce d'être touché par ses balles et prétendre que la vie ne nous avait pas dévastés ? Ou être « normal », était-ce l'opposé — se protéger pour s'assurer de ne plus jamais être blessé ?

Beth secoua la tête.

— Ne me demande pas ce que c'est que d'être normal, Adam. Je n'ai peut-être pas de définition, mais je sais que ce n'est pas faire ce que tu fais. Et je ne crois pas une minute que ce Callum puisse te rendre heureux. Comme je te l'ai déjà dit, quelqu'un va se brûler les ailes à ton petit jeu, et je suis à peu près sûre que ce ne sera pas toi.

— Tu t'inquiètes pour ta petite Leigh ?

— C'était une de mes copines de promo, et c'est une belle personne. Je n'aime pas voir les gens souffrir, dit-elle avant d'ajouter : et je n'aime pas te voir souffrir non plus.

A cet instant, il aurait aimé être différent, ne serait-ce que par égard pour Beth. Mais il aimait être ainsi, non ? Ou peut-être aimait-il être ainsi pour pouvoir tolérer ce que la vie réservait.

— Franchement, déclara Beth, je suis surprise que Leigh se prête à ce jeu.

Lui aussi l'était, mais il ne le dit pas.

Beth leva les mains en l'air, en signe d'incompréhension.

— Je suppose que tu as dû tomber au bon moment, reprit-elle. Elle vient de perdre du poids, et je peux te dire que quand on est une femme, perdre ne serait-ce que cinq kilos donne l'impression d'être une déesse. Je suppose que c'est ce qu'elle ressent avec Callum.

— Leigh est une grande fille, et elle sait ce qu'elle veut, dit-il. Ce soir, elle a flirté avec Callum. C'était positif pour elle comme pour moi. Pourquoi tout gâcher alors qu'il n'y aura qu'un seul autre rendez-vous ?

Beth se contenta de hocher la tête, en proie à une grande lassitude. Il sentit qu'elle capitulait, comme si elle ne savait plus quoi lui dire.

Pourtant, il y avait une chose qu'elle aurait pu lui rappeler. Une chose intime et forte. Que Carla ne l'aurait pas reconnu sous les traits de Callum. Mais Beth s'arrêta là.

Ils se dirent bonsoir, puis Adam essaya de se concentrer

de nouveau sur son travail, mais sans réellement y parvenir. Il ne pouvait cesser de penser au lendemain soir, lorsque Leigh serait de nouveau là.

Et au moment où il redeviendrait l'homme qu'il n'était pas.

4

La limousine déposa Leigh près du portail du manoir loué par Callum. Elle enfila sa veste blanche avant de sortir de la voiture.

Le chauffeur en uniforme la devança et lui ouvrit la portière. C'était une femme d'un certain âge à l'allure très sobre qui portait un chignon. Son rouge à lèvres rose pâle était sa seule note de couleur. Lorsque Leigh descendit, la femme lui tendit un téléphone.

Elle reconnaissait bien là les précautions prises par Callum pour protéger son identité.

— De la part de votre hôte, dit le chauffeur en hochant la tête en signe d'adieu. Bonne soirée, mademoiselle.

Leigh voulut demander à la femme si elle savait qui l'avait engagée, car elle était sûre que Beth s'était assurée de préserver l'identité de son patron. Mais au dernier moment elle se retint.

— Merci, dit-elle en acceptant le téléphone.

Il ne faisait aucun doute que Callum allait l'appeler pour lui indiquer quelle serait la suite des événements. Tout ce que Beth lui avait dit la veille, c'était qu'une limousine viendrait la chercher à son hôtel, et qu'ensuite elle devrait attendre sur la plage.

Mais le manque d'information n'était pas pour lui déplaire. Il n'en rendait ce petit jeu que plus intéressant. Et quand elle retournerait à sa vie routinière, elle ne regretterait pas cette incursion dans l'inconnu.

La femme désigna l'entrée de la plage bordée de bougainvillées, que Leigh emprunta, avant de s'engager dans une allée, au bout de laquelle elle trouva une étendue de sable déserte et le murmure des vagues.

Elle se dirigea vers la mer, resserrant sa veste blanche sur elle. La soirée de mi-novembre n'était pas si froide, cependant. Alors, pourquoi frissonnait-elle ?

Parce qu'elle était excitée. Et aussi nerveuse qu'une jeune fille allant à son premier rendez-vous. Elle n'avait pas dormi de la nuit parce qu'elle s'était remémorée leur premier rendez-vous, et la voix sexy de Callum qui résonnait à travers le manoir — et en elle. Même à présent, elle avait la chair de poule en repensant à sa voix grave et mystérieuse qui avait le même goût de péché que le miel qu'elle avait utilisé.

Mais Callum était bien plus attirant que le miel. Plus dangereux aussi. Et c'était comme si le rendez-vous de la veille ne s'était jamais terminé et continuait maintenant.

Ils avaient passé le stade des préliminaires. Maintenant, elle attendait la suite.

Le soleil qui se couchait sur l'océan était aussi doré que du miel, éclairant le ciel de teintes bleues et orange. Le cri des mouettes s'éleva en direction de la falaise escarpée. Au-dessus, elle reconnut le beau manoir en pierres loué par Callum, et elle se demanda s'il était derrière la fenêtre, à l'observer. Ses cheveux étaient-ils aussi noirs qu'elle les imaginait ? Et son regard aussi bleu que celui des Irlandais ? Etait-il grand et musclé, ou…

Le téléphone sonna, et elle s'arrêta, observant l'écran. C'était lui.

Qui qu'il fût.

Regardant en direction du manoir, elle prit une profonde inspiration pour masquer son anxiété, puis répondit.

— Alors, vous appréciez la vue ? demanda-t-elle.

Il l'accueillit avec un rire très doux et elle fut parcourue d'une onde de plaisir. Comment pouvait-il lui faire cet effet simplement en riant ?

— Oh oui, beaucoup, dit-il.

— Vous avez un magnifique point de vue sur le coucher de soleil.

— Je ne parlais pas de ça.

Elle tira sur un pan de sa veste d'un air absent. Elle cachait une grande partie de la robe country en coton bleu qu'elle avait choisie pour le soir. Elle était d'un bleu clair et gai, presque innocente si le vent ne la faisait pas virevolter au milieu de ses cuisses. Elle portait une paire de bottes de cow-girl pour compléter sa tenue.

Il reprit la parole :

— Vous êtes très belle, Leigh.

Peut-être, mais elle avait toujours l'air d'une fille de la campagne.

— C'est gentil, merci.

Le silence s'imposa à l'autre bout du fil. Puis elle entendit :

— On pourrait penser que vous n'avez pas l'habitude des compliments.

Elle haussa les épaules.

Les gens qui travaillaient avec elle dans son émission culinaire lui faisaient pas mal de compliments : la maquilleuse, le coiffeur, le réalisateur. Mais elle avait toujours pensé que c'était leur boulot de la rendre belle.

Callum n'avait pas tort cependant. Elle n'avait jamais été la jolie fille de la bande. En fait, elle n'avait jamais été première nulle part. C'était toujours quelqu'un d'autre qui se distinguait, comme sa sœur aînée, avant le jour fatidique où elle avait pris son dernier bain lors d'une soirée estivale. Et ensuite il y avait eu Margot à la fac, qui l'avait dépassée tant par sa beauté que par sa réussite — en tout cas jusqu'à ce soir, où elle lui avait confessé qu'elle n'était plus Mademoiselle Parfaite, et que son éditeur n'avait pas renouvelé son contrat. Mais Margot ne tarderait pas à inverser la tendance et à redevenir plus parfaite que jamais, elle n'avait aucun doute à ce sujet.

Leigh admira la plage abandonnée.

— Il n'y a pas foule.

— Ce coin de la plage est plutôt isolé, et puis ce n'est pas la saison touristique. C'est pourquoi l'endroit est si paisible.

— Vous venez me rejoindre ?

— Une fois encore, bien essayé, répondit-il avec un léger rire.

Elle se retourna vers le manoir, regardant ses fenêtres muettes, sa façade imposante, ses secrets.

— Je m'attendais à moitié à voir une cuisine improvisée sur la plage pour que je puisse vous préparer de nouveaux plats.

— En ce qui concerne la cuisine, la bonne nouvelle, c'est que vous avez quartier libre ce soir.

— J'aime bien cuisiner pour vous.

— Et j'aime manger ce que vous préparez.

S'il y avait une chose dans laquelle elle avait toujours excellé, c'était la cuisine. Ce dont la balance avait toujours attesté.

Elle écarta cette pensée, sachant que Callum la regardait telle qu'elle était maintenant — mince, avec le vent qui relevait sa robe sur ses jambes bien plus fines qu'avant. Elle se sentit prise d'un élan impétueux, et tout à fait prête à pousser l'aventure plus loin. Maintenant.

— Seriez-vous en train de me dire que c'est vous qui allez cuisiner pour moi, cette fois ?

— J'ai préparé quelque chose.

— Rien de trop décadent, j'espère. J'ai déjà fait pas mal d'excès hier soir.

— Vous n'avez presque rien mangé.

— Les calories s'additionnent, vous savez.

Il resta de nouveau silencieux, puis dit :

— La dernière chose que je veux, c'est que vous pensiez à ce que vous pouvez vous permettre et à ce que vous ne pouvez pas. Promettez-le-moi.

Elle tiqua, mais décida de ne pas faire de commentaire. La plupart des hommes ne comprenaient pas combien il était difficile de surveiller son poids de façon constante. Jamais elle ne reprendrait les kilos qu'elle avait perdus. Les mots qu'il prononça ensuite l'ébranlèrent.

— Vous avez toujours été la plus jolie fille de la soirée, Leigh. Ne le savez-vous pas ?

Le compliment la fit rougir. Il lui disait ce qu'elle avait envie d'entendre, non ?

— Merci, dit-elle en souriant, commençant à marcher le long du rivage.

— Vous ne me croyez pas, dit-il.

— Peut-être vous croirais-je si vous me disiez dans quelles circonstances vous m'avez déjà vue, Callum, risqua-t-elle sur le ton de la plaisanterie.

— Votre obstination est amusante.

— C'est mon métier ! Je divertis les gens qui guettent chacun de mes gestes sur leur écran de télévision.

A ces mots, l'atmosphère sembla se charger d'une tonalité plus sensuelle. Etait-ce parce qu'il n'avait pas répondu immédiatement ? Ou parce qu'elle aimait l'idée qu'il la regarde ?

C'était comme s'il lisait dans ses pensées.

— Que ressent-on lorsqu'on est devant une caméra, et qu'on ne sait jamais qui vous regarde ? demanda-t-il.

— Bonne question, fit-elle avant de s'interrompre, laissant le vent jouer avec l'ourlet de sa robe.

Ces longs préliminaires verbaux commençaient à faire effet sur elle, et elle se demanda si les choses iraient jamais plus loin.

Que ressentait-elle face à la caméra ? Elle retournait sa question dans sa tête. Elle n'y avait pas vraiment réfléchi jusqu'ici, mais à cet instant elle prit conscience qu'elle avait toujours eu envie qu'on la regarde. Et maintenant qu'elle avait un nouveau corps, une toute nouvelle confiance en elle, c'était amusant. Excitant.

— Eh bien, j'imagine que le fait d'être à l'écran me donne de l'adrénaline, dit-elle doucement.

— Qu'est-ce qui vous plaît exactement ?

Ils se préparaient manifestement pour le second volet

de ce qu'ils avaient commencé la veille, testant la limite entre la politesse qui sied aux présentations et... le genre de choses qu'on fait derrière des portes closes. Manifestement, il voulait goûter plus que le miel qu'elle avait dégusté de façon indécente la veille.

Elle aussi en voulait plus. C'était pour cela qu'elle était revenue. Et c'était pour cela qu'elle avait laissé sa veste s'entrouvrir, tandis qu'elle se tournait vers le manoir surplombant la falaise.

Elle sentit son pouls et sa respiration s'accélérer.

— Je n'ai jamais dit cela à personne, murmura-t-elle.

— Vous pouvez me le dire.

Qu'avait-il de si particulier pour l'inciter à révéler un autre aspect d'elle-même ?

— J'aime savoir que ceux qui regardent mon émission ont allumé la télé pour moi, pour me voir faire ce que je fais dans la cuisine, dit-elle. Ça me plaît qu'ils aient envie de me regarder, dit-elle, faisant un pas en direction du manoir. J'aime me demander à quoi ils pensent en me regardant.

Elle attendait sa réponse, le cœur battant.

— A quoi est-ce que je pense en ce moment ?

— A vous de me le dire.

— Je suis sûr que vous le savez déjà. Vous le saviez en revenant ici ce soir.

Entre eux, la tension sexuelle était montée d'un cran. Et, peu à peu, l'excitation la gagnait.

— Je pense, dit-elle, que vous avez aimé le petit show culinaire que j'ai fait pour vous hier soir, et qu'à présent vous regardez le vent jouer avec ma robe. Vous vous demandez si je vais plaquer le tissu sur ma cuisse pour vous empêcher de voir ce qui se cache sous ma robe.

Tandis qu'elle prononçait ces mots, le vent s'agitait de plus en plus, soulevant davantage le coton léger de sa robe. Elle fit un effort sur elle-même pour ne pas céder au réflexe de le rabaisser.

— Vous avez raison, dit-il. Mais j'espère aussi...

— Quoi ?

— Que le vent va m'aider en relevant un peu plus votre robe, même si vous le redoutez.

Ses propos abrupts l'atteignirent comme le déferlement d'une vague, son ventre se noua et son désir ne fit que s'accentuer.

La Leigh convenable et obéissante qu'elle avait toujours été serait déjà partie depuis longtemps. Mais cette fille n'existait plus, et une nouvelle Leigh avait fait son apparition.

— Je ne refuse jamais d'apporter mon aide quand c'est nécessaire, murmura-t-elle.

Le vent salin s'agitait autour d'elle dans un silence impressionnant. Elle n'avait jamais fait d'avances à un homme avant, ne s'était pas montrée très audacieuse. Il faut dire qu'elle n'avait jamais accordé beaucoup d'importance au sexe. Des rencontres brèves sans chaleur ni sentiments. Le genre de sexe pratiqué par les filles qui n'avaient pas une grande estime de soi.

C'était la ligne autour de laquelle Callum et elle avançaient sur la pointe des pieds. Une fois franchie, il ne serait plus temps de faire marche arrière.

Mais Leigh ne voulait plus faire marche arrière. Avec un délicieux frisson, elle franchit cette ligne.

Le regard fixé sur le manoir, elle saisit le bas de sa robe d'une main, puis, lentement, commença à la remonter. Le tissu lui caressait voluptueusement la peau.

Etait-il dans le même état d'excitation qu'elle ? Retenait-il son souffle, lui aussi ?

Lorsqu'elle atteignit le haut des cuisses, elle s'interrompit.

— Rouge ou blanche ? demanda-t-elle au téléphone, incapable de résister à l'envie de le tourmenter. Ange ou démon ?

Elle s'étonnait elle-même : elle devenait vraiment douée à ce petit jeu.

— La couleur de vos dessous est importante pour vous ? demanda-t-il, manifestement impatient.

— A mes yeux ? Absolument. La lingerie est toujours importante pour une fille, même si les hommes s'en fichent.

— Pas moi, dit-il avec un petit rire. Montrez-moi ce que vous portez, Leigh.

Elle rit.

— Vous allez d'abord devoir me dire quelque chose sur vous. Par exemple… Avez-vous vraiment les cheveux bruns, ou avez-vous juste dit ça hier soir pour vous rendre encore plus mystérieux ?

Il rit de nouveau, semblant réellement amusé cette fois.

— Je suis brun, comme des millions d'autres hommes. Satisfaite ?

Il n'ajouta rien d'autre. Elle regarda autour d'elle pour voir si elle était toujours seule sur la plage, et s'il n'y avait pas d'autres manoirs aux alentours d'où quelqu'un aurait pu voir ce qu'elle faisait.

Elle remonta sa robe un peu plus haut, lui montrant sa fine culotte blanche.

— J'avais l'intuition qu'elle serait angélique, dit-il.

Elle sut au son de sa voix que la couleur avait son importance.

Derrière elle, les vagues semblaient affluer avec plus de force, et elle ressentit leur flux et reflux jusqu'au creux de son ventre. Le désir affluait en elle à un rythme de plus en plus intense.

— Il est temps que vous veniez à l'intérieur, Leigh.

Adam n'attendit pas qu'elle monte les marches de bois qui menaient à l'arrière du manoir, où il avait laissé la porte de la piscine ouverte pour elle.

Il s'était déjà éloigné de la fenêtre du dernier étage d'où il l'avait observée sur la plage. D'où il l'avait regardée lui révéler une partie d'elle-même avec une sensualité si sage.

Un bref aperçu d'une petite culotte blanche.

La vision de la lingerie ne lui avait jamais fait tant

d'effet. Mais peut-être n'était-ce pas la lingerie qui l'avait excité — c'était la certitude que Leigh n'était pas une femme qui couchait à droite à gauche, comme Beth le lui avait affirmé. Elle n'avait pas non plus eu de longue relation, mais sur cette plage Leigh avait été aussi sexy qu'une diablesse lorsqu'elle avait remonté sa robe pour lui.

Tout ce dont il avait envie maintenant, c'était de descendre au rez-de-chaussée, dans un des salons dans lesquels il avait préparé un feu un peu plus tôt. Il avait disposé d'épaisses couvertures, de gros oreillers de soie, une bouteille de vin dans un seau rempli de glace et une sélection de fromages. Et il voulait voir son visage lorsqu'il entrerait dans la pièce.

Reconnaîtrait-elle le garçon timide qui avait quitté l'université très rapidement pour diriger le ranch familial ?

Bien sûr que non. Il était impossible qu'elle le reconnaisse — alors qu'il ne l'avait vue qu'une seule fois, lors de cette soirée étudiante, à l'autre bout de la pièce et qu'il ne s'était même pas présenté. S'il se montrait à elle ce soir, elle poserait sur lui un regard vide, se demandant qui il pouvait bien être.

Il eut un pincement au cœur, mais l'ignora, se disant que ne pas être reconnu par Leigh n'avait pas d'importance. Il ne voulait pas détruire ce qui était en train de se produire — une relation presque anonyme, et forcément passagère.

Il n'aurait même pas besoin de la toucher pour être satisfait ce soir. Il n'aurait pas pu, parce que, après tout ce temps, il ne s'était toujours pas remis de la mort de Carla. Jamais il ne s'en remettrait.

Il se rendit directement dans la mezzanine qui dominait le salon, puis s'installa dans le fauteuil dissimulé derrière la rampe.

Ils avaient coupé la communication pendant qu'elle faisait le court trajet qui la séparait du manoir, mais à présent il entendait la porte de derrière s'ouvrir, puis se refermer, et il composa le numéro de son téléphone. Elle répondit, le souffle court.

— Prenez le couloir, lui indiqua-t-il.

— Vous êtes conscient que si nous étions dans un film d'horreur, je jouerais le rôle de la fille qui ferait hurler les spectateurs parce qu'elle court au-devant du danger.

Décidément, elle avait le sens de l'humour.

— Nous ne sommes pas dans un film d'horreur, et je ne suis pas dangereux.

— Vraiment ? Parce que mon amie Margot vous a trouvé digne des plus grands monstres du cinéma, hier.

— Mais vous n'avez pas peur.

— C'est vrai. Le couloir n'est pas assez sombre sans doute.

— Vous êtes arrivée au bout ?

— Presque.

— Tournez à droite.

Il la sentait presque approcher, et l'anticipation faisait accélérer les battements de son pouls.

— Vous êtes dans le salon ? demanda-t-il.

— Celui où il y a un feu de cheminée, des couvertures et un festin digne de Cléopâtre ? Oui, je crois.

Il était si près que, s'il avait élevé la voix, elle aurait pu l'entendre, mais il ne voulait pas rompre l'illusion qu'il n'était pas réellement là. Cela n'en rendait le jeu de l'exhibitionnisme que plus intense, et elle avait avoué qu'elle aimait être regardée.

Elle apparut en contrebas, le téléphone à l'oreille, examinant le mobilier italien en cuir, les croquis Renaissance encadrés au mur, les objets en cuivre sur lesquels les flammes se reflétaient. Il reprit son souffle.

Leigh lui coupait le souffle chaque fois qu'il la voyait, et l'espace d'un instant il aurait voulu être un autre homme. Il aurait voulu raccrocher et descendre la rejoindre, toucher ses longs cheveux blonds, caresser son visage, sentir sa peau sous ses doigts.

Mais il était Adam, et personne d'autre, celui que Beth avait accusé d'être anormal la veille. Et il ne serait plus jamais personne après Carla.

Il appuya les avant-bras sur ses cuisses, le téléphone au

creux de son oreille, regardant à travers les barreaux de la balustrade, totalement dissimulé dans l'ombre.

— Mettez le téléphone sur haut-parleur et allongez-vous sur ces couvertures.

Un sourire aux lèvres, elle posa le téléphone par terre, près d'un gros coussin à franges dorées.

— Et ensuite ?

Il entendait sa voix un peu assourdie à travers le téléphone posé sur la couverture.

— Je vous laisse décider de la suite.

Ses mots semblèrent comme suspendus dans l'air. La balle était dans son camp. Elle pouvait rester ou partir. Avancer ou reculer.

Manifestement, elle ne s'était pas attendue à cela. N'étant pas idiote, elle leva les yeux vers la mezzanine, et il sentit son cœur s'emballer, comme s'il venait d'être découvert. Puis, elle s'assit sur la couverture, et ôta sa veste blanche, la jetant de côté.

Le feu crépita derrière elle, projetant une lueur dorée sur sa peau, tandis qu'elle tendait la main vers la bouteille posée dans le seau à glace.

— Un Riesling 2009. Bon choix, Callum.

— Cela va bien avec l'assortiment de fromages, surtout le parmigiano reggiano.

Elle prit une fine tranche sur le plateau en argent, puis saisit l'unique verre à vin et se servit.

— Vous buvez aussi, là-haut ?

— Je m'apprêtais à le faire, dit-il en jetant un coup d'œil vers le seau à glace situé près de son fauteuil, contenant la même bouteille, avant de se servir.

Il leva un verre à la santé de Leigh, même si elle ne pouvait le voir.

— A nos jeux un peu fous, dit-il.

— A nos jeux un peu fous, répéta-t-elle.

Elle leva son verre, le tendit dans la direction de Callum,

et but une gorgée. Puis, elle grignota un morceau de fromage et le reposa.

Franchement, elle semblait un peu nerveuse tandis qu'elle prenait appui sur un gros coussin, face à lui.

— Leigh, dit-il, vous savez que nous ne sommes pas obligés d'aller plus loin. Je ne veux pas que vous ayez la sensation que j'attends quelque chose de précis.

Elle toucha le bas de sa robe, ses longues jambes nues étendues devant elle, mises en valeur par ses bottes de cow-girl sexy.

— Je ne serais pas entrée dans le manoir si je…, dit-elle, avant de s'interrompre, puis elle ajouta : Il est rare que j'agisse sur un coup de tête.

Etait-elle déterminée à changer dès maintenant ?

A l'exception du crépitement des flammes, il n'entendait plus que les battements de son cœur.

Sans rien dire, tenant son verre d'une main, elle posa l'autre main sur l'ourlet de sa robe. Il sentit son sexe se tendre, devenir à l'étroit dans son jean.

Elle parla à voix plus basse, mais il l'entendait encore clairement à l'autre bout du téléphone.

— Quelle est la couleur de vos yeux, Callum ? demanda-t-elle, enroulant le tissu autour de son doigt, le faisant ainsi légèrement remonter.

C'était donc ainsi que les choses se passeraient. Elle allait lui poser des questions, et il lui céderait. Elle était futée.

Mais il pouvait jouer le jeu à sa manière.

— Bruns.

Il ne lui dit pas qu'ils étaient presque dorés. C'était un peu trop précis, pensa-t-il. Mais bruns, c'était proche de la vérité.

Elle eut un petit rire.

— C'est drôle, avec un nom tel que Callum, j'aurais imaginé des yeux bleus.

— Parce que ça sonne irlandais ?

Il ne lui avait pas dit qu'il avait emprunté le prénom de son grand-père pour ce petit jeu.

Au lieu de remonter sa robe, cette fois elle posa les doigts négligemment sur le haut de sa robe, juste au-dessus des boutons fermés sur son décolleté.

— Bien. Je peux commencer à me faire une idée de vous, maintenant que je connais quelques détails.

Elle pouvait difficilement l'imaginer en en sachant si peu. Cette fois encore, il aurait eu envie d'aller vers elle et de lui révéler son visage pour qu'elle puisse fantasmer sur lui une fois que la nuit serait terminée, et qu'elle serait allongée dans son lit, à se caresser.

Elle jouait avec le premier bouton de sa robe, et il attendit de voir où elle allait en venir. Il sentit son sexe devenir plus dur encore.

Trouvant l'attente intenable, il dit :

— Pourquoi ne le faites-vous pas franchement, Leigh ?

— Parce que vous n'avez pas dit s'il vous plaît.

Elle baissa les yeux, le regardant à travers ses longs cils, telle une tentatrice.

Au diable ses principes !

— S'il vous plaît.

Remarquant la tension dans sa voix, elle ouvrit lentement un premier bouton. Il eut l'impression que ses poumons étaient en feu.

Le sourire de Leigh s'accentua, comme si elle l'imaginait la dévorant des yeux. Comme s'il était aussi excité qu'elle.

Elle défit un autre bouton. Puis un autre.

Quand elle arriva à la taille, elle s'interrompit, lui montrant un soutien-gorge en dentelle blanche assorti à la culotte qu'il avait vue un peu plus tôt.

— De la dentelle blanche, murmura-t-il.

Elle posa un de ses pieds bottés sur la couverture, s'allongeant sur les oreillers, lui offrant un spectacle des plus suggestifs. Balançant négligemment ses genoux d'avant en arrière, il avait de brefs aperçus de sa culotte en dentelle, ce qui faillit le rendre dingue.

Son sexe était de plus en plus douloureux, gonflé à l'extrême.

— Vous êtes sûr de ne pas vouloir venir ici, avec moi ? demanda-t-elle.

La gorge sèche, il reprit son souffle.

— Je pense que vous connaissez la réponse.

C'était une relation passagère. Sans nom et sans visage. Sans conséquences.

— C'est dommage. Je m'amuse bien… Même toute seule.

Lui aussi. Il ne s'était jamais autant amusé depuis… Oh ! non… Il n'allait pas penser à Carla.

Leigh saisit son verre de vin, but avec nonchalance, puis le reposa. Chacun de ses gestes était innocemment excitant, comme si elle ne savait pas qu'elle était en train de le rendre fou. Mais à la façon dont elle jetait des coups d'œil dans sa direction d'un air malicieux, il savait qu'elle en était tout à fait consciente.

— Si j'avais bu un peu plus de vin, dit-elle en effleurant l'intérieur de ses cuisses du bout des doigts, je serais sans doute grisée à l'heure qu'il est. Mais j'ai très peu bu, et…

— Oui ? l'interrogea-t-il d'une voix un peu étouffée.

Elle lui lança de nouveau un de ses regards entendus.

— Je sens que je pourrais faire n'importe quoi et ne pas le regretter une fois que je serai rentrée chez moi.

Les doigts de Leigh frôlèrent dangereusement le haut de ses cuisses, et il retint son souffle.

Elle rit de nouveau, comme si elle s'amusait telle une petite folle.

— Je me sens encore plus téméraire qu'hier soir maintenant que je sais que ce qui se passe dans cette maison…

— … ne sortira pas de cette maison.

Aucun engagement. Des rendez-vous mystérieux qui le resteraient parce qu'elle ne savait pas qui il était, et ne le saurait jamais.

Comme si elle voulait prouver ce qu'elle venait de dire, elle se mordit la lèvre, puis fit basculer une jambe sur le côté, exposant un peu plus sa culotte à son regard. Mais, cette fois, elle glissa une main entre ses cuisses.

Il était maintenant incapable de respirer, de bouger, de peur de perdre son sang-froid alors qu'il devait garder son calme. Mais lorsqu'elle promena ses doigts sur son corps, il ne put détacher ses yeux d'elle.

Leigh. L'objet de ses fantasmes de jeunesse en chair et en os, devant lui. Une femme pleine de malice et sûre d'elle maintenant.

— Qu'imaginez-vous ? demanda-t-il, faisant comme si c'était lui qui la caressait.

— Vous.

Il réprima un juron, puis dit :

— Pourquoi ne fermeriez-vous pas les yeux ? Continuez de m'imaginer.

Les longs cheveux de la jeune femme étaient étalés autour d'elle, un de ses bras était replié au-dessus de sa tête, dans un geste d'abandon. Elle se mordait toujours la lèvre, la tête tournée de côté tandis qu'elle se caressait timidement.

Il savait qu'elle ressentait une certaine timidité, même maintenant.

— Je suis là, avec vous. Je glisse mes doigts en vous. Que ressentez-vous ?

— C'est bon, murmura-t-elle.

Il voulait plus.

— Glissez les doigts sous la dentelle de votre culotte. Caressez-vous comme vous avez envie que je vous touche.

L'espace d'un instant, il se dit qu'il précipitait peut-être les choses, qu'elle allait se rendre compte que tout cela était dingue, et qu'elle y mettrait un terme. Mais il entendit un faible gémissement à l'autre bout du fil tandis qu'elle lui obéissait, glissant un doigt sous le fin tissu.

La fille de ses rêves transformait ses fantasmes en réalité, ici et maintenant. Retenant un gémissement, il s'imagina en train de l'exciter, de la faire mouiller.

— Maintenant, dit-il, glissez votre autre main dans votre soutien-gorge.

Elle s'exécuta, et tandis que les mouvements de ses

hanches accompagnaient ses caresses, elle entrouvrit les lèvres. Elle se caressa lentement les seins, comme il l'aurait fait s'il avait été là.

— Vous voulez me sentir en vous ? demanda-t-il.

— Oui, lâcha-t-elle dans un murmure.

Sans attendre ses instructions, elle balança des hanches tandis qu'elle glissait ses doigts en elle.

Il était incapable de parler, il pouvait juste fantasmer, rêver qu'il la prenait, qu'il sentait la peau de Leigh contre la sienne, qu'il avait sa bouche contre la sienne, capturant les petits cris d'extase qui lui échappaient.

Son sexe en érection était avide de plaisir, mais il voulait rester là, à la regarder, se forcer à attendre. A chacun des mouvements de Leigh, il devait faire un effort sur lui-même pour ne pas craquer, sentant le sang battre à tout rompre dans ses veines, jusqu'à l'instant où…

Elle étouffa un cri, s'interrompant dans un souffle, puis ôta la main qui effleurait ses seins pour enrouler le bras autour de son visage… comme si elle se cachait de lui de la même façon qu'il se cachait d'elle.

Il s'agrippa au bras du fauteuil quand elle jouit, le visage appuyé contre son bras.

Elle était à bout de souffle, puis elle éclata de rire. Etait-elle gênée à présent ?

— Eh bien, dit-elle, Beth m'avait dit que ce rendez-vous serait amusant. Je dois avouer que je ne m'étais jamais amusée de cette façon !

Il rit à son tour, mais il avait la gorge tellement serrée que presque aucun son n'en sortit. Tout ce qu'il savait, c'est qu'il voulait beaucoup plus de Leigh.

Il devait trouver le moyen de la toucher lui-même sans démasquer « Callum ».

5

Tandis que Leigh se redressait, ajustant sa robe, les jambes encore écartées, elle pensa : comment réagir à présent ?

Ce jeu était-il allé trop loin ?

Probablement. Mais, à vrai dire, elle n'était pas plus embarrassée que cela par la situation. Elle l'avait peut-être été au début, mais maintenant, c'était comme si elle venait de faire un voyage à couper le souffle, et qu'elle n'avait qu'une envie : remonter dans le train.

Comme pour se rebeller contre l'instinct profondément ancré en elle qui lui soufflait de reprendre ses esprits et de faire preuve d'un peu de bon sens, elle laissa le haut de sa robe ouvert. Elle aussi pouvait être une femme désirable et sexy qui ne s'excusait pas à tout bout de champ.

Elle leva les yeux vers la mezzanine, sentant ses seins rehaussés par son balconnet, les faisant pigeonner de façon très sexy. Callum était probablement encore en train de les regarder.

C'était la liberté. Savoir que l'homme avec qui on partage son intimité ne pense pas qu'on a quelques kilos de trop. La liberté avait des accents d'extase après l'orgasme qu'il lui avait procuré avec quelques fantasmes et le son grave de sa voix de velours.

Qui lui avait déjà fait ressentir cela auparavant ? Et sans même la toucher.

Elle sourit en direction de l'endroit où elle savait qu'il se trouvait, dans la pénombre, même si elle ne voyait que la rambarde.

Que ferait-il si elle montait à l'étage en courant ? Aurait-il disparu avant même qu'elle ne soit à mi-chemin ?

Elle prit son verre de vin, but une longue gorgée, puis finit la tranche de fromage qu'elle avait commencée un peu plus tôt. Quand elle eut terminé, elle dit :

— Qu'est-ce qui est au programme, maintenant ?

Décidément, elle parlait comme si elle se caressait de façon éhontée devant des inconnus tous les jours !

Elle entendit son rire bref et léger à la fois, et elle sentit la pointe de ses seins s'ériger de nouveau.

Elle fronça les sourcils, puis dit :

— Vous n'avez rien de prévu, n'est-ce pas ?

— Ce n'est pas vrai.

Il semblait tendu, et cela la ravit, parce qu'elle avait fini par le déstabiliser. Elle avait pris l'avantage. Enfin.

Il poursuivit :

— J'ai un dîner au chaud dans le four. De simples linguines aux crevettes.

— Un plat que vous avez préparé en quelques minutes, sans le moindre effort ?

Son verre de vin dans une main, elle prit le téléphone posé sur la couverture de l'autre, se relevant, jouant avec ses nerfs en se penchant pour révéler, un peu plus, son décolleté.

Il s'éclaircit la gorge.

— Je cuisine de temps à autre, mais j'ai toujours besoin de suivre une recette. Je ne suis pas très doué pour l'improvisation.

— Ne le dites à personne, mais je ne prends pas beaucoup de risques en cuisine. Je sais que j'assure pour ce qui est des plats traditionnels — c'est pour ça que les gens veulent m'engager pour être leur chef attitré — mais ce sont les producteurs de mon émission qui ont eu l'idée de cette présentation sexy à la mode country. Je n'ai jamais été un chef d'avant-garde.

C'était plus sécurisant ainsi, en sachant où elle allait,

et sans jamais dévier des bonnes recettes qui avaient fait leurs preuves.

A l'exception de ce soir.

Elle s'approcha d'un des murs, où une chaîne stéréo attendait derrière les portes de verre d'un meuble de bois sombre. Elle sentait que le regard de Callum la suivait, et cela raviva son désir.

— Allez-y, dit-il tandis qu'elle l'observait à travers la vitre, ouvrez-le. Il y a un iPod à l'intérieur, et vous pouvez choisir ce que vous voulez sur la playlist.

Elle fit ce qu'il suggérait, et regarda les chansons enregistrées.

— Je vois qu'il y a beaucoup de classiques de la country. Vous êtes un fan de Johnny Cash ?

— Oui, j'ai été élevé au Johnny Cash. Pourquoi ne mettriez-vous pas une de ses chansons ?

Elle choisit un titre au hasard sur la playlist, puis écouta les sons de la guitare et des percussions, bougeant légèrement au rythme de la musique.

— Cela faisait des années que je n'avais pas écouté Johnny Cash. J'étais sortie avec un type une fois, qui…, dit-elle, avant de s'interrompre, décidant de ne pas se replonger dans le passé. Oubliez ça, ajouta-t-elle.

— Racontez-moi. Vous êtes sortie avec un type une fois, et qu'a-t-il fait ?

Il semblait avoir réellement envie qu'elle lui raconte son ennuyeuse vie sentimentale — ennuyeuse jusqu'à présent, du moins.

Soudain, elle se demanda à quel point elle souhaitait se révéler à cet homme. Etait-il encore en train de jouer avec elle ?

Elle verrait bien.

— J'allais vous dire que cela me gêne de vous parler de mes ex-petits amis, mais cela semblerait un peu idiot après… (Elle jeta un coup d'œil vers la couverture et les coussins.) Enfin, vous voyez ce que je veux dire.

— Cela m'intéresse, Leigh. Mais vous n'êtes pas forcée de me raconter quoi que ce soit si vous n'en avez pas envie.

Cette fois encore, il ne lui forçait pas la main, et cela la rassura.

— C'était mon premier petit ami, dit-elle, les yeux fixés sur le feu de cheminée. Enfin, je ne suis pas sûre que le terme de petit ami soit approprié.

— Pourquoi ?

— Je crois que l'un et l'autre nous sentions presque obligés de sortir avec quelqu'un. En dernière année d'université, je fréquentais un groupe de filles qui avaient toutes un petit ami sérieux, et je me sentais un peu à l'écart. C'était un excellent ami d'une de mes amies, et il était célibataire. Bref, tout est parti de là. On allait tous ensemble au cinéma, à des soirées étudiantes… Et un soir, de but en blanc, c'est arrivé sur le siège arrière de sa voiture, en écoutant une cassette de Johnny Cash.

Elle n'ajouta pas qu'au milieu de leurs gestes maladroits sur le siège arrière, elle n'avait pas ressenti grand-chose. C'était simplement une curiosité sexuelle d'adolescents, sans parler de l'envie de se débarrasser de l'angoisse de la première fois. En outre, elle avait essayé de garder autant de vêtements que possible car elle ne voulait pas qu'il voie son corps nu. Bien sûr, cela n'avait pas facilité les choses.

— Que s'est-il passé ensuite ? demanda Callum.

Au ton de sa voix, elle eut l'impression de lui avoir raconté une histoire triste.

— On est sortis ensemble quelque temps, dit-elle, refusant de lui laisser croire que sa vie était pathétique. Pendant un mois au moins. Puis, nous nous sommes éloignés, comme c'est souvent le cas avec ceux qu'on croise à la fac.

Et lorsqu'il avait demandé à une autre fille de l'accompagner au bal des étudiants, trois mois plus tard, cela ne l'avait pas affectée. En tout cas pas sur le moment, mais Hannah était morte une semaine plus tard, et elle avait sombré dans la boulimie.

Callum resta un moment silencieux, puis finit par dire :

— Vous laisser partir était surtout une perte pour lui.

Elle rit.

— Franchement, c'était il y a longtemps, et ce n'était pas non plus l'homme de ma vie.

— Qui était l'homme de votre vie ?

Elle n'avait rien à répondre à cela. Et c'était encore plus triste que l'histoire qu'elle venait de raconter.

— Disons…, dit-elle en s'approchant du feu, que j'ai toujours été un électron libre, et que cela me convient très bien.

Elle but une gorgée de vin, avant d'envelopper un bras autour de sa poitrine, le regard fixé sur les flammes.

— Très bien, dit-il simplement.

— Très bien ?

— Je ne crois plus à l'engagement, la vie est trop courte.

Il n'y croyait *plus* ? Que voulait-il dire ?

Elle commença à se retourner, voyant une opportunité de le découvrir, mais il l'interrompit.

— Ne pensez pas que vous allez tirer de moi une histoire, Leigh.

— Oh ! allez, juste une petite anecdote ? Une histoire qui remonte à la fac ? Un rencard désastreux pour m'amuser ?

— J'ai bien peur que mes histoires ne soient pas amusantes.

C'était comme si un couteau venait de déchirer l'écran invisible qui les séparait, rappelant à Leigh que ce n'était pas un rendez-vous ordinaire, et qu'il n'était pas non plus un homme ordinaire.

Et, elle était certainement folle à lier, mais cela l'intriguait plus que jamais.

Elle leva les yeux vers l'espace plongé dans l'obscurité, sur la mezzanine, pensant avoir aperçu un mouvement — une main glissée dans des cheveux bruns ?

Puis, l'image disparut.

Elle sentit son cœur s'emballer, mais elle se calma, secouant la tête avant d'avaler une gorgée de vin.

Puis, elle dit d'une voix légère :

— Le fait de ne pas savoir qui vous êtes va me poursuivre, vous savez. Quelle était votre intention ? De me frustrer, même après ce rendez-vous ?

— Cela n'a jamais été mon intention, répondit-il d'une voix grave.

— Je plaisantais, Callum, mais je ne peux m'empêcher de me demander… Je ne suis pas sûre que cela vous avance à grand-chose de vous contenter de me regarder toute la nuit.

— Je pourrais vous regarder pour…

Il s'interrompit.

Qu'allait-il dire ? Qu'il pouvait la regarder pendant des heures ? Des jours ? Pourquoi pensait-elle qu'il était sur le point de dire « pour toujours » ?

Cette idée était ridicule. Il ne la connaissait pas, et elle non plus, en tout cas pas assez pour deviner son identité à partir de sa voix ou de son goût en matière de manoirs de location. La seule chose qui l'intéressait, c'était d'avoir un ou deux rendez-vous avec elle.

Malgré tout, elle sentit son ventre se nouer en pensant que ce serait bientôt terminé.

Elle écouta la musique un peu plus longtemps, et lorsqu'elle leva les yeux vers la mezzanine, elle aurait pu jurer qu'il n'était plus là. Elle ne savait pas pourquoi, c'était juste une sensation.

— Pourquoi ne venez-vous pas dans la salle à manger ? demanda-t-il à travers le combiné du téléphone.

Oui, il était bien parti, car maintenant qu'elle y prêtait attention, elle remarqua qu'il n'y avait plus d'écho, juste sa voix au bout du téléphone.

Elle quitta les lieux, et une fois dans la salle à manger, elle vit la table dressée avec un service en porcelaine de Chine et une bouteille de chardonnay frappé. Un bol chaud de linguines aux crevettes l'attendait, accompagné d'une salade.

Il s'était donc bien éclipsé à un moment donné, pour dresser la table.

— Eh bien ! on dirait que je vous ai manqué, lança-t-elle en s'asseyant sur la même chaise que la veille.

— On dirait, en effet.

Il semblait excité, comme si le risque de se faire prendre l'avait grisé.

Il n'avait pas besoin de lui dire de se servir, elle connaissait la marche à suivre à ce stade.

Et elle aurait voulu que ce ne soit pas le dernier rendez-vous avec cet homme mystérieux, qui commençait à représenter autre chose qu'une histoire sans lendemain.

Quand Leigh ouvrit la porte de la chambre d'hôtel qu'elle partageait avec Margot, son amie se leva de son lit en repoussant son ordinateur portable.

Elle n'eut même pas besoin de lui poser de question — elle fixa Leigh avec des yeux écarquillés.

— Tu es allée jusqu'au bout avec lui, dit-elle. Oh ! nom de Dieu, Leigh, tu as couché avec un fantôme !

Leigh céda presque à l'envie de faire marcher Margot, juste pour s'amuser, mais elle y renonça.

— Il n'y a pas eu de sexe entre nous. Enfin, pas de façon conventionnelle.

— Quoi ?

Leigh ressentit une certaine satisfaction quand Margot la suivit jusqu'à la salle de bains. La situation avait si souvent été inversée, et maintenant, qui avait une vie excitante ?

En fait, sa vie avait été excitante jusqu'à l'instant où elle avait quitté la maison de Callum et où elle était montée à bord de la limousine. Elle ne s'était attendue à aucun miracle ce soir, comme de le voir sortir de l'ombre pour lui révéler son identité, mais elle aurait au moins aimé…

Quoi ? Un lien qui ait un sens avec un homme qui ne lui avait jamais rien demandé d'autre que du plaisir et du jeu ?

— Leigh, tu ferais mieux de me répondre, dit Margot, lui emboîtant le pas tandis qu'elle allumait la lumière de la salle de bains. Tu sais ce que j'ai fait pendant tout ce temps ? Je me suis occupée des derniers préparatifs pour la fête surprise avant le mariage de Dani, qui aura lieu au ranch la semaine prochaine.

Un groupe de copines de fac se réunissait pour préparer la cérémonie, à l'insu de Dani. C'était une excuse valable pour faire la fête.

— Oh ! ajouta Margot, j'ai presque oublié que je m'inquiétais aussi de ce qui se passait pendant ton deuxième rendez-vous. Alors, accouche ! Qu'est-ce que tu entends par « sexe non conventionnel » ?

Leigh haussa les épaules, le sourire aux lèvres tandis qu'elle posait son téléphone sur le meuble de salle de bains, puis sortit un élastique de sa trousse de toilette et s'attacha les cheveux avec désinvolture. Mettant la patience de Margot à l'épreuve, elle s'approcha de la baignoire, fit couler l'eau et y ajouta un gel parfumé fourni par l'hôtel.

— Excuse-moi ? renchérit Margot.

— Je vais juste prendre un bain. En temps normal, je n'ai pas le temps, mais là, je me sens d'humeur à faire trempette.

Elle voulait se relaxer, être un peu seule, penser à Callum. Elle était encore énervée. Insatisfaite.

— Alors c'est tout ? demanda Margot en levant les mains en signe d'impuissance. Tu ne vas rien me dire ? Silence radio ?

Leigh commença à déboutonner sa robe, et Margot laissa échapper un soupir de frustration, puis sortit, poussant la porte derrière elle, exactement comme lorsqu'elles partageaient une chambre à la fac. Dieu savait combien de fois elles avaient bavardé dans la salle de bains, tandis que l'une prenait sa douche et que l'autre se maquillait de l'autre côté de la porte. Cela n'avait jamais gêné Margot de se déshabiller devant quelqu'un, mais Leigh n'avait jamais osé.

Mais les temps avaient bien changé. Pensant jusqu'où elle était allée ce soir-là, Leigh se déshabilla, tandis que Margot continuait de protester :

— O.K., j'ai compris. Tu me punis pour ne pas t'avoir

parlé de mes histoires de contrat, et parce que je ne t'ai pas parlé de mon histoire avec Clint dès le début.

— Non, dit Leigh en fermant le robinet d'eau, avant d'entrer dans le bain rempli de mousse.

— Alors tu veux tout garder pour toi. Je comprends.

Peut-être avait-elle assez torturé son amie.

— Tu peux entrer, Margot.

Margot hésita tant la situation était inhabituelle. Elle finit par se glisser dans la salle de bains, et alla s'asseoir sur le couvercle des toilettes, se demandant encore ce qui avait provoqué ce changement d'attitude.

Jouant négligemment avec la mousse, Leigh regarda son amie, un grand sourire aux lèvres.

— Je n'avais jamais rencontré quelqu'un comme lui. Il savait exactement quoi me dire.

Il avait su comment révéler la femme en elle, et comment l'amener à se caresser devant lui.

— A-t-il révélé son identité ?

— Non.

— Mais tu as plus ou moins couché avec lui ?

— En quelque sorte, oui.

— Leigh, tu essaies de me rendre dingo ?

— Bon, d'accord, commençons par le début. Quand je suis arrivée sur place, je me suis promenée sur la plage déserte, et je lui ai parlé avec un téléphone qu'il m'avait donné.

Margot croisa les bras sur sa poitrine.

— Et c'est à ce moment-là qu'il a « su quoi te dire ». Il t'a baratinée toute la nuit ?

— On peut dire ça, répondit Leigh en s'immergeant dans l'eau jusqu'au niveau de la bouche, lançant un petit regard malicieux à Margot. J'ai plus ou moins fait l'amour au téléphone avec lui.

— Sur la plage ?

Leigh sourit en voyant son amie, les yeux écarquillés.

— Tu as fait l'amour avec lui à distance — sur la plage ? répéta Margot.

— Je lui ai juste montré ma culotte sur la plage. Mais, une fois à l'intérieur, c'est allé un peu plus loin.

— Oh ! bon sang, je ne veux même pas demander jusqu'où, dit Margot, se couvrant le visage avec les mains. O.K., jusqu'où ?

Pour toute réponse, Leigh afficha un sourire espiègle.

— Si loin ! lâcha Margot, visiblement surprise. Je ne savais pas que tu étais capable de faire ça. Et, ensuite, il s'est passé autre chose ?

— Oui, j'ai de nouveau mangé seule, et on a longuement parlé de films et de livres. Il semble avoir une prédilection pour les thrillers.

— Et rien de plus après ça ? demanda Margot. Tu as juste quitté les lieux, et vous vous êtes simplement dit au revoir ?

— C'est ça. Et tu sais quoi ? Je ne regrette pas une seconde de ce qui s'est passé. J'ai passé un excellent moment, et j'ai découvert certaines choses sur moi-même. Je n'aurais jamais cru être le genre de femme à… Enfin, tu sais.

— Prendre son pied devant un inconnu ?

— Oui, admit-elle, pensant que cela sonnait très décadent. Mais je suis bien ce genre de fille, Margot. Et j'ai adoré ça.

— Ouah ! s'extasia-t-elle. La Leigh que je connaissais ne serait même pas allée à ce rendez-vous. Et elle ne se serait pas non plus comportée comme une petite dévergondée. Elle aurait été bien trop timide pour cela.

— Je croyais que je serais un peu estomaquée par ce que j'avais fait après coup, mais non. Cela peut sembler étrange, mais même s'il s'agit d'un parfait inconnu, j'avais l'impression de le connaître. Je ne me suis jamais sentie aussi proche de quelqu'un.

— Tu penses le connaître ? Ça expliquerait pourquoi il t'a semblé familier ?

— J'espère que non, dit-elle en passant la main sur la mousse. Cela changerait tout. Cela rendrait les choses…

— Plus sérieuses. Je comprends. Pour l'instant, tu peux vaquer à tes occupations, et c'est sans conséquences.

— Exactement, dit-elle, avant de soupirer. Je cherchais uniquement à vivre une aventure, mais j'ai obtenu bien plus que cela.

— Sans aucun doute.

— Non, ce n'est pas ce que je voulais dire. Maintenant, je me demande ce que j'ai raté tout au long de ma vie, à force d'être trop prudente. En restant dans cette coquille que j'ai construite parce que j'étais rondelette et peu séduisante.

— Tu as toujours été jolie, s'insurgea Margot. J'aimerais bien que tu ne dises pas ce genre de bêtise.

— Ne me jette pas de fleurs, tu sais très bien que j'étais la fille sympa et drôle du groupe.

— Tu es toujours sympa et drôle, répondit Margot en souriant à son amie.

Une légère sonnerie retentit, interrompant leur conversation.

— C'est ton téléphone, dit Margot, les yeux brillants.

Avant que Leigh ait le temps de répondre quoi que ce soit, Margot se précipita hors de la salle de bains, et revint le téléphone à la main, le regard posé sur l'écran.

— E-mail tentateur..., annonça Margot, un sourire diabolique aux lèvres.

Elle lui montra l'écran, et Margot vit qu'il était bien matière à tentation.

Il s'agissait d'un message de Beth indiquant simplement : « Il a une proposition à te faire. »

Adam jeta un coup d'œil par-dessus l'épaule de Beth tandis qu'elle envoyait un e-mail à partir de son smartphone, dans la cuisine.

Elle lui lança un regard irrité, et Adam recula, levant les mains en signe de capitulation.

— Désolé, dit-il.

— Je ne pense pas qu'elle réponde à la vitesse de l'éclair, dit-elle, posant le téléphone sur le comptoir en marbre. Elle est peut-être même déjà couchée. Et en parlant de se coucher, j'y vais de ce pas. Je laisse mon téléphone ici, pour que tu puisses prétendre être moi, ou… je ne sais quoi encore.

Elle sortit de la cuisine, le laissant seul, pour regagner la chambre qu'elle occupait dans le pavillon attenant au manoir.

Il prit conscience que c'était un emploi solitaire, de travailler pour un ermite tel que lui. Cela ne laissait pas beaucoup d'occasions de rencontrer quelqu'un — même pour une fille aussi belle que Beth.

— Attends, fit-il, que dirais-tu d'un cocktail ? C'est peut-être notre dernière nuit ici, alors pourquoi ne pas en profiter ?

— Parce que je dois faire mes valises.

— Beth.

Elle leva les yeux au ciel, puis fit un geste en direction du bar qui contenait tout ce qu'on pouvait désirer, du scotch vingt ans d'âge jusqu'à l'Amaretto. Il avait rempli tous les minibars du manoir à son arrivée.

Sortant deux verres en cristal, il opta pour l'Amaretto, puis prit de la glace dans le réfrigérateur. Il tendit un verre à Beth.

— A nos quelques jours à la campagne.

— Tu veux vraiment qu'on boive à cela ?

— Pourquoi pas ?

— Parce que tu n'as pas l'air prêt à partir. Quand nous sommes venus ici, tu ne devais avoir qu'un seul rendez-vous. Maintenant tu me demandes d'organiser l'ouverture de L'Escapade en pleine nuit pour pouvoir inviter Leigh et poursuivre cette folie. Je dois vraiment être bonne poire pour accéder à tous tes caprices.

L'Escapade dont elle parlait était un petit ranch situé dans la région de San Diego qu'il avait acheté après la mort de Carla. Il comportait quelques chevaux et un vignoble.

— Je ne resterai pas longtemps sur place, dit-il. Et tu pourras rentrer chez toi. Mais tout dépendra de la réponse de Leigh. Elle est en congé entre deux émissions, et je n'ai pas besoin d'être physiquement présent aux réunions avant une semaine, c'est donc le bon moment pour l'un comme pour l'autre.

— C'est sûr, tu n'as pas dit le contraire dans ton e-mail. « Que dirais-tu de quelques jours de dépaysement ? cita-t-elle. Callum aimerait que tu sois son invitée la semaine prochaine pour de nouveaux jeux. »

L'idée avait germé dans son esprit au fil de la soirée, et s'était précisée lorsque Leigh avait dit être frustrée que leur rendez-vous se termine. Elle avait également souligné que leur petit jeu de voyeurisme allait sans doute finir par atteindre ses limites, et il s'était demandé si elle s'en était déjà lassée.

Il avait donc décidé de lever le pied à ce stade, espérant attiser son désir en différant les jeux sexuels. Il lui avait ensuite envoyé cette invitation. Et il n'attendait plus que sa réponse.

— Je te revaudrai le temps que tu as passé ici, et tous les efforts que tu as faits, dit-il à Beth. En fait, tu devrais garder un œil sur ta messagerie. Tu risques de recevoir un lien de ma part te permettant de faire du shopping sur une de tes boutiques préférées en ligne.

— Tentative de corruption, dit-elle, semblant en colère, puis elle lui jeta un petit regard affectueux.

— J'avoue, on n'en est pas loin, dit-il en lui souriant. Mais ce sera la dernière escapade avec Leigh, ensuite, ce sera terminé. Je te le promets.

— C'est ce que tu pensais pendant la nuit romantique que vous avez passée ensemble ? Que c'était juste une nouvelle escapade ?

— Bien sûr.

— Bien sûr, dit-elle en reposant son verre auquel elle n'avait pas touché. Ecoute, je ne sais pas ce qui s'est passé entre vous deux, mais j'ai vu les coussins et les couvertures devant le feu. Et on aurait dit que quelqu'un s'en était servi.

Il poussa un soupir.

— Je vois où tu veux en venir. Tu ne veux pas qu'elle souffre. Moi non plus.

— C'est toi qui m'inquiètes le plus à ce stade, dit-elle. Hier soir, c'était seulement un rencard. Mais maintenant tu apprécies réellement Leigh, et ce n'est qu'une question de temps avant que tu ne te sentes coupable de trahir Carla avec une autre. J'ai vu ce qui se passait avec les femmes que tu draguais sur internet — dès que l'une d'entre elles commence à t'intéresser, tu deviens sombre et en colère parce que la vie t'a pris la seule femme que tu aies jamais aimée, et tu décides que tu ne laisseras pas cette situation se reproduire. Et alors tu te mets à vivre en ermite.

Il prit son verre. Elle avait raison. Il n'aimait pas devenir trop proche d'une femme, car chaque fois que cela se produisait il pensait à Carla.

Sur son lit de mort, il lui avait fait le serment qu'il n'y aurait jamais d'autre femme, même si elle ne lui avait rien fait promettre. Et même s'il avait besoin d'assouvir sa libido de temps à autre, il avait l'intention d'être fidèle au vœu qu'il avait fait à celle qu'il aimait corps et âme.

— Leigh ne s'attend pas à ce qu'il y ait une histoire entre nous, finit-il par dire. Ni moi non plus. Je te l'ai déjà dit. Et quelques jours de plus n'y changeront rien.

— Tu te défends déjà d'éprouver quoi que ce soit, Adam. Mais tes paroles sonnent faux.

Aussi faux et vide qu'il se sentait la plupart du temps ? Mais, pour être honnête, n'y avait-il pas eu quelques instants, ce soir, où il avait ressenti quelque chose pour Leigh ? Lorsqu'elle lui avait parlé de son premier petit ami, il avait senti son cœur se serrer. Et la regarder prétendre que cette histoire n'avait pas eu d'importance avait été encore plus triste.

Pourtant, c'était ce qu'ils voulaient tous les deux. Leigh n'avait mis aucun sentimentalisme dans leur relation, et elle savait sans aucun doute faire abstraction de sa tristesse. Et c'était ce dont il avait besoin, du moins pendant cette courte période. Ils pouvaient l'un et l'autre interrompre cette brève aventure avant qu'elle n'ait la moindre importance.

— Si Leigh accepte cette invitation, dit-il, c'est en sachant que ce rendez-vous prolongé sera le dernier. Tu n'as pas besoin de t'en faire pour nous, Beth.

— Ne t'inquiète pas, j'ai compris.

Elle semblait particulièrement sensible ce soir-là, et il posa une main sur son bras.

— Est-ce que ça va ? demanda-t-il.

— Très bien, dit-elle en soupirant, sachant manifestement qu'il était inutile de lui mentir. Je vais entrer dans un couvent, je crois, parce que je suis fatiguée. J'en ai assez de chercher, d'essayer, de parler à une femme et de me rendre compte qu'il n'y a aucun lien entre nous. Les couvents existent toujours ?

— Je n'en ai aucune idée, dit-il en lui pressant le bras.

Elle sourit faiblement. A eux deux, ils faisaient la paire. Pas étonnant qu'ils se soient retrouvés ensemble.

Un signal sonore sur le téléphone d'Adam les tira de leur silence, mais il ne bougea pas. Etait-ce Leigh ?

Beth prit le téléphone et regarda l'écran.

— Alors ? demanda Adam.

— Elle dit : « A quoi pensez-vous, Callum ? » J'aime bien sa réponse directe, au moins elle ne tourne pas autour du pot, et elle t'a répondu tout de suite. La plupart des femmes aiment jouer un jeu.

La plupart des hommes aussi. Ou peut-être seulement lui.

— Pourquoi cacherait-elle son intérêt ? demanda-t-il.

— Oui, c'est vrai ça, dit-elle en le regardant d'un air semi-amusé. Pourquoi se cacher, *Callum* ?

Il lui lança un regard agacé, et elle leva le téléphone en l'air.

— Tu lui réponds ? demanda-t-elle.

Il sourit, lui prit le téléphone, endossant l'identité de Beth tandis qu'il lui adressait la suite de son invitation, tout en imaginant que Leigh allait répondre oui à une offre qu'aucune femme ne pouvait refuser.

6

C'était soir de sortie pour Dani et Riley, et après être partis du cinéma où ils avaient vu un film d'action, ils s'arrêtèrent dans un café encore ouvert.

Dani lui dit qu'elle s'occupait des boissons, et quand elle revint à leur table en mosaïque située dans un coin, près d'une étagère sur laquelle il y avait de vieux livres reliés et une fougère, elle glissa le plateau vers lui.

— Café, thé, ou… moi ? demanda-t-elle en s'asseyant.

— On ne peut rien vous refuser, mademoiselle.

Même s'il avait pris un café, Dani était sûre qu'il pensait à la troisième option. Il la regardait avec un sourire intime qui l'assura de son entière dévotion. Cependant, quelque chose la perturbait.

La nuit précédente, lorsqu'elle avait sorti ces menottes en fourrure bleue et qu'ils avaient fait comme s'ils ne se connaissaient pas, ils avaient fait l'amour comme jamais. Mais, pour une raison qu'elle ne s'expliquait pas, elle ressentait une distance entre Riley et elle, même s'il était aussi tendre que d'habitude.

Etait-ce parce qu'elle ressentait davantage de frustration chez lui depuis qu'elle s'était lancée dans sa période expérimentale ? Il n'avait pas exactement dit qu'il pensait que le mariage lui faisait peur, mais…

En prenant conscience que le mariage avançait à grands pas, elle eut la chair de poule.

Mais pourquoi ? Riley était l'amour de sa vie. Et pourtant,

combien de gens, comme ses parents, avaient pensé la même chose en se mariant ?

— Le film t'a plu ? demanda-t-il.

— C'était super. J'ai passé un très bon moment.

— J'ai l'impression que tu as besoin de davantage de distractions que d'habitude. En plus de ton boulot, de ton projet d'entreprise, tu passes beaucoup de temps avec Margot et Leigh pour l'organisation du mariage.

— Elles veulent se charger d'une grande partie de l'organisation. Dieu merci ! Pour le travail, ça va, c'est ma future entreprise, et le boulot que je fais maintenant n'est rien comparé à ce que je devrai faire si j'obtiens mon crédit.

— Tu l'obtiendras.

Il semblait si confiant que le sourire de Riley fut communicatif.

Ils sirotèrent leur boisson, mais le thé Chai de Dani était trop chaud. Entre-temps, le silence s'installa entre eux. Il était là depuis la veille, ce silence, quand elle s'était rendu compte qu'elle ne savait pas quoi dire à Riley une fois qu'ils avaient rangé les menottes et le bandeau dans le tiroir de la cuisine. Mais elle n'avait pas pu oublier la sensation des menottes sur ses poignets, et la tension créée par le fait d'être attachée.

Tu dois réfléchir à celui que tu veux réellement, Dani, lui avait dit Riley pendant les préliminaires, quand il prétendait être un inconnu. Ses paroles l'avaient hantée, même après, au cours du repas pendant lequel ils n'avaient pas parlé de l'intensité de ce qu'ils venaient de vivre. En réalité, elle se sentait plus nerveuse que jamais à propos du mariage.

Riley posa son gobelet en papier sur la table, choisissant ses mots avec soin avant de parler :

— Tu sais qu'il y a un éléphant dans la pièce. Et il est assis à notre table.

Elle n'allait pas prétendre le contraire. Elle jeta un coup d'œil autour d'elle, et vit qu'ils étaient les derniers clients. Les employés nettoyaient le bar, s'apprêtant à fermer. Il y avait de la musique du monde assez douce en fond sonore, masquant les bruits de conversation.

— Tu as raison à propos de l'éléphant, dit-elle. Je voulais m'excuser pour hier soir.

— Tu n'as pas besoin de t'excuser.

— Tu dis toujours ça, même quand je t'en fais voir de toutes les couleurs. C'est une des raisons pour lesquelles je t'aime — parce que tu as la patience d'un saint.

Pour la première fois, elle se demanda jusqu'où irait sa patience.

Le poussait-elle à bout juste pour voir ce qu'il était prêt à accepter ? Ne serait-elle heureuse que lorsqu'il serait parti et qu'il aurait ainsi confirmé ses peurs à propos du mariage ?

— Hier soir, ce n'était pas de la patience que tu attendais de moi, dit-il.

Elle se pencha en avant, posa son gobelet sur la table, et le serra entre ses mains. Une mèche de cheveux tomba sur son visage, mais elle ne bougea pas. La veille, elle ne savait pas ce qu'elle attendait de Riley. Mais maintenant, alors qu'elle était assise juste en face de lui, elle ne pouvait imaginer la vie sans lui. Cette seule pensée lui déchira le cœur.

— Honnêtement, dit-elle, je ne sais pas ce que je fais. Je t'ai demandé de rester avec moi pour que nous essayions ensemble de nouvelles choses. De nouvelles « aventures », comme le faisaient Margot et Leigh.

— Je suis toujours prêt à essayer des choses nouvelles. Mais, chaque jour, j'ai l'impression que tu t'éloignes un peu plus de moi, Dani, dit-il en lui prenant la main. Tu essaies de vaincre tes démons, et je ne peux pas m'empêcher de me demander si certains d'entre eux ne sont pas liés à ce que ton père a fait…

— Si ça ne te dérange pas, je préférerais ne pas parler de lui.

Riley lui serra la main et dit d'une voix calme :

— Je ne suis pas ton père.

Elle regarda les yeux bleus de Riley, s'y noya presque,

emportée par une vague de sensations qui annihila toute pensée. Un de ces démons qui la taraudaient lui dit : *Il y a trop de gens qui ne pensent pas en amour, et c'est pour cela qu'ils ne restent pas ensemble.*

Elle serra la main de Riley à son tour.

— Peux-tu me dire la vérité ? Est-ce que ça t'a plu hier soir ?

Il jeta un œil aux employés derrière le bar, puis fixa de nouveau Dani.

— Ma chérie, tu pourrais entrer dans la pièce en jogging, et tu m'exciterais toujours. Nous n'avons pas besoin d'accessoires, ni de scénarios. Nous n'en avons jamais eu besoin.

Il va commencer à s'ennuyer avant même qu'un an se soit écoulé si tu ne pimentes pas votre relation, disait l'horrible voix. *Demande à ton père…*

Elle tendit la main vers lui pour dégager une mèche sur son front. Il était inutile qu'elle lui dise qu'il lui suffisait amplement. Ils étaient ensemble depuis si longtemps qu'ils avaient leur propre façon de communiquer.

A l'évidence, Riley pensait qu'elle traversait juste une période difficile, et que dès qu'elle cesserait de ramener à la maison des huiles de massage exotiques, les choses rentreraient dans l'ordre.

Les lumières se tamisèrent pour leur signaler que le café ne tarderait pas à fermer.

— Je reviens, dit Riley, je ne serai pas long.

Avant qu'il ne se lève, elle se pencha vers lui pour lui voler un baiser. Elle fut comme enivrée par le goût de ses lèvres, et prolongea le baiser.

Lorsqu'elle relâcha son emprise, il reprit son souffle et se leva. Elle lui sourit et le regarda s'éloigner, la laissant seule.

Après avoir fait un petit signe aux employés pour leur indiquer qu'ils s'apprêtaient à partir, Dani se leva, laissa un pourboire sur la table, puis se dirigea lentement vers la porte. Elle avait oublié de rallumer son téléphone après le film. Dès que l'écran s'éclaira, elle vit qu'elle avait un message vocal.

C'était Margot.

Un peu plus tôt, avant le second rendez-vous mystère, Leigh avait dit à Dani qu'elles l'appelleraient le lendemain matin. Ce léger changement de programme l'inquiéta donc un peu.

— Leigh est dans tous ses états, murmura Margot avec animation. Elle joue les divas dans son bain. Alors, j'en ai profité pour t'appeler en douce. Figure-toi que Monsieur Mystère l'a invitée à partir avec lui pour quelques jours, la semaine prochaine. Oui, je sais ! Et elle y va, alors qu'il ne lui a toujours pas dit qui il était. On t'appelle demain matin, O.K. ? Et Leigh pourra te raconter ses aventures. On peut dire qu'elle est en pleine transformation ! Enfin, tu verras ça. Ah, je voulais aussi te dire que Clint et moi sommes impatients de te voir au ranch, le week-end prochain…

Dani interrompit le message en voyant Riley arriver vers elle, et mit son téléphone dans son sac.

Ils sortirent du café, et il passa un bras autour de ses épaules. Elle se sentait en sécurité avec lui. Elle l'enlaça par la taille et ils marchèrent en direction du camion.

— Tu es prêt pour notre petite excursion, le week-end prochain ? demanda-t-elle.

— Je ne voudrais pas manquer une balade en camion chez Clint, dit-il en souriant.

Elle eut l'impression qu'il avait déjà parlé à Clint de leurs projets. Ou peut-être souriait-il à propos d'autre chose, parce qu'il glissa une main sous son pull moulant, ce qui la fit frissonner.

— Mais en attendant, je t'emmènerais bien faire un autre genre d'excursion, dit-il.

— Emmène-moi où tu veux.

C'est ce qu'il fit, plus tard cette nuit-là, puis elle s'endormit dans ses bras, avant d'avoir le temps de se poser des questions sur leur avenir.

Rien n'avait jamais semblé aussi long que les quelques jours pendant lesquels Leigh attendit la troisième partie de son rendez-vous avec l'homme mystère.

Quand le jour du départ arriva enfin, une limousine vint la chercher chez elle pour l'emmener au petit aéroport de Lodi, où un avion privé l'attendait, approvisionné de champagne et de petits-fours. Elle ne savait absolument rien sur le rendez-vous à venir, hormis le nécessaire, et elle frémit à la pensée de ce qui l'attendait.

Après avoir atterri à l'aéroport McClellan de San Diego, une autre limousine se présenta, avec un chauffeur d'un certain âge, qui lui demanda très poliment de mettre un bandeau sur les yeux.

Un peu gênée, et aussi très excitée, elle s'exécuta. Le chauffeur ne se comporta même pas comme s'il s'agissait d'une demande qui sortait de l'ordinaire de la part de Callum, et elle se demanda si son homme mystère faisait cela souvent avec d'autres femmes, ou si le chauffeur travaillait pour d'autres hommes pervers en dehors de Callum.

Ce ne fut qu'après un assez long trajet, à l'arrêt de la limousine, qu'elle fut autorisée à ôter son bandeau. En descendant de la voiture, elle cligna les yeux, regardant les alentours.

Elle était dans une campagne calme et ensoleillée, et l'allée qui menait au sommet de la colline était bordée de chênes. La propriété était entourée d'une clôture de bois, et il y avait également un corral, dans lequel se promenaient des chevaux. Elle vit des orangers le long de la clôture, et lorsqu'elle se retourna, elle vit la maison. Une bâtisse en pierre de style toscan, qui était assez grande, sans pour autant être un manoir. Derrière la maison, elle aperçut une écurie et, de l'autre côté, des rangs de vigne.

Qu'as-tu derrière la tête, cette fois, Callum ? se demanda Leigh tandis que le chauffeur s'occupait de ses bagages.

Elle s'approcha d'une allée bordée de rosiers de chaque

côté. L'odeur du foin, des fleurs, des oranges et l'air frais la revigorèrent. Elle avait grandi dans un ranch, avec des chevaux, une modeste ferme transformée en habitation, et un étang...

Non, elle n'allait pas penser à l'étang. L'endroit où sa sœur était morte. Mais le reste du paysage lui rappela l'insouciance de sa jeunesse.

Leigh aperçut la porte de la maison, et ralentit le pas. Etait-ce une mauvaise idée, d'avoir accepté l'invitation de Callum ? Elle n'avait pas pu résister à l'attrait de, peut-être, découvrir qui il était. Et elle était vraiment curieuse de voir comment ils allaient communiquer : persisterait-il à conserver le secret de son identité ?

Quel genre de jeux érotiques avait-il prévu ? Cette question la hantait.

Maintenant, elle savait vraiment ce que la phrase « la curiosité est un vilain défaut » signifiait, pensa-t-elle en approchant de la porte. Mais si elle n'était pas venue jusque-là, cette curiosité l'aurait rongée.

Un peu plus tôt, le chauffeur lui avait donné un nouveau téléphone, et elle avait attendu qu'il sonne depuis cet instant. Elle entendit la sonnerie retentir à l'instant même où elle arriva devant la porte.

Elle répondit, levant les yeux vers les fenêtres. L'avait-il observée depuis l'une de ces fenêtres ?

— Comment s'est passé votre voyage ?

— Très bien.

— Vous m'en voyez ravi. La porte n'est pas fermée.

Leigh devina que c'était une invitation à entrer, elle se plia donc à son désir. Ce faisant, elle se passa négligemment une main dans les cheveux, regrettant soudain de ne pas avoir opté pour une coiffure moins ennuyeuse qu'une natte. Peut-être aurait-elle dû également mettre autre chose que ce simple chemisier noué à la taille, une jupe portefeuille et des bottes de cow-boy. Mais elle ne savait pas ce que Callum avait prévu. Et comment s'habiller pour l'imprévu ?

Une fois dans le hall d'entrée, elle remarqua le sol lisse en pierre, le mobilier rustique et l'immense lustre en fer qui trônait au-dessus de l'escalier. Mobilier de style italien, pensa Leigh, se demandant dans quelle mesure cela révélait des goûts de Callum.

— Nous sommes donc dans votre maison ? demanda-t-elle.

— A vrai dire, elle appartient à… un ami.

Mince, elle avait encore fait fausse route. Mais, naturellement, Callum aurait évité de l'inviter dans une maison qui aurait révélé le moindre indice le concernant.

Lorsque le chauffeur entra derrière elle, il se dirigea vers l'escalier.

— Vous voyagez léger, dit Callum tandis qu'elle suivait le vieil homme.

Il l'avait donc bien vue par une fenêtre. Son corps fut parcouru de frissons.

— En général, je n'emporte pas autant de bagages. J'ai appris à faire mes valises comme une véritable professionnelle, avec tous les voyages que je fais pour mon émission, mais j'ai pensé que j'aurais besoin de quelques affaires supplémentaires pour ce voyage.

Comme plusieurs ensembles de lingerie qu'elle avait achetés récemment.

— Qu'avez-vous donc apporté ici dont vous n'avez pas besoin en général pour votre émission, Leigh ?

— Une fille ne révèle jamais ses secrets.

Elle voulait réserver la lingerie pour plus tard. Pour le scénario mystérieux que Callum lui préparait.

Le chauffeur était entré dans la deuxième pièce sur la droite, et elle le suivit. Lorsqu'il eut posé ses bagages sur le lit, il lui fit un signe de tête, puis s'éclipsa. A l'évidence, il avait reçu la consigne de ne rien dire. Rien d'étonnant à cela. Quoi qu'il en soit, elle était bien décidée à profiter de l'élégante chambre. Un lit recouvert d'une couette blanche et de taies d'oreiller brodées trônait au milieu de la pièce. Il y avait un bow-window entouré d'épais rideaux qui donnait sur un petit vignoble. Un immense bureau en cerisier occupait un des angles de la pièce, et une vitrine exposant de délicates sculptures d'arbres dépourvus de feuilles occupait un autre angle. Il y avait également une grande armoire, ainsi qu'une commode, des tables de nuit et un paravent sur lequel étaient peints des soleils.

— C'est plutôt pas mal comme endroit pour passer quelques jours, dit Leigh.

— Faites comme chez vous.

Elle sentit une pointe de fierté dans sa voix, qui éveilla la curiosité de Leigh. Allant jusqu'à la salle de bains, elle faillit pousser un petit cri d'extase en voyant le sol en marbre, la baignoire et la douche à l'italienne attenante, un miroir de courtoisie éclairé posé sur une table, devant laquelle il y avait une chaise… Elle se sentait déjà comme une reine.

— Je crois que je dois être au paradis, dit-elle au téléphone.

— Nous n'avons même pas commencé, dit-il, avant de marquer une pause. Avez-vous besoin de quoi que ce soit? demanda-t-il ensuite.

Il y avait un million de choses qu'elle aurait aimé lui demander, mais elle savait qu'il n'était pas prêt… pour l'instant.

— Je ne sais pas. Un diadème, peut-être?

Il laissa échapper un petit rire, il dit:

— Il y a un Jacuzzi à l'arrière, si cela vous intéresse, et il y a aussi un sauna et une écurie.

— Y a-t-il quoi que ce soit que vous n'ayez pas, ici?

Elle savait qu'il souriait.

— J'ai même pensé à ce que vous pourriez vouloir faire dans la cuisine. Je n'ai pas l'intention de vous mettre au boulot, mais si jamais il vous prenait l'envie de faire des expériences culinaires avec un équipement à la pointe du progrès, tout est à votre disposition, exactement comme dans l'autre manoir. Mais celui-ci est mieux équipé.

— C'est-à-dire?

— Il dispose d'un équipement plus expérimental, comme certains appareils qu'on utilise dans la cuisine moléculaire.

Leigh se mit à rire.

— Je suis une cuisinière plutôt rustique qui épice ses plats à la lueur des bougies, saupoudrée de quelques allusions. Je ne me suis pas beaucoup frottée dans la cuisine plus scientifique.

— Vous pourrez faire comme il vous plaira. Cette maison est aussi équipée d'une cuisinière au gaz, d'un wok, d'un gril en fonte et d'un cuiseur vapeur. Tout est à votre disposition, mais si vous souhaitez vous faire servir, vous n'avez qu'à décrocher le téléphone pour contacter le personnel.

— Serai-je en mesure de les voir ?

— J'ai laissé des instructions pour qu'on nous laisse seuls, autant que possible.

Seule. Avec Callum. Le rythme de sa respiration s'accéléra.

— A propos du Jacuzzi…, dit-elle à voix basse.

Il attendit, et elle sourit.

— Et si je n'avais pas apporté de maillot de bain ? reprit-elle.

Il rit de nouveau, mais cette fois son rire était plus profond et mystérieux. Elle fut de nouveau parcourue de frissons. Il savait vraiment comment se faire désirer.

— Je ferais mieux de vous laisser vous installer, dit-il.

— Je suis déjà installée, riposta-t-elle, en regardant de nouveau autour d'elle, passant la main sur la commode visiblement très luxueuse. Alors… (Elle avait envie de parler, elle ne voulait pas qu'il s'en aille.) C'est à cela que ressemble la vie lorsqu'on a réussi ?

— Que voulez-vous dire ? Vous avez votre propre émission de télé.

— Ça n'est pas non plus un show extrêmement médiatique.

C'était malgré tout assez populaire pour lui avoir permis d'acheter un ranch pour elle et un autre pour ses parents, qui s'étaient installés à trente kilomètres d'elle pour passer leur retraite.

Elle n'avait jamais aspiré à être riche, elle était simplement impressionnée par l'endroit luxueux dans lequel elle se trouvait, et ne voyait aucun inconvénient à être traitée avec considération de temps en temps.

— Est-ce si difficile d'admettre que vous avez réussi ? demanda-t-il.

Sa voix… Comment s'était-elle attachée à lui si vite ? Quand serait-elle rassasiée de l'entendre ?

— Je suppose que je suis juste modeste, répondit-elle, avant de changer de sujet. Dites-moi, combien de maisons possédez-vous ?

— Nous voilà revenus au jeu des questions et des réponses, je vois.

— Je ne voulais pas vous décevoir en changeant de style. A quoi d'autre vous attendiez-vous ?

— J'attends que vous vous fassiez dorloter pendant ces quelques jours. Tout ce que vous voudrez, vous l'obtiendrez. Dans la mesure du raisonnable, bien sûr.

Ah, il la connaissait bien, parce que la première chose qu'elle aurait souhaitée, c'étaient des réponses.

— Ce que je vois pour l'instant me convient.

Il voulait vraiment à tout prix lui faire plaisir. Mais une petite voix en elle commença à lui murmurer des choses agaçantes. *Tu sais qu'il ne t'accorderait pas la moindre attention si tu avais encore tes rondeurs, n'est-ce pas ? Penses-tu que tu l'intéresserais toujours si tu reprenais tout le poids que tu as perdu ?*

Mais il lui avait dit qu'elle avait toujours été jolie, ce qui veut dire qu'il l'avait vue pendant sa période plus « enrobée ». Elle décida d'ignorer cette voix qui avait décidé de lui gâcher son plaisir.

— Leigh, dit-il à l'autre bout du fil, tandis qu'elle sursautait, revenant au présent.

— Oui ?

— Puisque vous êtes installée, faites-moi plaisir en allant dans le hall d'entrée.

Leurs petits jeux allaient donc commencer d'emblée ? Mais n'était-ce pas ainsi qu'ils fonctionnaient ? N'était-ce pas tout ce qu'il y avait entre eux ?

Elle sentit le désir affluer en elle tandis qu'elle allait jusqu'à la porte, l'ouvrait, et se rendait dans le hall d'entrée. Sur le chemin, des appliques en fer forgé projetaient une lumière tamisée.

— Vous devriez jeter un coup d'œil à la porte qui est sur la gauche, au bout du couloir, dit-elle.

Lorsqu'elle arriva devant la porte, elle l'ouvrit, et découvrit qu'elle conduisait à une autre chambre, cette fois décorée dans des tons bruns, avec une moustiquaire autour du lit. Cette chambre avait vue sur la piscine, qui avait la forme d'un lagon. Une cascade entourée de rochers venait se déverser dans la piscine.

— Ouvrez l'armoire, reprit-il.

Les charnières grincèrent doucement lorsqu'elle lui obéit, et tendit la main vers un des magnifiques vêtements suspendus à l'intérieur.

C'était une création fluide et satinée d'une couleur assortie à ses yeux verts, et cela lui fit penser à un apparat qu'une femme porterait dans un harem.

— Qu'est-ce que c'est ? demanda-t-elle.

— Une possibilité parmi d'autres.

Elle pensa avoir entendu un bruit venant de la pièce adjacente. Callum se trouvait-il derrière la porte ?

Ne va pas ouvrir cette porte, pensa-t-elle. *Elle est sans doute fermée à clé, et tu gâcherais ce qui existe entre toi et lui. Contente-toi juste de cet instant.*

Mais n'était-ce pas ce qu'elle voulait ? Savoir qui il était ? Ou les jeux auxquels ils s'adonnaient étaient-ils trop intenses pour être sacrifiés au prix de la vérité ?

Elle opta pour cette dernière possibilité pour l'instant, touchant une autre tenue — un costume de soie qui semblait appartenir à un type de la mafia. Un pantalon gris rayé, une veste, une chemise à manches longues, un feutre…

Son excitation monta d'un cran. Jamais elle n'avait rêvé de scénarios comparables à ce que suggéraient ces vêtements. Bon, O.K., peut-être avait-elle eu ce genre de fantasmes, mais les avoir ainsi à portée de main…

— Approchez-vous du lit, dit-il.

Elle s'écarta de l'armoire, comme il le suggérait, tournant le dos à la porte qui conduisait à la pièce attenante. Elle écarta la moustiquaire, et découvrit d'autres trésors, cachés par le tissu vaporeux.

La première chose qu'elle vit fut une boîte blanche ouverte, sur laquelle était drapée une autre tenue.

Un court déshabillé de couleur crème, transparent, sans culotte. Mais il y avait un peignoir assorti, ainsi que des bas. Et il y avait un autre élément qui rendait l'ensemble un peu plus érotique encore — des chaussons de danse. Quelque chose comme des pointes de ballerine.

— Je ne suis pas danseuse, dit-elle en tendant la main pour caresser les bas.

C'étaient des bas de soie : il avait choisi ce qu'il y avait de mieux pour elle.

— Vous n'êtes pas obligée de danser pour moi, Leigh. Vous pouvez simplement vous asseoir sur une chaise, près de la fenêtre, avec les chaussons et le déshabillé, en ayant l'air d'une poupée de satin, dit-il, marquant une pause. Que voyez-vous d'autre sur ce lit ?

Toute l'attention de Leigh était concentrée sur la découverte de ce qu'il avait préparé pour elle. Elle était totalement absorbée par ce nouvel ensemble de fantasmes.

Son regard dériva vers la droite, et soudain elle retint son souffle, ne sachant pas trop pourquoi ces accessoires étaient là.

Des cordes de soie… Des plumes…

Avant qu'elle ait le temps de parler au téléphone, elle sentit un tissu de soie glisser sur ses yeux.

Elle lâcha le téléphone, leva les mains sous l'effet de la surprise, refermant les mains sur des poignets.

Ses poignets ?

— Etes-vous prête à commencer ? lui demanda la voix de Callum, juste derrière elle.

7

Lorsque Leigh lui saisit les poignets, Adam relâcha son emprise sur le bandeau.

— Je peux arrêter, si vous voulez, murmura-t-il.

Elle ne dit rien pendant quelques instants, et il sentait son propre pouls battre si fort qu'il n'entendait presque plus rien à l'exception des battements de son cœur, de son souffle court.

Le parfum de ses cheveux lui évoqua celui des champs de fraises. Jamais il n'aurait pu deviner son odeur, même si elle lui semblait d'une logique parfaite, mêlant innocence et maturité. Sentant les doigts brûlants de la jeune femme sur sa peau, sa volonté vacilla, le faisant presque fléchir.

Il était si près… et pourtant si loin d'elle.

— C'est vous… C'est vraiment vous ? Vous avez changé les règles du jeu.

Elle eut un rire tremblant et lâcha ses poignets, laissant cependant ses mains à proximité, toujours levées, ne sachant comment réagir autrement.

— Je ne pensais pas que vous feriez quelque chose de ce genre, dit-elle. Vous n'avez pas peur que j'ôte mon bandeau et que je me retourne pour vous voir ?

— Non. Parce que cela deviendrait trop réel pour l'un comme pour l'autre. De cette façon, nous ne nous devons rien. Vous retournez à votre vie et moi à la mienne. Et nous nous souviendrons de l'unique semaine que nous avons partagée avec un frisson.

Elle avait peu à peu redescendu les mains.

Il murmurait toujours au creux de son oreille :

— D'une certaine façon, je n'arrive pas à croire que vous ayez accepté cette invitation. Et, en même temps, je savais que vous le feriez.

— D'après ce que j'ai vu jusque-là, il aurait été insensé de refuser ce que vous avez à offrir.

Oh ! ses cheveux... Il ferma les yeux, inspirant son parfum capiteux.

— Avez-vous confiance en moi ? demanda-t-il.

— Ça dépend pour quoi.

— Je ne vais pas vous le dire, et c'est pour ça que vous devez me faire confiance.

La seule chose qui existerait dans cette soi-disant relation serait un fil ténu — la confiance — reliant leurs fantasmes. Aucune émotion. Juste deux personnes satisfaites de profiter du corps de l'autre.

Carla n'aurait pu le lui reprocher. Mais pour ce qui était de donner son cœur à quelqu'un d'autre ? Jamais.

Quelques instants s'écoulèrent, aussi doux que le tic-tac d'une montre assourdi sous un nuage de coton.

— J'ai confiance en vous, dit-elle, baissant complètement les mains.

Quelque chose sembla vaciller dans la poitrine d'Adam, mais il ignora cette sensation. Elle venait juste de lui donner la permission de continuer, et c'était ce qu'il avait espéré.

Il noua le bandeau et lui demanda :

— Est-ce que ça va ?

— Oui.

Il vit qu'elle était un peu déstabilisée car elle fit un petit pas de côté. Instinctivement, il posa une main sur son épaule, sentant sa chaleur à travers son chemisier, sa peau. Elle.

Son ventre se noua, son sang ne fit qu'un tour.

— Vous semblez..., dit-elle, semblant chercher ses mots,... grand.

— Vous pouvez dire ça juste en entendant ma voix ?

— Oui. Vous faites presque une tête de plus que moi.

Les lèvres d'Adam n'étaient qu'à quelques centimètres

des cheveux de la jeune femme, et il brûlait de l'embrasser. Il avait envie de la sentir, sans qu'il y ait le moindre espace entre eux, mais il résista.

— Que pouvez-vous me dire d'autre à mon sujet ? demanda-t-il, sachant que le fait de l'avoir privée d'un de ses sens aiguiserait les autres.

— Vous sentez le cuir. Comme si vous passiez beaucoup de temps à l'extérieur… ou peut-être à l'intérieur. Le cuir peut provenir de meubles de qualité. Et vos mains… sont fortes, assez grandes. Peut-être exercez-vous un métier manuel.

C'était exact. Pendant le temps libre qu'il passait dans son ranch californien de Cambria, il s'occupait de ses chevaux. Le reste du temps, il était soit à son bureau, derrière son ordinateur, soit en train de voyager entre ses différents investissements : un nouveau terrain de golf près de Dallas, une start-up spécialisée dans l'énergie solaire dans le Nevada, une entreprise d'informatique ici, à SoCal…

Elle n'avait pas besoin de savoir tout cela.

Il voulait qu'elle sente de nouveau ses mains sur sa peau, il glissa donc lentement de son épaule à son cou. Elle eut le souffle court lorsqu'il posa une main sur sa gorge, effleurant son pouls du bout des doigts.

Il battait à tout rompre, se faisant l'écho de ce qui se passait dans le corps d'Adam. Partout.

— Que penseriez-vous, dit-il, si vous sentiez mes mains sur l'ensemble de votre corps ?

Elle rit un peu nerveusement.

— Encore des préliminaires ?

— Beaucoup plus.

Il pensa l'entendre capituler lorsqu'il lui caressa la gorge du bout des doigts. Il sentit son sexe attester du désir immense qu'il ressentait pour elle, et l'air vint à lui manquer. Il avait du mal à parler.

Alors il ne dit rien. Au lieu de cela, il porta son autre main de l'autre côté de la tête de Leigh, dégageant ainsi sa nuque, l'offrant à sa bouche. Mais il ne l'embrassa pas.

C'était trop tôt. Trop intime.

Il ne déposa que son souffle sur la nuque de la jeune femme, entendant sa respiration s'accélérer. Puis, lâchant sa gorge, il fit descendre sa main sur ses seins, sentant leur pointe tendue à travers le tissu de son chemisier.

Les caressant avec son pouce, il dut la soutenir lorsqu'il sentit les genoux de Leigh fléchir.

— Vous êtes très belle, lui murmura-t-il à l'oreille, effleurant des mèches de cheveux blonds échappées de sa natte. Abandonnez-vous.

— C'est déjà fait, dit-elle, lui prenant la main pour la poser sur son ventre. Je sais ce que je veux, Callum. J'en ai très envie.

Venait-elle de dire ce qu'il croyait avoir entendu ?

A l'idée de la pénétrer, chair contre chair, il se figea. Un sentiment de trahison l'étreignit, parce qu'il s'était dit que jamais il n'irait aussi loin avec une femme, pas même avec Leigh.

Alors, il lui caressa simplement le bas du ventre d'une main, et joua avec ses seins de l'autre. Elle se serra plus fort contre lui. Elle sentait forcément son érection à travers son jean.

Bon sang, il était prêt, brûlant de désir, mais depuis la mort de Carla il n'y avait eu personne…

Ce n'était pas le moment de penser à ça.

Il commença à déboutonner le chemisier de Leigh. Un bouton. Un autre. Il alla aussi lentement qu'elle l'avait fait la fois précédente pour déboutonner le haut de sa robe.

Lorsqu'il eut ôté tous les boutons, il fit glisser le chemisier sur ses épaules. Elle n'avait pas fait le moindre geste pour tenter d'ôter son bandeau, et il savait que c'était parce qu'elle avait totalement accepté les règles du jeu.

Chacun était le parfait partenaire de l'autre, chacun acceptait ces fantasmes — ensemble, ils ne vivraient rien d'autre qu'un bon moment, certes particulier, mais jamais qu'un bon moment.

Sans son chemisier, le soleil qui filtrait à travers les vitres lui révélait les muscles de son dos, fins et bien dessinés, sa taille fine. Dégrafant son soutien-gorge rose, il le laissa tomber au sol, devant elle.

Il la tourna doucement pour lui faire face. Il vit d'abord sa bouche — les jolies lèvres roses qui s'entrouvraient à chaque souffle, le menton volontaire, les fossettes, les pommettes saillantes sous la peau douce. Il aurait voulu pouvoir lui ôter son bandeau pour voir ses yeux, leur couleur, même si Beth lui avait dit qu'ils étaient vert d'eau.

Au lieu de cela, il admira ses seins. Petits et fermes, avec de jolis tétons corail qui se dressaient pour lui.

Il glissa sa main sur ses rondeurs enchanteresses et regarda les mamelons se durcir plus encore.

— Combien d'hommes vous ont fait ça ? demanda-t-il.

— Je n'ai pas envie de penser aux autres hommes.

— Je veux savoir.

Il avait besoin d'établir une distance entre eux.

— Quelques-uns. Pas beaucoup. Pas comme ça…

Elle gémit lorsqu'il se pencha vers elle et prit un téton entre ses lèvres. Perdant l'équilibre, elle enfonça ses doigts dans ses cheveux tandis qu'il faisait tourner sa langue autour du bout de sein.

— Callum…, murmura-t-elle.

Entendre le nom d'un autre lui transperça le cœur.

Pourquoi cela aurait-il eu de l'importance, puisque c'était ce à quoi ils s'étaient engagés l'un et l'autre ?

Il se releva, les doigts de Leigh toujours emmêlés dans ses cheveux, sentant leur texture, comme si cela avait pu lui donner un indice sur l'homme qu'il était.

Il la laissa faire jusqu'à ce que son sang ne fasse qu'un tour, et la prit par les poignets. Mais il reprit aussitôt le jeu, faisant glisser ses doigts sur son ventre, sa taille, jusqu'à l'endroit où sa jupe portefeuille était nouée. D'un geste brusque, il la dénoua, et le tissu tomba au sol, la laissant vêtue de son bandeau, de sa lingerie rose et de ses bottes.

Il aperçut le renflement des poils à travers le fin tissu de sa culotte, et cette vision le fit bander.

Passant ses pouces sur les côtés de sa culotte, il la remonta pour qu'elle s'insinue en elle, et elle serra les poings. Ensuite, il la descendit, jusqu'aux genoux, puis par-dessus ses bottes. Elle leva une jambe après l'autre pour l'ôter, tendant les bras devant elle pour ne pas tomber.

Elle était belle de partout. Son intimité rose était recouverte d'un fin duvet blond. Il l'aida à enlever ses bottes et, essayant de se contrôler, alla jusqu'au lit.

— Où êtes-vous ? demanda-t-elle.

Lorsqu'il se tourna vers elle, elle avait les mains tendues devant elle, le cherchant.

— Ici, dit-il, revenant vers elle, le déshabillé à la main. Levez les bras.

Dès qu'elle le fit, il enfila le vêtement sur elle, et il la sentit frémir lorsqu'elle sentit le tissu léger et transparent glisser sur sa peau.

— Venez, dit-il en lui prenant la main, la conduisant jusqu'au lit, puis la faisant s'asseoir.

Il posa un genou à terre, prenant un bas, qu'il enfila sur sa jambe. Il avait choisi des bas de soie qui tenaient tout seuls pour ne pas avoir à attacher les jarretelles.

Il lui mit ensuite le deuxième bas, essayant de ne pas regarder la chair rose entre ses cuisses, même si c'était presque impossible.

La prenant de nouveau par la main, il la fit se lever.

— Vous êtes à l'aise ? lui demanda-t-il.

— Oui, mais j'aurais bien aimé voir de quoi j'ai l'air. Je n'ai jamais eu de lingerie qui soit si agréable à porter.

Pendant un instant, il se demanda si elle était encore en train de s'habituer à sa nouvelle apparence, après avoir perdu beaucoup de poids. Mais elle aurait été tout aussi belle avec ses anciennes courbes.

— Vous seriez ravie de ce que vous voyez, tout comme

moi, dit-il. Vous vous rappelez que j'ai évoqué une poupée de satin ?

Elle hocha la tête.

— C'est vous, dit-il. Une poupée vivante à admirer.

— Une poupée gonflable, qui ne peut rien révéler de compromettant ?

— Non.

Même s'ils avaient décidé qu'il n'y aurait aucun attachement entre eux, elle n'était pas un simple objet aux yeux d'Adam. Tout avait commencé par un défi qu'elle lui avait lancé avec son panier intitulé « Un goût de miel », et ce rendez-vous qui ne devait durer qu'un soir. Mais il s'était laissé emporter malgré lui, et il essayait de revenir dans le cadre qu'ils s'étaient fixé.

Et il y parviendrait, comme il contrôlait tout le reste dans sa vie : ses comptes en banque qu'il avait triplés depuis qu'il avait hérité de Carla, ses émotions lorsqu'il était question de rencontrer des femmes abordées sur le net.

Il conduisit Leigh jusqu'à la fenêtre, où l'attendait un fauteuil recouvert de soie damassée avec des accoudoirs en acajou. Il la fit asseoir, puis s'éloigna.

— Je n'ai pas tout à fait fini de vous habiller, dit-il.

— Que manque-t-il ?

— Je vous le dirai au fur et à mesure.

Tandis qu'elle s'étendait dans le fauteuil, il prit les chaussons de danse sur le lit. Il les enfila avec soin aux pieds de Leigh, puis enroula les longs rubans de satin autour de ses chevilles.

— Il y a encore autre chose, dit-il en allant chercher le dernier accessoire sur le lit.

— Dites-moi ce que c'est, demanda-t-elle.

— Faites-moi confiance… Vous avez déjà oublié ? (Il prit la cordelette de soie et la mit autour des poignets de la jeune femme.) Vous avez deviné ce que c'est ?

— Je me rappelle l'avoir vu sur le lit, dit-elle dans un soupir.

— Je ne m'en servirai pas si vous ne le voulez pas.

Elle hésita, et il faillit se raviser, avec une pointe de déception.

Puis elle se laissa aller en arrière sur son siège.

— Essayez toujours, dit-elle d'une voix où transparaissait son excitation.

Il y a une première fois à tout, pensa-t-il. Et il s'assurerait que la première fois de Leigh soit mémorable.

Il lui attacha les poignets, puis il rapprocha un de ses pieds du fauteuil.

— Est-ce que ça va ? demanda-t-il.

Elle avait dû sentir un souffle d'air sur son sexe, parce qu'elle avait tourné la tête, semblant légèrement nerveuse.

— Oui, répondit-elle.

Souhaitant garder le contrôle de lui-même, il évita de regarder autre chose que sa cheville, puis il passa à l'autre. Lorsqu'il eut terminé, elle avait les jambes écartées, sur la pointe des pieds, telle une ballerine, et il vit qu'elle était trempée sous l'effet de l'excitation.

Mais ce n'était qu'un début.

Il prit une plume sur le lit, et attendit. Une minute. Une minute et demie.

— Où êtes-vous ? demanda-t-elle d'une voix anxieuse.

— Ici.

— Que faites-vous ?

— Je me demande où vous imaginez que je vais vous caresser.

— Callum, ce n'est pas juste. Vous voulez ma mort.

Lui aussi commençait à avoir du mal à maîtriser son excitation.

— Ne vous inquiétez pas, dit-il, lui caressant la joue avec la plume, ce qui la fit sursauter. C'est quelque chose de doux et d'inoffensif, dit-il.

— La plume que j'ai vue près des cordelettes.

— Vous avez des hommes dans votre vie en ce moment, Leigh ? demanda-t-il.

Elle laissa échapper un soupir.

— Vous me posez de nouveau des questions sur ma vie sentimentale ?

— Simple bavardage…

Et un peu de distance entre eux.

— Bien sûr que non.

— Parce que vous êtes un électron libre.

— Oui.

— Pourquoi cela ? (Il voyait ses lèvres frémir, comme si elle brûlait qu'il la caresse encore.) N'importe quel homme serait heureux d'être à vos côtés.

Elle serra les dents, et il savait qu'elle pensait probablement : *Alors, qu'est-ce que tu attends ?*

Il rit, et eut pitié d'elle. Il dirigea alors la plume sous ses seins. Elle bomba le torse, gémissant légèrement. Et lorsqu'il la promena sur ses mamelons, elle entrouvrit les lèvres, s'agitant imperceptiblement dans le fauteuil.

Cela attira l'attention d'Adam sur ses jambes écartées, son sexe offert sous le tissu blanc transparent. Elle était ouverte pour lui, visiblement prête.

Il sentit son érection devenir presque douloureuse tant il la désirait. Il prit une profonde inspiration puis il effleura son clitoris avec la plume.

— Oh, mon Dieu, murmura-t-elle, tirant sur ses liens.

— Vous voulez que j'arrête ?

— Oui. Non. N'arrêtez pas.

Il voulait lui dire de fouiller dans ses souvenirs, lui demander si elle se souvenait de cette soirée étudiante où un garçon brun aux yeux dorés et aux larges épaules l'avait désirée. Mais le souvenir de cette époque, du temps où il n'était personne — c'était Carla qui lui avait donné la sensation d'être quelqu'un —, le mettait en position de faiblesse. Et la faiblesse ne faisait plus partie de sa vie.

Il se pencha en avant, détachant les cordelettes nouées autour de ses chevilles avec des gestes saccadés, puis fit passer les jambes de Leigh sur ses épaules. Elle laissa échapper un petit cri lorsqu'il attira ses hanches vers sa bouche.

Leigh… Elle était trempée, et il émanait d'elle des effluves de fraise.

Il l'embrassa entre les cuisses, l'effleura avec les lèvres, et la lécha. Elle se contorsionna sous lui, gémit.

Il pensa même l'entendre jurer lorsqu'il la pénétra avec sa langue.

A mesure que ses petits cris aigus s'intensifiaient, il fut assailli de pulsions de plus en plus fortes. Et à l'instant où il pensait ne plus pouvoir supporter ce supplice, elle laissa échapper un cri qui résonna dans toute la pièce. Ce fut une émotion si forte qu'il sentit son sexe se tendre plus encore sous son jean. Il savait qu'il avait besoin de satisfaire ses pulsions maintenant, que ce soit avec elle ou seul, hors de cette chambre.

— Je vous veux en moi, intima-t-elle d'une voix hachée. Maintenant, Callum…

Lui aussi en avait envie. En avait-il jamais eu autant envie ? Mais ça ne faisait pas partie de ses projets.

Il ne se pardonnerait jamais d'aller aussi loin, même s'il avait envie d'elle comme un fou, même s'il voulait qu'elle ait l'impression d'être la femme la plus désirable au monde.

Avant de commettre un geste qu'il aurait regretté, il saisit le déshabillé qui était sur le lit, et le déposa sur les jambes de Leigh, puis lui détacha les poignets, juste avant de quitter la pièce pour aller chercher la libération que son corps réclamait. Mais, comme chaque fois, il n'était pas rassasié d'elle.

Le serait-il jamais ?

Leigh reprenait à peine ses esprits après les émotions intenses qu'elle venait de ressentir lorsqu'elle prit conscience qu'elle avait les mains détachées et qu'elle était seule.

Il n'y avait pas le moindre bruit dans la chambre. Pas de Callum. A moins qu'elle ne se trompe ?

— Callum ?

Rien. Elle mania maladroitement son bandeau, l'ôta de ses yeux, le corps toujours brûlant.

— *Callum ?*

Toujours aucune réponse. Vraiment ? Même après ce qui venait de se passer, il n'allait pas rester ? Elle qui était presque sûre qu'il se serait enfin révélé à elle cette fois-ci.

Mais cela faisait partie du jeu. Il lui avait donné un prodigieux orgasme et n'avait même pas joui. Peut-être se réservait-il pour le soir même ?

Elle se leva, perdant de nouveau l'équilibre, mais cette fois c'était à cause de ses chaussons de danseuse. Elle jeta le bandeau sur le lit. De l'autre côté de la pièce, elle tomba sur un grand miroir ancien et s'immobilisa lorsqu'elle y aperçut son reflet.

Etait-ce bien elle ? Cette jeune femme mince aux longs cheveux blonds vêtue d'un déshabillé d'ange dévergondé et de bas de soie ?

Son visage s'enflamma lorsqu'elle prit conscience de l'indécence de sa tenue. Cependant…

Son allure était celle que toute femme aurait rêvé avoir — un mannequin tout droit sorti d'un catalogue de lingerie. Tout ce que la société trouvait attirant chez une femme.

La maison était trop calme, et elle repensa au cri qu'elle avait poussé au moment où elle avait joui. Devait-elle se sentir gênée à présent ?

Non. Pourquoi serait-elle embarrassée, son corps était fait pour ça, après tout. C'était seulement maintenant qu'elle commençait à en prendre conscience, grâce à Callum. Et elle se demandait ce qui pouvait bien l'attendre pour la soirée si ce n'était là qu'un échauffement.

Poussant un soupir, elle ôta ses chaussons, ses bas, puis le déshabillé, avant de remettre ses propres vêtements avec une pointe de regret.

En compagnie de Callum, elle préférait se déshabiller que s'habiller ! C'était vraiment le monde à l'envers pour elle.

Après avoir pris le téléphone portable qu'il lui avait donné et après avoir regardé de chaque côté avant de sortir dans le couloir, elle décida que personne n'avait assisté à ses vocalises et retourna dans sa chambre, refermant la porte derrière elle.

Elle mourait d'envie d'appeler Margot ou Dani, mais se ravisa. Peut-être que, pour une fois dans sa vie, elle pouvait avoir ses petits secrets, elle qui n'en avait pas eu jusque-là. Elle admira le beau soleil d'après-midi par la fenêtre, et se demanda ce qu'elle allait bien pouvoir faire pour que cette journée soit vraiment parfaite. Elle avait encore plusieurs heures à tuer avant le dîner.

Devait-elle se détendre et regarder la télé dans la chambre ? Décrocher le téléphone et demander qu'on lui prépare le spa, même si elle n'était pas sûre de savoir ce qu'elle trouverait à l'intérieur ? Se promener dans la maison en furetant discrètement ? Ce ne serait pas très poli… De plus, cette maison ne recelait sans doute aucun indice concernant Callum, il était donc peu utile de jouer les Sherlock Holmes.

Et si elle profitait de la piscine ? Une petite séance de Jacuzzi aurait pu être bien agréable.

Elle pourrait toujours laisser Callum la regarder se pavaner en maillot de bain, histoire de le motiver pour la suite…

Plongeant la main dans sa valise, elle en sortit un Bikini à fleurs, un paréo violet et des tongs. Après s'être attaché les cheveux de façon faussement négligée, elle prit une serviette dans la salle de bains, puis sortit de nouveau dans le couloir faiblement éclairé.

Elle devina où se trouvait la piscine, mais à l'instant où elle s'apprêtait à franchir le portail en fer elle s'arrêta net, soudain tarabustée par une question.

Le bandeau… Callum ne voulait pas qu'elle le voie. Etait-il possible qu'il ait peur, pour une raison ou une autre, et que ce soit la raison pour laquelle il ne voulait pas se montrer ?

Elle faillit éclater de rire lorsque cette pensée lui traversa l'esprit. Elle était sans doute trop mélodramatique.

Mais, alors, une question bien plus réaliste succéda à la première : était-elle la première femme avec qui Callum jouait à ces petits jeux ?

Soudain, elle se sentit mortifiée. Elle s'était sentie si spéciale pendant leurs rendez-vous… L'idée qu'il agissait peut-être ainsi avec toutes les femmes était pour le moins démoralisante.

Lorsqu'elle arriva à proximité du Jacuzzi, elle trouva sans peine le tableau de commande, le mit en marche, et plongea un doigt de pied dans l'eau bouillonnante.

Sa peau s'embrasa, ravivée par la chaleur, lui rappelant avec acuité ce que Callum venait de lui faire.

Ou ce qu'il n'avait pas fait.

Peu importe, pensa-t-elle, ôtant son paréo et ses tongs. Elle venait juste d'arriver au ranch. Il devait certainement lui réserver le meilleur pour la fin.

En repensant aux mains de Callum sur sa peau, elle sentit une nouvelle vague de chaleur l'envahir, et elle regarda autour d'elle. Personne. Mais peut-être Callum la regardait-il ?

Elle repensa aux liens, aux sous-vêtements de luxe, à la plume et au bandeau. Il aimait les jeux un peu pervers, ça ne faisait pas de doute. Et elle devait avouer qu'elle commençait à y prendre goût.

Pouvait-elle à son tour initier un de leurs jeux ?

Qu'est-ce qui l'en empêchait ?

Elle ôta le haut de son Bikini, le jetant d'un geste insouciant. Puis, regardant vers la maison d'un air résolu, et plus précisément vers la fenêtre d'où il pouvait le contempler, elle ôta le bas.

Voyons ce que tu penses de ça, Callum, pensa-t-elle, se délectant de la sensation des rayons de soleil sur sa peau nue. Elle poussa même le jeu un peu plus loin, étirant les bras au-dessus de sa tête. C'était une journée magnifique et chaude, et elle se sentait très sexy. Elle sentait aussi qu'on la regardait… et ça lui plaisait.

Puis, elle entra dans le Jacuzzi. L'eau tourbillonnait autour de ses pieds, de ses mollets, de ses genoux… Lorsqu'elle la sentit entre ses cuisses, elle se mordit la lèvre, restant immobile quelques instants, imaginant que c'était Callum.

La bouche de Callum, la langue de Callum, la mordillant, la léchant.

Laissant échapper un petit gémissement, elle s'immergea totalement, poussant un soupir de satisfaction.

Il n'y avait qu'en Californie du Sud qu'on pouvait être dans un Jacuzzi au mois de novembre, pensa-t-elle. Et il n'y avait qu'avec Callum qu'elle était aussi diabolique.

Elle éprouva une brève sensation de manque en pensant que cette rencontre resterait éphémère. Elle aurait voulu…

Quoi ? Rester avec lui pour toujours ?

Ce n'était pas le marché qu'ils avaient conclu.

Détends-toi. Apprécie l'instant présent. Profite pleinement de cette aventure, ici et maintenant.

Leigh se relaxa et s'abandonna avec délices au plaisir de l'eau sur son corps, écoutant le bruit des clapotis.

Elle n'avait même pas deviné la présence de Callum, jusqu'à ce qu'elle éprouve ce qui devenait une sensation familière maintenant — un bandeau glissant sur ses yeux.

— Chuut…, murmura-t-il.

— Callum ?

Il posa la main sur son point sensible, entre sa gorge et son épaule, et elle se sentit fondre.

— J'ai pensé, dit-il avec cette voix qui la rendait folle, que vous aviez peut-être envie que l'on finisse ce qu'on a commencé tout à l'heure.

8

Entre les clapotis de l'eau sur sa peau et le bandeau sur les yeux, Leigh était prise entre ses filets, à la merci de ses suggestions sensuelles, plongée dans la pénombre érotique qui s'installait chaque fois qu'il lui bandait les yeux.

Elle était incapable de lui résister.

— Vous gardiez un œil sur moi, depuis la maison ? demanda-t-elle.

— Seriez-vous encore plus excitée si je disais oui ?

Ses mots ne firent qu'accentuer l'excitation de Leigh. Elle avait envie de lui, plus que jamais.

— Et que me diriez-vous, murmura-t-il au creux de son oreille, si j'avais envie de vous filmer cette fois ?

Leigh ne sut que répondre. Elle était filmée en permanence pour son émission, mais ce n'était pas du tout la même chose. Il voulait la voir nue dans un film, immortalisée à l'écran à tout jamais. Son bon sens lui souffla de répondre non, mais elle avait largement dépassé toute idée de bon sens à ce stade.

— Pourquoi ? demanda-t-elle, haletante.

— Parce que n'importe quel homme aurait envie de ça…, répondit-il en faisant voltiger les petites mèches de cheveux près de son oreille. Vous regarder me rend dingue, et la perspective de vous voir encore et encore au moment où vous jouissez… Cela me rend encore plus dingue.

C'était insensé, pensa-t-elle. Et en même temps, ça ne l'était pas du tout. Peut-être aurait-elle dû être ainsi depuis le début — délicieusement perverse, mourant d'envie de lui.

— Oui, dit-elle, comme elle le faisait toujours.

Elle ne savait même plus où elle fixerait les limites, parce qu'elle adorait l'idée de le rendre heureux. Et cela la rendait heureuse, elle aussi. Si jamais ce n'était plus le cas, alors il serait bien temps de fixer des limites, mais pas avant.

Elle sentit la main de Callum se refermer sur elle, et elle regretta de ne pas voir son visage. Elle pouvait juste imaginer des cheveux noirs et des yeux bruns avides.

Puis il l'abandonna quelques secondes. Il installait le matériel — un smartphone ? Une tablette ? Une caméra numérique ? Quoi qu'il en soit, elle était sur le point de devenir une star.

Elle serait numéro 1 dans son monde pendant ces courts instants.

Et tandis qu'elle avait un nouveau pincement au cœur à cette pensée — pourquoi, alors que la fin était inévitable ? —, elle perçut un autre bruit.

Quelque chose qu'on faisait couler dans l'eau du Jacuzzi ?

Lorsqu'elle sentit un parfum de fleurs — un bain moussant ? — puis sentit une fine mousse sur sa peau, elle sut qu'elle ne s'était pas trompée.

— J'ai dit que je voulais vous faire plaisir, murmura-t-il près de son oreille. Que pensez-vous de ça ?

Elle sentit quelque chose de doux et moelleux contre son épaule, et elle imagina le reste — ses grandes mains, une éponge douce, sa peau hâlée. Il sentait encore le cuir, ce qui embrasa ses sens.

Il prenait son temps avec elle, faisant couler l'eau sur son cou tandis qu'elle basculait la tête en arrière. Il passait doucement l'éponge sur le haut de sa poitrine et elle sentait des filets d'eau couler sur sa peau, la faisant frémir. Puis, il la lava avec soin, s'attardant sur ses seins, puis sur son ventre, avant de descendre un peu plus bas.

Lorsqu'il arriva au point le plus sensible, il ne put que comprendre qu'elle était terriblement prête. Elle écarta ses jambes lorsqu'il glissa un bras sous sa taille, la soulevant pour qu'elle puisse s'agenouiller sur le banc en ciment, sous l'eau.

Les bulles glissaient contre sa peau, ajoutant de nouvelles sensations tandis qu'il la caressait entre les cuisses.

— Vous étiez frustrée tout à l'heure, quand je vous ai laissée, murmura-t-il à son oreille.

Ses mots étaient comme une vibration qui se propageait jusqu'au ventre de Leigh, menaçant de la faire jouir de nouveau.

— Vous aviez envie de plus, continua-t-il.

— Vous m'avez laissée dans cet état volontairement ? demanda-t-elle.

Il ne dit rien, et pressa l'éponge entre ses cuisses, lui arrachant un gémissement. Ses caresses se précisèrent, et elle accompagna ses gestes avec les hanches, gagnée par l'impatience.

Il finit par répondre. En quelque sorte.

— Je vais vous donner ce que vous attendez, Leigh. Vous allez juste devoir attendre un peu.

Il lui caressa les seins d'une main, continuant de l'autre à la caresser entre les cuisses, et elle enfouit son visage au creux du bras de Callum. Sa chemise était mouillée, et elle aurait donné n'importe quoi pour voir le tissu lui coller à la peau. Elle mourait d'envie qu'il vienne la rejoindre dans le Jacuzzi, mais ce n'étaient pas les règles de ce jeu.

Un jeu où, elle devait le reconnaître, elle devenait de plus en plus expérimentée.

La chaleur montait en elle par vagues incessantes, elle était si près…

Lorsqu'il ôta l'éponge d'entre ses cuisses, elle protesta.

— Chuut…, souffla-t-il à son oreille. Attendez… Tout est dans l'attente.

Etait-ce dans ses habitudes ? Faisait-il attendre les femmes avec lesquelles il couchait jusqu'à ce qu'il se sente prêt ?

Elle s'apprêtait à lui faire une remarque à ce propos quand elle entendit un léger bourdonnement.

Et lorsqu'il fit glisser un objet long et doux le long de son bras, elle sut ce que c'était… Et cela devait forcément être waterproof.

Il passa d'abord le vibromasseur doucement sur la pointe de ses seins. Il l'effleura à peine, et elle ressentit un léger frisson.

— Callum…, dit-elle, impatiente de le sentir en des endroits plus sensibles encore.

Il posa ses lèvres sur l'oreille de Leigh, puis lui lécha doucement le lobe, tout en immergeant l'appareil qu'elle sentit bientôt sur son ventre.

Et il savait très bien comment s'en servir, s'attardant juste au bon endroit. Elle fut prise d'un léger tremblement, ne sachant combien de temps elle pourrait tenir à ce rythme.

La combinaison de sa bouche qui lui suçotait une de ses zones les plus érogènes et du vibromasseur plongé en territoire tabou lui fit l'effet d'un feu d'artifice. Elle se laissa glisser dans l'eau, maintenue à la surface par le bras de Callum.

— Pas encore, murmura-t-il à son oreille. Encore un peu…

Elle émit un petit gémissement plaintif, mais il était cruel, faisant alterner les vibrations de l'appareil et de courtes pauses.

C'était trop. Et pas assez. Elle voulait avoir Callum en elle. Elle en mourait d'envie.

Elle frôlait l'orgasme, et, chaque fois, il parvenait à faire durer le plaisir. Elle n'était pas loin de le supplier. Mais elle ne le faisait pas, et c'était probablement pour cela qu'il jouait à ce petit jeu avec elle, pour voir si elle allait le supplier.

Au lieu de cela, elle appuya un peu plus son visage contre le bras de Callum, et, d'un coup, sans pouvoir se retenir, elle le mordit.

Bien sûr, il eut un petit rire étonné. Mais, surtout, cette morsure inopinée sembla l'exciter autant qu'elle.

— Je pense que cela veut dire que vous êtes prête, dit-il.

Lorsqu'il diminua l'intensité du vibromasseur, puis l'insinua en elle, la sensation lui arracha un petit cri. Au lieu de le mordre, elle enfonça les ongles dans ses bras musclés.

— Arrêtez cette torture ! souffla-t-elle.

S'il lui répondit, elle ne l'entendit pas. Son pouls battait à tout rompre, occultant tous les autres bruits.

Son orgasme se déclencha avec la violence d'une explosion et elle se sentit aussi liquide que l'eau dans laquelle elle baignait, avant de retomber dans ses bras.

Quand Callum la sortit de l'eau, elle était à bout de souffle, se cramponnant à lui. Elle était encore dans la pénombre, le bandeau toujours en place sur ses yeux.

Comme la fois précédente, il disparut aussi furtivement qu'il était apparu. Mais, contrairement à la première fois, il l'avait caressée et tenue dans ses bras jusqu'à ce qu'elle se soit remise de ses émotions.

Elle était encore aveuglée par le bandeau qu'elle portait, et par son désir pour lui. Toujours accro.

Il n'y avait pas eu grand-chose à dire après son orgasme. Juste un tendre bavardage.

— Et maintenant ? avait-elle demandé.

— Ce que vous voulez, avait-il dit.

Et elle avait dit qu'elle irait sans doute visiter les écuries pour passer le temps avant le dîner, qui serait préparé par quelqu'un d'autre ce soir-là. Peut-être lui préparerait-elle le petit déjeuner ?

Elle avait espéré qu'il lui dise ce dont, lui, avait envie à présent. Naturellement, il ne l'avait pas fait. Il l'avait maintenue dans l'obscurité de bien des façons.

Avant de partir, il avait fait une chose étrange — il avait caressé son visage du bout des doigts, comme s'il avait voulu mémoriser l'instant.

Mais pourquoi faire cela s'il possédait un film de la scène dans le Jacuzzi ?

Après son départ, elle avait ôté le bandeau — elle avait d'abord attendu cinq minutes, comme il le lui avait demandé — puis elle s'était séchée avec une serviette qu'elle avait trouvée près de la piscine. Ensuite, elle était retournée dans sa chambre, où elle avait enfilé un jean, encore étourdie, ainsi qu'un chemisier à manches longues et des bottes.

Etait-elle seulement une fille parmi tant d'autres à vivre ce genre d'expérience avec lui ? Cette pensée la taraudait, et elle se demandait pourquoi cela semblait avoir de plus en plus d'importance au fil du temps passé avec lui.

Mais c'était une mauvaise façon d'aborder les choses. Callum lui avait apporté une chose à laquelle elle ne s'était pas attendue lorsqu'elle avait mis son panier aux enchères : de l'assurance. Elle n'était toujours pas sûre de parvenir à rester mince, mais pourquoi cela avait-il la moindre importance avec Callum ? Même si elle reprenait les kilos perdus, il ne la reverrait jamais de toute façon. Quoi qu'il en soit, il lui avait apporté la liberté d'être celle qu'elle désirait.

Elle pouvait faire n'importe quoi avec lui, sans jamais le regretter.

En attendant de le revoir, elle se dirigea vers les écuries. Une fois sur place, elle se sentit de nouveau comme l'ancienne Leigh, et non comme l'invitée sophistiquée de Callum : elle était la fille qui aimait les chevaux et partait pour de longues promenades.

Il ne lui fallut pas longtemps pour trouver une magnifique jument avec de grands yeux noirs, qu'elle adora immédiatement.

— Salut, ma belle, dit-elle en tendant la main pour que l'animal fasse connaissance avec elle.

Elle entendit des pas derrière elle, et elle s'éloigna de la stalle pour éviter d'effrayer le cheval.

Elle se retourna. Un homme se tenait debout près de la porte d'un bureau, appuyé contre le montant, son Stetson incliné en arrière sur ses cheveux bruns et ses yeux dorés qui brillaient.

Leigh sentit son cœur s'emballer. Un grand et beau cow-boy se tenait juste devant elle.

Etait-ce Callum ?

Mais lorsqu'il parla avec un fort accent de l'ouest des Etats-Unis, elle sut que ce n'était pas lui.

— Je vous présente Bessie Blue, je crois que vous lui avez tapé dans l'œil.

L'homme avança vers elle et lui tendit la main en disant :

— Je m'appelle Adam.

Il irait sans doute tout droit en enfer pour cela, non ?

Mais lorsque Leigh lui avait dit qu'elle comptait visiter les écuries, l'idée s'était brutalement imposée à lui.

Quel mal y aurait-il à ce que cette brève rencontre aille un tout petit peu plus loin ? Et s'il pouvait la rencontrer seulement une fois, face à face, comme un type ordinaire ? Ce serait la seule et unique fois, et ensuite il redeviendrait Callum.

L'idée semblait plus saugrenue que tout ce qu'il avait fait avec Leigh jusque-là, mais dès qu'elle lui avait traversé l'esprit il avait su à quel point il avait envie de voir la couleur de ses yeux — sans bandeau. Et pourtant, une part plus perverse de lui-même avait eu envie de tester sa réaction en le voyant lui, le type de l'université. Et dès qu'il y avait songé, il avait su que cela lui apporterait une certaine tranquillité d'esprit : en réunissant toutes les pièces du puzzle, il tempérerait sa fascination pour elle et pourrait ainsi reprendre le cours de sa vie après le départ de Leigh.

Il n'y avait aucun mal à cela.

Il avait donc dit à Jerry, le palefrenier, qu'il pouvait prendre le reste de sa journée. Retrouver son poste au ranch, dans cet univers familier, ne lui posait aucun problème. Mais il avait d'abord changé de chemise, la dernière ayant été mouillée lors de son… échange avec Leigh.

Le Jacuzzi… les bulles… les marques laissées par les ongles de Leigh dans son bras, lui causaient une agréable douleur.

Mais il entendait déjà les paroles de sa meilleure amie, si jamais elle entendait ce qu'il s'apprêtait à faire.

— Incroyable ! aurait dit Beth, maintenant je sais sans l'ombre d'un doute que tu as un cœur de pierre.

Mais il aurait pu supporter ses paroles cinglantes. Il aurait simplement répondu à sa confidente qu'il n'y avait rien de sentimental entre Leigh et lui.

Bon sang, même sans les prononcer à haute voix, ses excuses sonnaient faux. Peut-être avait-il réellement un cœur de pierre ces temps-ci.

Il n'avait pas besoin de raconter tout cela à Beth, ni de lui dire qu'il manigançait un coup pareil parce qu'il voulait montrer à Leigh qui il était, sans réellement le lui dire. D'une certaine façon, il revivait cette soirée étudiante pendant laquelle il l'avait croisée et voulait découvrir s'il verrait de nouveau cette étincelle dans ses beaux yeux verts, si toutefois elle le reconnaissait.

Il savait que c'était un peu tordu, mais ce genre de stratagèmes lui permettait de garder une distance avec les femmes qui l'attiraient.

Il n'avait pas besoin d'un psy pour lui dire ce qu'il en était. Il le savait très bien !

Mais qu'est-ce qui lui avait pris de rendre ce rendez-vous encore plus dangereux qu'il ne l'était déjà ? C'était sans doute pour voir si son véritable nom lui rappelait quoi que ce soit. Tandis que Leigh l'avait fixé du regard, il avait pensé, l'espace d'un instant, qu'elle avait reconnu l'adolescent d'antan.

Mais aussitôt l'étincelle s'éteignit et il ne perçut aucun signe de reconnaissance dans son regard. C'est avec un mélange de déception et de soulagement qu'il était allé à sa rencontre.

Lorsqu'elle s'était présentée, le rouge lui était monté aux joues, tout comme lorsqu'il lui avait bandé les yeux pour la première fois. Et ses yeux…

Ils avaient la teinte verte la plus étonnante qu'il ait jamais vue.

Elle était une bouffée d'air frais, avec son sourire et ses jolies fossettes, et il était presque surréaliste d'être ainsi face à elle — deux personnes qui se rencontraient dans des circonstances normales. Une cow-girl et un cow-boy — qui, lui, ne s'habillait ainsi que lorsqu'il se retirait dans son ranch.

Ils se serrèrent la main, et lorsqu'ils se touchèrent, ce fut comme un embrasement — ce qui n'avait rien à voir avec une quelconque séduction ou allusion sexuelle. C'était Leigh et Adam qui se rencontraient enfin, comme il l'avait espéré il y avait si longtemps.

Mais si cela s'était produit, il n'aurait peut-être pas rencontré Carla.

A cette seule pensée, il eut un pincement au cœur, et relâcha la main de Leigh. Il y eut un instant chargé de tension entre eux, et il remarqua qu'elle avait toujours le rouge aux joues.

Etait-elle… intéressée par Adam ?

Il fut saisi d'un éclair de jalousie, même si Adam était Callum et que Callum était Adam.

D'un geste, il désigna Bessie Blue, qui avait passé la tête au-dessus de la porte de sa stalle, examinant Leigh.

— Nous l'avons achetée à une vente aux enchères, il y a quelques mois. Elle est douce, mais elle a son petit caractère.

Il le savait, parce que c'était lui qui avait acheté Bessie.

— On dirait que c'est le genre de fille avec qui je pourrais m'entendre.

Leigh ne put s'empêcher de caresser l'animal, qui sembla l'adorer sur-le-champ.

En voyant que les deux s'entendaient si bien, Adam sentit sa poitrine se gonfler de plaisir.

Leigh ne semblait pas pressée de se promener pour visiter les lieux, préférant s'attarder auprès de Bessie.

— Je peux vous poser une question ?

— Allez-y.

— A qui appartient cette maison ?

Adam réprima un sourire. Elle n'abandonnait pas facilement. Ou était-elle si perspicace qu'elle avait jeté un coup d'œil à ses cheveux bruns et laissé son imagination lui souffler qu'il pouvait être Callum ?

Secoué par une montée d'adrénaline, il éluda la question.

— On m'a demandé de ne pas répondre à ce genre de questions, mademoiselle.

— Appelez-moi Leigh. Mince ! On dirait que vous avez été recruté par le côté obscur de la force. Callum a des employés vraiment très loyaux.

A ces mots, il ressentit une certaine satisfaction. L'opinion de Leigh était importante à ses yeux.

— Callum sait se montrer persuasif et, ajouta-t-il pour faire bonne mesure, c'est plutôt un patron sympa.

Il n'avait pas pu s'en empêcher.

— Alors vous aurez droit à une prime de Noël, dit-elle en riant.

Si près d'elle, elle avait un rire cristallin qui le secoua jusqu'aux tripes, comme jadis, lors de cette soirée étudiante. Il tint sa résolution cependant, mettant les mains sur les hanches, le sourire aux lèvres. Du coin de l'œil, il se rendit compte que le soleil commençait à descendre dans le ciel. Leigh ne tarderait sans doute pas à regagner la maison pour le dîner, et elle attendrait que Callum lui parle au téléphone.

— Depuis combien de temps travaillez-vous ici ? lui demanda-t-elle.

— Je suis arrivé à peu près en même temps que Bessie Blue. En résumé, depuis peu.

Bessie Blue semblait être au paradis, tandis que Leigh continuait de la caresser.

— Vous ne savez vraiment pas grand-chose à propos de Callum, alors.

Il laissa échapper un petit rire.

— On dirait une infiltrée en mission ! Vous êtes journaliste ?

Ou essayait-elle de le surprendre en train de mentir pour découvrir s'il était bien Callum ?

— Je suis juste une invitée.

Elle semblait surprise qu'il ne connaisse pas la raison de son séjour.

Le téléphone de la jeune femme émit alors un bip, probablement un sms, et il faillit crier alléluia. Mais il s'était lui-même mis dans cette situation, et il aurait dû s'attendre à ce qu'elle le mette sous pression.

Elle jeta un coup d'œil à l'écran.

— Ah ! Un message de mes producteurs. Ma foi, ça attendra.

— Ne vous gênez pas pour moi, je vous en prie.

— Non, je suis en vacances. Hélas, il est sans doute trop tard pour faire un tour avec Bessie Blue ?

Le cheval hennit doucement.

— J'en ai bien peur. En revanche, si vous voulez la monter demain, je peux m'en occuper. Mais, ce soir, la nuit ne va pas tarder à tomber, et si vous vous retrouviez seule sur des sentiers qui ne vous sont pas familiers, vous risqueriez de vous perdre.

Pendant un instant, il pensa qu'elle lui demanderait peut-être de l'accompagner, et il n'était pas sûr que ce soit une bonne idée.

Il précipita donc le mouvement.

— Voulez-vous que je vous raccompagne jusqu'à la maison ? demanda-t-il. (Il devait reprendre le rôle de Callum de toute façon.) Nous déciderons de l'heure de la promenade à cheval.

— Excellente idée, Adam.

Tandis qu'elle faisait ses adieux à Bessie Blue, Adam profita de ces instants pour savourer le plaisir de l'entendre prononcer son véritable prénom.

Leigh marchait à côté d'Adam, qui la raccompagnait jusqu'à la maison, et elle laissa une distance entre eux.

Tous ses soupçons s'étaient évanouis lorsqu'elle avait entendu sa voix traînante. Callum ne parlait pas ainsi, et il ne se déplaçait sans doute pas comme Callum le faisait — telle une panthère dans la nuit. Et Adam ne semblait pas avoir la même assurance que Callum. De plus, Callum avait les yeux marron, et non dorés comme Adam.

Quoi qu'il en soit, Adam était beau, les traits un peu burinés… Il était très agréable à regarder. Et elle essayait de résister à cette tentation depuis l'instant où elle l'avait rencontré dans l'écurie.

Mais, pour l'instant, c'était Callum qui occupait ses pensées. Qu'est-ce qu'il avait bien pu faire à ses hormones ? Étaient-elles programmées à la puissance maximale ? Qu'allait-elle devenir si, tellement émoustillée par ces expériences, elle n'était plus capable de garder son calme en présence d'un bel inconnu ?

Callum était son hôte, et elle n'allait pas lui être infidèle, pas même en pensée. Même s'il n'y avait rien de sérieux entre eux, convoiter un autre type n'aurait pas été… convenable.

Lorsqu'ils arrivèrent au niveau de la terrasse qui donnait sur la piscine, Adam, qui avait continué de parler des chevaux pendant tout le trajet, marqua une pause.

— Je vous laisse ici, dit-il.

Elle lui sourit en guise de remerciement, mais détourna les yeux avant de rougir trop intensément. Elle ne changerait donc jamais !

Contrôle-toi, ma vieille, pensa-t-elle. *C'est avec Callum que tu as rendez-vous, et tu as déjà du mal à faire face à la situation avec lui.*

Que penserait quelqu'un comme Adam si l'homme mystère décidait de l'appeler maintenant sur son téléphone ? Etait-il au courant des agissements de Callum ? Elle espérait presque que Callum appellerait — juste pour voir l'expression sur le visage d'Adam — et pour savoir si son employé connaissait la situation.

Il avait ôté son chapeau de cow-boy, et elle remarqua qu'il avait les cheveux en bataille.

— Bon, dit Adam, bonne soirée.

— De même ! Pour ma part, je suis sûre qu'elle le sera.

Silence. Il ne semblait pas pressé de partir. Juste au moment où elle était sur le point de s'éloigner, il s'adressa à elle.

— J'ai entendu dire que vous étiez une célébrité.

Ah. Le personnel savait donc deux ou trois choses à son sujet.

— Pas vraiment. Disons que s'il y avait une liste des célébrités les moins connues, j'en ferais partie.

Adam fronça les sourcils, comme s'il était sur le point de dire quelque chose. Cela lui envoya une petite décharge électrique : Callum lui-même n'avait-il pas dit un peu plus tôt qu'elle devrait être fière de sa réussite ?

Il avait raison.

— Je suppose que les gens de ma famille sont fiers de moi, dit-elle en souriant. Et quelques autres.

— Vous supposez ?

Leigh essaya de ne pas se laisser pénétrer par son accent traînant. Elle avait toujours eu le béguin pour des types plutôt simples. Et être attirée par un homme riche tel que Callum, à la voix douce et raffinée, était l'exception qui confirmait la règle.

— En fait, mes parents n'ont jamais été très avides de compliments, dit Leigh sur un ton qu'elle voulut léger mais où perçait quelque chose de plus grave. Mais ça n'a pas d'importance. En fait, je dédie mon émission à ma sœur. Si jamais vous la regardez, vous verrez que son nom figure toujours au générique.

— Votre sœur...

— Elle est morte il y a quelques années.

Le regard doré d'Adam s'adoucit et se posa sur elle, puis il détourna les yeux.

— Cela a dû être une horrible épreuve pour vous, dit-il.

Etrangement, elle se sentit assez en confiance pour répondre :

— Oui. Elle est revenue de l'université pour passer ses vacances d'été à la maison, et elle est allée nager avec ses amis d'enfance dans le lac de notre propriété. C'était une bonne nageuse, pourtant… Personne n'aurait pu imaginer qu'elle finirait noyée… Le choc a été terrible. En fait, quelqu'un avait apporté de la bière et, d'après ses amis, elle n'avait jamais bu d'alcool avant. Elle est allée se baigner seule, sans que personne ne s'en aperçoive. Lorsque quelqu'un s'en est rendu compte, c'était trop tard.

Il y avait eu tant de jours sombres après ce drame… Ses parents en avaient presque oublié que Leigh était toujours en vie. Tout ce qu'elle avait fait — major de sa promotion, brillantes études — avait semblé dérisoire comparé à la parfaite Hannah et à ce qu'elle aurait pu accomplir si seulement…

Leigh avait toujours tenu le second rôle. La seule fois où elle avait eu l'impression de tirer son épingle du jeu, c'était avec Callum, qui avait donné un second souffle à sa vie.

Adam jeta un coup d'œil vers l'écurie, comme si la conversation était devenue trop intime, et qu'il avait envie de s'en aller. D'une voix monocorde, il lui dit :

— Je crois qu'il est difficile de traverser les épreuves de la vie sans perdre quelqu'un de précieux à un moment donné.

Leigh attendit qu'il lui en dise plus, mais en vain. Au lieu de cela, il remit son chapeau, lui fit un signe de tête, et s'éloigna.

Ce n'est qu'une fois à l'intérieur de la maison qu'elle se rendit compte que le ton de sa voix était aussi grave que celui de son patron, mais elle chassa cette pensée quand le téléphone se mit à sonner. C'était Callum.

- 9 -

Après s'être suffisamment éloigné, jusqu'au pavillon des invités dans lequel il s'était terré, il avait appelé Leigh pour lui dire que sa gouvernante, Mme Ellison, était en train de préparer le dîner et qu'elle était invitée à prendre l'apéritif au bar qui se trouvait dans le bureau en attendant.

Ensuite, il se risquerait à aller fermer l'écurie pendant le dîner de Leigh. Mais il avait une autre excuse pour se retirer là-bas.

Pour la seconde fois de la journée, il avait livré trop d'informations : tout d'abord, il avait employé son véritable nom, et ensuite il avait fait un commentaire sur la perte d'un être cher.

Allons, c'était une réaction naturelle. Il avait simplement compati à son chagrin. Il comprenait ce genre de douleur, surtout lorsque la personne qu'on avait perdue était encore jeune et pleine de vitalité.

Cela faisait un peu plus de deux ans que Carla était morte, pensa-t-il, assis dans le bureau de l'écurie, la veilleuse allumée, tandis que les chevaux se reposaient tranquillement. A l'exception de Bessie Blue, qui regardait sans cesse vers l'entrée, comme si elle espérait le retour de Leigh.

— Je sais ce que tu ressens, murmura-t-il, pensant combien la présence de Leigh lui manquait.

Il se dit qu'il ne pouvait passer une heure entière sans elle. Il était sûr que ce sentiment disparaîtrait, mais tant qu'elle était là il ne pouvait rester loin d'elle.

Et, en définitive, il ne resta pas éloigné trop longtemps.

Lorsqu'il appela Mme Ellison deux heures plus tard, elle lui dit qu'elle était rentrée chez elle. Leigh avait apprécié le steak à la sauce Marsala et les accompagnements, mais elle était sûre que son invitée s'était sentie seule pendant son repas.

Après avoir été ainsi dûment réprimandé, il la remercia pour son travail, puis raccrocha. Il avait décidé de ne pas appeler Leigh pendant le dîner. Cela faisait partie du jeu, n'est-ce pas ? La faire attendre, lui faire savourer le plaisir de l'anticipation jusqu'à ce qu'elle ne puisse plus le supporter. Cela avait fonctionné un peu plus tôt, dans le Jacuzzi, où elle avait eu un orgasme si intense qu'il en portait encore la trace sur le bras.

Alors, pourquoi cela ne fonctionnerait-il pas de nouveau ?

Après avoir mis de l'ordre, il se rendit dans le cottage destiné aux invités décoré dans des tons beige et crème qui contrastait avec les boiseries plus sombres. Il regarda par la fenêtre en direction de la grande maison, où Leigh se trouvait et où elle l'attendait.

Il composa le numéro et, comme si elle voulait le faire souffrir un peu en retour, elle répondit seulement après plusieurs sonneries.

— Qui est-ce ?

— Vous devriez le savoir, à ce stade.

— Oh ! je pensais que Callum avait disparu de la surface de la terre.

Il rit de son ironie ; à dire vrai, il méritait son impertinence.

— Le repas a-t-il été à votre convenance ?

— Oui. Votre Mme Ellison se défend en cuisine. Mais je dois dire qu'il y avait une chose dont je voudrais me plaindre.

Il attendit de nouveau. Elle était diabolique.

— Le dessert, finit-elle par dire. Je n'en ai pas eu assez. Et me voilà dans ma chambre, en train de me dire que j'en prendrais bien un peu plus.

Leigh... C'était drôle. Elle soufflait le chaud et le froid

et devenait vraiment douée… Elle semblait prête à le battre à son propre jeu.

— De quoi avez-vous envie ? demanda-t-il d'une voix rauque.

A présent, c'était elle qui se taisait. Mais lorsqu'elle répondit, il sentit son cœur battre de plus en plus vite.

— Je pensais…, dit-elle d'une voix aguicheuse, que vous aviez peut-être quelque chose de nouveau à me faire goûter.

Et il n'en fallut pas plus. Il lui demanda si elle avait le bandeau à portée de main, et lorsqu'elle répondit oui, il lui dit de le mettre, puis raccrocha, fourrant le téléphone dans sa poche, s'emparant de la tablette sur laquelle il avait transféré le film qu'il avait pris de Leigh un peu plus tôt. Par précaution, rien d'autre ne figurait sur la tablette, uniquement leur liaison.

Il fila jusqu'à la maison, prenant soin de rester dans l'ombre au cas où elle regarderait par la fenêtre. Il entra discrètement par la porte située sur le côté de la maison, éteignant toutes les lumières sur son passage. Prenant l'escalier, à l'aise dans l'obscurité, il s'approcha de la porte de sa chambre, l'entrouvrant lentement.

— Vous avez le bandeau sur les yeux ? demanda-t-il.

Elle n'avait pas eu besoin de demander ce qu'il voulait dire, et à cet instant il sut qu'elle était aussi impliquée dans leurs fantasmes que lui, qu'ils avaient provoqué chez elle quelque chose qu'elle n'avait jamais ressenti auparavant, et qu'elle ne voulait pas gâcher cette illusion.

— Oui, répondit-elle.

Il avait confiance en elle, mais il jeta cependant un coup d'œil à l'intérieur avant d'entrer. Elle était là, assise sur le lit, les yeux bandés, le dos tourné à la porte, faisant face à la fenêtre. Les rideaux étaient à peine entrouverts sur la nuit noire. Il n'aperçut pas la lune, juste des ombres. Ce fut la silhouette de Leigh qui attira son regard.

Toute en courbes et mince à la fois, elle portait un déshabillé court, noir et légèrement transparent, qu'elle avait sans doute mis dans sa valise. Les attaches de son bandeau lui retombaient dans le dos, soulignant la blondeur de ses longs cheveux.

Il referma la porte derrière lui, et n'entendit rien d'autre que la respiration de la jeune femme.

— Je suis content de voir que vous n'êtes pas allée à l'encontre de mes souhaits, dit-il. Vous avez mis le bandeau, comme je vous l'avais demandé.

— Peut-être que j'aime ce que vous me faites, alors j'obéis.

Son sexe était déjà en érection, et il se sentait au supplice. Jusque-là, il s'était maîtrisé et s'était empêché de la prendre par égard pour la mémoire de Carla.

Mais maintenant ? Il dut faire un effort surhumain pour ne pas se précipiter vers elle, lui arracher son négligé et plonger dans la chaleur de son corps. Pour se perdre en elle.

Reprenant son calme, il avança lentement. Elle se tenait si droite, assise sur ce lit, les mains sur ses cuisses, le bandeau sur les yeux.

Il ne pouvait y échapper — quelque chose d'autre se jouait entre eux à présent, une sorte de lien qui avait germé en lui lorsqu'elle lui avait fait cette révélation candide à propos de sa sœur. Elle n'était pas une femme avec laquelle il pouvait avoir une simple aventure sexuelle.

Pourtant, il ne pouvait aller plus loin s'il voulait sortir de cette aventure indemne.

Avant de la toucher, il alluma la tablette, puis la posa sur la table d'époque, contre un mur.

— Dites-moi ce qui se passe, Callum, dit-elle. Je commence à devenir nerveuse.

— Et vous ne trouvez pas ça excitant ?

Elle rit légèrement.

— Je suppose que si. Mon cœur bat à cent à l'heure, j'ai l'impression qu'il va bondir de ma poitrine. Cela me donne envie de faire des choses que je…

Prenant une profonde inspiration, elle avança légèrement vers le bord du matelas.

Et lorsqu'elle tendit le bras vers lui, il sut ce qu'elle avait en tête.

— C'est toujours vous qui me donnez du plaisir, murmura-t-elle. Est-ce que je peux… ?

Sans réfléchir, il s'approcha d'elle, assez près pour qu'elle sente qu'il se tenait à quelques centimètres seulement de sa main.

Se mordant les lèvres, elle le chercha aveuglément, jusqu'à ce qu'elle touche sa cuisse.

Il réprima un gémissement. Elle l'avait à peine effleuré, mais cela avait suffi pour qu'il la désire comme un fou. Et lorsqu'elle commença à le parcourir du bout des doigts, des hanches à la cuisse de nouveau, comme si elle essayait de le dessiner, il serra les poings.

— Vous êtes musclé, dit-elle. Je savais que vous étiez musclé.

Elle continua de l'effleurer, remontant progressivement jusqu'à son ventre, sa taille, et elle s'avança encore un peu sur le lit pour pouvoir atteindre son torse.

— Hum… Callum, existez-vous vraiment ?

Parfois, il en doutait.

— Que voulez-vous faire, Leigh ? Dites-moi.

Elle releva la tête vers lui, et il n'eut pas besoin de voir ses yeux pour le savoir. Elle parla avec sa main, qui descendit vers son ventre jusqu'à son sexe.

Au contact de sa main, il faillit perdre le contrôle. Son sexe s'érigea, de plus en plus dur.

— Et maintenant, qui est prêt ? demanda-t-elle d'une voix mutine. Et qui le sera encore plus lorsque j'en aurai fini avec lui ?

Il ferma les yeux, comme si c'était elle qui lui avait bandé les yeux. Ce n'était pas loin de la vérité, car lorsqu'elle descendit la fermeture Eclair de son pantalon, sa vue se brouilla. Tout ce dont il avait conscience, c'était ses doigts sortant délicatement son sexe de son pantalon. Puis, ses caresses eurent peu à peu raison de lui.

Elle le caressait d'une main, se servant de l'autre pour glisser un doigt sous son membre.

— Tout le monde sauf moi a vu votre visage, dit-elle, mais je découvre un tout autre aspect de vous. Jusqu'où voulez-vous que nous fassions connaissance, Callum ?

Mon Dieu, elle le dépassait au-delà de ce qu'il aurait imaginé. Il avait créé un monstre. Un monstre bien séduisant...

— Aussi loin que vous le voudrez.

Elle rit doucement en faisant glisser son pouce sur son gland. Il ne savait pas pendant combien de temps il pourrait supporter ce traitement.

Lorsqu'elle posa ses lèvres sur le bout de son sexe, il faillit jouir sur-le-champ. La seule chose qui le sauvait était la volonté dont il avait fait preuve pendant toutes ces années.

Mais il ne répondait plus de rien depuis qu'elle l'avait pris dans sa bouche, faisant tourner sa langue sur lui, l'aspirant légèrement.

A cet instant, il fut incapable de penser à quoi que ce soit, ayant seulement conscience de prendre la tête de Leigh entre ses mains, la sentant aller et venir, faisant monter en lui une telle excitation qu'il serra les dents, luttant encore. Luttant contre elle.

Mais ils ne luttaient pas à armes égales. Elle lui effleura les testicules du bout des doigts, et il sentit qu'il était vaincu. Il explosa et jouit dans sa bouche, retenant jurons et gémissements.

Tandis qu'il revenait doucement à la réalité, il démêla ses doigts des cheveux de Leigh, lui caressa le visage, se sentant plus proche d'elle qu'il ne l'avait été avec quiconque depuis des années.

Il en ressentit de la culpabilité. Ce n'était pas ainsi qu'il avait prévu les choses.

Il devait revenir à égalité avec elle, et pour cela il savait exactement quoi faire.

Rassemblant ses forces — il n'allait pas lui dire qu'il

était encore tremblant —, il s'éloigna d'elle et commença à se rhabiller.

Puis, il s'approcha de la tablette.

— A votre tour, dit-il.

Tandis que le film d'eux deux dans le Jacuzzi démarrait, la chambre se peupla des échos de leurs ébats. On entendait sa voix à lui, disant à Leigh qu'elle le rendait fou, les gargouillis de l'eau dans le Jacuzzi, puis les multiples gémissements qu'elle avait laissé échapper sous ses caresses avec l'éponge.

Il alla de l'autre côté du lit, ôtant sa chemise en chemin. Lorsqu'il se mit sur le lit, le matelas fléchit sous son poids, mais elle continua de regarder dans la direction de la tablette, même si elle ne pouvait la voir.

— Voulez-vous regarder ? demanda-t-il, arrivant derrière elle.

Il la vit frissonner.

— Oui.

Doucement, il passa une main devant elle, soulevant à peine le bandeau, juste assez pour qu'elle puisse voir le film. Il avait fait le point de la caméra digitale sur elle, et tout ce qu'on voyait de lui était ses mains et ses bras sous une chemise blanche trempée. Il se tenait derrière elle et lui caressait les seins, dont les bouts étaient dressés sous l'effet de l'excitation.

Inspiré, il fit de même, glissant une main sur son sein, à travers son négligé, puis il le caressa, retenant toujours le bandeau de son autre main. Il passa son pouce sur son mamelon déjà tendu.

— Vous avez déjà repensé à cette scène un certain nombre de fois, n'est-ce pas ? lui demanda-t-il.

— Au moins cent fois. Et, chaque fois, j'ai imaginé la suite…

Il savait ce qu'elle voulait dire — il partait toujours avant de lui faire l'amour. Il s'était dit qu'il en serait de même ce soir, mais il n'en était plus tout à fait sûr maintenant.

Il le fut encore moins en la regardant jouir dans le Jacuzzi, criant dans ses bras en le mordant.

Tandis qu'ils regardaient le film, il fut de nouveau en proie à une excitation intense. Il bandait si fort que sa vision se brouilla de nouveau ; il n'y survivrait pas s'il ne la sentait pas autour de lui. Il avait une furieuse envie de l'étreindre, de sentir sa chaleur.

Lorsqu'elle défit le haut de son déshabillé pour qu'il puisse caresser ses seins nus, sa libido s'embrasa violemment.

Puis, elle prit son autre main, celle qui soulevait son bandeau, et la glissa dans sa culotte. Là où elle mouillait déjà pour lui.

Elle avait choisi de ne plus rien voir, et même s'il avait l'esprit troublé, il savait que ce choix était plus important qu'il n'y paraissait.

Elle était encore dans le jeu.

Il glissa un doigt en elle, et elle se cambra. Presque aussitôt, elle se contorsionna, tirant sur sa culotte, et réussit tant bien que mal à l'enlever avant de ramper sur le matelas.

Il eut un coup de sang.

Juste une fois, pensa-t-il. Ensuite, ce serait terminé. Ils seraient tous les deux heureux. Et l'un et l'autre pourraient passer à autre chose.

En voyant le corps entièrement nu de Leigh, l'excitation lui fit perdre la tête, et il l'attira contre lui. Sentant sa peau sous son torse, il continua de la pénétrer avec ses doigts, lui arrachant de petits gémissements.

Elle s'agrippa à son corps, puis ondula contre lui en un long prélude, toute frémissante. Elle glissa ensuite une main sous l'oreiller et en sortit un préservatif.

— J'avais quand même bon espoir, dit-elle.

Il lui lâcha la main, déchira l'emballage du préservatif et l'enfila en un temps record. Pendant ce temps, elle promenait aveuglément ses mains sur son corps musclé, comme si elle ne pouvait se lasser de le sentir sous ses doigts.

Et lorsqu'il la pénétra, ce fut comme si le temps était suspendu.

Elle était si étroite… Lorsqu'il commença à aller et venir en elle, elle resta cramponnée à lui, les lèvres entrouvertes, totalement absorbée par son plaisir.

Fasciné, il observa son visage, même s'il ne pouvait voir ses yeux. Il ne savait pas qu'il pouvait encore faire ressentir cela à une femme. Il n'avait pas réellement pris conscience…

Qu'il ressentirait de telles émotions.

Une certaine chaleur s'emparait de lui, et elle n'était pas uniquement de nature sexuelle. Elle embrasait sa poitrine, et cela le bouleversa, le faisant regretter qu'il ne fût pas un homme ordinaire, comme ce fameux Adam, qu'elle avait rencontré dans l'écurie.

A cet instant, il fut emporté par un gigantesque frisson… qui se termina en un violent orgasme. Elle jouit immédiatement après, puis resta agrippée à lui. Il s'autorisa à faire de même, l'esprit troublé, rempli de questions…

Non, il n'était pas cet autre Adam. Il était le type qui ne s'engageait dans aucune relation, parce que les relations vous volaient votre âme et ne la rendaient jamais.

Leigh enfouit la tête au creux de son épaule, et il sentit le bandeau de soie sur sa peau. Elle lui murmura :

— Cette fois, la fin est un peu différente. C'est une très belle fin, Callum.

Mais il ne pouvait y avoir de fin heureuse avec lui, pensa-t-il tandis qu'elle s'endormait lentement dans ses bras.

Et lorsqu'il crut ne plus supporter cette intimité naissante, il s'écarta d'elle, regarda son visage qu'il distinguait à peine dans l'obscurité. Comme il l'avait fait un peu plus tôt le jour même, il lui caressa le visage, un pincement au cœur.

Puis, mettant ses émotions de côté, il se leva brusquement et préféra fuir cette chambre avant d'atteindre un point de non-retour.

*
* *

Adam se retira dans le cottage destiné aux invités, s'assit dans un fauteuil près de la fenêtre, plus seul qu'il ne l'avait été depuis longtemps, même s'il venait de passer une nuit de sexe époustouflante avec Leigh.

Il avait sorti son téléphone de sa poche et le regardait fixement depuis un moment. Il eut enfin le courage d'afficher une photo de sa femme.

Il avait banni tous les portraits sur lesquels elle portait un foulard sur la tête, au moment de sa chimiothérapie, souriant encore, courageuse pour la photo. Récemment, il n'avait pas regardé les albums photo rangés qu'elle avait composés au cours de leur mariage — des photos pendant leurs pique-niques, au rodéo, riant ensemble, tellement amoureux qu'ils n'avaient jamais pensé que la mort puisse les séparer si vite.

Mais cette unique photo qui figurait dans son téléphone… Il l'avait mise là parce qu'il avait peur qu'un jour son image ne s'efface de sa mémoire. C'était une photo de Carla sur un cheval de manège, elle se tenait à la barre, sa robe étalée autour d'elle, ses cheveux bruns flottant au gré du vent tandis qu'elle tournait en riant. C'était le jour où il l'avait demandée en mariage.

L'écran se mit en veille, et il resta assis là, incapable de dormir en dépit de la fatigue qu'il éprouvait.

Il serait de meilleure humeur si Leigh était là. Avec son humour, elle semblait être la seule personne à savoir comment allumer une petite lumière en lui, là où tout était si sombre et confus.

Mais il était parti de sa chambre à toute vitesse, comme à son habitude.

Il prit une longue douche, puis enfila un pyjama et s'assit sur son lit. Regardant fixement le téléphone. Résistant. Et enfin, inévitablement, il céda.

Leigh répondit à la troisième sonnerie, semblant un peu groggy. Pas étonnant, vu qu'elle s'était endormie dans ses bras.

— Callum ?

— Désolé de vous avoir réveillée.

— Vous ne m'avez pas réveillée. Enfin, pas vraiment.

Avait-il senti une pointe d'amertume dans sa voix ? Etait-ce parce qu'il l'avait laissée seule ?

Elle ajouta :

— J'ai sommeillé un moment avec… la télé allumée. Enfin, après avoir vu que vous étiez parti.

Il ignora cette dernière phrase.

— Ah oui… Vous regardiez la télé ?

Il entendit des bruits en fond sonore — des gémissements ? — puis elle coupa le son. Il était prêt à parier qu'elle était en train de regarder leur film. Après tout, il lui avait laissé la tablette, pensant qu'elle aimerait peut-être la garder.

— Alors comme ça, vous prenez de mes nouvelles ? demanda-t-elle. Vous vous assurez que je respire encore après ce que vous m'avez fait endurer ?

Elle avait une voix si légère et enjouée… Cela le heurta.

Les mots se précipitaient dans la tête d'Adam, comme s'il ne pouvait garder pour lui l'explication qu'il lui devait. Il voulait qu'elle sache que même s'il était parti après ce qu'ils avaient partagé, il y avait une bonne raison.

Mais il ne savait pas comment débuter alors, bien sûr, il s'y prit mal.

— Je suis au courant pour votre sœur.

— Oh ! les potins circulent vite au ranch !

— Oui.

Il ne voulait pas qu'elle lui parle du temps qu'elle avait passé avec Adam et elle n'en dit rien.

Ce que Leigh ne savait pas cependant, c'était qu'Adam et Callum n'étaient qu'une seule et même personne. Lorsqu'elle avait parlé de sa sœur, il avait vu une lueur de tristesse dans son regard. Elle l'avait vaillamment chassée de son esprit, et il l'avait admirée, car il était incapable de faire de même avec Carla.

Aussi dut-il produire un immense effort pour aborder

le sujet avec Leigh, même si elle était la seule femme avec laquelle il pouvait en parler.

— J'avais une femme, dit-il sans ménagement, mais soulagé d'avoir prononcé ces mots.

Il voulait que Leigh sache pourquoi il était tel qu'il était, et que cela n'avait rien à voir avec elle.

— Vous... *aviez* une femme ? répéta-t-elle.

— Il y a quelque temps.

Comme c'était difficile, bon sang ! Pouvait-il dire quoi que ce soit de plus ?

— Comment était-elle ? demanda Leigh.

C'était trop douloureux. Il se sentait incapable d'aller plus loin.

— Je vous dis seulement cela, parce que je comprends ce qu'on ressent quand on se consacre à quelqu'un qui nous manque, comme vous le faites dans votre émission avec votre sœur.

— Vous dédiez encore votre vie à votre femme ?

Il hocha la tête, puis se rendit compte qu'elle ne pouvait pas le voir. Mais cela n'avait pas d'importance, car c'était une femme intelligente, et elle avait certainement déjà compris sa réponse.

— Ne vous inquiétez pas, dit-elle à la hâte. Enfin, je veux dire que j'avais compris qu'il y avait quelqu'un.

— Pourquoi ?

— Callum, soyons honnêtes l'un envers l'autre. Vous ne m'avez pas invitée pour ces petits rendez-vous dans le but d'approfondir une relation. Je le savais. Vous vouliez... oublier quelque chose. Je ne le prends pas personnellement.

Vraiment ? Pourquoi avait-il eu le sentiment de l'avoir blessée, alors ? C'était son droit, du reste, après sa piètre disparition.

S'il avait une once de courage, il lui dirait qu'il s'appelait Adam, et non Callum. Le véritable Adam, et non un employé qui travaillait dans cette propriété.

Il pouvait au moins faire preuve d'un minimum d'honnêteté avec elle.

— Vous avez raison.

— Je suppose que c'est pour ça que je suis toujours là ? Parce que j'ai toujours raison ?

Elle avait vraiment le don de le faire sourire.

— Vous vous en sortez plutôt bien pour affronter les problèmes, dit-il.

— Peut-être pourriez-vous vous en sortir tout aussi bien.

Il avait déjà prouvé le contraire, à maintes et maintes reprises, et il était sûr que ce n'était pas près de changer. Lorsque ces quelques jours passés avec elle seraient terminés, les choses redeviendraient comme avant.

— Callum ?

— Oui.

Il entendit retentir son petit rire cristallin, à l'autre bout du fil.

— Je croyais que vous vous étiez endormi. Il se fait tard.

— Bien, alors je vais vous laisser dormir.

— Vous voulez dire que vous n'appeliez pas pour… ? Elle s'interrompit.

— Entendu, ajouta-t-elle aussitôt.

Il lui fallut quelques instants pour comprendre la question qu'elle avait failli lui poser.

Pensait-elle qu'il allait la rejoindre dans sa chambre de nouveau ?

A cet instant, la vérité crue s'imposa à lui. Même s'ils venaient d'avoir une conversation sincère, elle le voyait toujours de la même façon. Comme un play-boy. Un rencard plutôt fun. Et cela semblait lui convenir.

Mais devait-il lui dire quoi que ce soit pour la détromper ? Et pourquoi diable voudrait-il lui faire croire qu'il y avait une chance qu'il se passe autre chose entre eux ?

Il ressentit une pointe de déception, mais il aurait dû s'y attendre. La vérité, c'était que Leigh avait accepté cette escapade avec lui pour vivre de nouvelles expériences, et non pour l'entendre se morfondre.

Manifestement, elle savait que leur conversation était terminée.

— Faites de beaux rêves, dit-elle.

Il lui souhaita une bonne nuit, sachant que ses propres rêves seraient aussi hantés que de coutume.

10

Dani avait de grands projets pour son jour de congé, alors, quand elle sortit de sa douche ce matin-là, elle s'essuya rapidement, enfila un peignoir et se précipita vers sa penderie.

Elle allait faire les magasins à la recherche de l'alliance de Riley tandis que lui, de son côté, ferait son boulot de directeur d'agence immobilière en dehors de la ville. Elle avait différé l'achat de la bague parce qu'elle n'arrivait pas à trouver le style qui lui conviendrait parfaitement. C'était ce qu'elle n'arrêtait pas de se dire en tout cas… Jusqu'à ce qu'elle prenne conscience qu'elle se mentait à ce sujet.

Elle avait la frousse. Et il était temps qu'elle l'admette. L'alliance n'avait été que le symptôme d'un problème plus grave, et, Dieu merci, elle était revenue à la raison au cours de ces derniers jours.

Elle passa ses vêtements en revue et commença par renoncer aux chemisiers et jupes qu'elle avait achetés récemment pour ressembler à Margot. Elle avait toujours adoré Margot, mais Dani en avait désormais fini avec sa phase de changement de look. Et elle était même arrivée à la conclusion que son emploi dans l'entreprise de traiteur était vraiment un bon job, et qu'elle avait de la chance de l'avoir en ces temps difficiles. Riley et elle auraient tout le temps d'explorer d'autres pistes professionnelles.

Ils avaient la vie devant eux.

Elle alla de l'autre côté de la penderie, où se trouvaient les robes à fleurs qui avaient défini la douce et innocente Dani qu'elle était, les chemisiers pastel qui mettaient en valeur ses cheveux roux — du moins avant qu'elle ne les ait coupés pour adopter cette coupe au carré qui ne lui plaisait plus tellement.

Elle eut la gorge serrée, et sans crier gare elle éclata en sanglots. Sortie de nulle part, la voix de son père venait de résonner dans sa tête. Elle entendait les mots qu'il avait prononcés cinq ans plus tôt, lorsqu'il lui avait annoncé que sa mère et lui avaient quelque chose d'important à lui dire.

Cela fait un moment que nous ne sommes plus heureux, ta mère et moi, Dani...

Sa mère l'avait interrompu : *Nous allons divorcer, ma chérie.*

Au coup d'œil que sa mère avait jeté à son père, Dani avait su qu'il y avait une autre explication qu'ils ne voulaient pas lui donner. Ce ne fut que quelques mois plus tard que sa mère lui avait enfin avoué la vérité — son père avait eu une aventure.

Nous nous sommes éloignés, avait-elle dit, retenant ses sanglots...

Dani avait les joues trempées de larmes. Soudain, elle eut une véritable prise de conscience. Elle pouvait acheter de nouveaux vêtements, changer de boulot, être une femme forte dans la chambre et en dehors, mais il y avait certaines choses qu'elle ne pouvait changer.

Comme par exemple qui elle était vraiment.

Se sentant totalement impuissante, elle s'assit sur le sol, adossée au mur, pleurant à cause de la douleur que sa mère avait traversée, pleurant parce que tout le monde pouvait souffrir, pleurant jusqu'à ce qu'elle n'ait plus de larmes.

Elle avait plus peur que jamais en pensant à son mariage qui approchait. Quand finirait-elle par se ressaisir ?

Elle se leva, prit son téléphone sur la table de chevet, et composa un numéro.

— Tu peux m'aider ? demanda Dani d'une voix enrouée.

— Dani ? Est-ce que ça va ?

Elle crut entendre un bruit métallique à l'autre bout du fil.

— Oui, dit-elle, étouffant un sanglot. Tu travailles ? Je peux rappeler si je te dérange.

— Non, dis-moi ce qui ne va pas.

Sans tourner autour du pot, elle raconta à Leigh tout ce qui la tracassait. Cela faisait tellement longtemps qu'elle gardait tout ça pour elle, prétendant que tout allait très bien, alors qu'elle était rongée par la peur et le doute, même si elle avait pris de l'assurance dans certains domaines de sa vie… Elle avoua à Leigh qu'elle n'avait rien dit à Riley, surtout pas qu'elle s'attendait à ce qu'il la trompe plus tard, comme son père l'avait fait. En même temps, elle se trouvait ridicule parce qu'elle savait que Riley ne la trahirait jamais.

Tout comme sa mère, qui avait pensé la même chose au moment de son mariage.

— Depuis le début, je pensais que je traversais une crise d'identité, mais ce n'était pas ça du tout, dit-elle. Je voudrais arriver à dépasser tout ça, mais je n'y arrive pas. Chaque jour, j'ai envie de vomir, Leigh. Quelle future mariée je fais !

— Je suis sûre que ça arrive à beaucoup de femmes, affirma Leigh, toujours aussi calme et pragmatique. Crois-tu que tu puisses dire à Riley tout ce que tu viens de me raconter, pour commencer ? Tu te sentirais beaucoup mieux.

— Ce serait une vraie claque pour lui, d'autant plus qu'il pense que j'ai franchi le cap. Il va se demander pourquoi je n'arrive pas à lui faire confiance alors qu'il a tout fait pour la mériter. Il va penser qu'il y a quelque chose qui cloche chez lui, et non chez moi, parce qu'il est comme ça… C'est un homme qui prend ses responsabilités.

— Un prince parmi les hommes, dit Leigh d'un air songeur.

— Leigh ? interrogea Dani en reniflant. Est-ce que tu as quelque chose à me dire ? Peut-être qu'on pourrait s'apitoyer ensemble, moi à cause du mariage, toi à cause de ton rencard ?

— Non, pas du tout. Je passe un très bon moment.

Alors, pourquoi semblait-elle faire un effort pour *paraître* gaie ?

— Ecoute, reprit Leigh, je suis en train de préparer le petit déjeuner. Ça ne t'embête pas si je te rappelle plus tard ?

— Pas du tout, répondit Dani en essuyant ses larmes. Je crois que le plus dur est passé. En plus, il faut vraiment que j'y aille.

— Tu vas travailler ?

— Non, je dois aller… (Oh ! mon Dieu, acheter la bague de Riley !) faire des courses…

— Tu es sûre que ça va aller ?

Le regard de Dani s'attarda sur la vieille robe à fleurs qui semblait si terne, avant de se poser sur ses *nouveaux* vêtements, plus sophistiqués.

— Oui, merci.

Après avoir raccroché, Dani alla s'asseoir sur son lit, reprenant lentement son souffle. Elle se sentait vraiment mieux après ce coup de fil. Et son ventre noué ne devrait pas tarder à recevoir le message.

D'une minute à l'autre.

Leigh reposa le combiné, loin de son saladier et des multiples ingrédients qu'elle avait sortis du réfrigérateur. En fonction de ce qu'elle avait trouvé, elle avait décidé de préparer des crêpes au citron. Elle mit un peu de zeste et de jus de citron dans la farine, suivant son inspiration.

Elle laissait libre cours à son goût pour les aventures culinaires. Elle s'était réveillée tôt après une nuit agitée, suite à l'appel de Callum. Elle s'était rendue dans la cuisine aussi tôt que possible, cherchant un réconfort dans ce qu'elle savait faire de mieux. Mais elle n'avait pas le cœur à cuisiner, pas autant que d'habitude du moins, et ce n'était pas à cause de la situation de Dani — même si elle s'inquiétait un peu pour son amie.

A l'évidence, la future mariée angoissait beaucoup : déstresser son amie avant le grand jour serait sa priorité, dès que cette escapade serait terminée. Dani avait un week-end de préparation du mariage avec ses amies, cela promettait si elle était encore dans tous ses états à ce stade.

Leigh s'arrêta de remuer la pâte pour boire le verre de jus d'orange qu'elle venait de presser.

Elle ne pouvait s'empêcher de se demander où était Callum ce matin, lorsqu'il l'avait appelée. Ne pouvait-elle pas passer ne serait-ce que quelques heures sans lui ? La seule chose qui lui avait fait tenir le coup était le film qu'elle avait regardé en boucle la veille. Mais ce n'était pas la même chose que d'être près de lui, de pouvoir le toucher, sentir sa peau, et se blottir contre lui, même pendant un bref instant.

Bon sang ! Elle était accro à lui et à ses jeux.

Et elle avait peur que la situation ne soit encore plus grave. Parce qu'il l'avait appelée pour mettre son âme à nu, et cela l'avait perturbée.

Une femme… Cette idée avait tourné en boucle dans la tête de Leigh. Il ne s'était pas remis de la mort de sa femme, et pour une raison qu'elle ignorait il s'était senti obligé de lui en parler. Ce qui l'avait le plus émue dans son appel était sa voix. Ce n'était plus le Callum plein d'assurance qu'elle connaissait, mais un homme au cœur brisé.

Et, à cet instant, tous ses jeux avaient pris un sens aux yeux de Leigh. Etait-ce un homme qui ne pouvait supporter les enjeux émotionnels d'une véritable relation et qui choisissait donc l'opposé ?

Mais juste au moment où ils avaient enfin réussi à établir une communication plus personnelle, elle avait dû dire ce qu'il ne fallait pas, car il avait de nouveau été sur la réserve. L'appel s'était terminé de façon abrupte, ce qui avait jeté un froid. C'était comme s'ils étaient plus étrangers que jamais, et elle n'était pas sûre qu'il ait envie de la voir aujourd'hui, ni même le lendemain.

Pourtant, après ce qu'il lui avait annoncé, elle ne pouvait pas non plus partir de ce principe et l'abandonner. Lors de cet appel, il s'était emparé de son cœur, l'avait serré, introduisant une émotion dans un scénario qui ne devait en comporter aucune.

C'était une si mauvaise idée maintenant de vouloir le consoler, même si c'était ce qu'il avait essayé de faire avec elle la veille lors de ce coup de fil, en lui disant qu'il comprenait ce que signifiait la perte d'un être cher. Mais ce n'était rien de plus… Mince ! Il avait éveillé un sentiment en elle, et vouloir le réconforter lui semblait naturel. Mais était-ce si idiot que cela, si Callum avait le cœur brisé ? Elle qui avait toujours été seconde en tout dans la vie, voilà qu'elle retombait dans le piège, en approfondissant une relation avec un homme qui avait déjà dans le cœur une autre femme à la première place.

L'angoisse montait en elle, mais lorsqu'elle s'en rendit compte, elle décida de chasser cette sensation, but son jus d'orange et se remit dans la cuisine. Elle ne pouvait pas se laisser déborder par ses émotions. Cela n'arriverait pas.

A peine eut-elle le temps de se formuler ces idées qu'elle entendit un bruit de bottes sur le carrelage. Elle leva la tête et vit Adam entrer dans la cuisine, tenant son Stetson à la main, les cheveux encore en bataille.

Elle s'imagina aller vers lui pour lui passer la main dans les cheveux, et à cette pensée elle fut saisie de frissons.

Super. Ses hormones étaient vraiment en effervescence. Elle transférait son désir sur le premier type canon qui se présentait parce que Callum avait réveillé sa libido. Elle en voulait plus, toujours plus, et Adam était disponible.

— Bonjour, dit le cow-boy en s'arrêtant devant le plan de travail où Leigh déposait de fines tranches de bacon dans une poêle.

— Bonjour, répondit Leigh. Vous êtes venu de bonne heure pour ma promenade avec Bessie Blue ?

En entendant l'excitation dans sa voix, il sourit, et elle détourna les yeux. Peut-être la jument et elle auraient-elles une petite conversation sur les hommes aujourd'hui.

— Pas forcément, dit-il. J'ai peut-être pris un risque

inconsidéré, mais j'ai parlé de vous et de votre émission à un voisin, et il se demandait s'il pouvait goûter à votre petit déjeuner. Mme Ellison a dit que vous étiez en train de préparer des trucs fabuleux.

— Je suis flattée que vous ayez envie de goûter mes recettes, dit-elle en souriant.

Puis elle lui servit un verre de jus de fruits tandis qu'il s'asseyait derrière le bar, comme s'il voulait assister au spectacle culinaire de Leigh en attendant ses crêpes.

Ne le regarde pas, et tout ira bien, se dit-elle intérieurement pendant qu'il buvait son jus d'orange. Et la stratégie fonctionna... du moins le temps de faire frire le bacon.

Quand elle eut terminé, elle le mit à égoutter sur du papier absorbant.

Ne te projette pas. Inutile de t'emballer pour Adam uniquement parce que Callum t'en fait baver.

Adam s'éclaircit la gorge, mais quand elle le regarda il détourna les yeux, comme toujours, comme s'il ne voulait pas être surpris en train de la reluquer. A cette pensée, elle eut des papillons dans le ventre.

Arrête ça tout de suite.

— Des crêpes au citron ? demanda-t-il. C'est ce que vous êtes en train de préparer ?

Elle désigna d'un geste les zestes de citron sur le plan de travail en hochant la tête, et il rit.

— Oui, je sais, c'était difficile à deviner. Cela dit, je n'en ai jamais mangé.

Nettoyant le plan de travail, elle déclara :

— J'ai trouvé des citrons, et tous les ingrédients nécessaires, alors je me suis lancée, même si c'est beaucoup plus décadent que le petit déjeuner que je prépare d'habitude.

Elle allait devoir prendre garde à ne pas retomber dans ses vieilles habitudes, comme celle de manger quand elle se sentait frustrée à propos d'une chose ou d'une autre.

Mais, ce matin, c'était surtout pour Callum qu'elle avait cuisiné, espérant qu'il se manifeste à un moment donné.

Elle haussa les épaules.

— Quoi qu'il en soit, on dirait que quelqu'un a fait le nécessaire pour qu'il ne manque rien.

— Mme Ellison s'est rendue dans une ferme voisine, tôt ce matin. C'est sa routine habituelle.

Il termina son verre de jus d'orange, puis se lissa les cheveux en arrière. Il était assis tout au bord du tabouret, comme s'il n'arrivait pas à décider s'il voulait partir ou rester. Il semblait l'observer avec beaucoup d'attention, comme s'il tentait de l'évaluer, et elle pensait savoir pourquoi.

Elle se mit à rire.

— Vous vous comportez comme si vous aviez peur que je recommence à vous interroger au sujet de Callum. N'ayez aucune inquiétude à ce sujet.

Elle avait visiblement visé juste, car lorsqu'elle eut prononcé ces mots, il se détendit, et finit par poser son chapeau sur le tabouret voisin.

— Je suis hors de danger, alors ?

Avec Callum, la conversation aurait déjà tourné au conflit. Adam était à l'opposé de lui.

— Vous ne risquez rien, dit-elle en tapotant le bacon avec le papier absorbant. Mais ça ne veut pas dire que je ne peux pas vous poser des questions sur vous, n'est-ce pas ?

Il se pencha légèrement en avant, accoudé au bar.

— Je suppose que vous pouvez toujours essayer.

— O.K., vous ne semblez pas être originaire de Californie du Sud, dit-elle. Vous avez un accent trop traînant.

— Alors, je vais devoir travailler mon accent pour l'atténuer un peu.

— C'était plus une façon de vous demander d'où vous veniez.

— De-ci, de-là, dit-il, fronçant les sourcils. J'ai dû me forger un accent au fil de mes voyages.

— Cette réponse couvre à peu près toutes les possibilités.

Il marqua une pause, éloignant son verre.

— Ma famille avait un ranch en Californie centrale, il y

a longtemps. Je l'ai vendu à leur mort, ensuite j'ai voyagé, avant d'atterrir ici.

Un peu de ténacité payait toujours. Juste au moment où elle commençait à se dire qu'elle ne rencontrerait plus que des types évasifs jusqu'à la fin de ses jours, Adam avait enfin répondu à une question personnelle. Il semblait plus à l'aise à présent, et elle ressentit la même chose. Elle eut même envie de se montrer plus audacieuse avec sa cuisine, et décida de modifier la recette, coupant le bacon en fines lanières pour le mettre dans la pâte à crêpes, au lieu de le servir en accompagnement, comme elle l'avait initialement prévu.

Ensuite, elle fit chauffer la poêle et y ajouta du beurre pour faire cuire les crêpes.

— Des crêpes au bacon et au citron ? demanda-t-il.

— Je me sens d'humeur inventive, aujourd'hui.

Adam se cala sur son tabouret.

— Je suis content d'être là pour assister à ça.

Elle versa un peu de pâte dans la poêle, surveillant la cuisson, équipée d'une spatule et d'une grande assiette. L'arôme qui se dégageait de la nourriture conférait une atmosphère chaleureuse dans la cuisine, et elle appréciait la présence discrète d'Adam. Quand s'était-elle sentie aussi détendue auprès de quelqu'un dernièrement ?

— Alors, dit-elle, où en étions-nous ? Nous parlions de l'histoire de votre vie avant que vous ne changiez de sujet, si je ne m'abuse…

— J'espérais que vous l'auriez oublié.

— Je suis plutôt du genre tenace, répondit-elle. Enfin, c'est ce qui se dit.

— Que voulez-vous savoir d'autre ?

— Parlez-moi de votre travail. Ça vous plaît ?

— C'est mon boulot, dit-il en fixant ses yeux dorés sur elle. Ça fait passer le temps.

— Vous préféreriez faire autre chose ? demanda-t-elle.

Il rit doucement.

— A vrai dire, ça fait bien longtemps que je ne me suis pas posé ce genre de question, mademoiselle Leigh.

— Appelez-moi simplement Leigh.

Tandis que leurs regards se croisaient de nouveau, sans doute un peu trop longuement, elle se demanda ce qui lui arrivait, puis elle se tourna pour éteindre le gaz, et mettre les crêpes dans une assiette. Elle ne savait pas trop à quoi s'en tenir avec Adam, mais elle avait senti une atmosphère détendue et amicale entre eux, accrue par l'atmosphère joyeuse de la cuisine.

Elle avait déjà sorti la bouteille de sirop d'érable du placard, et ne voyant pas l'intérêt de compliquer les choses en le servant dans un pichet, elle la posa sur le bar, devant lui.

Après avoir sorti deux assiettes, elle lui dit :

— Servez-vous avant que je prépare une autre fournée pour votre ami.

Il prit quelques crêpes, mais resta au bar au lieu de s'installer à la petite table de cuisine. Elle décida donc qu'ils étaient bien là où ils étaient pour manger. Et le fait de prendre ainsi son petit déjeuner face à lui donna à Leigh l'impression d'un rendez-vous amoureux, ou quelque chose du genre.

— Oh! mon Dieu! s'exclama-t-il après sa première bouchée. Pas étonnant que vous soyez une star.

Elle commença à refuser le compliment d'un geste, mais repensa à ce que Callum lui avait dit sur sa façon de réagir aux éloges, et accepta celui-ci de bonne grâce.

— Merci.

— C'est moi qui devrais vous remercier.

Ils mangèrent quelques bouchées quand elle s'aperçut qu'il l'observait toujours du coin de l'œil. Cela commençait à bien faire.

— Qu'y a-t-il? J'ai une trace de farine sur le visage depuis tout à l'heure ou quoi ?

Il sembla prendre conscience de ce qu'il était en train de faire, puis reprit sa fourchette.

— Ce n'est rien. C'est juste que je ne peux m'empêcher de me demander…

— Quoi ? Allez-y, je vous écoute.

Souriant, il céda.

— C'est à propos de Callum.

— Oui ?

— D'après certaines rumeurs, on dit qu'il est… différent. Je l'ai rencontré, mais…

— Il y a des rumeurs ?

Qui posait les questions à présent ? Elle avait espéré pouvoir parler à quelqu'un, et peut-être qu'Adam savait quelque chose sur Callum, même si c'étaient des ouï-dire.

Leigh jeta un coup d'œil autour d'elle dans la cuisine, puis baissa la voix, de sorte que même un éventuel micro aurait difficilement pu capter ce qu'elle disait — pour le cas où Callum la surveillerait de plus près qu'elle ne le pensait.

— Je vous écoute, dit-elle.

— Je suis juste curieux de savoir ce que vous pensez de lui.

Elle ne s'était pas attendue à une question de ce genre, et la première chose qui lui vint à l'esprit fut : *Je suis à la seconde place.*

Après sa femme. Il lui avait dit qu'elle lui manquait toujours, et qu'il lui était encore lié. Et peu importait ce que Leigh avait commencé à éprouver pour lui, et de quelle façon leur relation avait évolué la veille, c'était tout ce qui importait.

— Qu'en pensez-vous ? demanda-t-elle, essayant de se reprendre et de chasser les sentiments poignants qui l'avaient assaillie. Il est le meilleur hôte dont une fille puisse rêver.

Le regard doré et pénétrant d'Adam devint un peu distant, et elle pensa d'abord que c'était parce qu'elle avait semblé désinvolte, et même un peu légère. Que pouvait penser d'autre un cow-boy comme lui d'une femme qui n'était là que pour le sexe ? Si jamais il savait pourquoi elle était là.

Il se leva de son tabouret, prit son chapeau, semblant soudain très mal à l'aise.

— C'était une question indiscrète, et je n'aurais pas dû vous la poser, dit-il en se dirigeant vers la sortie. Oubliez ça.

A présent, elle était totalement déconcertée, non seulement par les sentiments provoqués par sa réponse, mais aussi par son comportement. Pensait-il qu'elle était une fille facile ?

— Adam, dit-elle, le rappelant. Les crêpes…

Mais il était déjà parti.

— Je n'aurais pas dû m'étonner de sa réponse.

Adam était au volant de son pick-up de location, à quelques kilomètres de sa propriété, parlant à Beth. Il avait encore un goût de citron, de bacon et de sirop d'érable dans la bouche.

Une pensée lui traversa l'esprit : Leigh s'était montrée aventureuse dans sa recette le matin même. Ne lui avait-elle pas dit qu'elle était plutôt du genre à ne pas prendre de risque ? Il se dit que, d'une certaine façon, cela reflétait sans doute un changement qui s'était opéré en elle — le signe qu'elle avait lâché prise sur tous ses complexes et qu'elle s'était ouverte plus que de coutume. Encouragé par cette déduction, « Adam » lui avait demandé ce qu'elle pensait de Callum, lui donnant l'opportunité de dire… quelque chose. N'importe quoi qui puisse lui indiquer si… Si quoi ? Si elle ressentait quelque chose pour lui ?

Avait-il eu une lueur d'espoir qu'il y ait autre chose qu'une simple aventure sexuelle entre eux ?

Il se sentit envahi par le remords, ainsi que par le sentiment d'avoir trahi Carla. Mais il ressentait aussi une amère déception suite à la réponse de Leigh.

— N'est-ce pas ce que tu voulais ? demanda Beth, de retour chez elle à Cambria, à l'autre bout du fil.

Le matin même, une réunion du conseil urgente avait été fixée pour le surlendemain, et elle s'était occupée des formalités de son voyage. Il n'avait pu s'empêcher de vider son sac auprès de son amie.

— Oui, dit-il. J'ai eu tout ce que j'ai cherché à obtenir d'elle.

Alors, pourquoi se sentait-il si vide ?

Cette pensée le dérangea, après tout, ni l'un ni l'autre n'était supposé attacher d'importance à cette relation éphémère. Mais peut-être était-ce la voix de Carla qui résonnait en lui : *Ne m'as-tu pas dit que je serais toujours la seule… ?*

Elle n'avait jamais prononcé ces mots de son vivant. C'était sa culpabilité qui s'exprimait ainsi. Alors, pourquoi ces mots lui semblaient-ils toujours si réels ?

Hélas, il était toujours dominé par la culpabilité. Mais c'était la première fois qu'il était réellement attiré par une autre femme, et jamais il n'avait été aussi désorienté, se détestant à cause du sentiment de déloyauté qui pesait sur lui.

Il avait joué à ses petits jeux, essayant de combler les besoins de son corps en écartant toute émotion. Il était si sûr d'avoir été le maître du jeu depuis le début qu'il fut stupéfié d'être battu par ses propres sentiments.

Beth s'était retenue de faire le moindre commentaire, mais il savait ce qu'elle voulait dire.

— Tu m'avais prévenu, murmura-t-il. Vas-y, tu peux m'engueuler.

— Non, répondit-elle d'une voix grave. Je ne vais pas en rajouter alors que nous savons tous les deux ce qui t'attend. Tu es déjà plus sombre que d'habitude. Pourquoi ne dis-tu pas ce que tu ressens vraiment, Adam ? Dis-moi que tu es tombé amoureux d'elle.

— Non, et ça n'arrivera pas.

Il pouvait de nouveau faire taire ses émotions, comme il l'avait fait quand « Adam le cow-boy » avait entendu le commentaire détaché de Leigh sur « Callum ».

— Adam, bon sang ! s'insurgea Beth. Quand arriveras-tu enfin à surmonter tout ça ?

— Tu parles de faire le deuil de Carla ?

— Oui. Parce que ça ne peut pas continuer indéfiniment.

Mais il avait promis à Carla de l'aimer toujours.

Près de son lit, il lui tenait la main, fragile, un faible sourire aux lèvres tandis qu'il essayait de ne pas la serrer trop fort. Elle savait que sa fin était proche, qu'elle le voyait pour la dernière fois, et elle faisait un effort pour ne pas pleurer.

Mais une larme coula sur sa joue, une larme déchirante.

— Adam...

Tandis que sa voix s'évanouissait lentement, il pensa qu'il ne l'entendrait peut-être plus jamais prononcer son nom, et il pressa la main de sa femme sur sa joue. Sa joue mouillée, elle aussi. Il voulait qu'elle sache qu'il lui serait toujours dévoué, il voulait qu'elle parte en se sentant aimée.

— Je te promets, Carla, que tu seras toujours la seule dans mon cœur. Mais reste un peu avec moi, d'accord ? Je ne veux pas penser à ce genre de choses avant...

Mais elle l'avait déjà quitté, et ce souvenir poignant le dévastait encore maintenant. Et même si elle ne lui avait jamais rien fait promettre, il savait qu'il ne pourrait jamais plus supporter la douleur de la perte d'un être aimé. Alors, Leigh lui avait fait une faveur en disant à « Adam » ce que Callum représentait pour elle. Leigh était une jeune femme adorable et compatissante, mais l'histoire s'arrêtait là.

Et c'était très bien ainsi.

Alors pourquoi était-il assis là, plus sombre qu'il ne l'avait jamais été depuis la mort de Carla ?

— Adam ? dit la voix de Beth. Tu m'entends ? Ça ne peut pas continuer ainsi. Tu dois faire ton deuil.

Il serra le volant. Ce n'était pas comme si c'était Leigh qui lui demandait de mettre un terme à sa période de deuil. La situation lui convenait très bien.

Il sentit son cœur se briser. Il aurait dû être content de ce qu'il avait obtenu. Plus il y réfléchissait, plus il se disait qu'il avait eu raison de se faire passer pour Callum. Aucun sentiment, aucune émotion. Aucune douleur.

Il serait l'hôte rêvé si c'était ce que Leigh voulait.

— Alors, que vas-tu faire ? demanda Beth.

— Ce que je vais faire ? dit-il, la gorge serrée. Continuer à m'amuser. C'est ce qu'elle souhaite, et moi aussi.

— Je ne sais pas quoi te dire, répondit Beth, manifestement peinée. Vas-y. Fais ce que tu veux. Continue à te complaire dans le chagrin et l'autodestruction. Continue de te mentir à toi-même, Adam, et peut-être que tu te sentiras miraculeusement mieux demain matin.

— Oui, peut-être.

Après avoir mis un terme à leur conversation, il se dit qu'il n'avait pas besoin de sentir quoi que ce soit. Les sentiments étaient une faiblesse. Et ils tuaient.

Il composa un autre numéro, et quand Leigh répondit il dut se rappeler qu'il était Callum, l'homme mystère qui jouait à un jeu, cet homme-là et personne d'autre.

11

Callum avait demandé à Leigh de le rejoindre une heure plus tard dans la même chambre que la veille. Et il avait ajouté une nouvelle requête.

— En entrant, choisissez la tenue que vous voulez dans l'armoire, et attendez-moi les yeux bandés. Je vous appellerai.

Encore le bandeau. Il était vraiment déterminé à préserver l'aspect secret de leur relation. Elle n'était pas découragée par cet aspect, seulement…

Bon sang, Leigh, il t'a dit pourquoi il agissait ainsi, non ? Tu n'as aucune chance d'entrer dans son cœur, parce qu'il appartient encore à sa femme. Contente-toi d'accepter ce qu'il t'offre. Sexuellement, tu n'as jamais ressenti autant de plaisir.

Etait-ce par dévotion pour sa femme qu'il n'était pas resté avec elle la nuit dernière, après avoir fait l'amour ? Parce que les gestes tendres et l'intimité étaient réservés seulement à l'élue ?

Tandis que Leigh se rendait dans la chambre désignée, elle ne pouvait s'empêcher de trouver cela très triste… et si romantique à la fois. Elle n'avait jamais connu d'homme qui ressente quelque chose d'aussi fort pour elle, et le fait que Callum ait été capable d'aimer ainsi toucha Leigh bien plus profondément que tous les jeux auxquels ils pouvaient se prêter.

Elle ouvrit puis referma la porte derrière elle, jetant un coup d'œil vers l'autre porte. Elle aurait pu jurer qu'il l'attendait derrière la veille, lorsqu'elle était entrée, avant de se bander les yeux. En observant la pièce autour d'elle, elle vit qu'il était déjà venu dans la chambre, parce qu'il y avait un iPod qui diffusait de la musique sur la table de nuit en acajou.

Ce n'était pas Johnny Cash cette fois. C'était une chanson de country, une voix féminine ténébreuse lui murmurait des paroles tristes sur un son de guitare très sexy. L'odeur de cuir flottait dans l'air, comme si Callum l'avait elle aussi oubliée en partant.

Le bandeau couleur crème qu'elle avait utilisé la veille l'attendait sur le lit, tout comme la fois précédente, mais elle ouvrit l'armoire en premier. Elle y trouva les vêtements de soie qu'elle avait vus le jour de son arrivée, mais elle n'avait pas encore regardé de l'autre côté de l'armoire.

En voyant une robe noire et blanche très glamour, elle retint son souffle. Elle la sortit de l'armoire, et le tissu en mousseline s'étala en cascade sur le tapis. Sur le corsage, des volutes en perles noires ornaient le tissu banc, mais ce fut le dos de la robe qui l'émerveilla : deux bretelles noires qui s'entrecroisaient jusqu'au bas du dos, se terminant par un nœud en mousseline.

C'était le genre de robes que portaient les stars du cinéma des années 40, et elle fut soufflée que Callum ait pensé que cela lui irait. Ceci dit, il n'avait jamais été avare de compliments, même s'ils n'avaient été qu'un moyen de la séduire.

Mais depuis le début, tu es toujours venue en deuxième place, pensa-t-elle de nouveau.

Après avoir sorti une paire de chaussures à talons du bas de l'armoire, elle alla jusqu'au lit et écarta la moustiquaire. Elle étendit la robe sur le lit et ôta son chemisier, son jean et ses dessous, puis enfila la robe en mousseline. Lorsqu'elle eut mis les chaussures, elle se détacha les cheveux et se dirigea vers le miroir en pied.

Elle ressemblait à une autre femme, et pourtant, elle était toujours la même Leigh Vaughn, qui avait fini par devenir ce dont elle avait toujours rêvé — certes, sa transformation serait aussi temporaire que sa relation avec Callum, mais au moins, elle comptait en profiter.

L'air pensif, elle se lissa les cheveux pour qu'ils retombent en un mouvement voluptueux sur ses épaules. La seule chose qui n'allait pas dans l'image que lui renvoyait le miroir était son expression. La tristesse dans son regard. Cette image était fidèle à ce qu'elle était réellement : une femme qui s'était trop impliquée, qui souffrait déjà à la pensée que ce jeu ne signifiait pas autant pour Callum que pour elle.

Mais pourquoi le sexe devait-il soudain rimer avec amour ? Ou du moins avec « possibilité d'un amour » ? N'était-elle pas ravie de l'expérience sexuelle que Callum lui avait fait vivre ? N'était-elle pas toujours aussi avide de ses caresses et de ses mots ?

Tu es triste parce que tout ce plaisir arrive avec quelqu'un dont tu commences à tomber amoureuse, pensa-t-elle.

Le téléphone qu'elle avait apporté se mit à sonner, et lorsqu'elle répondit elle fut électrisée par la voix de Callum.

— Etes-vous prête ?

Le cœur de Leigh se brisa.

— Laissez-moi une minute, et je serai à vous.

La façon dont elle avait formulé sa phrase la figea sur place. Elle était peut-être à lui, mais lui, il appartenait toujours à quelqu'un d'autre.

— Prévenez-moi quand vous serez prête, dit-il.

— Entendu.

Posant le téléphone sur le lit, elle s'assit entre les pans ouverts de la moustiquaire, puis prit le bandeau et le noua derrière sa tête. Elle était dans le noir complet ; elle commençait à s'y habituer à présent.

Elle prit le téléphone.

— Je suis prête.

Son pouls battait si fort qu'elle avait prononcé ces mots d'une voix tremblante. Elle aurait été prête à beaucoup plus s'il avait simplement prononcé le mot qu'elle attendait. Mais les choses étaient ce qu'elles étaient, et elle devrait se contenter de passer un moment intime et excitant. Elle aurait fait n'importe quoi pour lui, parce qu'il ne l'avait pas encore déçue.

Elle entendit un bruit de l'autre côté de la chambre, la porte de la pièce attenante s'ouvrit, et elle s'arrêta de respirer, posant le téléphone sur le lit.

Des pas… D'anticipation, son cœur s'emballait à chaque bruit sourd.

Pourquoi ses sentiments étaient-ils remontés à la surface maintenant, rendant les choses si limpides au mauvais moment ? Etait-ce parce qu'il était là en personne ? Là, sans être vraiment là ?

Elle sentit qu'il se tenait debout face à elle, son esprit se brouilla, et son corps se mit à frémir. Lorsqu'elle le sentit lui toucher la main, la tenir pour l'aider à se lever, sa peau tout entière fut parcourue de mille délicieux frissons.

Mais ce fut le baiser sur le dos de sa main qui lui coupa le souffle. Sensuel, léger, vibrant…

— Vous avez surpassé chacun de mes fantasmes, dit-il de cette voix grave et enjôleuse dont elle ne pouvait plus se passer.

— A votre service, dit-elle, essayant de plaisanter. Je peux incarner tous les fantasmes.

Même s'il eut un petit rire, la plaisanterie retomba à plat. Lorsqu'elle sentit ses mains courir le long de ses bras, puis se promener sur son dos presque nu, elle cessa de se poser des questions sur son sens de l'humour. Seules importaient ses sensations.

— Avez-vous confiance en moi ? demanda-t-il de nouveau. Dans le domaine sexuel ? Oui. Mais pas au-delà.

— Vous savez que oui, répondit-elle.

— Je vous reconnais bien là. Vous êtes bonne joueuse, Leigh, dit-il.

Au ton de sa voix, elle perçut son sourire, mais celui-ci semblait plus discret que de coutume.

— Vous êtes totalement dédiée à cette aventure, et vous

avez toujours compris ce qui me plaisait, tout en vous faisant plaisir à vous aussi.

Où voulait-il en venir ? Il ne semblait pas avoir en tête un de ces jeux du type : « Devinez où la plume vous caressera ? »

— Oui, répondit-elle enfin. Je suis là pour ça.

Elle eut l'impression de sentir ses doigts se raidir sur son dos avant qu'il ne retire sa main.

— Comme vous voudrez, dit-il.

Y avait-il une intonation dans sa voix qu'elle n'avait pas entendue jusque-là ? C'était comme s'il avait envie qu'elle réponde autre chose. Mais quoi ?

— Dans une minute, dit-il, je veux que vous enleviez ce bandeau. Ne me demandez pas ce que vous verrez, parce que je ne vous le dirai pas.

Il voulait qu'elle ôte son masque ? Maintenant, elle était réellement intriguée.

— Très bien.

Au lieu de laisser ses doutes s'exprimer, elle pensa que le moment tant attendu était peut-être venu. La grande révélation. Elle était au comble de l'excitation, et elle se prépara à enlever son bandeau après les soixante secondes exigées.

Lorsqu'elle entendit la porte adjacente se refermer, son excitation retomba légèrement.

— Callum ? demanda-t-elle.

Pas de réponse, mais il avait déjà fait ce genre de choses auparavant, alors elle compta à partir de soixante… jusqu'à cinquante…

Elle accéléra le mouvement pour arriver à zéro, et lorsqu'elle y parvint, les mains tremblantes, elle dénoua son bandeau avec difficulté tant elle était nerveuse.

Lorsqu'elle réussit enfin à s'en débarrasser, elle regarda vers la porte avec impatience, mais elle ne trouva rien.

Jusqu'à ce qu'elle sente la présence de quelqu'un près de la fenêtre.

Elle se tourna de ce côté, totalement perturbée par celui qu'elle vit, portant sa chemise écossaise habituelle, les pouces glissés dans les passants de son jean, comme le cow-boy qu'il était.

Adam ne sut que faire lorsque Leigh ôta son bandeau et le regarda, médusée.

Tandis qu'elle comptait, laissant une minute s'écouler, il avait fait semblant de quitter la pièce, puis s'était approché de la fenêtre sans bruit. Ne sachant que faire ensuite, il était simplement resté là, debout, les mains le long du corps. Ce ne fut qu'à la dernière seconde, lorsqu'elle batailla pour ôter le bandeau, qu'il décida de paraître plus décontracté. Il avait pris cette décision parce qu'elle n'était là que pour l'expérience sexuelle, et qu'ils cherchaient tous deux à repousser les limites de cette expérience, comme ils l'avaient fait jusque-là. Non ?

Il ressentit une intense décharge d'adrénaline tandis qu'elle continuait de le regarder fixement. Mais lorsqu'elle jeta un coup d'œil vers la porte par laquelle Callum était censé avoir disparu, il sut qu'elle n'était pas totalement prise au dépourvu. Il vit une lueur dans son regard qui lui indiqua qu'elle réfléchissait à ce que Callum lui avait dit, qu'elle se prenait tellement au jeu de leurs fantasmes qu'elle était incapable d'y mettre un frein.

Mais il lut aussi de la confusion dans son regard.

Prenant soin d'employer l'accent traînant d'« Adam », il prit la parole avant qu'elle ne le fasse.

— Vous vous demandez ce que je fais là.

— Je crois que j'ai ma petite idée.

Il avait préparé tout un scénario — une invention qui entretiendrait l'atmosphère ludique tout en ne révélant jamais exactement qui il était. De toute façon, ils n'auraient aucune raison de chercher à se revoir après la fin de cette escapade. Ils retourneraient tous deux à leur vie, comme cela était prévu depuis le départ, il n'y avait donc aucun mal à raconter quelques petits mensonges de plus.

— Callum est dans l'autre pièce, dit-il. Il écoute, et regarde.

— Comment peut-il nous regarder ?

— Il a plus d'argent qu'il ne peut en dépenser, alors il y a toujours des moyens, croyez-moi.

Elle jeta un coup d'œil alentour, sans doute à la recherche de caméras dissimulées. Mais elle aimait les caméras — cela avait été établi la veille. Il l'avait éveillée à certains fantasmes, et elle rêvait sans doute de corps entremêlés et d'aventures débridées.

— Une sorte de triolisme, dit-elle à voix basse. Pas au sens traditionnel du terme, mais vous et moi serions ici, et Callum regarderait. Trois personnes.

— Vous pouvez appeler ça comme ça.

Tandis qu'Adam tentait de lire en elle, il prit conscience qu'il n'avait pas voulu voir quelle serait sa réaction en découvrant « Adam » dans la pièce. Il la testait pour voir jusqu'où elle serait prête à aller avant de dire non. En fait, il voulait même que ce soit elle qui rejette Callum plutôt que d'avoir à le faire lui-même.

Mais il avait initié ce petit jeu, et il ne pourrait pas s'offusquer si elle décidait de le prendre au mot.

— Comment avez-vous été recruté pour cela ? demanda-t-elle. Est-ce la première fois, ou cela fait-il partie de vos attributions ?

Aïe. Mais pour toute réponse, il ôta son armure — et cette fois seulement —, laissant tout le désir qu'il éprouvait pour elle s'exprimer à travers son regard.

Elle resta bouche bée, comme si elle avait clairement reçu son message.

Etait-il possible qu'elle soit secrètement attirée par Adam ?

— Vous ne savez pas grand-chose à mon sujet, dit-il. Mais je n'ai jamais su dire non à une belle femme, et lorsque Callum m'a suggéré de venir ici, je n'allais sûrement pas refuser.

Comme elle ne répondait pas, une petite étincelle s'alluma en lui. La seule pensée d'être avec elle, face à face, l'enivrait.

Elle ne saurait jamais que lui et Callum étaient une seule et même personne ; ce serait le jeu ultime.

Mais il éprouvait une sorte de léger malaise, et il se détestait plus que jamais de se laisser ainsi à la merci des émotions qui l'assaillaient.

Ecartant une mèche de cheveux de son visage, il posa les yeux sur elle, et elle se passa les mains sur les bras d'un air absent, comme si la perspective de ce scénario lui donnait la chair de poule. Il brûlait d'envie de sentir la peau de la jeune femme frémir sous ses doigts, comme quelques minutes plus tôt, lorsque « Callum » était là.

— Tout ce que veut Callum, dit-il, c'est de regarder votre visage quand vous êtes heureuse.

— C'est un type créatif, n'est-ce pas ? dit-elle en regardant vers la porte, avant de se tourner de nouveau vers Adam. Si c'était lui qui était ici avec moi, il ne pourrait voir mon visage parce que j'aurais les yeux bandés. Mais quand je suis avec vous, il est libre de s'installer dans l'autre pièce et d'apprécier le spectacle tandis que vos mains remplacent les siennes. C'est presque comme s'il s'agissait d'un film, sauf qu'il en est le spectateur.

Ce qu'elle ne savait pas, c'était que c'était la dernière fois qu'ils se voyaient. Adam devait s'en assurer parce que, même en cet instant, il avait le cœur brisé.

Mais il lui avait demandé de faire cela. Enfin, Callum.

Elle rit avec légèreté.

— Alors comme ça, Callum aime regarder.

Oui, mais pas seulement, pensa Adam.

Elle regarda la porte de nouveau, puis se tourna vers lui, avançant d'un pas dans sa direction.

Le corps d'Adam prit le contrôle, ses sensations physiques éclipsèrent tout ce qui pouvait se passer dans son esprit, mais son cœur était encore dans les limbes, incertain, suspendu à chacun des gestes de Leigh.

*
* *

Un trio, pensa Leigh. Dans ses rêves les plus fous, elle n'avait même pas pensé l'envisager.

Pourquoi ne pas sauter le pas ? C'était ce que Callum voulait.

Son corps lui soufflait « Oui ». C'était juste une autre façon d'explorer la sexualité qu'elle avait réprimée pendant si longtemps.

Avant qu'elle ait eu le temps de faire un nouveau pas, Adam avança vers elle, et elle s'arrêta.

— Dès que je vous ai vue, Leigh, dit-il avec son accent de cow-boy sexy, j'ai eu envie de cet instant.

Il y avait une telle intensité en lui qu'elle fut incapable de s'approcher de lui. Elle avait toujours rêvé que quelqu'un lui dise ces mots, mais ce n'était pas pour cette raison qu'elle frissonnait. Au ton de sa voix, elle avait compris qu'il ne cherchait pas à la séduire, ni à simplement coucher avec elle. Il était réellement sincère.

Elle s'autorisa à le regarder vraiment pour la première fois : ses cheveux bruns épais et brillants, sa peau hâlée, ses yeux fascinants qui brillaient comme ceux d'un prédateur qui sait qu'il va apaiser sa faim. Il avait les épaules larges, les bras musclés, et elle s'imaginait déjà ce qu'elle ressentirait dans ses bras.

Mais elle avait également envie d'être dans les bras de Callum. Pourquoi ses pensées revenaient-elles toujours vers lui ?

Adam prit la parole :

— Je veux juste vous caresser, que vous vous sentiez bien.

Tout comme Callum. Elle s'interrogea sur le sens de ses propos. Cela signifiait-il qu'ils n'iraient pas jusqu'au bout ?

Elle jeta un nouveau regard oblique vers la porte. Elle ne pouvait s'en empêcher. Callum était-il de l'autre côté de cette porte, appréciant le spectacle ?

Adam avança vers elle et son visage avait une expression si tendre qu'elle frémit. Il lui avait caché son attirance pour elle, tout comme Callum se cachait, lui aussi. Ce n'était que maintenant, alors qu'il était autorisé à le montrer, que son désir devenait évident.

Tendant la main vers elle, il effleura l'épaule nue de Leigh, descendit le long de son bras, créant au passage mille et un frissons sur sa peau en effervescence.

Après ce simple geste, elle avait le souffle court. Et lorsqu'il lui effleura de nouveau le bras, tout en lui s'agita et se troubla, comme s'il luttait pour ne pas perdre le contrôle.

— Est-ce que je peux continuer ? demanda-t-il, tout comme Callum avait toujours demandé la permission.

Elle devait penser à lui en train de la regarder dans la pièce attenante, prêt pour le spectacle.

Avant qu'elle ait eu le temps de répondre, il décida de passer à l'attaque. Tandis que la musique country nostalgique résonnait dans la pièce, pareille à celle des night-clubs, il l'attira à lui, lui prit la main, et la posa sur son épaule.

Il l'entraîna dans une danse sensuelle, sa poitrine contre la sienne, leurs cœurs battant à l'unisson.

Leigh se sentait prête à défaillir. Elle planta ses yeux dans les siens.

— Leigh, murmura-t-il, comme s'il prononçait son nom pour savoir s'il lui appartenait ou non.

Ce n'était pas le cas, mais quelque chose en elle l'aurait voulu en cette minute hors du temps. Callum avait tout fait pour la séduire, mais il n'avait jamais été aussi romantique. C'était comme si une facette du personnage se trouvait dans l'autre pièce, tandis que l'autre était là, l'entraînant dans un slow étonnamment tendre.

Un son de basse retentit, faisant écho à la voix mélancolique de la chanteuse.

La joue tout contre elle, il dit :

— J'aime bien quand vous avez les cheveux détachés.

Jusque-là, elle avait toujours porté une natte ou une queue-de-cheval. Mais combien de fois l'avait-il vue ?

Il interrompit son élan de curiosité en glissant une main au creux de ses reins, juste au-dessus du nœud magnifique de sa robe. Laissant sa main à cet endroit, il continua à danser avec elle.

C'était comme dans un rêve : il était beau, protecteur, et comme Callum il sentait le cuir. Chose plus importante encore, Adam était prêt à montrer son visage, révélant son âme à travers son regard.

Lorsque sa main virile remonta lentement au milieu de son dos, elle s'arrêta de danser, pensant à Callum qui regardait.

C'était ce qu'il voulait, songea-t-elle. Alors, elle laissa le cow-boy lui caresser le dos, avec lenteur et sensualité.

— Vous êtes exactement telle que je l'avais imaginé, murmura-t-il à son oreille.

La façon dont il avait dit cela était étrange, comme si la première fois qu'il l'avait vue, à l'écurie, l'avait vraiment marqué. Mais lorsqu'il prit le visage de Leigh entre ses mains, la regardant dans les yeux, elle fut trop troublée pour penser.

Le regard plein de passion d'Adam la fit chavirer.

Cependant, lorsque ses lèvres s'approchèrent des siennes pour l'embrasser, elle l'esquiva.

Elle avait l'impression de tromper Callum, et cette sensation lui était désagréable.

Il s'écarta légèrement, les doigts entourant les poignets de Leigh, comme les cordes de soie l'avaient fait précédemment.

— Leigh, est-ce que la réponse est oui, ou non… ? demanda-t-il, visiblement surpris par sa réaction.

Peut-être était-ce pour cette raison que son accent avait disparu.

Encore que… Leigh se figea. Sa voix… Oh ! mon Dieu, sa voix.

Lorsqu'il se figea à son tour, elle leva les yeux vers lui, reculant d'un pas.

Avait-elle entendu ce qu'elle avait cru entendre ?

— Callum ? demanda-t-elle.

12

Merde.

Peut-être aurait-il dû jouer de l'accent de l'Ouest qu'il avait cultivé jusque-là — *de quoi parlez-vous, ma jolie ? Je suis juste un simple cow-boy, pas l'homme riche et un peu dingue qui est dans la pièce à côté* — mais il savait que son visage avait déjà tout confessé.

Il était Callum… en quelque sorte. Et la comédie était terminée.

Il leva les mains en signe de capitulation un peu coupable. Il la désirait toujours autant, mais il ressentit comme un poids dans la poitrine.

Elle posa un regard blessé sur lui, reculant, ouvrant ainsi un abîme entre eux.

— Bon sang, dites quelque chose. Qui êtes-vous ?

La réponse n'était pas aussi simple qu'elle pouvait l'imaginer.

— Je suis Callum… et Adam.

— Arrêtez de m'embrouiller.

La semaine précédente, lorsque tout avait commencé, il aurait peut-être accepté sa colère sans sourciller, mais il ne le pouvait plus à présent. Si elle partait maintenant, il ne savait pas ce qu'il ferait.

Mais si elle restait, ne serait-ce pas tout aussi problématique pour lui ?

Elle semblait avoir atteint le point de non-retour, et elle se dirigea vers la porte.

— Ne partez pas, dit-il avec sa voix naturelle. S'il vous plaît, Leigh.

Ses deux derniers mots l'avaient interrompue.

— Pourquoi devrais-je rester ? demanda-t-elle doucement.

Parce qu'il voulait pouvoir s'expliquer ? Etrangement, cet instant-là était plus intense que s'il avait surgi de la pièce attenante, révélant d'un coup qui il était. Le fait d'être démasqué était plus effrayant — la révélation de ce qu'il était à l'intérieur.

Pourtant, il n'était pas sûr d'être prêt à se débarrasser de l'obstacle majeur qui l'empêchait de se rapprocher de Leigh. Une lutte sans merci se jouait en lui — *laisse-la partir, ne lui demande pas de rester* — et elle soupira, semblant tellement déplacée dans cette robe de contes de fées. Ils étaient revenus dans la réalité, et cette robe n'avait plus rien à y faire.

Comme il restait muet, elle se dirigea de nouveau vers la porte.

— Peu importe, Callum.

Il fut submergé par ses émotions.

— Adam, dit-il. Je m'appelle Adam.

Ce nom la fit s'interrompre pour de bon. Et comme elle était d'un côté de la pièce, et lui de l'autre, il lui sembla beaucoup plus facile de tout lui expliquer sans être obligé de la regarder dans les yeux.

Elle tourna la tête, à peine, mais il savait qu'elle lui lançait un regard furieux.

— Adam… comment ?

— Adam Morgan.

Dès qu'il eut prononcé son nom en entier, il eut l'impression qu'on venait de lui ôter un poids énorme des épaules.

Il vit que son nom tournait en boucle dans sa tête, passant au crible de sa mémoire. Hélas, il ne lui évoquait visiblement rien.

— Vous ne me connaissez sans doute pas, dit-il. Nous n'avons même pas été officiellement présentés. J'étais en première année de fac à Cal-U en même temps que vous, et je vous ai vue lors d'une soirée étudiante. C'était chez Gary Ballard.

— Les soirées s'enchaînaient à cette époque, dit-elle, se tournant un peu vers lui, mais pas totalement. Je ne vous ai jamais rencontré. Mais vous vous êtes souvenu de moi, et assez pour acheter mon panier lors de cette vente aux enchères ?

— Ce n'est qu'une partie de l'histoire.

Maintenant qu'ils avaient brisé la glace, les choses étaient beaucoup plus simples. Mais il eut l'impression qu'il était bien trop tard pour tout cela.

Et dire qu'il avait espéré une occasion telle que celle-ci — un incident qui lui permettrait de mettre facilement un terme à ce qui se passait entre eux. Et qui aurait donné à Leigh une excuse pour le laisser et partir de son plein gré. Pourquoi donc s'était-il mis à danser avec elle ? A partir de là, tout avait basculé. Il était vrai qu'il éprouvait encore quelques remords à l'idée de trahir Carla, ce qui l'empêchait d'ouvrir son cœur à Leigh, et pourtant il lui semblait plus important de la retenir à cet instant.

Leigh secoua la tête.

— Je ne comprends toujours pas. Pourquoi ne vous ai-je pas rencontré lors des réunions ou galas de charité organisés par les anciens de la fac ?

— J'ai quitté la fac au début du premier semestre, dit-il. Mon père est mort, et j'étais l'aîné de la famille, alors je suis rentré à la maison pour aider ma mère à élever ma sœur et mes deux frères. Elle avait vraiment besoin d'aide.

A présent, Leigh se tenait face à lui.

— C'est horrible.

Il hocha la tête, éprouvant le besoin de terminer son histoire. Il aurait voulu que ce soit aussi facile concernant Carla, mais les blessures étaient plus récentes, et pas encore cicatrisées.

Pourtant, Leigh était là, Leigh qu'il ne pouvait se résoudre à laisser partir.

— Des années plus tard, j'ai engagé Beth en tant que bras droit, et elle était restée en contact avec les camarades de sa promotion. Elle m'a parlé de la réunion d'anciens élèves, des paniers et des personnes qui les mettaient aux enchères.

— Margot et moi, dit Leigh. C'est à ce moment-là que vous vous êtes souvenu de moi ?

— Oui.

Il faillit détourner les yeux, comme il l'avait fait si souvent lorsqu'il avait emprunté l'identité du cow-boy. Mais, cette fois, il prit le risque de la regarder dans les yeux, pour voir s'il y lisait des sentiments.

Elle avait les yeux fixés au sol ; c'était elle qui se cachait à présent.

— Alors, vous dites vous souvenir de moi après m'avoir croisée dans une soirée étudiante, et vous avez envoyé Beth enchérir sur mon panier pour pouvoir avoir un rendez-vous avec moi.

— Je vous avais vue à la télé, et cela m'a rappelé... (Devait-il vraiment tout lui dire ?... Oui, nom de Dieu !) Et ça m'a rappelé que j'avais eu le coup de foudre pour vous, bien des années plus tôt. Si j'étais resté à la fac, j'aurais peut-être fini par me présenter, mais j'étais plutôt timide à l'époque, alors qui sait ?

— Vous n'êtes plus aussi timide à présent.

— Vous non plus.

Il pensa qu'elle avait failli prendre part à un soi-disant trio. Mais il ne pouvait pas lui en vouloir pour ça ; après tout, « Callum » lui avait donné la permission d'être avec Adam.

Au lieu de rougir, Leigh leva la tête et planta ses yeux dans les siens, provoquant en lui un frémissement intérieur. Il avait suffi d'un seul regard pour qu'il tremble.

Mais son impression de trahir Carla remonta à la surface

comme une vague de plus en plus puissante, à laquelle il ne pouvait échapper.

Elle secoua la tête de nouveau.

— Dans des circonstances normales, je dirais que vous m'avez raconté une histoire très romantique, et je devrais être flattée.

— Mais on a dépassé le cadre de la normalité, dit-il en comprenant qu'elle voulait en savoir plus au sujet de Carla. A vrai dire, je ne suis pas beaucoup sorti depuis la mort de ma femme, ajouta-t-il. Je n'étais pas… prêt. Alors, quand j'ai demandé à Beth d'enchérir sur votre panier, je savais déjà que ce ne serait pas un rendez-vous ordinaire. Je suis un homme d'affaires qui investit dans l'immobilier et les start-ups en permanence, mais…

Il était mortifié à l'idée de ce qu'il allait dire ensuite.

— Continuez, dit-elle.

La douceur de sa voix lui donna la force de poursuivre.

— J'ai pris l'habitude des relations par écran interposé, ou disons plutôt des non-relations.

— Il y a toujours une distance entre vous et les femmes que vous rencontrez ?

— Depuis la mort de Carla, oui.

Allait-elle penser qu'il était moins un homme à cause de cela ? Non, à la façon dont elle le regardait, elle pensait qu'il n'en était que plus homme pour l'avoir admis.

Alors, il poursuivit :

— En réalité, mon intention était que ce rendez-vous ne dure qu'une seule nuit, que ce soit un jeu, qu'on passe un bon moment ensemble. Je voulais juste assouvir le fantasme que j'avais de sortir avec vous, et rien de plus.

— Mais ensuite vous m'avez demandé de revenir.

— Et vous êtes revenue.

Elle hésita, puis dit :

— Je pensais que je ressentais un… Je ne sais pas. Un *lien* n'est sans doute pas le mot qui convient, vu qu'il s'est avéré qu'il n'y en avait finalement aucun.

Aucun ? Il sentit ses jambes flageoler. Elle venait de le frapper en plein cœur. Elle ne ressentait donc rien pour lui, même après qu'il s'était mis à nu pour s'expliquer ?

Lorsqu'elle croisa les bras sur sa poitrine, comme pour se protéger, il se dit que ce n'était pas si sûr. Pouvait-elle cacher ce qu'elle ressentait vraiment ? Ou était-ce trop espérer ?

Elle reprit la parole :

— Il me semble évident que vous refusez d'avoir le moindre lien avec quiconque, Adam. C'est ce que vous m'avez dit hier soir, lorsque vous m'avez parlé de votre femme.

— Carla, dit-il, croisant les bras à son tour. Je ne vous ai pas révélé tous les détails, cela dit. Elle est morte il y a deux ans d'un cancer du sein.

— Je suis vraiment désolée, murmura-t-elle, avant de marquer une pause. C'est comme si elle était encore avec vous.

Il sentit de nouveau un poids s'abattre sur ses épaules, le renvoyant dans un coin sombre de son esprit.

— Je lui avais dit que je ne l'oublierais jamais, dit-il. Mais ça, vous le saviez déjà.

— Oui.

Ils restèrent ainsi, debout l'un face à l'autre. Toutes les révélations avaient été faites, excepté ce qu'ils ressentaient ici et maintenant. Il savait qu'il aurait dû ajouter quelque chose, mais il ne savait pas quoi. Après tout, il venait de lui dire que Carla faisait encore partie de sa vie. Qu'est-ce que Leigh était supposée faire de ça ?

Elle leva les mains, puis recula d'un pas.

— Je suppose qu'on a fait le tour.

— Leigh…

Elle s'arrêta.

— Quoi ? Que voulez-vous que je fasse ? Je dois me bander les yeux pour ne pas voir que vous aimez toujours Carla ?

Le découragement s'empara de lui. Elle avait raison. Qu'attendait-il exactement de Leigh ? Une relation uniquement sexuelle ne lui suffisait pas, mais il n'avait pas le courage de sortir de sa réclusion pour vivre au grand jour.

Elle laissa échapper un rire amer et blessé.

— De toute ma vie, je n'ai jamais été la première. Ni avec mes parents, ni avec les garçons. Ni avec quoi que ce soit que j'aie pu accomplir. Et, maintenant, je suis là avec vous, et je me rends compte que j'ai besoin de quelqu'un qui m'accordera le respect que je mérite. Je ne suis pas en train de dire qu'un homme devrait oublier la femme qu'il a aimée et perdue, mais de là à placer sa mémoire avant la femme qui se tient devant lui, prête à lui ouvrir son cœur... ?

Tandis qu'elle s'essuyait le visage, ses paroles résonnèrent aux oreilles d'Adam.

Elle voulait qu'il lui dise qu'il allait changer, n'est-ce pas ? Mais il en était incapable, et elle remonta le bas de sa robe pour quitter la pièce. Adam baissa la tête. Les émotions l'assaillirent avec une telle brutalité qu'il resta pétrifié sur place, incapable de faire quoi que ce soit.

Ce qui l'empêcha de retenir la seule femme pour qui il avait éprouvé des sentiments depuis la mort de sa femme.

Il savait que Leigh partirait immédiatement après leur confrontation. Une fois les dispositions prises pour modifier la réservation de son vol et la conduire à l'aéroport, Adam l'avait regardée partir derrière la fenêtre de l'étage.

Il l'avait regardée encore une fois.

Et lorsqu'elle était montée dans la limousine, devant la maison, il savait où elle se rendait — chez son amie Dani, puis chez Margot, là où Leigh et toute la bande se retrouveraient pour organiser les préparatifs de mariage. Leigh avait apporté ces précisions à Beth lorsque celle-ci s'était occupée de réserver les différents moyens de transport, mais peu importait où elle serait.

Elle ne serait plus là.

Juste avant de parcourir le chemin qui la menait jusqu'à la limousine, Leigh s'était retournée une fois, comme si elle avait su exactement où il se trouvait, et lui avait adressé un long regard, plein de regrets.

Il avait posé la main sur la fenêtre, voulant la rappeler à la dernière minute, mais que lui aurait-il dit ? Rien. Ils étaient dans une impasse — Leigh avait besoin d'une chose, et il était incapable de la lui donner.

Mais au fur et à mesure que la journée passait, puis la suivante, puis celle d'après, le vide ressenti par Adam devint de plus en plus pénible. Et il savait que c'était parce qu'il avait laissé passer la chance que la plupart des gens attendent toute leur vie.

A présent, de retour dans sa maison de Cambria après un voyage d'affaires pendant lequel il avait assisté aux réunions comme un automate, il posa sa valise pleine et se précipita dans sa chambre. Là, il ouvrit le tiroir d'une commode, dans lequel se trouvait une boîte entourée de papier de soie. Il avait beaucoup réfléchi pendant son voyage, et il était arrivé à une conclusion.

Il ne pouvait plus différer cet instant.

Après avoir ôté le papier de soie, il regarda simplement la boîte à bijoux en argent au couvercle surmonté d'un cheval de manège. Il l'avait commandée pour célébrer le jour où il avait demandé Carla en mariage. Elle y avait rangé son collier de perles favori.

S'il ouvrait la boîte maintenant, il ne verrait plus que ses cendres.

Il alla s'asseoir sur le lit, la boîte entre les mains, la gorge serrée par la tristesse.

Il avait énormément réfléchi depuis le départ de Leigh, ce qui avait rendu cet instant possible, comme si une petite boîte en lui s'était ouverte.

Carla aurait voulu qu'il soit heureux, et il avait fait de son mieux pour s'assurer que cela n'arrive pas. Il avait enchaîné les mauvaises excuses. Surtout depuis que Leigh était arrivée dans sa vie...

Il en était là dans ses réflexions lorsque Beth déboula dans la pièce, avec à la main des contrats qu'elle avait besoin de lui faire signer. Mais elle les mit de côté. Reconnaissant la boîte, elle s'assit près de lui.

Il parla sans préambule.

— Pendant les dernières minutes auprès de Carla, je lui ai fait une promesse, dit-il en passant le doigt sur le petit cheval. J'ai toujours pensé que je serais capable de la tenir.

— Je sais, Adam.

Beth posa la main sur son bras. Cela faisait des jours qu'elle essayait d'aborder le sujet avec lui, mais il était trop perturbé émotionnellement pour entendre ce qu'elle avait à dire. Mais elle savait que les choses étaient différentes à présent. Il était prêt à entendre ce qu'il savait déjà. Elle était soulagée qu'il soit enfin prêt à avoir cette conversation, et reprit :

— Carla était aussi mon amie, et je sais qu'elle voulait que tu sois heureux. Elle n'était pas assez égoïste pour penser que tu ne retomberais jamais amoureux, et elle aurait été dévastée de te voir ainsi.

— Je sais, c'est juste que c'est difficile de lui dire adieu et de la laisser partir.

— Tu n'y es pas obligé. Mais elle ne peut pas te servir d'excuse pour ignorer ce que tu ressens.

Quand Beth reprit son souffle, il se rendit compte qu'elle réprimait un sanglot. Il la regarda, et les yeux de la jeune femme se remplirent de larmes.

Il n'avait jamais voulu rendre qui que ce soit malheureux, et il savait que sa meilleure amie ne pouvait s'empêcher de ressentir de la peine chaque fois qu'elle le regardait. Et en ce qui concernait Leigh ?

Il ne savait pas trop ce qu'elle pouvait penser de lui.

Avait-elle toujours envie de lui ouvrir son cœur, comme elle le lui avait signifié avant de partir ?

Il tendit la main vers Beth et essuya ses larmes avec le pouce, puis reposa la tête contre la sienne.

— S'il te plaît, ne disparais pas avant que ton heure ne soit venue, comme l'a fait Carla, dit-elle. Promets-le-moi, Adam.

Incapable de parler, il la laissa partir. La pièce était si silencieuse qu'il entendait le vent dans les pins, au-dehors.

C'était presque comme s'il percevait les murmures de Carla à travers les arbres. Ils avaient acheté cette maison avant qu'elle meure, mais ils n'avaient jamais eu l'opportunité d'y emménager. Elle était tombée amoureuse de la maison de style colonial, des pins, qu'il lui décrivait parfois, pendant les mauvais jours de sa maladie. L'image des arbres lui avait toujours redonné courage.

Il se leva du lit, emportant la boîte avec lui en sortant de la pièce. Une fois sur le perron, il marcha un peu plus loin, au milieu des pins, qui étaient si hauts qu'ils cachaient presque le coucher de soleil. Portant son regard au faîte des arbres, il s'imprégna de leur odeur, puis ferma les yeux.

— Je promets que je t'aimerai à tout jamais, Carla. Tu le sais. Mais j'ai rencontré une femme. Je ne lui ai pas fait la cour au sens traditionnel du terme, mais je suppose que tu le sais déjà, de là où tu es, dit-il en lâchant un petit rire doux-amer.

Puis, après avoir de nouveau écouté le chant des pins autour de lui, il reprit :

— Elle t'aurait vraiment plu. Elle ne manque pas d'humour, elle est simple et rit beaucoup. Je ne sais pas trop ce qu'elle ressent pour moi pour l'instant, mais j'espère…

Le vent souffla de plus belle, et la branche la plus proche de lui s'inclina au-dessus de sa tête.

Adam n'avait jamais eu de croyances mystiques, mais il interpréta cela comme un signe positif. Peut-être était-ce simplement son imagination, mais il lui sembla de bon augure que toutes les branches autour de lui se mettent à ressembler à des bras ouverts.

Cet instant était presque magique. C'était le moment idéal.

Se rapprochant d'un arbre, il prit une profonde inspiration, ouvrit la boîte à bijoux, puis dispersa les cendres aux quatre vents. Il ne l'oublierait jamais. Et n'importe quelle femme pouvait le comprendre.

Lorsque le crépuscule commença à laisser place à la nuit, il sut qu'il était temps de sortir de la noirceur. Le moment était enfin venu. Mais, avant, il creusa un trou au pied d'un arbre, de façon impromptue, avec une branche épaisse, et il y enterra la boîte, puis marqua l'endroit sur le tronc.

Le soleil se coucha et le vent s'arrêta de souffler, laissant tout en paix.

Dans le ranch de Clint et Margot, près de Visalia, Leigh était entourée d'une vingtaine de femmes, mais elle se sentait très seule.

C'était la fête surprise organisée par Margot et Leigh pour préparer le mariage et faire sortir Dani de sa réserve. Pour l'aider surtout à ne plus redouter ce mariage. Tout le monde attendait le retour de Margot qui avait emmené Dani voir un film. Leigh ne les avait pas accompagnées, prétextant être un peu souffrante.

Tandis que les invitées discutaient, des copines de fac pour la plupart, Leigh vérifiait que tout le monde était à l'aise, qu'elles avaient leur carnet pour noter leurs idées, ainsi qu'un verre de vin plein.

Mais, même au milieu des rires qui fusaient, elle se sentait aussi triste qu'on pouvait l'être.

Adam ne l'avait pas rappelée, et en dépit de tout ce qui s'était passé elle avait espéré qu'il le fasse. Mais qui essayait-elle de berner ? Personne ne pouvait empêcher un homme de cesser d'aimer sa défunte femme, et ce n'était pas ce que Leigh voulait. Carla avait manifestement joué un rôle très important dans l'histoire et la personnalité d'Adam, et elle ne voulait pas qu'il tourne le dos à cette partie de sa vie. Cela aurait été comme s'il lui avait demandé d'oublier sa sœur et les bons souvenirs qu'elle avait d'elle.

Non, Leigh n'aurait jamais demandé cela à quiconque. Elle avait juste cru qu'elle pourrait malgré tout avoir une place, elle aussi, dans la vie d'Adam. Elle avait vu un homme plein de promesses, mais à présent c'était terminé.

Elle entendit une certaine agitation dans le salon, qui la tira de ses pensées. Elle s'approcha de la fenêtre et vit la voiture de Margot se garer. Leigh avait dit à tout le monde de se cacher tandis que Margot conduisait Dani, qui avait les yeux bandés, vers le ranch.

Un bandeau était bien la dernière chose que Leigh avait envie de voir, mais Margot l'avait persuadée que c'était nécessaire pour organiser la fête de Dani.

La porte d'entrée s'ouvrit, puis se referma, et Margot ôta le bandeau de Dani.

— Surprise ! cria tout le monde en chœur.

Au milieu des rires, Dani porta la main à sa bouche, visiblement étonnée et émue. Elle avait attaché ses cheveux roux en une petite queue-de-cheval et avait revêtu une robe à fleurs un peu plus cintrée que celles qu'elle avait l'habitude de porter auparavant.

Son amie était magnifique.

Après avoir quitté Adam, Leigh s'était rendue chez elle pour essayer de lui remonter le moral tout en essayant d'oublier sa propre peine. Mais ce fut en fait Dani qui avait mis un point d'honneur à réconforter son amie à grands renforts de pâtisseries. Leigh avait eu le sentiment que Dani essayait simplement d'oublier ses propres problèmes : quelque chose la tracassait toujours à propos du mariage.

— Met-le voile ! cria quelqu'un.

— Donnez-lui le bouquet !

Dani resta interdite, les yeux écarquillés, et tout le monde se mit à frapper des mains et à chanter.

En silence, Dani leva le doigt, et elles baissèrent un peu le ton.

— Je dois vraiment aller aux toilettes, les filles. Laissez-moi juste une minute.

Tout le monde trouva cela très drôle, tandis qu'elle s'éclipsait. Margot haussa les épaules et dit qu'elles s'étaient arrêtées prendre un café sur le chemin du retour, après le cinéma.

Tandis que les invitées se rasseyaient, Margot se faufila jusqu'à Leigh, installée près de la cheminée. Mais aucune flamme ne pouvait la réchauffer. Pas après ce qu'elle venait de vivre.

— Déride-toi ! dit Margot en s'asseyant près d'elle.

Elle paraissait très svelte dans son jean de créateur et son pull en cashmere. Leigh jeta un coup d'œil à la bague de fiançailles au doigt de Margot, et un voile de tristesse s'abattit sur elle. Mais elle ne voulait pas plomber l'ambiance de la fête.

— Je suis une joyeuse fêtarde, dit Leigh, souriant.

Mais Margot ne fut pas dupe.

— Appelle Adam, tu veux ? Tu sais comment contacter Beth, et elle peut…

— Je ne peux pas, dit Leigh en tirant sur la manche de son chemisier de soie cintré. Il ne veut pas qu'il y ait quoi que ce soit entre nous, sinon, il m'aurait empêchée de partir. En plus, il est trop…

— Hanté par son passé ?

Margot soupira. Que pouvait-elle ajouter ? Même une fille aussi brillante qu'elle n'avait pas de solution miracle pour venir à bout des blocages psychologiques d'Adam.

Elles attendirent le retour de Dani. Mais l'attente commençait à s'éterniser, et il devint évident que quelque chose clochait.

Margot aperçut Clint qui avait passé la tête dans l'embrasure de la porte et lui faisait signe de le rejoindre. Après avoir demandé aux filles de chercher des idées pour la réception du mariage, Margot fila rejoindre Clint dans la cuisine, accompagnée de Leigh.

Il était nonchalamment accoudé au bar, dans sa tenue habituelle : jean et chemise western.

— Vous cherchez Dani ? demanda-t-il.

Les filles hochèrent la tête, et il fit un geste en direction de la porte de derrière.

— Elle vient de sortir en trombe par la porte de derrière. Je l'ai croisée en revenant de l'écurie, mais elle ne m'a même pas vu.

— Quoi ? s'étonna Margot.

— C'est sans doute à cause du voile et du bouquet, soupira Leigh.

— Il vaut mieux que vous sachiez que Riley avait prévu de venir ici aujourd'hui. Nous voulions vous surprendre à notre tour et il doit apporter de quoi boire pour faire une vraie fête. Vous devriez peut-être voir ce qui ne va pas avec Dani avant son arrivée ?

— On s'en occupe, dit Margot. Elle est partie vers où ?

— Vers le belvédère, je crois, répondit Clint.

Il parlait du grand belvédère, là où devait se dérouler la cérémonie du mariage.

Margot déposa un petit baiser sur sa joue, puis lui dit :

— Merci. Tu veux bien distraire les filles pendant un petit moment ? Je sais que c'est dans tes cordes, tombeur.

— Très drôle. Cette période est bien révolue, et tu le sais, Hemingway.

C'était un des nombreux surnoms littéraires qu'il donnait à sa fiancée surdiplômée.

Elles se précipitèrent hors de la maison, espérant que Dani n'avait pas regagné sa voiture pour leur fausser compagnie.

Heureusement, le belvédère n'était pas très loin, et lorsque Leigh aperçut Dani assise à l'intérieur, penchée en avant, Margot et elle ralentirent le pas, reprenant leur souffle.

— Oh ! c'est mauvais signe, dit Margot.

— Oui, dit Leigh, j'avais l'intuition qu'elle risquait de nous faire une dépression.

Elles se turent à mesure qu'elles approchaient, et quand Dani les entendit, elle se redressa, portant une main à sa poitrine.

— Je n'arrive plus à respirer…, souffla-t-elle.

— Oh ! ma chérie, dit Margot en se précipitant vers elle, tandis que Leigh se plaça de l'autre côté de leur amie.

Elles lui laissèrent néanmoins assez d'espace pour respirer.

Dani reprit son souffle, mais elle était toujours d'une pâleur inhabituelle.

— Tout cela est en train de devenir si officiel, dit-elle. Le voile, le bouquet…

Margot et Leigh échangèrent un regard.

— Ne vous inquiétez pas, les rassura Dani. Je vais épouser Riley. Je ne sais juste pas quand.

Elle se pencha en avant, les coudes sur les genoux, et enfouit son visage entre ses mains.

— Je suis une vraie catastrophe ambulante, hein ? Plus j'ai le temps de réfléchir à ce à quoi je m'engage, plus je doute. Margot, es-tu aussi flippée à l'idée d'épouser Clint ?

Margot fut aussi directe qu'à son habitude.

— Non.

Dani porta de nouveau les mains à son visage, et Leigh foudroya Margot du regard, et frotta le dos de Dani.

— Allez, respire, Dan. Tu ne peux pas renoncer sans même avoir essayé de donner une chance à votre couple, dit Leigh, essayant d'oublier à quel point ces paroles faisaient écho à sa propre situation.

— Je n'arrive pas à oublier mes peurs, dit Dani.

Margot hocha la tête.

— Tu ne peux pas te marier si tu ne trouves pas un moyen de faire taire ces peurs.

— Je sais, dit Dani. Oh, mon Dieu, je le sais…

Un bruit à l'extérieur du belvédère attira leur attention, et quand Leigh leva la tête, elle aperçut Riley, les cheveux au vent, qui venait vers elles à grandes enjambées. Quelques secondes plus tard, il était face à Dani.

— Clint m'a dit que tu t'étais échappée de la fête donnée en ton honneur, dit-il.

— Je…

N'attendant pas sa réponse, il se pencha vers elle, la releva et l'entraîna hors du belvédère.

Dani se débattit et cria :

— Mais qu'est-ce que tu fais ?

— Quelque chose que j'aurais dû faire il y a longtemps, dit-il, continuant d'avancer vers la maison. Nous n'attendrons pas un jour de plus pour nous marier, Dani.

13

A l'extérieur de la *Little Big Heart Wedding Chapel*, sur le Strip de Las Vegas, Leigh jeta du riz vers Dani et Riley, accompagnée des invités qui s'étaient spontanément joints au voyage improvisé.

Les jeunes mariés sortaient à peine de la chapelle et se tenaient la main en riant sous l'auvent en treillage blanc. Dani portait un bouquet de lys et un petit voile recouvrait ses cheveux roux, mais elle avait la même robe à fleurs avec laquelle elle avait commencé la journée.

Tout avait été décidé en quelques instants. Riley s'était écrié à la cantonade :

— Nous partons pour Las Vegas, et ceux qui veulent se joindre à nous feraient mieux de se dépêcher !

Puis il avait fait monter Dani à l'avant de son pick-up et ils étaient partis.

Clint, Margot et Leigh les avaient regardés s'éloigner, en état de choc.

Riley n'était pas du genre inconscient, mais il en avait visiblement eu assez des hésitations de Dani.

Puis, après un haussement d'épaules amusé, Leigh, Margot et Clint s'étaient précipités dans la maison, avaient pris le sac de Dani et quelques affaires, avaient fermé à clé et informé le personnel du ranch de leur départ. Puis, ils étaient partis pour un trajet en voiture de cinq heures jusqu'à Las Vegas.

A présent, Dani, dont l'état d'esprit était désormais à la fête et à la célébration, avait enlevé ses chaussures à l'intérieur de la chapelle, et se trouvait pieds nus sur le tapis rouge. Elle se mit sur la pointe des pieds pour embrasser Riley, qui portait le jean et la chemise western qu'il avait en partant du ranch. Dani ne semblait plus avoir le moindre doute maintenant qu'elle s'était lancée tête baissée dans cette aventure. Riley avait certainement pris la bonne décision, même si Leigh pensait que son amie aurait peut-être besoin de soutien à un moment donné.

Tandis que les copines de fac de Dani acclamaient les jeunes mariés, Clint prit Margot dans ses bras, apparemment inspiré par ce coup de théâtre romantique. Leigh se tenait à l'écart, en observatrice.

Tout comme Callum l'observait, il y a quelques jours encore.

Elle était heureuse pour Dani et Riley, et pour Margot et Clint, mais elle se sentait plus seule que jamais.

Avait-elle eu raison d'abandonner Adam ? N'aurait-elle pas pu lui laisser une autre chance de s'expliquer ?

Dani interrompit le baiser avec Riley et quand elle se retourna, toutes les filles présentes se rassemblèrent, à l'exception de Leigh, pour essayer d'attraper le bouquet. Les fleurs partirent droit dans sa direction, et tandis qu'elle commençait à avoir une lueur d'espoir, une des filles rattrapa le bouquet sous le nez de Leigh.

— Désolée, chérie, dit Jessica Huntly avec un sourire forcé. La chance sourit aux audacieux !

Oui, c'était une phrase que Leigh se disait assez souvent. Cette situation se répéterait-elle jusqu'à la fin de ses jours ?

Dani rejoignit Leigh et Margot tandis que Riley s'occupait des formalités, et une femme les orienta vers les limousines qui devaient les conduire jusqu'à leur hôtel.

— Je crois que mes parents vont piquer une crise pour m'être enfuie comme ça.

— Ils ont vu la cérémonie par webcam, dit Leigh.

— Ne t'inquiète pas Dani, dit Margot en passant le bras autour du cou de son amie. Nous ferons une grande réception au ranch pour célébrer le mariage. Et Riley et toi, vous pourrez même prononcer les vœux de nouveau.

Dani sourit, enlaçant ses amies.

— Je vous aime, les filles. Vous m'avez toujours soutenue.

Leigh les serra dans ses bras. Les meilleures amies qu'elle avait jamais eues.

— Qu'est-ce que tu croyais ? On t'aime aussi, tu sais.

Leigh sentit sa gorge se nouer en serrant ses amies. L'une était mariée maintenant. L'autre fiancée. Et elle…

Elle était malgré tout heureuse pour ses merveilleuses copines.

Une autre limousine blanche s'arrêta et un chauffeur en descendit pour leur ouvrir la porte. Il était prévu que Dani et Riley montent à bord, où ils pourraient déguster du champagne tandis que Margot raccompagnerait Leigh au Ceasar's Palace où ils avaient réussi à réserver quelques chambres. Tout le monde devait se retrouver à l'hôtel en début de soirée.

Les jeunes mariés firent un petit signe à leurs amis avant de refermer la porte de la limousine, et Dani semblait radieuse.

— Alors, qu'en penses-tu, Shakespeare ? demanda Clint à Margot, passant un bras autour de sa taille. Tu crois qu'on devrait avancer notre lune de miel, nous aussi ?

— Je crois que je vais te faire attendre, dit-elle avant de l'embrasser en riant.

Ils étaient si amoureux, pensa Leigh en soupirant.

Maintenant que les mariés étaient derrière des vitres teintées, Leigh laissa tomber son masque, se demandant si elle parviendrait à passer la nuit sans craquer et fondre en larmes sur sa coupe de champagne.

Au même moment, une voiture s'arrêta de l'autre côté de la limousine de Dani et Riley, mais Leigh la remarqua à peine.

— Vous êtes prêts à partir, les tourtereaux ? demanda-t-elle.

— Prêts, répondit Margot.

C'est à cet instant que la limousine démarra, révélant l'élégante voiture de sport noire garée derrière.

Et l'homme qui en descendit.

Pendant un instant qui lui sembla durer des heures, Leigh le dévisagea, pensant rêver — son désir d'amour s'était matérialisé avant même qu'elle ne commence à se soûler.

Adam se tenait devant elle dans sa chemise de flanelle, son jean et ses bottes, le regard rempli de désir.

Il laissa la portière de sa voiture ouverte, et avança vers Leigh.

— Tu es là, dit-il.

Le tutoiement lui était venu naturellement. Près d'elle, Margot et Clint se figèrent.

— Que fais-tu là ? demanda Leigh, hébétée, n'arrivant toujours pas à croire ce qui était en train de se passer.

— C'est une longue histoire.

Comprenant la situation, Clint entraîna Margot à l'écart, laissant Leigh et Adam seuls devant la chapelle.

Adam fit un signe de tête à l'intention de Clint, qu'il avait manifestement reconnu, mais très vite il concentra de nouveau toute son attention sur Leigh.

— Beth m'a dit où tu étais après avoir quitté San Diego. Et elle m'a dit que tu organisais une fête pour Dani au ranch de Clint et Margot ce week-end. Alors j'y suis allé. Sur place, l'homme qui s'occupe du ranch a pensé que je faisais partie de la fête et il m'a dit où vous étiez, y compris le nom de la chapelle. Alors j'ai roulé jusqu'ici aussi vite que j'ai pu.

C'était bien *Adam* ? L'homme qui était toujours resté en retrait vis-à-vis d'elle ? Mais il avait arrêté de se cacher et l'avait cherchée cette fois.

— Pourquoi es-tu venu jusqu'ici ? demanda-t-elle.

— Parce que je ne pouvais pas dire ce que j'avais à dire dans un fichu téléphone. Je voulais te regarder en face.

Il n'y avait plus d'intermédiaire, plus aucune barrière. Leigh sentit l'espoir poindre au plus profond d'elle-même.

— Et que voulais-tu me dire ?

Il baissa les yeux, et l'espace d'un instant Leigh pensa qu'il avait perdu le courage de déclarer ce pourquoi il avait parcouru tous ces kilomètres. Mais lorsqu'il leva de nouveau les yeux vers elle, elle lut la même intensité dans son regard que le jour où il s'était révélé à elle.

Etait-ce bien vrai ? Elle ne pouvait s'empêcher de penser que ce n'était là qu'un autre jeu. Le pire de tous.

— Après ton départ, dit-il, c'était insupportable. Ne plus t'avoir près de moi m'a fait comprendre ce que tu m'avais apporté. Avec toi, je pouvais rire de nouveau. Je pouvais sourire et être insouciant. Il y avait de la vie quand tu étais près de moi, et quand tu es partie la vie est partie avec toi.

Elle eut l'impression que son cœur allait éclater. Il avait parcouru tous ces kilomètres et l'avait fait passer avant tout le reste pour venir la rejoindre ?

Cela lui arrivait enfin à elle aussi — quelqu'un aux yeux duquel elle comptait assez pour qu'il fasse des choses incroyables pour elle. Mais il y avait tant d'éléments qui l'empêchaient encore de se donner réellement à quelqu'un d'autre…

Il avait dû deviner à quoi elle était en train de penser.

— J'ai fait la paix avec Carla. C'est grâce à toi, Leigh. Tu m'as montré qu'il était temps pour moi d'aller de l'avant. Il ne te reste plus qu'à croire que je suis plus que prêt, maintenant.

— As-tu réellement changé ?

Elle n'aurait pas supporté de se tromper, de lui donner tout ce qu'elle avait, pour avoir ensuite le cœur brisé.

— Oui, dit-il doucement. J'ai réellement changé.

C'était la première fois qu'elle voyait un sourire si rayonnant sur les lèvres d'Adam, et son cœur se mit à battre la chamade.

— Tu es tout ce que je désire, reprit-il. Et c'est toi qui m'as aidé à le comprendre. Tu me crois ?

Elle écouta son cœur, et courut vers lui, lui donnant un baiser passionné en guise de réponse.

Leur premier véritable baiser.

Elle le serra dans ses bras et fut enivrée par ses lèvres. Ce fut le plus ardent des baisers, doux et dévorant. Adam

l'embrassa ensuit dans le cou, derrière l'oreille, ici et là…
Elle était aux anges.

Ce ne fut que lorsqu'il s'interrompit, son visage contre
le sien, qu'elle ouvrit les yeux et pensa : *Callum ne m'a
jamais embrassée.*

Mais Callum appartenait au passé. Son avenir était avec
Adam, qui avait parcouru des centaines de kilomètres pour
lui offrir son amour.

Il s'écarta légèrement d'elle, prit son visage entre ses
mains, et lui dit :

— Leigh, cela faisait tellement longtemps que j'avais
envie de faire ça.

Epilogue

— Ferme les yeux, dit Adam.

Tandis que Leigh pénétrait à l'intérieur de l'écurie du ranch de San Diego, elle mit les mains sur les yeux, se laissant guider par Adam. Il lui avait promis des surprises, et elles avaient été nombreuses pendant les mois qu'ils avaient passés ensemble.

— Ne triche pas, dit-il.

— Je ne triche pas.

Mais ce n'était pas vrai. Elle décida alors de lui obéir, serrant les doigts sur ses yeux pour lui montrer qu'elle pouvait être digne de confiance.

Lorsqu'elle entendit les hennissements des chevaux dans l'écurie, elle pensa qu'ils étaient plus nombreux que d'habitude et elle ne put résister un instant de plus, ôtant les mains de ses yeux, au moment où Adam se mit devant elle, l'empêchant d'avancer davantage.

Adam avait sa tenue de cow-boy, celle qu'il portait presque toujours depuis qu'ils avaient emménagé dans cette propriété où ils avaient passé tant de bons moments ensemble. Là où ils avaient vraiment appris à se découvrir.

— Tu me fais languir, dit-elle.

Il prit le visage de Leigh entre ses mains et lui sourit.

Elle sentit son cœur s'emballer.

— Bon anniversaire pour nos quatre mois, Leigh, dit-il, s'écartant de son chemin.

Dans la stalle, se tenait un cheval quarter horse alezan, qui la regardait de ses grands yeux noirs.

Leigh laissa échapper un cri aigu.

— Tu n'as pas fait ça !

— Si, dit Adam en tapotant le cou de l'animal. Je te présente le nouveau compagnon de ta chère Bessie Blue. Je me suis dit que tout le monde ici avait le droit à un peu de compagnie.

Juste à côté, dans sa propre stalle, Bessie Blue tendit le cou, réclamant une caresse. Leigh s'approcha de l'animal cher à son cœur et le caressa pour le rassurer avant d'aller voir le nouveau venu.

— Comment s'appelle-t-il ? demanda-t-elle à Adam.

— J'ai décidé de te laisser choisir.

— Buddy Blue, je crois que ça sonne bien dans la famille, non ?

— Ça m'a l'air parfait.

— Merci beaucoup ! s'écria-t-elle en se jetant dans les bras de son homme.

Non seulement il lui avait offert Bessie dès le début de leur histoire, mais il avait également transformé sa maison de Cambria en bureau, où Beth s'était installée pour travailler.

Il était temps de faire table rase du passé, lui avait-il dit. Temps de commencer une nouvelle vie avec elle, et elle seule.

Numéro un, pensa Leigh en l'embrassant. Elle ne doutait pas d'être la personne la plus importante de sa vie, et de le rester toujours.

Il prit Leigh dans ses bras et la souleva.

— Tu es heureuse ?

— Oui ! Mais tu ferais mieux de me reposer si tu ne veux pas te froisser un muscle.

Elle plaisantait à propos des quelques kilos qu'elle avait repris après lui avoir cuisiné une succession de repas décadents, quand bien même lui restait toujours en adoration devant elle.

Ils n'avaient pas cessé leurs jeux érotiques, mais ces derniers étaient juste moins risqués d'un point de vue émotionnel. Surtout, elle savait qu'Adam se mettait désormais à nu devant elle, et le ferait toujours — au propre comme au figuré.

— Tu es légère comme une plume, dit-il, continuant de la soulever.

Elle rit, sachant qu'il la trouverait toujours aussi belle, même si elle reprenait tous les kilos qu'elle avait perdus — bon, ça n'était pas non plus son intention.

Elle l'embrassa de nouveau, et ils ne relâchèrent leur étreinte que lorsque Bessie et Buddy se rapprochèrent l'un de l'autre, se frottant le nez.

— Ils ont vite fait de devenir amis, dit Leigh.

— Ce sont plus que des amis, dit Adam. Ils ont déjà eu le coup de foudre.

— Comme j'ai eu le coup de foudre pour toi ? demanda-t-elle. (Il l'attira vers lui, la prenant dans ses bras.) Je t'ai rencontré ici, moi aussi. Le vrai Adam. Pensais-tu, à ce moment-là… ?

— Que j'allais tomber fou amoureux de toi ? Oui, en fait je t'aimais déjà. Il m'a juste fallu un peu de temps pour en prendre conscience.

— Je crois que moi je l'ai su dès la première nuit. Il y avait quelque chose chez toi que je n'avais jamais rencontré chez aucun homme.

— De l'argent ?

— Non ! dit-elle en le pinçant doucement.

Il rit.

— Le sens du mystère ?

— Peut-être. Mais j'avais aussi une sorte de pressentiment… Tu peux appeler ça l'intuition féminine : il y avait de la tendresse dans ta voix. Même au tout début.

— Et maintenant ? demanda-t-il en se penchant vers elle

pour l'embrasser de nouveau et lui murmurer à l'oreille : Je t'aime, Leigh.

La tendresse dans sa voix n'aurait pu lui échapper, ce jour-là.

— Moi aussi, je t'aime, Adam.

Le 1er novembre

Libre d'aimer - Sarah M. Anderson
Depuis que Gabriella del Toro est arrivée dans la petite ville de Royal, Texas, elle vit un véritable enfer. Assignée à résidence, loin de son cher Mexique, elle doit supporter les colères de son père et la surveillance rapprochée de son garde du corps. Aussi, quand le mystérieux Chance McDaniel frappe à sa porte pour lui proposer une escapade à cheval sur ses terres, accepte-t-elle avec bonheur de s'évader avec lui. Auprès de Chance, elle pourra s'offrir quelques heures de liberté hors de sa prison dorée. Et tant pis si tout le monde parle de lui comme d'un homme dangereux...

Un désir bouleversant - Patricia Kay
Trente ans. Le couperet vient de tomber sur les rêves déçus de Joanna. Célibataire, sans enfant, elle peine à faire décoller sa carrière dans la mode. Alors, quand Marcus Barlow, le propriétaire de la plus grande galerie d'art de Seattle, se dit intéressé par son travail, Joanna y voit-elle l'occasion de prendre enfin son destin en main. Mais sa rencontre avec l'homme d'affaires bouleverse très vite ce fragile espoir. Sous son regard chargé de désir, elle comprend que si Marcus a le pouvoir de lancer sa carrière il a aussi celui de la briser — en même temps que son cœur...

L'enfant de la crique - Ann Major
Il a suffi d'un baiser brûlant pour que Cole se consume de désir pour Maddie. Il a suffi qu'il lui fasse l'amour dans cette crique verdoyante, sur la rivière Guadalupe, pour qu'il perde la raison à jamais. Mais Maddie a fini par partir, par le quitter, *lui*. Sans un mot d'explication. Aussi, le jour où Cole voit resurgir la femme qui, depuis six ans, hante ses jours et ses nuits, est-il résolu à la briser. Mais sa soif de vengeance se heurte bientôt au secret que Maddie lui a caché : elle a un fils, qui lui ressemble étrangement...

Une étreinte impossible - Jennifer Greene
Sauvage... Whit Cochran est l'homme le plus viril et le plus fascinant que Rosemary ait rencontré. A peine pose-t-il les yeux sur elle qu'elle se sent gagnée par le désir de se blottir dans ses bras. Et puis, il y a ses adorables jumelles, qu'elle aimerait tant pouvoir chérir comme ses filles. Seulement voilà, s'abandonner à ce doux rêve de famille serait une terrible erreur. Rosemary sera de nouveau seule après Noël, quand Whit quittera Whisper Mountain...

Une nuit à Sunset Ranch - Charlene Sands

C'est le cœur battant qu'Audrey parcourt la route montagneuse qui doit la conduire à Sunset Ranch. Enfin, elle va pouvoir s'expliquer avec Luke Slade. Lui dire combien elle regrette d'avoir quitté son lit au petit matin, après la nuit d'extase qu'ils ont partagée un mois plus tôt. Luke comprendra, bien sûr, qu'elle ait paniqué. Ne sont-ils pas amis de longue date ? Hélas, lorsque Audrey retrouve Luke, sa réaction la plonge dans une profonde détresse. L'homme qu'elle aime en secret depuis l'adolescence a tout oublié de leurs ébats torrides...

L'héritière de Noël - Olivia Miles

Des flocons de neige recouvrent White Barn Inn, l'auberge qu'Holly a héritée de sa grand-mère. D'ici quelques jours, elle deviendra propriétaire des terres environnant cette demeure qu'elle aime tant. Ce sera son cadeau de Noël. Un cadeau qu'elle se voit déjà partager avec Max Hamilton, son charmant et unique client qui, depuis son arrivée, lui fait une cour empressée. Mais il est des rêves impossibles – Holly ne tarde pas à le découvrir, en même temps que les véritables intentions de Max...

Le bébé de la neige - Victoria Pade

La situation ne peut pas être pire. Coincée dans sa voiture, sous la terrible tempête de neige qui frappe Rust Creek Falls, Nina est sur le point d'accoucher. Non, la situation ne peut pas être pire ; du moins le croit-elle. Car bientôt Dallas Traub, l'ennemi de sa famille, le dernier homme qu'elle aimerait voir, la rejoint dans sa voiture étroite et glacée. Et Nina se retrouve obligée d'accepter son aide et les bras qu'il lui tend pour la réchauffer...

La tentation d'un prince - Christine Rimmer

« Je veux que tu sois mon premier amant. » A ces mots, Damien Bravo-Calabretti se fige, stupéfait. Comment la douce Lucy, l'innocence personnifiée, peut-elle lui faire une proposition aussi audacieuse ? Ils sont amis, rien qu'amis, et bien qu'il soit réputé pour ses nombreuses conquêtes il n'a aucune intention de faire l'éducation sensuelle de Lucy. Alors pourquoi cette suggestion insensée vient-elle soudain s'insinuer dans son esprit comme le plus voluptueux des fantasmes ?

Le destin de Caliope - Olivia Gates

Maksim Volkov n'appartient qu'à elle. Et Caliope, devenue la maîtresse du magnat russe il y a un an, en éprouve un plaisir inouï. C'est bien simple, elle ne peut déjà plus se passer de lui, de ses caresses délicieuses, des nuits passionnées qu'ils passent ensemble. Aussi, le jour où Caliope apprend qu'elle est enceinte, a-t-elle soudain peur, très peur qu'il ne la quitte. Car Maksim s'est montré très clair : il ne sera jamais question d'avenir entre eux, et le bonheur qu'elle porte en elle pourrait bien sonner le glas de leur liaison...

Le secret de Wolff Mountain - Janice Maynard

Lorsque Pierce apprend qu'il n'est pas le fils de son père et que toute sa vie repose sur un tissu de mensonges, il embauche Nikki Parrish, une avocate aussi belle que talentueuse, pour démêler le mystère de ses origines. La jeune femme l'aidera à trouver des réponses, il en est sûr, si toutefois il parvient à réprimer le désir qu'elle lui inspire. Mais cette quête d'identité prend bientôt un tour inattendu, quand Pierce découvre de quelle illustre famille il est issu...

Délicieuse séduction - Tawny Weber

Un bustier de satin ivoire fermé par de petits boutons nacrés et un ruban de dentelle... qu'y a-t-il de plus sexy ? Rien ! Aussi Hailey est-elle persuadée de remporter, avec sa ligne de lingerie romantique, le concours lancé par la célèbre enseigne de luxe *Rudolph*. Elle n'aura aucun mal à prouver que c'est là, dans la suggestion, que réside la séduction. Bien plus que dans les créations de cuir, si outrageusement provocantes, de son concurrent : Milano. Mais, dès sa rencontre avec Gage Milano, Hailey se sent elle-même basculer du côté de l'ennemi. Avec son corps de rêve et sa voix grave et caressante, Gage Milano représente à lui seul tous ses fantasmes réunis...

Un audacieux amant - Jennifer LaBrecque

Grand, mystérieux et... terriblement sexy. Liam Reinhardt, l'homme qui vient de pénétrer dans l'unique restaurant de Good Riddance, éveille immédiatement en Tansy un étrange mélange d'inquiétude et d'excitation. Si elle est venue s'installer dans cette petite ville perdue au cœur de l'Alaska, c'est pour y trouver tranquillité et apaisement après la trahison de son ex-fiancé. Des sentiments bien éloignés de ceux que lui inspire Liam. Car, sous le regard brûlant de cet homme, elle sent tous ses sens s'éveiller et un désir fou l'envahir. Un désir auquel elle n'est pas sûre de vouloir résister...

Best-Sellers n°615 • suspense

Les secrets d'Asher Falls - Amanda Stevens

Depuis son arrivée à Asher Falls, en Caroline du Sud – une petite bourgade ramassée sur les contreforts des Blue Ridge Mountains dont elle doit restaurer le vieux cimetière – Amelia ne peut se départir d'un oppressant sentiment de malaise. Comme si sa venue ici suscitait la défiance des habitants… Pourquoi, en effet, ceux-ci s'enferment-ils dans le mutisme dès qu'elle évoque le cimetière de Bell Lake, englouti cinquante ans plus tôt sous les eaux profondes et insondables d'un lac artificiel ? A qui appartient la tombe qu'elle a découverte cachée au cœur de la forêt et dont personne, apparemment, ne sait rien ? Et, surtout, qui a tenté à plusieurs reprises de la tuer ? Si elle veut trouver la réponse à toutes ces questions, Amelia le sait : elle devra sonder l'âme de cette ville mystérieuse et en exhumer tous les secrets…

Best-Sellers n°616 • suspense

Mortel Eden - Heather Graham

Au milieu des eaux turquoises du sud de la Floride, l'île de Calliope Key est un véritable paradis terrestre à la végétation luxuriante, d'une beauté à couper le souffle. Rares sont ceux qui résistent à son charme – mais plus rares encore sont ceux qui connaissent ses secrets…

Lorsque Beth, venue passer quelques jours de vacances sur l'île, découvre un crâne humain à moitié caché dans le sable, elle comprend immédiatement qu'elle est en danger. Car deux plaisanciers ont déjà disparu, alors qu'ils naviguaient dans les eaux calmes de Calliope Key… comme s'ils menaçaient de troubler un secret bien gardé. Prise de panique, Beth dissimule en toute hâte le crâne. Mais ne peut échapper aux questions de Keith, un inconnu qui semble très intéressé par sa macabre découverte… Très vite, Keith se mêle – mais dans quel but ? – au petit groupe des vacanciers. Beth ne parvient pas à lui faire confiance. Pourtant, lorsqu'elle s'aperçoit que le crâne a disparu, et que de mystérieuses ombres envahissent la plage, la nuit, et rôdent autour de sa tente, elle comprend qu'elle va avoir besoin de son aide – et que, pour tous les vacanciers de l'île, le temps de l'insouciance est désormais révolu…

Best-Sellers n°617 • suspense

L'étau du mal - Virna DePaul

Lorsque le cadavre d'une adolescente est découvert enterré dans les environs de Plainville, l'agent spécial Liam McKenzie comprend tout de suite qu'il va devoir s'attaquer à une affaire beaucoup plus complexe qu'elle n'y paraît au premier abord. Et quand, quelques jours plus tard, une photographe de renom, Natalie Jones, est agressée chez elle, non loin de la scène de crime, il est aussitôt convaincu qu'il existe un lien entre les deux affaires. Qu'a vu la jeune femme, qui a poussé le tueur à sortir de sa cachette et à commettre une imprudence ? La clé de l'enquête se trouve-t-elle sur les photos qu'elle a prises deux mois plus tôt à Plainville ?
Pour élucider ce meurtre, et pour protéger Natalie, Liam McKenzie va non seulement devoir donner le meilleur de lui-même, mais aussi résister au désir fou que cette dernière lui a inspiré au premier regard. Car il ne peut se laisser distraire : chaque jour qui passe, le danger se rapproche d'elle…

Best-Sellers n°618 • roman
Amoureuse et un peu plus - Pamela Morsi

Diriger la bibliothèque de Verdant dans le Kansas ? Dorothy (D.J. pour les intimes) a l'impression de vivre un rêve aussi improbable que merveilleux. Et pas question de se laisser décourager parce que la bibliothèque n'a en réalité rien du pimpant établissement qu'elle avait imaginé, mais tout du tombeau lugubre. Pas question non plus de se laisser abattre parce que les membres de sa nouvelle équipe se montrent pour le moins étranges et peu sociables : elle saura les apprivoiser. Mais son enthousiasme et sa détermination flanchent sérieusement quand on lui présente Scott Sanderson, le pharmacien de la petite ville. Là, D.J. doit définitivement se rendre à l'évidence : elle est vraiment très, très loin du paradis dont elle avait rêvé. Car Scott n'est autre que le séduisant inconnu qu'elle a rencontré six ans plus tôt à South Padre et avec lequel elle a commis l'irréparable avant de fuir, éperdue de honte, au petit matin… Heureusement, elle ne ressemble en rien à la jeune femme libérée et passionnée qu'elle s'était alors amusée à jouer le temps d'une soirée entre copines : avec son chignon, ses lunettes et ses tenues strictes, elle est sûre que Scott n'a aucun moyen de la reconnaître.

Best-Sellers n°619 • historique
Envoûtée par le duc - Kasey Michaels
Paris, Londres, 1814

Lorsqu'il apprend qu'il doit succéder à son oncle, Rafael est sous le choc. Rien ne l'avait préparé à devenir duc un jour. Comment lui, un capitaine qui vient de passer six ans sur les champs de bataille, pourrait diriger le domaine familial ? Heureusement, il sait qu'il peut compter sur le soutien de Charlotte, sa chère amie d'enfance, à qui il a pensé avec tendresse toutes ces années. Elle qui chaperonne aujourd'hui ses sœurs à Ashurst Hall pourra le guider dans ses nouveaux devoirs. Mais lorsqu'il revient au domaine, c'est pour découvrir que l'adolescente maladroite qu'il avait laissée a disparu. A sa place, c'est une séduisante jeune femme, fière et sûre d'elle, qui l'accueille. Rafael est sous le charme… Mais autre chose en elle a changé. Si elle lui offre généreusement ses conseils, comme il l'espérait, Charlotte se dérobe avec gêne dès qu'il essaie d'en savoir plus sur elle. Pourquoi a-t-il l'impression qu'un terrible secret l'éloigne irrémédiablement de lui ?

Best-Sellers n°620 • historique
Audacieuse marquise - Nicola Cornick
Angleterre, 1816

Lorsqu'un aristocrate sans vergogne tente de la faire chanter, Tess comprend qu'il est temps d'assurer ses arrières. Elle avait cru pouvoir camoufler ses activités politiques sous une réputation de coquette mondaine et frivole, mais hélas, une femme seule est toujours vulnérable. Si elle veut continuer à œuvrer dans l'ombre contre la pauvreté et l'injustice, il lui faut une couverture honorable. Et qui pourrait mieux l'aider en cela que le vicomte Rothbury, mandaté pour arrêter les opposants au régime ? Elle a souvent croisé chez son beau-frère cet Américain franc et viril, anobli pour services rendus à la Couronne : elle sait qu'il ne sera jamais vraiment accepté dans la haute société tant qu'il n'aura pas épousé une aristocrate. Une riche marquise, par exemple… Tess frissonne en considérant les dangers d'une telle alliance mais, à n'en pas douter, ce mariage la placerait au-dessus de tout soupçon. Seulement, il lui reste encore à convaincre le vicomte, qu'on dit très méfiant à l'égard des femmes du monde…

OFFRE DE BIENVENUE

2 romans Passions et 2 cadeaux surprise !

Vous êtes fan de la collection Passions ? Pour prolonger le plaisir, recevez gratuitement **2 romans Passions** (réunis en 1 volume) **et 2 cadeaux surprise !**

Une fois votre colis de bienvenue reçu, si vous souhaitez continuer à recevoir nos romans Passions, cela se fera automatiquement. Vous recevrez alors chaque mois 3 volumes doubles inédits de cette collection au prix avantageux de 6,98€ le volume (au lieu de 7,35€) auxquels viendront s'ajouter 2,99€* de participation aux frais d'envoi.

*5,00€ pour la Belgique

➤ **Vous n'avez aucune obligation d'achat et cette offre est sans engagement de durée !**

Les bonnes raisons de s'abonner :

- Aucun engagement de durée ni de minimum d'achat.
- Vos romans en avant-première.
- - 5% de réduction systématique sur vos romans.
- La livraison à domicile.

Et aussi des avantages exclusifs :

- Des cadeaux tout au long de l'année qui récompensent votre fidélité.
- Des réductions sur vos romans par le biais de nombreuses promotions.
- Des romans exclusivement réédités pour nos abonné(e)s notamment des sagas à succès.
- L'abonnement systématique à notre magazine d'actu ROMANCE.
- Des points cadeaux pouvant être échangés contre des livres ou des cadeaux.

Rejoignez-nous vite en complétant et en nous renvoyant le bulletin !

N° d'abonnée (si vous en avez un) ⊔⊔⊔⊔⊔⊔⊔⊔⊔

RZ4F09
RZ4FB1

Mme ☐ Mlle ☐ Nom : .... Prénom : ....

Adresse : ....

CP : ⊔⊔⊔⊔⊔ Ville : ....

Pays : .... Téléphone : ⊔⊔⊔⊔⊔⊔⊔⊔⊔⊔

E-mail : ....

Date de naissance : ....

☐ Oui, je souhaite être tenue informée par e-mail de l'actualité des éditions Harlequin.

☐ Oui, je souhaite bénéficier par e-mail des offres promotionnelles des partenaires des éditions Harlequin.

Renvoyez cette page à : Service Lectrices Harlequin – BP 20008 – 59718 Lille Cedex 9 - France

Composé et édité par HARLEQUIN

Achevé d'imprimer en Italie (Milan)
par Rotolito Lombarda
en septembre 2014

Dépôt légal en octobre 2014

Pour l'éditeur, le principe est d'utiliser des papiers
composés de fibres naturelles, renouvelables, recyclables,
et fabriquées à partir de bois issus de forêts qui adoptent
un système d'aménagement durable. En outre, l'éditeur attend
de ses fournisseurs de papier qu'ils s'inscrivent dans
une démarche de certification environnementale reconnue.